武士的悲伤

[西]维克多·德尔·阿尔伯尔 著
李莎莎 译

時代文藝出版社

图书在版编目（CIP）数据

武士的悲伤 / （西）维克多 · 德尔 · 阿尔伯尔著；李莎莎译.
—长春：时代文艺出版社，2015.8
书名原文：The Sadness of the Samurai
ISBN 978-7-5387-4755-3

Ⅰ. ①武… Ⅱ. ①维… ②李… Ⅲ. ①长篇小说—西班牙—现代 Ⅳ. ①I551.45

中国版本图书馆CIP数据核字（2015）第091296号

出 品 人　陈　琛　杨海峰
产品总监　郭力家
选题策划　岳　阳
责任编辑　付　娜
助理编辑　刘　婷
装帧设计　孙　利
排版制作　隋淑凤

吉林省版权局著作权合同登记　图字：07-2014-4442号

武士的悲伤

[西] 维克多 · 德尔 · 阿尔伯尔 著　李莎莎 译

出版发行 / 时代文艺出版社
地址 / 长春市泰来街1825号　时代文艺出版社　邮编 / 130011
总编办 / 0431-86012927　发行部 / 0431-86012957　北京开发部 / 010-63108163
网址 / www.shidaicn.com　印刷 / 北京同文印刷有限责任公司
开本 / 880mm × 1230mm　1 / 32　字数 / 307千字　印张 / 12.5
版次 / 2015年8月第1版　印次 / 2015年8月第1次印刷　定价 / 39.00元

目　录

序　幕

巴塞罗那，一九八一年五月

有些人回避情感，自暴自弃，玛利亚就是这样一个人。也许这就是她拒绝见任何人的原因，即使现在，在医院病房这生命的最后一站。

她宁愿盯着玛丽娜送给她的百合花束，百合是她最喜欢的花。它们试图以面对一切不可能完成的任务时那种司空见惯的英雄般的姿势在盛有水的花瓶中生存。每一天，它们脆弱的闪着彩虹般色彩的花瓣都在凋谢，但仍带有谨慎的优雅。

玛利亚喜欢试想她也正在像那样死去：谨慎地，优雅地，无声地。但是，在床边坐着她的父亲，像石化的幽灵一样，日复一日，一言不发，一动不动，除了看着她，提醒着她一切都不会那么容易，就这样死去并不会是一切的终结。只需轻轻推开门，你就能看到身穿警服的警察驻守在过道上监视着她的病房，你会理解过去数月发生的一切并不能轻易抹去，即使医生拔掉维系她生命的机器上的插头。

那天清晨，负责她案子的侦探一早就来了。他是一个友善的但在某种情况下坚强不屈的男人。如果他同情她的处境，他不会显露出来。玛利亚被怀疑牵涉几起谋杀案，帮助一个囚犯越狱，这就是侦探看她的样子：一个嫌疑人。

“我们的朋友与你联系上了吗？”他问她，带着恭敬的冷淡。马尔臣带来了当天的报纸，并把它们放在床头柜上。

玛利亚闭上了眼睛。

“他怎么会？”

警察抱臂倚靠在墙壁上，他的夹克没系扣子，他脸色苍白，显得很疲乏。

“因为这是他唯一能为你做的，考虑到你的处境。”

“我的处境不会变了，侦探先生。我猜测塞萨尔知道这一点。只有傻瓜才会不惜一切代价看望一个奄奄一息的女人。”

马尔臣摇了摇头，凝视着那个严肃、高深莫测的坐在窗边的老男人。

“你父亲今天怎样？”

玛利亚耸耸肩膀，一块石头的感觉是无从知晓的。

“他一直不说话，他只是坐在那里，看着我。有时我认为他的眼睛正在枯竭，他就这样一直在那儿盯着我。”

警察深深地叹了一口气。他研究着她，这个女人曾经一定很有吸引力，在她的头发被剃掉之前，在一切束缚降临、在她依附于充满亮灯和体征数据图的监测仪器之前。与她相处让马尔臣感觉自己像一个矿工，用尽一切力气试图劈开一堵石墙，但仍然只是勉强削去些许碎屑。

“好吧，随便你……但是口供呢？你的父亲将要做供述吗？”

玛利亚把她的注意力转移到她父亲身上。这个老男人现在正看向窗外，街上的亮光照亮了他苍老面庞的一部分。他的下嘴唇下垂着，顺流而下的一小串口水弄脏了他的衬衫。玛利亚感受到一种愤怒和同情的混合情感。为什么他执意以这种无声的斥责方式待在她的身边？

“我的父亲帮不了你，侦探。他几乎再也认不出任何人。”

“那你呢？你能告诉我你所知道的吗？”

“当然，但是这并不容易。我需要理清思路。”玛利亚·本戈切亚向侦探保证她会简练叙述，坚持事实，不捏造，不回避，避免糟糕的报纸连载小说中的那种无用修饰。

开始她认为这会很简单，她想象这只是一个备忘录，而那是她的专长：简明扼要陈述事实；剩下的对她毫无意义。然而，结果证明远比她想象的复杂。她正在谈论她的生活，她自己的生活，所以她不由自主地主观起来，模糊了事实与印象、渴望与现实。最后，本该是一篇简单的诊断性短文变成了精神科医生的诊察台。

“不着急，慢慢来。”警察说着，留意到她床头柜上的笔记本，纸页的上方有一些字迹，“我得走了，但我会回来看你的。”

玛利亚在他离开后拿起笔记本，努力忽略父亲幽灵般的存在。她开始以一种假装的静谧神态书写，她发觉自己多次思索生命的意义和死亡的神秘。当她意识到这一点时，随即微微羞愧地画掉了那些段落。让她尴尬的并不是警察将要读到的内容，因为那些在那个节点无关紧要；让她感到羞愧的是那个纯粹的事实，她身上竟然发生这种事。

“那是我现在的样子吗？那是直到几周前我还感觉可以胜任的样子吗？”

然后她抛弃了猜想的世界回归了实际，回到了现实。如果她想写完过去数月发生的事情就不得不在生命结束之前迫使自己遵守纪律。他们会再次为她的肿瘤做手术，但是从医生的表情推测，她知道他们已经放弃了希望。她的疾病在某些方面是通往过去的一条路，快速倒回她的成年和童年。她将会无能为力地结束她的日子，不仅不会书写，甚至讲不出自己的名字；她将会像孩子一样结巴着表述不清；她将会带着纸尿片睡觉以防弄脏床单。她看向坐在轮椅上颤抖着的老男人。

“看来最后我们终将相互理解，爸爸。”她自言自语，带着一种只能伤害到自己的讽刺语气。她想知道，是否无罪会伴随那个不可避免的遗忘而至。她可以想象的最糟的事情莫过于变成她的父亲：她的思想仍然是一个女人的，却困在了一个孩子的身躯中。

她很惊奇她那么容易就忘掉了花那么长时间学到的一切，把她带到生命中我们称之为成年的那个节点的一切：敏感，安定，结婚，负责任，有孩子。玛利亚一个都不是，她从未有过，她从未成为她期望的那种女人。这与她的病无关，更多的是某些遗传的东西。她三十五岁，一个有名望的律师，离异，无子，与另一个女人玛丽娜一同生活。玛丽娜也已经离开她了，因为对玛利亚不能真正爱任何人这个事实感到绝望。现在她正面临一场谋杀数人的审判，一场永远不会举行的审判，因为上帝，或者掌控命运的任何什么人，已经制定下了一个不能上诉的有罪判决。

基本上，那些就是可能让人感兴趣的所有生平资料。她的资料可以填满数页：她的社会保险号，她的驾驶证号，身份证号，电话，出生日期，学历，硕士学位，从事的工作，甚至是她最喜欢的颜色，幸运数字，胸围和鞋码，甚至可以包括护照照片，从照片上你可从个人角度认定她是美丽还是丑陋，头发染的金色还是自然色，是否体重过轻，是否矮小等。那些有眼光的人，或是浪漫主义者，会说她有一种忧郁的气质，他们可以毫无根据地推断，她的爱情生活曾是一场灾难……但是最后他们仍然对她一无所知。

她依靠助步车的帮助走去浴室。她打开灯，日光灯带来长久不确定的闪烁光亮，瞬间显示出她的边缘，随即将她的后背投进黑暗之中。短暂的光辉让她瞥见了一个赤裸身体的轮廓，以及一张充满令人不安的阴影的面庞。

她很害怕她身体中的那个陌生人，她几乎不认识她。一个苍白的身体，松垮的肌肉，脆弱的四肢，以及一个凸显出血管的胸口，血管都会聚到下垂的乳头处。她的腋下和阴部鲜有毛发。她的性欲苍白、无力。她的手指像水母冲刷一块岩石一样触摸着她的大腿，她感觉不到它们。而她的脸……上帝啊，她的脸怎么了？她的颧骨像尖尖的小丘一样突出在她紧绷的面颊上；她的皮肤像贫瘠的田地一样开裂，充满黑暗的憔悴的沟壑；她的鹰钩鼻子挺立，鼻孔干涩。她的一头漂亮长发没留下任何痕迹。光秃秃的头骨的右半边有十四针的缝针痕迹。而她的眼睛是最糟的。

“它们在哪里？它们在看什么？它们看见了什么？”晦暗发蓝的眼袋及下垂的眼睑，无限的筋疲力尽，完全的魂不守舍，这是某个已经放弃了一切希望的人的双眼，某个走向生命尽头的人的双眼，行尸走肉的双眼。但是不管怎样，在衰老和疾病之下，她仍然是她。她仍然能认出她自己。她强挤出一丝微笑，几乎是啜泣的一个微笑，一个无能的姿态，天真的姿态。

她并没有死，她仍是剩下的那个她的主人。

“这仍然是我，玛利亚，我三十五岁。”她大声说道，好像是想吓走从另一边探出来的那个幽灵的踌躇阴影。很少有人能经受得住他们自己的镜中影像，因为在镜前总有一些奇怪的事情发生。你看着你看见的东西，但是如果你挖掘得稍微深一些，超越其表面，你就会被一种不适的感觉压制，那是个正在蛮横无理地注视着你的镜像。你问自己你是谁，就好像那个镜像是个陌生人一样。

她趿拉着拖鞋回到床上。她的身体很沉重，尽管它漂浮在白色的病号服之中。她打开电视，新闻使她困惑。它们是残酷的，好像没有人可以阻止那些事件接连不断地揭开，好像那些事件本身在主演它们的那些演员之上。记者皮拉尔·厄尔班正在国会进行报道，那是二月份政变的发生地。那里有特赫罗、米兰斯·德尔·博什、阿尔马达，以及其他共谋者的照片，所有人都傲慢自大、自恋。

普布里奥不在他们之中，他的照片和名字都不在，对莫拉家族也同样只字未提。

她毫不惊奇，她知道那是怎么回事。塞萨尔·阿尔卡拉已经警告过她不要抱太大希望：“我们的民主就像一个甚至还没有学会走路就已经学会隐藏脏衣服的小女孩儿。”但是看到之前数月的苦难和死亡没有起到任何作用，玛利亚不禁感到隐约的苦涩。

她意识到她的父亲也在看新闻。她不确定他是否明白什么，但是她看到他的眼睛一亮，他的双手紧握着轮椅的操纵杆。

“不值得你为他担心，你不觉得吗？”玛利亚说道。

她的父亲微微收回前倾的头，用一双充血的眼睛看着她，结巴地说着玛利亚并不想听的一些内容。

她换了频道。一个埃塔[①]恐怖分子在马德里进行恐怖袭击，一辆在卡斯蒂利亚大道上燃烧着的车冒着烟，人们呼喊，充满了怨恨和无能为力；菜籽油中毒的受害者们在法庭门口显露出他们的畸形，这让她想起坐在教堂门口患有小儿麻痹症的那些乞丐；政客们高举十字架反对离婚法，其他人举着共和旗帜。世界在飞快旋转，人们在用旗帜和标志保护着自己。她关掉了电视，一切噪音都消失了。

沉寂回到了奶油色的房间，周围只有静脉滴注袋，关着的门，门外护士们的脚步声。她可以想象警察仍然在那儿监视着，无聊厌倦、昏昏欲睡地坐在椅子上，正想知道保卫一个奄奄一息的女人有什么意义。

---

① 埃塔：埃塔恐怖组织的简称。该组织成立于一九五八年，原为佛朗哥时代巴斯克地区的地下组织，佛朗哥独裁统治结束后，逐渐发展成为危害整个西班牙社会的主张暴力的分裂主义恐怖组织。二〇一一年宣布永久停火。

两个护士进来给她洗澡。玛利亚很友善，即使她知道她们不会给她烟，她还是尝试向她们要一根。

“吸烟会损害你的健康。”她们回答道。玛利亚微笑着，同时她们为这个显而易见的愚蠢回答感到脸红。

事情应该反过来，应该是她脸红，在她们用海绵像对待小孩子一样给她擦拭的时候。但是她什么都没做，她让自己像一块肉一样被其中一人翻动。另一人推着她父亲的轮椅把他推出门外，玛利亚很感激这个暂时的休息。护士洗着她的腋下，她的双脚，为她换了血清袋，同时一刻不停地谈论着自己的孩子、丈夫和生活。玛利亚闭目听着，希望尽早结束话题。

她们换了床单被套，没有味道，那使人不安。房间里没有气味，医生说这是因为手术，它影响了她的嗅觉。一个没有气味的世界是一个超现实的世界。连玛丽娜那天早晨送她的百合也没有散发出任何香气。她看着枕头旁边的它们，看了几个小时。它们看上去很新鲜，茎和花瓣湿润欲滴。它们倾斜向从窗口射入的阳光，想要逃走，到外面去，就像玛利亚，就像在她之前躺在这张床上死去的每个人一样。这就是为什么窗口要有铁栏杆，为了避免诱惑，尽管她不需要它们。自杀需要勇气。当生命不再是一个选择，你不能让偶然的运气夺走仅剩的尊严。她从莫拉家族学到了这一点，但玛利亚绝不会自杀。

有时医院的神父过来看她。这是日常探望，像医生早上做的第一件事是带着记录夹，身后跟着年轻实习医生到病房查房一样，神父有同样的习惯。玛利亚想象每天神父腋下都夹着一个名单，上面有即将归天的人，或者他会在那些走向生命尽头的人的病房上标一个“×”号。他一定以为病人在那段最后的路程更加虚弱，对于他有关上帝和命运的论断更加善变、更加脆弱。撇开那点，他不是一个不友好的人。玛利亚甚至真的喜欢听他说话，只因为她想知道是什么原因让这样一个年轻的男人把毕生的精力投入到一个幻景上来。他穿了件教士长袍，围着教士领，一件干净、素雅的法衣，法衣上盖满了扣子甚至隐藏了他的鞋。那个保守的年轻神父看上去对任何事都不感到罪咎，更不用提玛利亚正在逼近的英年早逝了。相反的是，当她坦白她不信上帝时，他带着真诚的怜悯看着她，他能够理解使玛利亚处于内心干涸状态的恐惧。

“没关系。无论你是否相信，你离神恩，离上帝身边的永生只有一步之遥。”

玛利亚带着迷茫的表情审视着他。那个神父，没有犹豫和一丝讥讽或伪善的痕迹，让她为她的罪孽忏悔。

“他们说我杀了一个人，神父，而且是我亲手干的，你相信吗？”

“我知道这个故事，玛利亚，每个人都知道。一切都会权衡的，上帝是仁慈的。”

“为什么你那样说？你真的相信我们被上帝审判吗？”

“是的，我真的相信。那是我的信念。”

“那为什么你的上帝不卷起袖子亲自下来伸出援手帮忙，却让善与恶在人间发生，而他本人高高坐在宝座上呢？”

“我们并不是需要被告知该做什么的孩子，我们是自由的人类，因此，我们得面对自己所作所为所产生的后果。”

“神父，坦白说，我不相信有任何人允许你的上帝让我为自己的行为释罪。”

“你所相信的及我所相信的，不会改变注定的事情。你马上会得到永生，一切都是有道理的。”神父深思熟虑地回应道。

玛利亚问他人们想要不朽的生命做什么。

"为什么吃饭？为什么一直呼吸？为什么一直用这种小塑料杯喝水？为什么一直要吃那些色彩斑斓的药片？为什么不放弃？我想结束这一切，结束这一切，谁想永生？周而复始的生老病死，一遍遍重复着同样的毫无意义的苦闷。死亡是活着的万物都要经历的，它是生命的代价。上帝与之毫不相干，我们不应该把上帝牵扯进来。这是液体的、化学的、人类脆弱的错误。上帝和英雄并不存在。只有乌烟瘴气。我本应该就这样接受它，这样一切对我来说就会容易许多。但是我不能。"

"你不能放弃自己，因为在你身体中有神圣的东西，上帝的一部分。想想你的生命吧，反思你的良心，你会发现并不是所有事情都那么糟糕。"神父对她说道。他拍拍她的双手好像要说"一会儿见"，然后就离开了，留下了他的那些话，以及他身上的老教堂气味。

玛利亚的健康每况愈下，大部分时间都要靠服用麻醉药来减轻痛苦，当重获清晰神智时，她只想闭上双眼保持睡眠，使蹦入脑海中的记忆麻木。

就在那半梦半醒的状态里，她接见了或者认为自己接见了一位陌生来客。她感受到一只手，修长的、冰冷的手指触向她因发烧而灼热的手。它触摸起来是粗糙的、凹凸不平的，巨大的血管似乎要逃离皮肤。一个遥远的声音，镇定又温暖，让她醒来。那个声音进入了她的梦境迫使她睁开双眼。

那儿一个人都没有，她独自在病房中。一股冷空气从微微开启的窗口吹进来。她想这也许只是一个梦，是由发烧引起的幻觉。她翻了个身要继续睡觉，但就在那时，她看到床头柜上有一个封着口的小信封，上面写着她的名字。她用颤抖的双手打开信封，是一张短笺：

记住武士的训令。刀剑本身并无荣辱，只有挥舞它的人才有。安详离去吧，玛利亚。

她立即认出了那细小、难认的字迹，那是一个幽灵的字迹。

她打开床头柜的抽屉，拿出一张深褐色的旧照片。

这是一个近乎完美的女人的肖像，如此完美以至于看上去不像真实的。也许这是照片的效果，或者是照相时抓取到了那一瞬间。她看起来像一个二十世纪四十年代的演员，烟雾从她嘴里涌出，形成灰白的螺旋卷曲状，部分盖住了她的眼睛，给她带来一种神秘的晕圈。她右手撑在脸颊上，以优雅的漫不经心的姿态拿着一支带有烟嘴的香烟，烟嘴夹在食指和中指的两个戒指间。她愉悦地吸着烟，但并没有沉溺其中，似乎那是一种艺术。她以从容不迫的姿态吸着烟，她的微笑是奇妙的，好像它违抗了她的意志从她嘴中逃逸出。玛利亚不能区分这是悲伤的微笑还是幸福的微笑。事实上，关于她的一切都是转瞬即逝的，很可能存在，却又是不确定的，就像围绕她的烟雾一样。

当玛利亚看着照片时，她想知道那个神秘的女人吸的是什么空气。那个推动一切发生的女人，她的皮肤、她耳垂后的香水闻起来是什么味儿。她想象一种温柔的芬芳仍在空气中飘浮，就像她曾存在过的痕迹一样。她强加自己的欲望法则，一种温和的绝对专横，同时她是她美丽和沉默的一个俘虏。一顶宽大的阔边花式女帽努力掩藏住她前额叛逆的卷发，她呢子夹克的垫肩掩藏住了她美丽的乳房。

缓慢地，玛利亚撕碎了她已带在身边数月的照片。她走到开启的窗户处把碎片扔出窗外，它们散落进一九八一年清晨的雾气中。

第　一　章

梅里达，一九四一年十二月十日

天很冷，厚厚的积雪覆盖在铁道上，雪很脏，沾着煤灰。一个小孩在空中挥舞着他的木刀，着迷地凝视着铁轨的联结部件。

铁道分出两条，一条支路朝西，另一条朝东。一列火车停在道岔联轨点的中间，看起来像是迷失方向了，对铺在前面的道路无从选择。火车司机从狭小的窗口探出脑袋，他的目光与小男孩儿的目光相遇，好像在问他应该选哪条路，或者小男孩儿是这么认为的，小男孩儿举起刀指向西边。没有确切的理由，只因为这是其中一种可能的选择，因为那一刻选择了那条路。

当火车站长举起绿色的旗子时，火车司机从窗户里扔出正在吸的香烟，消失在火车头中。一声刺耳的汽笛声吓跑了落在高架电缆上的乌鸦。火车启动，铁道上溅起了大块的脏雪。它缓慢地选择了西向的路线。

男孩儿笑了，确信他的手指决定了它的路线。十岁的他知道，他能实现自己决心要做的任何事情，虽然说不清楚为什么。

“快点儿，安德雷斯。我们走吧。”

这是他母亲的声音。一个柔和的声音，只有仔细听才能听到的轻声细语。她的名字是伊莎贝尔。

“妈妈，什么时候我能得到一把真正的刀？”

“你不需要什么刀。”

“一名武士需要一把真正的武士刀，不是一根木棍。”男孩儿抗议道。

“武士需要的是保暖，免得感染上流感。”他的母亲回应道，整了整他脖子上的围巾。

踩着极高的高跟鞋，伊莎贝尔艰难地在站台的乘客群及他们的目光群中穿行。她的移动带着走钢丝者的自然，她躲闪开一个漂着两个烟头的小水坑，又突然转向避开一只奄奄一息的鸽子。

候车亭里一个留着神学院学生发型的男孩儿给这对母子腾出了一些地方。伊莎贝尔坐下来，双腿自然地交叉，她的手上戴着皮手套，她的一举一动都带有难以捉摸的高傲，好像时刻在意别人的注视，已然习惯被他人仰慕。

她修长、美丽的双腿从膝盖下方的裙摆下探出，这样一个女人即使最普通的动作也要展现出最完美谨慎的舞蹈比例。臀部微微向右倾，她抬起左脚擦拭溅落在鞋尖的泥点儿。

紧贴在母亲身边，安德雷斯以这种方式宣示母亲是他的。他无礼地看着等火车的其他乘客，准备好了用他的刀刺穿靠过来的第一个人。

“小心一点儿，别伤了你自己或其他人。”伊莎贝尔叮嘱道。她认为吉列尔莫鼓励儿子奇思幻想似的生活简直太疯狂了。安德雷斯不像他这个年龄段的其他男孩儿，对于他来说想象和真实世界并没有分别，而她的丈夫总是喜欢给他买各种各样的危险玩具……他甚至答应要给他一把真正的刀！在离家之前，她试图收走他的士兵集换卡，但是安德雷斯歇斯底里地尖叫，她害怕他吵醒其他人从而泄露自己的仓促出逃，只得允许他带着它们。总之，她的视线一刻不离地注视着他，只要一有机会她就会扔掉它们，就像她计划的那样，摆脱与她丈夫及她此前生活有关的一切。

在那个战后的清晨，一阵儿与众不同的寒流从火车站巨大的窗户外袭来。男人们低头行进，神情紧张，他们的目光聚焦在地平线上以便避开陌生人的眼睛。战争已经结束了，但人们还很难适应新一轮的寂静，很难适应天空没有了飞机没有了流光一样呼啸的炮弹。人们的眼中仍然存有疑惑，眼角的余光注视着云彩，担心恐怖的爆炸卷土重来；当发着短促哞哞声、让人起鸡皮疙瘩的警报响起时，人们竞相跑到防空洞避难。战争双方逐渐适应了战败和战胜，不再脚步匆匆，可以睡个囫囵觉而不再频繁被惊醒。慢慢地尘埃落定，断壁残垣消失不见，但是，另一场没有硝烟的战争悄然开始了，开始了新的警报、新的恐惧，尽管国家电台的战争新闻中不会再响起集结号。

在那场战斗后的战争中，伊莎贝尔失去了一切。

一条闻着有虱子、菊苣、配给卡、口臭、肮脏指甲味道的油污在火车轨道边的乘客中快速扩散，给柔灰色调中的他们的存在略微着了色。只有非常少的一些乘客散布在站台长椅的一侧，用紧闭的双眼和信任的表情吸收着透过雪照过去的柔和阳光。

安德雷斯厌恶地看着这一场景，他不认为自己是儿童世界中的一员，他总是感觉自己属于成人圈子，在成人圈里归入他母亲的圈子，即使做梦他也从未离开他母亲身边。他紧紧地捏着她的手，不明白为什么他们处在那种情境之中，但察觉到其后有一个危险动机。他的母亲很紧张，他从她的手套下面感受到了她的恐惧。

一支身着蓝色衬衫的年轻队伍拥入站台，他们的胡子刮得精光，骄傲地把法西斯的轭和箭镞标记戴在胸口，用他们的吟唱和好斗的目光威吓着其他人，尽管他们中的绝大多数看上去太年轻或者太青涩了，以至于没有在那场战争的任何战场上战斗过。那场战争至今仍然在数不尽的家庭中熏烧着。

那个在长椅上给伊莎贝尔腾地方的年轻人更深地陷入对自己双脚的凝视之中，他紧紧挤压着双膝间用绳子捆住的木质手提箱，回避着那些长枪党党员的挑衅注视。

穿着蓝军装、高筒靴的这帮人，让小安德雷斯很着迷，他还跳下长椅向熟悉的制服致敬。安德雷斯没有办法领会这帮年轻男人的出现制造出的极度痛苦的气氛，也领会不到离铁轨越来越近的拥挤人群中的颤抖气氛。他在家总是见到这样的制服，他的父亲骄傲地穿着，他的哥哥费尔南多也穿着。他们是胜利者，他的父亲说过。没有什么可怕的，没有！

在站台上的那些人像被狼群环绕逼迫到悬崖的一群绵羊一样，一些长枪党党员强迫一些乘客高举手臂致敬，唱《面向太阳》。安德雷斯聆听着由胡安·泰勒瑞亚创作的赞美诗合唱，他的嘴唇是如此训练有素以至于毫无意识地重复着旋律，这个冲动已然成为条件反射：

欢笑声会在春天到来，
我们将在空中、地上、海里迎接她的到来，
立正！同志们齐步走，奔向胜利，
西班牙将迎来她崭新的一天……

但是他的母亲唱《面向太阳》时缺少了之前的狂热，她与其他许多人一直以来期盼的和平只是一个幻景。

就在这时，火车蒸汽机的汽笛声响起，每个人都被无形的潮流掀动起来。

火车到了，带着制动模糊不清的尖锐长鸣慢慢停下，它的铁皮把火车站分成了两个站台。窗口涌现出各种形状的头——一些带着棒球帽和圆边帽，一些什么都没戴——还有数十双手撑在窗框上。当站长举起红色旗子、列车员打开门时，乘客们的各种声音、物品混成一团。父亲指挥着在狭小车厢内寻找位置，母亲拉着他们的孩子以防在人群中走失。五分钟后，两声汽笛长鸣，灯变绿，列车噗噗奋力向前驶去。在它启动时蒸汽机似乎要停转，但最终抓住了向前行进的惯性，把裸露、寂静的火车站台留在了后面的烟雾之中。

伊莎贝尔没有登上那列火车，那不是她正在等候的。在厚重的白色云朵掩盖的蓝色日光之下，母亲牵着儿子仍然站在空荡荡的站台上，嘴唇中传来他们凝结的呼吸。伊莎贝尔的目光游荡在火车的最后一节车厢后，火车消失在一片白茫茫之中。

"女士，你不舒服吗？"

一个男人的声音越来越近，伊莎贝尔吓了一跳。尽管那个男人已经从她的脸庞边慢慢移开，她仍能从他的呼吸中辨别出他有龋齿或牙龈炎。那是火车站长。

"我正在等四点的火车。"伊莎贝尔回答道，声音像是想要把自己隐藏起来。

那个男人抬头往帽檐上方望去，查看着挂在墙上的椭圆形钟表上的时间。

"那是去葡萄牙的火车，一个半小时之内不会来的。"他颇显为难地告知她。

她开始害怕那个男人的好奇心，她没看到那个男人的双手，但是她觉得他一定有着污秽的手指和油腻的指甲。

“是的，我知道。但是我喜欢待在这里。”

火车站长带着不解的表情看着安德雷斯。他想知道一个带着十岁男孩儿的女人等着不知何时到来的火车，是要做什么。他得出结论，她一定是战争挖掘出的又一个疯狂女士。她一定有自己的故事，像其他每个人一样，但是他现在没有心情听，然而安慰一下有着美丽长腿的女人并不是难事。

“如果你想要咖啡，”这次，他以那种大型猫科动物的咕噜咕噜声说道，“那儿，在我办公室，我可以给你提供一份不错的重烘焙咖啡，绝不是自助餐厅里的那种菊苣。”

伊莎贝尔谢绝了邀请，火车站长转身离去，但是她察觉到他回过头来几次观察她。她佯装出与她的真实感觉大相径庭的一种平静，拿起自己的小旅行袋。

“我们进去吧，你会感冒的。”她对儿子说道。

至少在候车厅里她的肺部在她呼吸时不会疼。他们找了一个地方坐下，她把圆边帽放在长椅上，点了一支英国香烟，放进她的烟嘴，吸入那些相当甜美的烟气。他的儿子注视着她吸烟的样子，完全被迷住了，他再也不会看到第二个抽烟如此优雅的女人了。

伊莎贝尔打开她的手提箱，拿出其中一个清漆封面的笔记本。本中掉出一页纸，上面是教师马尔塞洛写下的他在里斯本的家庭住址。

她并没计划在那儿躲很长时间，只需让她和安德雷斯搭上去英格兰的货轮即可。她对那个可怜的教师感到抱歉。她知道如果吉列尔莫或者普布里奥发现马尔塞洛帮助她逃跑，他的处境将会极其艰难。有时她感到内疚：她并没有告诉他全部真相，只是说服了他而已；从另一方面来说，这一点并不难做，说谎在这个节骨眼儿上是一个很有必要的捷径。她早就知道马尔塞洛喜欢她，得到他的帮助并不难，即使她已经跟他明确表示了自己的情感并没有超越好友关系。

“拥有你的友谊总比什么都没有强。”他曾这样说道，带着许多乡村教师身上都有的一种一文不名的诗人气质。

伊莎贝尔把地址收好后开始写信。她很紧张，时间压力下，在她最需要手指配合的时候，它们却不听使唤。带着愤怒之情，她书写着，字迹没有了往常的热情和优美。她用食指主导着写满整页纸，推开掉落在信纸上的烟灰。她本应该在前一晚给费尔南多写信的，但是她害怕她大儿子的反应，在一些事情上他就像他父亲一样。她知道他不能理解为什么她要逃走，害怕他会阻止她，她决心等到他们之间有足够距离的时候再给他写信。

亲爱的儿子，亲爱的费尔南多：

当你收到这封信时，我已经带着你的弟弟在千里之外了。对于母亲来说再也没有比离开自己忍受剧痛带着欣喜生下的孩子更悲痛的事情了，你一定能理解我的悲伤，当我想到在安德雷斯最需要你的时候我把他从你身边带走，这种悲伤就油然而生。你我都知道，他是个特殊的孩子，需要我们的帮助，而他崇拜你并且听你的话。你是唯一能让他从愤怒的攻击中镇静下来、唯一能迫使他吃药的人。但是我不能再待在那个家里了，你父亲的家，在一些事情发生之后，我不得不逃走。

我知道你现在一定非常恨我，你将会听到关于我的恐怖的事情，它们都是真的，我不能对你说谎。也许你现在不理解为什么我这么做，也许你永远不会理解。至少在你无望地爱上某人随后又被你所爱之人背叛之前，你不会理解。如果我告诉你，十九年前，当我在你现在这个年龄嫁给你父亲时，我对他的爱就像对你和你弟弟那么多，你一定会以为我疯了。是的，费尔南多，我爱他的程度就像后来我恨他以及爱另外一个人一样深。那份恨蒙蔽了我的双眼，以至于我意识不到我的周边发生了什么。

我并不是为爱而逃，我的儿子，那种情感已经在我心里永远死去了，我仍然活着是因为安德雷斯需要我。我不想为自己辩解，我的愚蠢是不可原谅的。我把你置于危险之中，许多人将会因为我的天真而受难：那就是为什么我不能让你的父亲以及他的猎犬普布里奥抓住我。你已经是个成年人了，你可以自己做决定并且走自己的路了，你不再需要我了。我只希望有朝一日，时过境迁，你能原谅我，并且理解出于爱也可能犯下最残暴的行径。有一天，如果你足够强大、意志足够坚定了，你将会发现真相。

无论发生什么都会永远爱你的母亲

伊莎贝尔

有人正在注视她，并不是火车站站长。她听到脚步声在地面回响，声音拉近，脚步以稳健的节奏在靠近，伊莎贝尔抬起头，一个矮胖敦实的男人双腿叉开停在她面前。

“你好，伊莎贝尔。”那个声音断断续续。

伊莎贝尔抬起头，带着巨大的悲痛，她端详着那张熟悉的脸庞，那双曾经深情的眼睛如今审视着她，看上去深不见底。让她悔恨的是，她仍然能够深深感受到在他床上经历过的阵阵颤动。一瞬间，她被那粗大的不辞辛劳的双手弄得心醉神迷，那曾经把她带上天堂的双手如今却让她落入地狱。

“所以你将成为那个人，毕竟那是发生在我们之间的。”

显然，火车站长已经通知过她了，她不能为此而责备他。在那些日子里，每个人都争相对新政权呈现出最炽热的忠诚。

她注意到那个男人蹒跚的动作和他的笑容，这是愤懑、阴险却有吸引力的黑暗王子墨菲斯托菲利斯一般的笑容。

“我比普布里奥或者你丈夫的任何其他一个走狗都强。”

伊莎贝尔的表情扭曲了，她是如此悲伤以至于再也抑制不住她的泪水。

“那你是什么，如果不是他最坏的最奸诈的走狗？”

“我的忠诚明镜可鉴，伊莎贝尔。它们并不是对你，也不是对你的丈夫，它们是对国家。”

伊莎贝尔的胸口一紧。听到这些话从她曾经同床共枕将近一年的这个男人嘴里说出来，她极为心痛，她把一切都给了这个男人，完完全全，甚至包括她自己的生命，因为这是她理解爱的唯一方式。而如今的他，为了一个词把她交了出来，为了“国家”这个抽象的一无是处的东西。

她想起和他在一起的夜晚：黑暗中他的手在她身上摸索，他们的嘴唇如胶似漆地相互寻找。那些从睡眠中偷得的、转瞬即逝的、交织着担心被发现的恐惧的夜晚是她生命中最热切最幸福的时刻。一切都有可能，在那个允诺给他一个更好的世界的男人的臂弯里，没有什么是做不到的。但是她不再哀悼自己的错误，在她之前许多人已经遭遇过情人的幻灭，另外一些人已经见到过希望的粉碎。如今在她身上发生的事情曾经在其他人身上发生过，并且会继续在另外的人身上上演。但是背叛是如此惨烈，对她内心造成的毁灭是如此巨大，以至于她接受不了。

“这段时间你一直在利用我来赢取其他人的信任。你早就计划好了，你知道我是最容易接近的，你毫无悔恨地利用了我。”

那个男人冰冷地审视伊莎贝尔。

“你跟我谈道德和悔恨实在很奇怪。尤其是你，你一直养活并保护着想要谋杀你丈夫的那些人。”

出人意料地，伊莎贝尔抓住那个男人的手臂，动作猛烈得仿佛要让手臂碎裂。

“你就是提议这起谋杀并为之做准备的人，你让那些可怜的男孩儿成为屠夫，你给我们设下了圈套。”

他粗鲁地甩掉她的手。

“我只是加速了事件，迟早他们会尝试类似的事情，我最大的作用是可以控制方式和时间，以使可能的伤害最小化。”

伊莎贝尔的面容逐渐分崩离析，就像一个被遗弃在太阳下的蜡质面具。那个男人的冷酷以及他的毫无罪恶感，一切都让她难以招架。

“你对我造成的伤害，你打算怎样最小化？”

那个男人咬紧牙齿。他想起曾经的夜晚伊莎贝尔做过同样的表情，但他的感觉并不是愉悦，而是痛惜。每晚和她做爱之后他都感到茫然，就像她充满感激和崇拜地凝视他时他的感受一样。他从她本人的口中听到过她丈夫对她的残暴和默然，似乎没把她当成一个人。他从那个团伙的其他共谋者口中听到过普布里奥和他的长枪党犯下的暴行，那些共谋者曾在自己的朋友和家庭成员的家中发现隐藏着的血迹。尽管那一切已动摇了他的坚定性，尽管他和他们生活在一起的那漫长的一年中他已感受到了类似于爱和友谊的东西，但那些感觉与圆满完成委任给自己的任务，即瓦解由莫拉夫人支撑的共谋团伙相比，是不值得一提的。即使不是他，也会有其他人被委任那个任务。伊莎贝尔从来不是一个处事非常小心谨慎的人，她不知道怎样说谎，显而易见她不具有革命性，她只是一个憎恨丈夫的资产阶级女性。

他已经完成了必须要做的事情，但那并没有平息他当前对自己感觉到的蔑视。

“当有机会的时候，你应该离那些谋划者远一些，伊莎贝尔。”

“你只抓到了我，当知道你的真面目后我警告了其他人，你和你的上司不可能触及他们。”

那个男人露出一副屈尊的笑容。

“你会告诉我他们在哪里的。”

“我不会！”

“我可以向你保证你会的，伊莎贝尔，”那个男人转向安德雷斯，用极其急躁的声音说，“换言之，如果你想再见到你的儿子。”

男孩儿观察着那个场景，不明白发生了什么。他的脸被冻得通红。

越来越大的风裹挟着一列驶来的火车的轰鸣声。火车是去里斯本的。铁轨之上雾气之中驶来了车轮，噪音逐渐减小。停顿和汽笛声就像赛跑者历尽艰辛到达终点后的深呼吸。

“我们走吧，妈妈，那是我们的火车。”安德雷斯说道，拉着他妈妈的一只手并试图拖动。她没动，也没有把视线从那个男人身上移开。

那个男人随后仰靠在男孩儿的边上。他的脸上挂着一个宽厚的、慈爱的微笑，直击伊莎贝尔心灵深处。

“计划有变，安德雷斯，妈妈得去旅行，但是你要回家，你父亲正在等你。”

男孩儿困惑地看着那个陌生人，然后他的目光又转回到妈妈那里，她正忧虑地看着安德雷斯。

“我不想回家，我想和我妈妈一块儿走。”

“那不可能。不过我想你父亲有一个巨大的惊喜给你……一把真正的日本武士刀！”

拨云见日一般，男孩儿的脸庞亮了起来。他一时惊讶得哑口无言。

“你的意思是？”

“绝对是真的，”那个男人保证道，“我不敢跟一个武士说谎。”

安德雷斯的得意之情溢于言表。

他们朝车站入口处的小汽车走去。安德雷斯欢呼着，脚踩积雪，大步流星，想先于其他任何人到家。伊莎贝尔拖曳着双脚前行，那个男人紧随其后，目不转睛地盯着她。

“你们想把我儿子怎样？”在上车前她突然问他。

“他将成为一个快乐的男孩儿，长大后记得他母亲是多么美好……或者是一个可怜的疯子，终身被囚禁在一个悲惨的精神病院中，这取决于你。”

天空像笼罩着玻璃纸一般，小汽车厉声低吟着慢慢驶离火车站。后座上，伊莎贝尔紧紧地抱着安德雷斯，好像想把他塞回肚子里以保护他。但是男孩儿以一种自私的姿势推开她的怀抱，并让那个男人开快一些……再快一些。他终于要拥有一把属于自己的真正的武士刀了。

第　二　章

巴塞罗那，一九七六年十一月

诊所走廊里悬挂着一幅奇怪的画，它描绘了一个满身流脓的乞丐，裹在一件带兜帽的披肩里。他的脸庞显露出疑惑和愤怒。他的眼睛，眼窝深陷，略带绿色，神秘地闪烁着。画面呈现出一种无比的美感。它的真正价值不在于其形象或构图，而在于其色彩：披肩那令人毛骨悚然的亮红，兜帽的金属灰，天空的湛蓝，以及背景的大地棕。

玛利亚等医生叫号时沉浸在画面里。在她旁边有一张桌子，上面有时尚杂志、旧报纸，还有关于心理健康的小册子，但是她的目光始终被墙上画框中那个孤苦无助的人物所吸引。

“本戈切亚小姐，医生现在要见你。”

医生是个瘦削的男人，肌肉萎缩，胸部下陷，双肩内弯。他并不比玛利亚老，但是他说话像个老人，声音萎靡。他让她坐下，并从抽屉里拿出一个封着口的信封。那是给他父亲做检查的医院寄来的。

有几秒钟时间那个医生把信封从一只手递到另一只手上，却没有打开。这一举动简直要把玛利亚折磨疯了，她荒谬地企图透过灯光查看信封里的内容。她依稀辨认出是手写的半段内容。

事情不会很严重，重要的事情通常需要更长的解释，她愚蠢地开导自己。医生撕开信封，把诊断结果拿给她。

“并不是好消息，恐怕你父亲得了癌症，癌细胞已经大面积转移。我应该让他入院治疗，尽管，坦白说，我不知道这样做是否值得。也许对他来说最好的方式是在家度过他最后的岁月。他的身体会每况愈下，并需要人照料。”

玛利亚迷惑地眨着眼睛。突然间一切都天旋地转了，且过快过猛，以至于办公室的家具、窗户、窗帘、走廊上的声音，以及她的思想，在那一刻都聚集在了一个充满荒谬问题的漏斗之中。

当那个消息在她身上引发的离心力最终停下来时，所剩下的只是空气和漫天的灰尘。

“怎么会发生这种事？”

这些事情发生了，这是医生的结论。不是非常专业，也不是非常科学，但千真万确。

“很抱歉。”医生说道，他费劲儿地咽了一下。

玛利亚知道那不是真的，医生并没有感到抱歉，他只是在履行他的职责。

当她听着他抽丝剥茧般倒出一系列对她来说毫无意义的医学概念时，玛利亚点了一根烟。

“这里不能吸烟。”医生劝诫道。

她并没有理会他。她吸了第一口，忧虑地注视着烟气从她的鼻子和口腔中呼出。她诅咒自己缺乏意志力，但是她没有熄灭香烟。现在还有什么关系吗?

在离开诊所之前，她的眼睛与版画里乞丐的双眼相遇，看上去他正在讥笑她。

她去到办公室，试图工作，但是集中不了注意力。她无精打采地眼看着文件堆积了起来等着她签字。在斜面玻璃门的后面，她可以听到来访者的低语声。

“这一切都是垃圾。”她低声说道，将脸埋入双臂之中。文件中的数字、彩色图表，公证契约，遗嘱，民事诉讼，它们看起来都抽象荒谬，与现实完全无关。

窗帘拉着，灯关着，无精打采的她感到格格不入。她只能思考该怎样跟洛伦索解释以便他对于与她父亲同住这件事不会太过生气，以便他能在这么久没跟她父亲说过话之后慢慢适应与他同住。

这时有敲门声，玛利亚能够辨认出她同事雕塑般的轮廓。在那种时刻玛丽娜对她来说是最好的慰藉。

“进来吧。”她说道，点上了那天说不清是第几根的杜卡多香烟。

玛丽娜打开门，夸张地把烟气从那间小办公室中挥出。

“如果你寻求的只是兴奋，抽支好点儿的大麻，别把你自己困在这个垃圾堆里闷死。”

玛丽娜是个可爱的女人，可爱得似乎我们无从拥有。她散发着一种力量，不仅仅是因为她绿色纹理的大眼睛、她挺拔的后背和优雅的身姿。玛利亚发现自己不止一次用眼角的余光观察她，当发现自己被玛丽娜散发出的幸福和悲伤杂糅的奇怪混合气质所吸引时，她涨红了脸。

“从你的表情可以判断，你父亲的情况不大乐观。”玛丽娜说着坐到桌子的拐角处，交叉起她的双腿。

“他得了癌症。”

玛丽娜的脸庞紧了一下。

“你打算怎么办？”

“最可行的办法是把他接来和我们一块儿住，但是洛伦索不会喜欢的。”

听到那个名字玛丽娜的表情有些阴沉。

“那个蠢货！”她尖声叫道。

玛利亚眼中带着责备看向她。

“别这样说他。他是我丈夫。”

“他是个浑蛋，不配拥有你，玛利亚，有朝一日你将会不得不好好审视你的处境的。”

玛利亚用手指对话锋转向做了一个暂停的手势。她知道她的朋友说得对，她和洛伦索的关系已经到了不能忍受的极端，但是现在并不是她必须思考这个问题的时候。

“不光是洛伦索，我也是。我父亲和我已经多年没有说过话，我们几乎不了解彼此的情况。我怎样才能把他接过来与我同住？我甚至不知道为什么他在做检查时给了医院我的地址。这难道不好笑吗？因为医生只有我的手机号码，他不知道该跟谁说，所以我才发现我父亲要死了。”

玛丽娜伸展开她的手指，露出修得很漂亮的指甲，轻抚了一下玛利亚波浪形的刘海。她花了过多不必要的时间用于情感抚慰，不在乎玛利亚是否注意到她手上的颤抖。她想知道自己怎么会爱上这样一个冰冷的、难以接近的女人。

“你们相互间增进一下了解会是一个不错的办法。毕竟，他是你的父亲，你是他的女儿，无论有多少分歧，你们总有一份坚不可摧的血缘关系。”

触碰到玛丽娜的手指，玛利亚感受到一丝愉悦的颤抖。那个感觉让她烦扰。她掩饰性地耸了耸肩膀，从那些诱人的手指处移开。

“我让你紧张了吗？”玛丽娜问道，带有明显的恶意。

“当然没有。”玛利亚回答道。她没有大惊小怪，她非常清楚玛丽娜的性取向，但是她已经结婚了，并且想要有一个家庭，尽管有时她并不完全确定。

“回到你父亲身边，为什么你不去看看他呢？这对你有好处，你们可以静下心来决定哪种方式对你们双方最好。”玛丽娜说道，意识到那种温柔的驳斥意味着什么。

玛利亚思考着。第二天是周六，洛伦索直到周一都会在兵营值班，而去父亲的乡村乘巴士车不过两小时。她可以搭乘出租车去乡下的家，住一晚上，然后周日回家，她丈夫发现不了。

“你说得对。我也可以去看看我母亲。距离上次去那儿似乎已有几个世纪了。”

数小时旅程中，她前额顶着车窗玻璃，对窗外的景象视而不见，郁郁寡欢。深入比利牛斯山脉地区，地形愈发平缓，植被愈发葱郁。路过那些小镇，她被一个小男孩儿的目光击中，他跟在似乎永不停歇的巴士车辙后面。在她还是小女孩儿的时候，玛利亚曾经以同样令人不安的眼神注视过往的车辆。她看着飞机和汽车疾驰而过，想知道它们驶向何方。她总是相信它们将去往比她所在的小镇要好的某个地方。

大约一小时后，巴士驶入了一个大型城镇的主广场。那天是集市日，拱廊下面分布着水果摊、白酒摊、次白兰地酒摊、果酱摊和香肠摊。巨大的桉树慵懒地竖立在没有热度的冬日之下。

“这么美的日子，不应该有人死去。”一位乘客说着下了车，没有意识到其所言不合逻辑。

确实是美丽的一天。灰色的鸽子将它们的脑袋蘸入洁净的、充满活力的、流动的喷泉里。两棵巨大的棕榈树为广场上粉饰一新的尊贵的建筑正面避暑遮阳。那些大型宏伟的高楼保持着一种特定的苦行般的、几乎是修道院般的风格。它们仍然承载着古老贵族的纹章盾牌，其建筑石料来自于征服时代，巨大的窗户让人联想起神学院。

玛利亚迅速地避入了一条小街巷，逃离了广场的拥挤和喧嚣。一个老妇人正拿着笤帚清扫地砖，当看到玛利亚走近时，她把手拿到脸上做遮阳状，盖住了她浓密的眉毛。她有一双呆滞、懒散的眼睛。

“哪里有出租汽车站？”玛利亚问她。

老妇人用笤帚把指向四五十米外一所孤立的房子。

“在那个酒吧那儿。”

一个褪色的百事可乐招牌在建筑正面摇摆，磨损的篷布下面停靠着一辆出租车。玛利亚带着一副苦闷的表情环顾四周，眼前是酒吧入口空荡荡的桌子、粗糙的粉刷不良的墙壁以及肮脏的水磨石地面。酒吧闻起来有股发霉的味道，且光线昏暗；电视播放着新闻的主题音乐。吧台的一头一位顾客用手指擦了擦玻璃杯边缘啜了一口啤酒。他咂着嘴唇，不知道该把目光放在何处。小酒吧里只有他和一个酒吧女招待在。她是一个粗壮的女人，手指穿梭于搁在吧台上的一个宽大酒架。他们俩好奇地看着玛利亚。

“我在找出租车司机。”

“哦，你已经找到他了。”那个男人说道，加重了前额的抬头纹和乱蓬蓬的红色胡须下面的法令纹，其严肃的表情产生出某种喜剧效果。他看起来像桑科·潘萨式的人物。

“我需要搭车去圣洛伦索。”

那个男人看上去很吃惊。

“我不跑这么长的旅程。上山会花掉我一天时间，而且今天是集市日。

这会流失掉我全部的顾客。”

酒吧女招待发出一丝嘲弄的笑声。

“你整个早上都没有离开过那个高脚凳。”她说道。男人用眼角的余光对她投以愤怒的一瞥，但是那个女人假装并不是针对她的。她调大了电视的声音，阿道弗·苏亚雷斯将要宣布什么重要事情。

“返程费用我也会付给你的。”玛利亚说道，她抬高声音以盖过首相的声音，后者刚以他的著名政治口号开头，那些口号每个人都已在那些令人绝望的岁月中听过许多遍，以至于感到恶心：我可以保证，我特此保证……

出租车司机用青筋暴出的一只手拂过他那憔悴的面庞。他垂下眼皮，使得乱蓬蓬的眼眉更显浓密。

“这可不便宜。”

“没问题。”

他戴上一顶肮脏的贝雷帽，将他的啤酒一饮而尽，站起身来。

“那我们走吧。”

蜿蜒的道路铺设得凹凸不平并且湿漉漉的，就像一条时间隧道，来自过去的时刻困入其中。古老的树木向各个方向旺盛生长，只有空隙处才能照进阳光。小汽车，一辆老式梅赛德斯，沿着遍布岩石的地带艰难地爬坡。在最陡峭的坡上发动机像哮喘患者一样呻吟着，用最大排量、最大油门排出了浓黑的尾气，但仍在继续爬坡。

“别担心，德国佬很在行。过去十二年，这辆破车从没有陷我于不义。”出租车司机解释道，猛烈地勉强换了挡，眼都不眨。

随着海拔的上升，更多森林采伐景象映入眼帘，但这些采伐的回报却是整个山谷的可爱全景。

尽管司机对于德国机械很自信，汽车还是抛锚了。当他们到达一片覆盖蕨类植被的林下区域时，汽车发动机罩开始往外冒烟。出租车司机并没有变得紧张起来。

“它老了，刚才过热了，但是几分钟就会好的。”

玛利亚下车去抽烟。夜晚正在降临，山上的冷空气开始侵蚀。她竖起了外套领子，走出去几米。她感到头疼。旅途蜿蜒崎岖，舟车劳顿和燃烧汽油的味道在她胃里翻滚。她坐在一块覆盖着苔藓的石头上，弓背向前，压着她的腹部。

已经超过十年没有回到过那个地区了，她记忆里的一切都没什么敌意，更多的是熟悉感：她记得自己还是小女孩儿的时候在清澈的河里蹚水，在湿地抓蝾螈，或者饶有兴趣地观察黑鹂怎样从水下飞上来捕捉小昆虫。好像那一切都消失了。现在她很冷，她感觉不舒服，她意识到胃部的痉挛并不只是因为晕车。她甚至还没想好将要跟她父亲说什么。

她根据十年前的样子想象着他，穿着破损的皮围裙，戴着塑料护目镜保护眼睛不被飞出的金属碎片溅到。他很可能坐在铁匠铺门口的凳子上，门开着，无论现在圣洛伦索有多冷。

当她还是小女孩儿的时候，玛利亚讨厌铁匠铺的肮脏，讨厌他打造铁器时用的酊剂味道，讨厌熔炉令人窒息的热气；她不喜欢父亲对她的爱抚，因为他的双手很粗糙，布满裂缝和伤口；她不能忍受他用坚硬的身体揽着她，她感觉自己仿佛正抱着一堵散发着焊接味道的花岗岩墙壁。

她想知道那些记忆还剩下什么，她畏惧自己即将看到的场景。

当出租车司机说他们可以继续前行时，玛利亚都准备让他掉头了，但是她最终没那么做。她蜷缩进了后座，试着什么都不想，蒙在窗户上的热气使她进入了梦乡。

半小时后，出租车司机叫醒了她。

“我们到了。坦白说，我不知道你到这里寻找什么。这个地方像个坟墓。”

玛利亚勉强挤出一个微笑，她自己也在纳闷。她下了出租车，一大滴雨滴落到她的睫毛上，然后另一滴划过她的嘴唇，随后更多的雨滴落到她的手掌上。

她待在路旁，目送出租车原路返回山谷，直到它消失在一个拐弯处。

她不慌不忙地走上斜坡，向环绕教堂钟塔的村落走去。当她路过一个栅栏时，慵懒打盹儿的几条狗突然惊醒，吠叫着猛扑向栅栏。它们似乎在控诉她什么。这也是小镇特有的把她标记为外来者的方式。

她不再是他们中的一员。你可以从她的说话、打扮、举止方式中看出。奇怪的是，在此之前她并没有注意到这些显而易见的事实。也许在那一刻她才意识到从我们记忆中褪去的并不是那些地方，而是那些怀揣在我们内心的东西。并不是圣洛伦索变了，是她变了。

一道闪电疾驰而过，短暂强烈地照亮了山谷，远处听到了雷鸣声。雨下得猛烈起来。天迅速黑了下来，道路泥泞不堪。

她回到路上，在倾盆大雨之下继续前行了数十米。前方出现了一座简陋的房子，比玛利亚记忆中的要小很多。房顶覆盖着一些新瓦，雨水赋予的粼粼波光使得这些新瓦比旧瓦显眼许多。木栅栏已被翻修过，樱桃树看上去整洁美观，树枝修剪一新。

她犹豫地打开了院子的门。房子的大门紧闭着。雨水沿木门表面流下。她握着门把手在那里站了几分钟，不确定是否应该敲门。她感觉自己像一个闯入者。然后她听到屋里拖沓着向门边走来的脚步声。她从门口向后撤了几步，门咕噜着微微开启。

一个不可置信的生命体出现在她惊愕的双眼前。

加布里埃尔是个禁锢在躯体囹圄的男人，变形的身躯扭曲得就像一棵老橄榄树的树干。他的眼神迷茫恍惚，脑袋向前探着就像一只长嘴鸟。他的下唇低垂着使他看起来有一点儿蠢，松弛的皮肤上深深的皱纹从他几近白色的眼睛处分成枝枝杈杈，眼睛像他头上的短发一样白。他看起来像一具勉强直立的骨架，拄着拐杖颤抖着。玛利亚热泪盈眶。

“爸爸，你好。”

加布里埃尔沉默地上下打量了女儿一阵儿，似乎持续了许久。他慢慢地向上注视，仿佛攀爬上了一座悬崖峭壁去交汇她的目光。他的眼睛就像浮在牛奶上面的小堆苔藓。他的嘴唇颤抖着，他的脸庞以一副无助的样子垮了下来。

玛利亚拥抱了他。记忆中那么强壮有力的一个男人，她此时却感觉到了他的肋骨，这深深地刺痛了她。她感受到了他的脆弱，感受到了他不知如何是好的狼狈不堪。

“好久了。”加布里埃尔结巴着说道。他愚蠢、羞愧地笑着，不知道该说什么。他抚摸着女儿湿透的头发，做出让她进屋的手势。

房子不大，乱糟糟脏兮兮的，散发着陈腐的气味儿。角落处的壁炉里燃烧着微弱的炉火，前面的扶手椅已然被坐出了一个加布里埃尔的身形。

玛利亚幸福地笑着，她的目光小心谨慎地扫过落满尘土的旧家具，那些家具靠在不平整的墙上，墙面粉刷不良且被粉刷了多次。水磨地面上铺着不平整的瓷砖。窗户旁边的墙面上的时钟以一副令人难以容忍的镇定一分一秒地倒数着。

加布里埃尔四处走动，挣扎着从惊讶中缓过神来，并且隐藏着那个事实——在他们之间存在着一个不可能那么快就逾越的距离障碍。他走到壁炉边搅动原木让火烧得旺些。

玛利亚脱下她湿透的外套，坐在扶手椅的边缘。搭在扶手上面的露出了线头的破旧毯子带有加布里埃尔的味道，某种腐蚀性的味道，烟斗丝和许多孤寂之夜的混合味道。

“为什么你会来这儿？”加布里埃尔问道。他的音调比他过去的声音要刺耳一些。

玛利亚拿出医院寄来的那个信封。加布里埃尔皱了皱眉。

“我明白了。我并不想打扰你，但是在医院他们让我留个电话号码，我没有其他人的号码可以留，你知道我住的这个地方没有电网。”

“你没有必要为你自己辩解，爸爸。我只希望你已经来找我了……或许我本应该做些什么的。”

加布里埃尔盯着玛利亚手中的信封。

“你大老远来，必然不会是好消息，那么你能做的也就没多少了。”

玛利亚看到父亲流泪了。他不再是她童年时的那个战无不胜的、绝对可靠的英雄了。出现在她面前的是一个简单的、赤裸裸的男人，带着创伤和瘀伤、衰弱、辛酸、矛盾。有时，他活动不便导致了结痂，且不合时宜地盖住了一切痛苦和失望；没有一个真正打破沉默或无限距离的可靠方式，甚至连死亡和记忆也不行。但是像玛丽娜曾告诉她的，那个男人，或者说剩下的那个他，是她的父亲。这就够了。她知道她没有什么可原谅他的，因为他不认为他需要被原谅。

“你湿透了，你应该上楼洗个澡，然后我们吃些晚饭。我们还有许多话要说。”

玛利亚怀着苦涩的心情上了楼。她在黑暗中脱下衣服扔到床上，走进了浴室。她把前额靠在瓷砖上，感受滚烫的水流冲在头顶中央，想象她正在温泉中，而远不是流过身体的真正水流中。她像慵懒的蜘蛛一样在墙砖上挪动她的右手手指，直到她的手臂充分伸展开。她关上水龙头，眼睛紧闭，站着没动。她让悲伤倾泻进内心深处，她对来自内心的孤独、苦涩、痉挛、抑制不住的啜泣束手无策。

她回到卧室，坐在床的边缘。湿漉漉的头发沿着她的脸颊往下滴水。梳妆台上的东西吸引了她的注意：一张她大学一年级时的照片。

她不记得曾经给她父亲寄过这张照片，但是它就在那儿，在一个特殊的位置，装在一个雕琢生动的木质相框中。

她几乎认不出自己。她穿着褪色的牛仔裤、帆布鞋和一件蓝色立领衬衫。她的头发用一块红黄相间的花手帕绑在脑后，她的脖子上戴着一条细细的项链，手腕上戴着亚洲式花边的手镯。她的表情很坚定。她那时是典型的马克思主义学生，引人注目，疾恶如仇，对于从《胜利》和《对话笔记》杂志学到的演讲难以容忍，慷慨激昂。那个阶段她正好遇见了洛伦索，一个英俊的年轻小伙子，身上带有柔弱的、某种无政府的气质。想到和他做爱，她露出笑容，那是在他公寓里的一个不舒服的沙发上，没戴安全套，在背诵完萨特《恶心》中的章节，吸过大麻，在老式电唱机上听过塞拉特、玛利亚·德尔·玛尔·博内特和弗兰克·扎帕之后。

她感到尴尬，她的那些记忆在父亲的生命中也有一席之地。这就好像要把两个矛盾体组合到一起。

她的父亲总是反对她和洛伦索的关系，说他不是个好人，他的目光中有某种病态。也许时间已证明了父亲说的是对的，但是对她来说仍然很难接受她的父亲曾经向警察告发洛伦索在大学的秘密活动。在那个阶段他们只是两个假扮成年人玩耍的孩子，那耗费了她男友漫长的五个月时间待在莫德洛监狱，而玛利亚失去了她父亲十年。

“我不知道你有我大学时期的照片。”当她回到楼下的客厅时，带着伪装的兴致说道。

加布里埃尔已经站起来，在窗户边上。他用最小的动作打开窗帘，看向窗外。他盯着远处的什么，也许是一段记忆，脸上的表情高度专注，一时忘记了玛利亚。然后他疲倦地叹了一口气，让窗帘落下来，房间再次陷入昏暗之中。玛利亚有种感觉，她父亲此刻正看着她，比过去任何时候都饱含深情，好像在他心里某些事情已经改变了主意。

“这是唯一一张我至今还拥有的。”他说道。从他的话中她察觉到了一种苍老的感伤，几近漠然和荒芜的。他坐在扶手椅上盯着炉火的透明度。他用苍白的舌头沿开裂的嘴唇舔了一圈儿，闭了一下眼睛。显然他习惯于独处，尽管他女儿的突然出现让他高兴，但他同时也感到奇怪和不安。

玛利亚觉得有义务说些什么，但是她找不到合适的词。任何语言都是苍白无力的。

“我去做晚饭。”

他们在厨房吃饭。玛利亚讲了一些奇闻轶事填补沉默，她假装欢乐地大笑。当她把手沿着桌布伸向她父亲时，她感觉到自己手指尖的犹豫。她向他询问有关铁匠铺的事。加布里埃尔的眼睛一亮。

“我的剑和刀不再能使过去喜欢收集它们的那些富人的孩子产生兴趣了。”他怀旧地承认道，好像正在试着接受他的时代已经过去了。但是没有关系，他坚持道，他喜欢从小镇中孤立出来。另外，在这里没有幽灵跟着他。

加布里埃尔好不容易才够着他的汤，他喝了许多。当注意到女儿正在注视他时，很多次他试图克制自己举起玻璃杯送到嘴边的动作。他们匆匆吃完了晚饭，谈话索然无味。他们彼此都能明确感受到一种无法接近对方的悲伤。

最后，玛利亚决定切中要点。

“爸爸，你愿意跟我们一同住在海滨的房子里吗？你一个人在这儿住，得不到很好的照顾。”

加布里埃尔摇摇头，笨拙地寻找纸巾擦下巴。玛利亚没有帮他。她的父亲想表现自己能够照顾自己。

“我有你的妈妈。”

玛利亚叹了一口气。

“我知道，你随时可以来看她，我保证。”

加布里埃尔摇了摇头。

“洛伦索不会想和我同住的。我也不想和他同住。”

玛利亚的嘴唇绷紧，她说了个毫无信服力的谎。

“过去的都过去了，都忘了。另外，现在洛伦索更加安定了，盼望着升迁，他们也许会调他去马德里。”

加布里埃尔张开他的手掌仔细检查起来。很难知道他此刻在想什么，好像他的目光穿透肉体回到了他曾经从记忆里抹去的岁月。

“这是我的家，我的地方。你选择和那个男人同住，我绝不会。”他争辩道。

玛利亚感受到过去的愤怒又回来了。如果任由那些愤怒继续发酵，他们将会有一千种理由再次开吵。

“我们可以改日再谈，别担心。”

加布里埃尔表情严肃地看着他女儿的脸庞。

“过去的永远不会被忘记，永远不会被抹净……我知道。”

第 三 章

第二天，玛利亚一早起床出门去了墓地。

什么都没变。如果有变化的话，就是灌木丛长得更加疯狂，树木羞愧于自己的裸露而更加萎缩。坟墓任意散落着，好像每具尸体都挑选到了他们最喜欢的永恒之地。山岗上矗立着一座罗马堡垒的废墟。

记起母亲墓碑的位置对她来说很困难。看上去很奇怪，她从来不想知道为什么她母亲会在一天清晨决定在一条横梁上上吊，那时玛利亚还不到六岁。

她在一个孤立的位置找到了她的墓，它面朝着从山岗上升起的太阳。她的墓是唯一一座建在开裂的土地上的，没有杂草丛生，没有可恶的乌鸦，没有鸟粪。这是唯一一座姓名和生卒年月可以清晰辨认的墓。她父亲将近三十年之后仍然坚持哀悼她母亲的这个地方对于玛利亚来说是荒芜的。

埋在那里的女人是个怎样的母亲？玛利亚对她几乎没有任何记忆，仅仅是一个永远沉默寡言、安静、悲伤的人物形象，一个由于一些原因发觉自己的生活比其他人的生活更加痛苦的人。

她的葬礼就像她向来出现在家中走廊上的样子，安静、落寞，乌云密布、寒风呼啸的天空之下一场灰暗的葬礼。她回想起了一间小黑屋，只有两个烛台照明；床边的蜡烛火苗在黄色的晕圈中忽明忽暗，床上躺着她的母亲，双手像十字架一样交叉在胸口。她的脸上盖着薄纱，这样苍蝇就不会进到她的嘴里或眼里。好奇的玛利亚靠近她，用手指拂过黑色长裙的曳地裙摆，那是她母亲的寿衣。一个拿着念珠正在哼唱《玫瑰经》的没有牙的老妇人拍打了一下她的手，严厉地瞪了她一眼。

“我们从不碰死人。”她斥责道，玛利亚跑了出去，吓坏了，因为也许死亡是传染的。

当她询问父亲为什么她的母亲结束了她自己的生命时，加布里埃尔总是躲在闷塞的沉默之中。他说的唯一的话是她的母亲在天堂里。

她用新鲜的花换掉了干枯的花。她在那里待了一阵子，陷在强烈的静默之中。但是她找不到宁静。她拍打掉裤子上的尘土，点了一根烟，朝小镇走去，没有回头。

“我去看了妈妈。”她对父亲说道。

加布里埃尔正在磨一把破旧的锯齿刀。有片刻时间，他停住没有踏轮子，也没有抬头看。然后，似乎被一个看不见的弹力驱动，他的脚回到了脚踏板上，比之前更加卖力。

“非常好。”这是他的全部回复。

玛利亚抓来一把凳子坐在他附近。她观察了一阵子父亲手指在刀片上小心翼翼地舞蹈。房子下部的作坊里充斥着滑轮滑带声和金属尖厉声。

“很奇怪，”她说道，努力得到她父亲的注意，“很奇怪你会有我大学时的照片，却没有任何妈妈的照片。你甚至没有保留她的东西。我记得葬礼后不久你把它们埋在了院子里，在我们搬到这儿之前。好像你想从你的生活中擦除掉她，然而，你又持之以恒地每天早上去照看她的墓。”

加布里埃尔小心谨慎的脸庞上肌肉纹丝不动。也许他的眼睛瞥了一下，然后又努力专注于他正在做的事情。

“为什么我们从不谈论发生了什么？”玛利亚坚持问道。

加布里埃尔停止踩踏，以一种被激怒的动作举起一只手。

“十年来你都没在这儿出现过……我认为你现在也不该来，不该问那些三十年前发生的事。你没有权利，玛利亚。”他的声音里没有斥责……只有些许恳求，让她停止纠缠。

玛利亚沉默地点了点头，克制地拍了拍自己的大腿离开了作坊。她需要一些空气，她已经忘记了那种喘不过气的感觉，那种在她父亲和他无尽的沉默周围间或感受到的窒息，就像一间紧闭房门的房子，她刚勉强敲开一扇门，然而又在她面前砰然关闭了，把一切秘密都关在了黑暗之中。

她进到房子里。壁炉正在冒烟，房间很冷。她下到地下室去寻找干柴火。她打开活板门，沿着墙壁没头没脑地胡乱摸索，直到找到开关。当她下楼的时候木质楼梯吱嘎作响，她把那些看起来很久很久之前就僵化的蜘蛛网推到边上。

墙边堆放着一截截切断的树干，长约一米五。玛利亚从上面抓了一些。当把它们挪走的时候，她发现了一个门框，她不记得之前见过。她想知道埋在柴堆后面的门会有什么用。她一个接一个地挪开那些最粗的原木，直到她打通了一条道。她用一只手推开门，门开得毫不费力。

里面并不比鸡窝大多少。天花板很低，地面是踏得很平的泥地。进到里面的唯一光亮来自一扇装有铁栏杆的小窗户。那里面有股霉臭的味道。玛利亚吃惊地看到两只正在奔逃的老鼠，它们藏在立于一面墙边的一个手提箱的后面。那是一个老式的木质手提箱，上面有皮带子和掷下的搭扣。

玛利亚怀着一种奇怪的不安感小心翼翼地打开它，好像正在掀开石棺的盖子。她在口袋里摸索手电筒，照进箱子中。

里面装满旧报纸剪报，它们几乎全部是内战时期和紧随其后的时期的。这并没让她惊讶。她父亲曾经站在共产党一边在两场战争的前线上都战斗过，尽管他从未谈论过。她仔细筛选着剪报。它们就像一棵死亡之树的叶子，棕色的，枯萎的，准备随着第一口新鲜空气消散。在剪报下她发现了一些子弹夹和一些布满穿孔的旧腰带，还有一件褴褛的民兵军服和一些没有鞋带的靴子。在手提箱的底部有一个小盒子。她掂了掂，听到一声金属声。她打开了它，发现了一把油光发亮的手枪和一个有十发子弹的弹夹。玛利亚对于武器知之甚少，但是她已习惯了在房子里看到它们。洛伦索通常把他的配枪放在床头柜的抽屉里，就在床头板的旁边。但是这一把看上去要陈旧许多。

“它是一把来自德军的半自动鲁格枪。”他父亲以低沉的嗓音解释道。

玛利亚震惊地扭过头。加布里埃尔正站在门槛处，双腿分开，双臂交叉抱在胸前。他严厉地看着女儿。如果她还是个孩子，他一定已经给了她好一顿鞭打。玛利亚感到脸颊涨红。她把手枪放回了原位，慢慢站了起来。

“我看见门感到好奇……如果我打扰了你，那么对不起。”

加布里埃尔走向手提箱，关上了它，严肃地转向他的女儿。

“我们都有一些最好让它一直关闭的门。我想你明天一早就该回家了，在你丈夫开始纳闷你在哪儿之前。”

那晚，玛利亚听到父亲在房子里踱步，直到天亮。她也睡不着觉，去阳台抽了根烟。

然后她看见门廊处的父亲，穿着宽松的睡衣裤，吸着他的烟斗。他的目光变得悲伤起来，坐在地台上的椅子里，眼皮垂落着。他是如此安静，好像已经去世了。突然，他以一种听着不像是他的、筋疲力尽的声音，嘟哝起有关过去的难懂的事情。

玛利亚不敢打断他悲伤的恍惚。她只是靠着窗框站在那里，观察着他，听着他的声音慢慢退去，直到只剩一声叹息。

她在栏杆上碾灭香烟，回到自己的卧室。

她在黎明前醒来，慢慢穿上衣服。她再次感受到脖子后面一阵刺骨的、剧烈的疼痛，她四处搜寻自己的偏头痛药片。它们只不过是安静剂，但是她需要确信自己正在采取一些措施阻止那个令人麻痹的疼痛。她写了一张短字条，上面是她的地址，并把它留在枕头上以便她父亲能够发现。窗户里面没有光亮，加布里埃尔一定还在睡觉。她走到街上，一阵狂风刺痛了她的脸庞。

当巴士把她载到圣费里乌德古绍尔斯港口的汽车站并离她而去时，这个小镇似乎还没有苏醒过来。远处是空荡木板路上的灯光，餐厅和夜总会都还没开门。印着可口可乐和达姆啤酒标志的遮阳伞磨损了，上面覆盖着鸽子粪便，塑料椅子和桌子围绕着遮阳伞乱七八糟地摞在一块儿，此情此景让人感到很遗憾。在这个夏季才有生意的沿海小镇，冬日的周末是令人沮丧的。

玛利亚想知道自己是怎样到达这里的，这片海岸，这座小镇，这段人生，她怎样变成了这样的女人。很奇怪。她有种直觉，当潮流经过位于莱里达比利牛斯山脉的一座小镇中她房子周围的栅栏时，她已经被潮流带到了这里，再也回不去了。

当她沿着空荡的街道往家走时，她想起了第一次见这座小镇的兴奋之情。她感觉自己像一个胜利者，整个海岸，整个地中海，似乎都在向她跪拜。她那时还不到十九岁。她刚开始学习法律，她为演讲大厅沸腾的气氛、大学建筑墙壁上的涂鸦、警察搜捕、巴塞罗那格兰维亚大道咖啡馆的秘密聚会、子午线大道狗场的远足、夜游中国城给妓女们提供热咖啡和油炸馅饼、秘密地给她们安全套……而感到振奋。它们充满活力、勇气、兴奋和新鲜感：在她渴求的双眼之前她发现了一个弥漫着微妙、开放、据说是世界化气息的世界，与她家乡的狭隘态度截然不同。在这里，她经历了第一次青年旅社聚会，第一次宿醉，第一根大麻，第一个吻；她陷入恋爱。她发现了那片海。

大海的确属于洛伦索，这是他的元素。她恨这一点。洛伦索喜欢在海湾里进行长途航行，像船舱服务员一般兴奋，他和他来自兵营的朋友，分工架设渔具，上饵，装桶，储水，做煎蛋三明治，往帆布袋中装水果。他们花费数小时时间坐在布拉瓦海岸地图前面阐释如果天气有利的话他们能够航行多少英里，他们将会发现什么鱼群，他们将有幸看到美丽的黎明。

玛利亚看到他如此狂热，她屈尊地笑笑，假装和他一样兴奋，但实际情况是她做好了最坏的打算。大海让她生畏。她知道一旦离开海岸她的胃就会开始搅动，以至于她将会紧张地看着船头的水位，但是她总是挣扎着忍住恐慌。从她是个小女孩儿的时候，她就知道有些东西不该漂浮。

后来一切都变了，她父亲的预感让人心痛地一语中的。距离洛伦索出海航行已经有相当长时间了。事实上，自从那次流产，她丈夫除了工作、喝酒、气急败坏地回家，时刻准备挑起战争，再也没有其他表现了。与现在的遭遇相比，玛利亚回想起驳船的陈旧柴油机引擎声、螺旋桨旋转留下的烟雾带时，还是带有令人惊讶的喜爱之情。

尤其是宁静，自那以后她在任何地方再也没经历过那种宁静。在那片没有曲折的荒原即宁静的海面上的某一个点上，他们会扔出浮标和锚。发动机完全停了下来，小船在金黄色的油一般的水流之上缓缓颠簸着。随后她面朝上在船骨上躺下，让自己纵情释放在黄昏中。她从来没有克服过对广袤深海的恐惧，从未敢和洛伦索一起从船尾跳下，但她可以闭上双眼用手指轻抚海水，似乎在小心翼翼但充满好奇地触摸一只既吓人又诱人的沉睡怪兽。然后她注视着洛伦索在泳衣之下的呼吸，他湿漉漉的皮肤在太阳下闪着光，他完美的面庞安详并呈现出一种绝对安静的状态，直到竿上的铃铛响起宣告着一些鱼咬到了诱饵。然后她感觉自己像是世界上最幸运的女人。

不久之后她嫁给了洛伦索，她不可避免地屈服于他的才智和领袖魅力，尽管加布里埃尔强烈反对。洛伦索是个领袖，每个人都跟随他、崇拜他，如今回首，在他的姿态中，在他对个人地位的强烈维护中，轻而易举就可发现那些独裁的抽搐和压抑的暴力。但是在那时，她看见的不是一个难驾驭的男人，而是一个信仰坚定、充满自信的男人，像岩石一般坚固，他对于自己选择的使命——从佛朗哥的法西斯政权下拯救世界——斗志昂扬，毫不退缩。

当洛伦索大学毕业，他做了个让包括她在内的所有朋友都惊愕的决定：他决定参加国防部的考试。他坚持认为那是一个有效方式，像任何与体制做斗争、从敌人内部瓦解的有效方式一样。曾经在拉莫德洛度过的那五个月改变了他，他不再那么鲁莽，他变得愈加沉默寡言，开始酗酒，但是他仍然能使玛利亚信服，因为他能想方设法完成下定决心做的所有事情。不知为什么，他的档案记录竟没有纳入考察，他大获全胜地通过了考试。

就在那时他们决定购买带有码头的垂钓房。房子破败不堪，但是他们努力把它变成了一个家。他们新婚的每一天从早到晚都在做爱，在最令人惊奇的各种地方。他们想生三个孩子——尽管事实上，当她仔细考虑那件事时，玛利亚意识到只是洛伦索想拥有他们，两个女孩儿一个男孩儿——他们满腔热情地致力于他们的梦想，成为一个幸福的家庭。

现在看来似乎那一切都未发生过。玛利亚失去了孩子，产房中的外科屠夫毁坏了她的子宫。洛伦索开始展现出阴冷的另外一面，显露出一张玛利亚之前拒绝面对的面孔。他在国防部的工作占去了他全部精力，他离家很多天。他的职位是陆军步兵中尉，但是只有很少场合他会从衣橱中取出军装穿上。他有时会半夜带同事回家，那些同事看起来更像联邦特工，而不是军人。

玛利亚开始问问题，但他总是回以沉默或者回避，这侮辱了他妻子的智商。如果她坚持，他就会大发雷霆，砸碎东西摔门而去。

他甚至第一次扇了她，第二个巴掌伴随着踹向肚子的几脚，第三次弄折了她的胳膊，第四次被阻止了，因为玛利亚拿着一把小刀对着他的睾丸。她未鼓起足够勇气把它们切断，但是她现在知道失望来得多么容易。

每次被毒打之后，看到她丈夫晚上进入卧室，她会上扬起一只眉毛注视着他，好像很惊奇又再次在那里见到他。洛伦索待在床垫尾部，盯着她，密切留意着玛利亚双脚的微微动作，或者她假装睡觉的喃喃声，他感觉这样会使他离真相更近。

“你原谅我吗，玛利亚？”

但她没有回应。然后洛伦索绷紧了指关节，抬起一只拳头挥向空中。但他在击打她之前停住了。在沉默中，玛利亚像贝壳一般收紧，抓挠他的双手手掌。洛伦索强行拉走盖在她身上的床单。他脱下裤子对着他妻子的后背进行自慰，直到伴着一声淫秽的呻吟射出精液。他用床单的一角擦掉了精液，把床单扔在她的脸上。

就像一个投币机，玛利亚每天早晨睁开双眼，坐在床上，双臂垂落，头发披散在肩膀上，看着自己踩在冰冷地板上的布满蓝色血管的小脚。每一天世界上的一切声音抓住了她的心，管道中废水的冲落声，安东尼奥·马钦那荒唐的、在老式留声机上播放的完全不合逻辑的音乐声，这种音乐让洛伦索感到毛骨悚然：

送你两朵栀子花，代表我想跟你说的话，我爱你，我仰慕你，我的爱……

一种慢性死亡，从容不迫但确定无疑，这就是玛利亚在十年婚姻之后渴望的。男人的想法很奇怪。她学着在合适的时机从一夜情中寻找慰藉。没有一个情人有任何恶意，但是他们中的每一个人都用自己的经验来解读她的冷漠。对于一些人来说她是一个被强奸的尼姑，对于一些人来说她是个心智迟缓者，对于一些人来说她是个神秘主义者，对于另一些人来说她是个普通的愤世嫉俗者。但是他们所有人，每一个前任，都试图迫使她放弃冷漠，好像那才是他们面临的真正挑战。

没有人知道她的真正处境，除了玛丽娜，她有时向她发泄。她的朋友一直坚持要她离开他。她甚至自告奋勇地让玛利亚住到她家里，但是玛利亚不愿意。她对自己说她会坚持到底，因为她爱他，但是内心深处她意识到那并不是真相。她做这个决定时考虑更多的是习惯，担心生活的不确定性，没有清晰的远见，经济拮据，最重要的是，她将不得不接受自己的失败。也许她一直在期盼奇迹，期盼她曾经爱上的那个男人会回来。

如果她的生活中有一些不同寻常的事情发生就好了，玛利亚一直这么想，一些开阔她眼界的事情，一些给她一个崭新命运的事情……但是没有任何好的变化。她的工作是例行公事的，薪水微薄。她甚至没有机会展现作为一个刑事律师的价值，她的时间完全被一些鸡毛蒜皮的琐碎诉讼所占据，比如客户不能支付她和她的前大学同学合租的老旧地下室的房租，她们像她一样疲惫和沮丧。唯一的例外是玛丽娜，但是即使她的光辉也遮蔽不住玛利亚生命的废墟。

十分钟后，她走到了陶器店附近，并继续朝萨加罗大道走去。不一会儿，在一个拐弯处，围绕她的房子的石头围墙映入眼帘。

她不敢进去，她知道洛伦索会问她跑去哪儿了，如果说实话他会大发雷霆。有一件事她丈夫永远不会忘记，那就是拜加布里埃尔所赐，他在监狱度过了五个月。她本能地在口袋中搜寻另外一根烟，忘记了她已经抽掉了最后一根。没有找到烟盒，取而代之的是她冰冷的双手找到了医院开给他父亲的诊断信。

她很累，她的双臂和双腿很沉重，好像她一直在淤泥中摔跤。她深深地吸了一口气，走进了房子。

洛伦索正在客厅长沙发上打盹儿。背景里，她听到了从电唱机传出的波列罗舞曲。这是他狂欢作乐时最完美的伴奏。他在入睡前一定喝了好一阵儿的酒，从依然散落在玻璃桌上的酒瓶就可以判断。玛利亚脱掉了鞋子，靠近他，没有发出任何声响。她观察着他，抚摸着他周围的空气，没有真正触摸到他。她害怕吵醒他，她在悲伤的同时感到解脱，可以推迟有关她父亲的谈话了。

洛伦索胸部深色的皮肤和卷曲的毛发从宽松的睡衣中探出。他正睡得像个孩子，带着一副挑衅、天真的表情。他是个完美的矛盾体，他是华丽动人的，但是已经开始出现衰老的信号，他的美丽即将褪去。玛利亚喜欢在他睡觉时给自己带来的片刻宁静中注视着他。似乎他总是去到那儿，睡在床的右边，独占被子。她想念那些日子，那时她贴着他的大腿紧紧靠着他的后背入睡，她能感觉到他的肋骨和脊椎。她听着他的呼吸，她搂着他的腰，手指在他缠结着胸毛的胸口摸索。

她去找了条毯子给他盖上，然后走上楼，进了书房。

她打开小夜灯，拆开一包新的香烟。她轻轻滑开通向阳台的玻璃门，点燃一根烟。洛伦索厌恶她吸烟。第一口烟从她微微张开的嘴唇中逸出。她坐下来，双肘靠在桌子上，头撑在她的手指上。然后她看到贴在花瓶上的手写字条。她认出了她丈夫潦草、有力的字迹：

你的同志女友打过电话。她说有很重要的事情，说你该一早起来就给她打电话。我猜这只是你们厮混的借口，但这是你的事，与我无关。

玛利亚被留言的粗鲁语调伤害了。

“狗娘养的……”她嘟囔着，为自己固执地坚持待在这样的男人身边而生气，但是她很快发觉自己对于玛丽娜想要告诉她的重要事情感到好奇。

第四章

当她去到办公室，听到的唯一声音是过道上物业管理员推动地板打蜡器的嗡鸣声。所有的办公桌仍然空着，铁皮文件柜关着，桌上的电话静默着，灯关着，法律书籍沿着一面墙整齐地码放了一整排。过去几年的很大一部分时间玛利亚都是在这儿度过的，她把所有的才能和精力彻彻底底地投入到公司发展上。突然间，她看到了办公室的真正面貌：一个冰冷的、荒凉的、贫瘠的地方，充满了冷漠，一个伟大神灵的冷漠，这个神并不珍重供奉他的微小崇拜者。

玛丽娜的门后有光亮。

玛利亚敲了敲门，还没等到回应她就自己打开了门。百叶窗落下了一半，一束舒适的昏暗光线照亮了书柜和办公桌，办公桌四周成半圆形围着三把椅子。角落里的小矮桌上放着两个玻璃杯、一壶咖啡和一瓶水。

玛丽娜正站着和一个五十多岁的神经紧张的女人说话。

“这条重要消息是什么？”玛利亚问道，把外套挂在了衣帽架上。

玛丽娜的表情很严肃。

“让我给你介绍普拉。我认为你会对她将要说的内容感兴趣。”

普利菲卡西恩从面容上看是个小女人，除了她的房租，她再没对其他任何事情表现出热情。她身上没有任何有趣的东西，她甚至没把自己当成一个女人，她只把自己当成一只牲口，驮着五个脏兮兮的孩子和一个局促的家，畏缩着承受生活的打击，盯着她布满破洞的帆布鞋鞋尖。她坐在一把椅子的边缘，双手放在膝盖上，手指挤捏着一个肮脏的手帕。玛丽娜招待她喝了些咖啡。

“为什么你不把刚才告诉我的事情告诉我的同事？”

这个女人开始谈论她的丈夫，他的名字是杰西·拉莫内达。

“他给警察当线人。人尽皆知，所以我不认为告诉你会泄露什么。”

“这并不是个寻常工作。”被激起兴趣的玛利亚插话道。

普拉看着她，眼中带着些许肃杀。

“我丈夫不是个普通人。”

她抱怨说她丈夫不能经营他自己的生活。他打她和孩子，酗酒。他经常消失几天，有时甚至数周。普利菲卡西恩说他欺骗她，他和妓女厮混，或许他已经触犯了法律。这就是他的世界，社会底层。但是，对他，她什么也没说过，她能说什么呢？她的世界跨度只是一个塞满垃圾的客厅，一个污秽的厨房和五个成天哭嚷的孩子。她甚至真心诚意地希望他离开自己。至少，当他走了，她可以自由呼吸。

玛利亚听着并做着笔记。这听起来是典型的家庭暴力案件，这个女人的丈夫是个十足的王八蛋，像许多其他人一样……突然她感到羞耻和困惑：像许多其他人一样？这个可怜女人经历的和洛伦索对她做的事情有什么本质区别吗？她举起一杯咖啡，将自己的目光隐藏其中，似乎命运的汇合让她不适。她知道玛丽娜正密切留意着她，但是她假装自己并没意识到。

“我想我明白了。”她说道，“不过我想我们帮不了你多少。离婚在这里并不合法，一个女人离家出走就是犯罪。但是，我可以给你一个秘密庇护所的地址，我们把和你处境相同的女人送到那里。”

她开始匆匆写下地址，此时普拉让她停下来并非常严肃地看着她。

“几天前一个便衣警察来找他。这个人不是经常来的那些人之中的，我在此之前从没见过他。他看上去非常生气。他给我出示了一个小女孩儿的照片，十二岁左右，并问我是否在附近见过她，或者拉莫内达是否曾提起过她。我告诉他没有，他生气地离开了……三天后另外两个探员来见我。我知道他们，他们来自维内达火车站，他们经常到我们家，以便拉莫内达给他们提供情报，告知他们周边社区正在发生的事情。但是那天他们不是来见他的，而是来见我的。他们告诉我发生了一些恐怖的事情，我的丈夫正在医院。另外，他也许会死。那些男人解释说他们会将事情处理好。他们提供给我一万比塞塔[①]作为封口费。他们会处理好一切。”

玛利亚震惊地从椅子上转过身。

“但是，为什么他们给你封口费？”

“好像试图杀我丈夫的家伙是几天前带着女孩儿照片来的第一个警察。我想他是情报分队的总督察。他把我丈夫囚禁在地下室几天，对他做各种恶毒的事情。”

在那一刻玛利亚感到害怕。对话谈及那个要点之前她都好像一直在和一个毫无危害的圆桶打交道，突然间她发现那个桶里装满了硝化甘油。她小心谨慎地把目光转向玛丽娜，玛丽娜此时双臂交叉抱在胸前仍然保持沉默。

“我猜你来见我是因为你想告发那个警察。”玛利亚戒备地询问道。

---

① 比塞塔：西班牙及安道尔在二〇〇二年欧元流通前所使用的法定货币。由西班牙中央银行——西班牙银行发行。

普利菲卡西恩用她那没有生气的小眼睛看着两名律师，突然间露出了强烈的闪光。

“我想要知道我是否可以从他们那里得到更多钱。”

玛利亚和玛丽娜交换了一个眼神，介乎为难和窘迫之间。尽管如此，玛利亚立刻意识到即将到来的事情的重要性。她的保留意见不重要，谁会在乎那个女人寻找的是钱还是正义呢？

“如果我们可以把那个总督察送入监狱，你就会拥有你曾经想要的一切名利。”

玛利亚毫不犹豫地、热血沸腾地接下了那个案子。这正是她从法学院毕业后就一直在等待的机会。再见了，文书记录工作，半拉案子，琐碎案子。她撞上宝藏了，她计划好好利用这次机会。

“我需要和你丈夫谈谈。”

“他还处在昏迷当中。”

玛利亚的表情阴郁起来。这是第一个障碍，受害者无法辨认他的攻击者。

“无论如何我想见见他。”

在弗朗西斯科·佛朗哥急诊室的担架上，玛利亚看到的只是那个被摧残的男人的臃肿身体。她被他脸部的畸形吓了一跳，完全皮开肉绽，毁容了。她确定如此景象也会给区律师和法官留下深刻印象。对于他的性格、他的思维和行为方式，她只能听普利菲卡西恩的一面之词，那其中的大部分她会隐藏起来以便打赢官司。

他们进行了数月的紧张工作。寻找罪证、目击者、攻击的幕后动机……找到目击证人证明那个督察的残暴竟意想不到的容易。玛利亚直到审判开庭才见到那个督察的面。当听证日确定，她已经有足够的证据证明那名总督察塞萨尔·阿尔卡拉是个腐败的警察，他管理着贩毒和卖淫集团。拉莫内达作为警察的一个线人，正想告发他，所以塞萨尔·阿尔卡拉决定谋杀他，但是在残忍折磨他直到弄明白拉莫内达所知道的事情之前不会杀害他。

“一个轮廓清晰的案子。”玛利亚在给出她的最终总结之前说道。

对那个案子的付出和玛利亚一样多的是玛丽娜，她皱了皱眉。突然，似乎有太多罪证、太多证词不利于他。拉莫内达仍然处在昏迷之中，不能自己解释。除此之外，那个案子中还有些事情没有人提到过。

“普拉说那个警察给她出示了一张十二岁女孩儿的照片。我们甚至还没尽力弄清楚她是谁，为什么那个督察在寻找她。”

“那个对我们的案子并不重要。”玛利亚不安地说道，给案子盖棺定论了。

听证会持续进行了数月，她的案子获得了媒体和舆论的关注，整个国家都注视着她，那个案子的审判最终变成了一个对于司法体系的严峻考验。在酒吧，在大学教室，甚至在工厂车间，人们进行着他们的预测：政权真正改变到能够把一个督察要员送入囹圄吗？在法庭上呈现的所有不利证据面前，法官是否会给出一个宽大的判决宣布那个督察无罪？

在一九七七年年底，那个案子即将宣判。那是玛利亚等待数年的光辉时刻。爆满的法庭洗耳恭听着她富有激情的最后陈词，照相机频闪，记者们做着笔记，收音机现场转播，甚至有一台西班牙广播电视台的摄像机现场录制她的陈词。连玛利亚也不确定审判的结果是否会站在她这边，但是她不在乎那么多。那个案子已经把她猛然抛上报纸头版，多个著名的律师事务所已经表现出雇用她的兴趣。

在那几个月中她的人生永远改变了。与洛伦索的争吵变得愈发激烈，直到最后她决定离开家。她最终屈服于玛丽娜的魅力，这一事实对于她的决定是一个巨大的帮助。

至于她父亲加布里埃尔，并没有在离开圣洛伦索一事上让步，但是那不再重要了。玛利亚演讲挣到的钱可以请个护士一天二十四小时照顾他。除此之外，她的客户量剧增，她的营业额也剧增。她赚得如此之多以至于她有能力买下洛伦索的那一半房子，然后和玛丽娜一起搬到那里，那使她丈夫想钻到地洞里并主动要求调到马德里。

当然并不是一切都那么成功。几个月过去了，随着时间的流逝她身上的压力变得难以承受。一天早上一些陌生人袭击了事务所，伤害了一些正在办督察阿尔卡拉案子的律师，毁坏了家具和文件，并在墙上涂满了恐吓性语言。幸运的是玛利亚那天不在那儿。

玛丽娜也没在，但是那段时间她们家电话开始接到死亡恐吓，她开始不安。她让玛利亚谨慎一些，但是玛利亚拒绝迈出聚光灯。她是欣快和盲目的，还不能明白她正将她们两人置于危险境地。直到有一天，玛丽娜在街上遭到一群极右翼分子的袭击，他们侮辱她，向她扔鸡蛋，在她身上树了个标牌，上面写着“他妈的同性恋”。

最终，在一九七七年圣诞节前，陪审团裁决送达：排除万难，法官接受了玛利亚的归罪辩词并且裁定终身监禁。那比玛利亚和她的同事们预期的要长许多。那个判决看上去甚至太严酷，好像有人早就决定给那个督察一个教训，甚至没有任何申诉的时间。阿尔卡拉立即被送入了巴塞罗那的莫德洛监狱。

一年后拉莫内达仍处于昏迷中。他的妻子对于补偿金和那些她接受《访问》杂志专访收到的酬劳极为满意。

“一切都解决了。”玛利亚说道。那天晚上她和玛丽娜走出去庆祝她们的胜利，那是她们第一次允许自己在市郊的餐厅吃饭，她们用特级珍藏葡萄酒干杯庆祝。

在玛利亚举起玻璃杯时玛丽娜沉默地注视着她。她坐在一把扶手椅上，深深地啜了一口酒。然后她放下玻璃杯，用一块刺绣手帕擦干她的嘴唇。一些红色的毛细血管分支侵入她的瞳孔。她不再拥有曾经有过的那份喜悦。

“怎么了？”玛利亚问道。

玛丽娜感受到某处的刺痛，隐隐的，但是深入其中。

“我有种感觉，我们为这一切付出了非常高的代价……似乎出卖了我们的灵魂。”

玛利亚皱了皱眉，突然陷入糟糕的情绪。

“别夸张了，你就喜欢陈词滥调。另外，灵魂是什么？”

玛丽娜惊奇地看着她，好像她怀疑问题来自哪里。

“我们怀揣的，或者这么说更好，承载我们内心的。”她说道，被玛利亚怀疑的表述所打击。

“如果我想象我的手通过我的胃部进入我的身体，我可以感觉到肾脏、肝脏、肺。我甚至可以盲目地感受到在内脏、细胞、血球和神经之中的心脏。我可以用我张开的手掌来给它称重，感受它抑扬顿挫的收缩和扩张运动。但是没有我的灵魂，我在任何地方都找不到它。我们做了我们必须要做的，正义。你应该为打败了假想敌而高兴。”

“不要讽刺。这一切不存在堂吉诃德式的空想，这与正义无关。我们俩都知道拉莫内达是什么样的人，你已经看到他妻子在拱廊商场消费赔偿金。而那个督察在我脑中挥之不去。你看见他无可奈何、垂头丧气的表情了吗？”

“他们判他终身监禁，他不太可能再雀跃了。”

“监狱在他眼中不算什么，他在乎的是不公正的感觉。我听说了有关他女儿的事，她就是照片中的女孩儿，是吧？”

玛利亚愤怒地把她的手帕扔到桌上。

“够了，玛丽娜，求你了。是的，我也听说了他女儿的绑架案。但是这一切只是个传说，没有证据，什么都没有。相反，有一堆证据证明他是个腐败、残暴的警察。”

“但如果这是真的怎么办？如果那个线人和那个女孩儿的失踪有关怎么办？”

“交给警察弄清楚吧，那不是我们的工作。”

玛丽娜悲伤地笑笑。她看向城市的灯光，展开在眼前的城市就像一个虚幻的宁静的避风港。

“你说得对，我们的工作结束了。现在，我们只能、不得不忘却，但是我想知道我们是否能够忘却。”

转移塞萨尔·阿尔卡拉的警卫通过监狱的侧门走进来。

这个年代久远的监狱的内部结构是腐朽的。它们就像墓穴，充斥着紧闭的门、装有铁栏杆的窗户、迷宫一样曲折的污水管和不见天日的角落。一处污水管崩裂了，周围一切都被粪便冲淹。一些人赤裸着上身、光着脚用他们的双手在污秽物中四处泼溅。围巾最小限度地保护着他们的嘴，显然液体使他们窒息。他们是些没有姓名和脸面的人，像住在地下室的老鼠一样：人们有时可以听到它们在木头下面奔逃，但是从未看见过它们。

塞萨尔·阿尔卡拉试图保持镇定，但是看到眼前毁灭性的景象，他的双腿筋疲力尽了。他们迫使他进入一个小房间，在那里他几乎无法站立，头顶着潮湿、漏水的天花板。

“脱掉你的衣服。”一个警卫命令道，他毫无表情的眼睛甚至眨都没眨一下。

他不得不用冰冻的冷水冲洗，几乎没有时间去擦干自己，他们就让他走到地板上油漆画的一条已有裂纹的线上。那条线是两个世界的分界线。后面是生，前面是虚无。

他们在一些黄色卡片上给他按了手指印，并给他拍照。然后他们递给他洗漱用品，让他把个人物品放在一个盒子中并签了张收据。

“当你出狱的时候所有东西都会还给你……”检查他的狱警说道，似乎他还想补充“如果你确实能出去的话”。

塞萨尔·阿尔卡拉询问他是否可以保留他保存在钱夹中的他女儿和他父亲的照片。狱警检查了它们，更加仔细地审查着那个女孩儿的照片。

“她多大了？”

“十三岁。”督察悲伤地低语道。

狱警像只饿猫一样舔了舔自己的嘴唇。

“哦，她身上长了一对不错的奶子。”他残忍地说道。

塞萨尔·阿尔卡拉咬牙切齿，但是他压抑住了击碎这只蠕虫脑袋的欲望。

“我能留着它们吗，拜托？”

狱警耸耸肩。他把照片撕破，用癫狂的精力把它们撕成最小的碎片，飞撒在桌上。他的目光落在塞萨尔·阿尔卡拉身上，铅一般重。

“当然，督察，你可以留着它们。”

塞萨尔·阿尔卡拉费力地咽了一下，捡起那些碎片。

“你说什么？”狱警假装发疯地问道。

塞萨尔·阿尔卡拉控制着自己愈发沸腾的目光，紧紧盯着地板。

“谢谢。”他低声说道。

他们把他带到了一条走廊上，两边都是牢房隔间。

令人发狂的沉默，就像有一把老虎钳夹在他的脖子上，让他窒息。他听到的唯一声音是机械地开启闭合门锁时抑扬顿挫的“梆梆”声，那乏味、深沉的回音就像万灵节隆隆的教堂钟声。护送他的警卫在每一个锁前停顿一下，大声重复督察的名字，以便囚犯们知道他进到了那里。他们攻击他是不受欢迎的人，塞萨尔·阿尔卡拉知道一旦他踏入其中一个公共区域，他就是个死人了。

“有谣言说有人愿出高价换你的头，小心点儿吧你。”

塞萨尔·阿尔卡拉不可置信地摇着头。他早在踏入监狱之前很久就已经死去了。自从他女儿毫无线索地失踪，他就已经死去；自从他的妻子安德莉亚不能忍受痛苦开枪自尽留下他孤身一人，他就已经死去。

他的牢房空间很小，有厚厚的水泥墙和水泥地，在一扇装有铁栏杆的小窗户旁边有两个铺位。来自院子的一些光亮透过铁栏杆射进来，几乎像在征求他的同意。一个不带镜子的洗手池和一个不带盖子的引人反感的马桶组成了他眼前的画面。

对眼前这个他不得不去适应的、惨淡的、令人担忧的场景，塞萨尔·阿尔卡拉黯然神伤地环顾了一阵子，他以一种疲乏的姿势一屁股坐在了下铺上。

警卫嘲弄地笑笑，关上了门。

院子里照明灯的光束照亮了督察的部分脸庞。它们刺目的光芒使他昏昏欲睡，在闪烁的人造灯光下他的眼睛一动不动。在铁栏杆阻挡住的窗户后面悬挂着晾晒的内衣和T恤，在它们的旁边是一张张茫然的面孔，紧贴在铁栏杆上观望着夜幕降临时看不见的地平线。在那些时刻孤独油然而生，怀旧填充着哪怕是最粗糙的人的内心，似乎随着一天的结束，他们中的每一个人都对他们在哪里感到惊诧，感到凄惨和失落。每个被锁在那里的人都拥抱着自己的记忆，把自己掩藏在它们之中：一个名字，一张照片，一首歌，任何可以紧紧抓住的东西，以便感受到自己是活着的。

但是阿尔卡拉把他的头砰砰撞击在墙上，试图擦除掉那晚之前存在的一切，因为感受到自己活着对于他来说比正在逼近的死亡的威胁还要痛苦。他回到牢房的黑暗之中，他自己的命运不再使他担忧。他坐在床上，耐心地重新组合着他女儿和他父亲照片的残余部分，他的父亲差不多在四十年前被锁在同一所监狱——也许甚至就是这间牢房——与此同时他嘲笑着自己，嘲笑着自己命运的荒谬轮回。

第 五 章

梅里达，一九四一年五月

教师马尔塞洛感到很满意，他的新工作是担任小安德雷斯的家庭教师。他想，他就此结束了作为一个乡村教师不得不经历的艰难、冰封的道路。

但是他的儿子，小塞萨尔，看上去沉默寡言并且急躁易怒。他习惯了流浪的生活，他想念着从一个地方到下一个地方。也许，他告诉自己，他们之前并不拥有什么，但是他父亲唱一些极好听的歌，他们可以从一个村庄走到另一个村庄，并一气呵成地聊上数小时。偶尔他们能找到个窝棚或牧羊人的房子和一些吃的东西。什么东西都行：热水配瑞士甜菜，两个坚硬的黑土豆，对他们来说那些东西就值得庆祝了。

然后还会有些重大发现。他父亲是本百科全书，他可以自信地指出北半球的每一个星座，从小马座到处女座，他谈论那些行星的尺寸就好像他在每一个上面都居住过。另外一些日子他背诵贡戈拉和克韦多的作品消磨时间，扮演他们争辩的两个角色。他了解音乐、数学、自然科学，但是那一切并未满足他，他对知识的探索从未停歇。

塞萨尔是个快乐的孩子，他带着他父亲的教诲，以一种欢乐的精神面对艰辛和暴风骤雨，留意着在他眼前展开的那个复杂、艰辛、有时残忍但总是奇异的世界。

“你感受到的是自由。”马尔塞洛教导他说，“你的身体随着清晨的冷空气颤抖，你欣赏着温暖空气的第一缕太阳光辉，你那饥饿的胃因为一碗热汤而兴奋起来。你的眼睛享受着广袤的风景，人们向往这些风景却被困在了污秽的工厂中。如果每个工人、每个农民，能够遇到那种久违的人道的感觉，你认为有谁会愿意继续当奴隶呢？”

但是之后那个女人，伊莎贝尔·莫拉，出现在了他们的生活中。

自从遇见她，他的父亲彻底转变了。他总是换衣服，花钱买相当紧的鞋子，他强加荒谬的规定，比如每天早上用冷水洗澡，搓洗耳后的泥垢直到耳朵变红。更有甚者，他把何塞法姑姑从小镇请来照看塞萨尔。

“我可以照顾自己。”当弄清真相后，男孩儿抗议道。

马尔塞洛正在第无数次地梳头，在镜前分成中分，捋顺，头发散发着洗发水的味道。

“不，你不能。你只有八岁。另外，你的姑姑像我们需要她一样也需要我们。”马尔塞洛看着儿子的脸庞，感受他喉结处逐渐上升的极度痛苦。他的雀斑脸庞和学生发型看上去是那么悲伤。许久以来这是马尔塞洛第一次感受到他还不知道怎样给塞萨尔一种适合他年龄的生活。太久了，自从他失去妻子，他就拉扯着儿子过着小贩般的生活，这种生活对于他的成长轨迹没有任何帮助，但是那一切即将改变。现在他有了一份稳定的工作。也许塞萨尔一开始不会接受，但是他最终会适应一个正常男孩儿的日常生活的。

“每天晚上睡在同一个地方并不是那么糟糕，你会明白的。另外，现在你可以和同龄孩子在一块儿了，就像莫拉家的那个男孩儿一样。安德雷斯和你年纪相仿，他看起来是个非常有意思的男孩儿。”

“我不喜欢那些人。”男孩儿说，皱着眉。他讨厌那个孩子。他努力想想又补充了一句：“事实上，我一点儿也不喜欢人。”

马尔塞洛被惹得想笑。他把梳子放在浴室洗手池上，跪在他儿子面前，看着他的双眼。那烦扰不安的双眼就像流星一样。

“哦，要有所改变，儿子。我们不可能在世界上独居，你明白吗？我们需要其他人，其他人也需要我们。”

塞萨尔点了点头，尽管他不理解他父亲在跟他说些什么。他的父亲站直，喷了几滴塞萨尔讨厌的香水，整了整领带，满意地看着自己。

“我所做的一切，塞萨尔，都是为了你。看吧，有朝一日你会为这些感谢我的。”

后来男孩儿知道那一切都是谎言。他不能理解发生在他父亲身上的本质变化，但是他察觉到他并不是为他而做那些的，他做的一切都是为了那个他一直挂在嘴上的女人。

“现在，上楼回你自己的房间。你姑姑午饭时会叫你的。我得进趟城。”

塞萨尔·阿尔卡拉疑惑地看着他的父亲。

“你打算去见那个女人吗？”

马尔塞洛转身面对着男孩儿刨根问底的眼神。

“事实上，我要去见一些正在和伊莎贝尔会面的朋友，所以没错，我想她也会在那里的。”

“我可以和你一块儿去，我不会妨碍你的。”

马尔塞洛有些不耐烦地拒绝了。

“这些聚会很无聊。你最好现在就上楼。”

塞萨尔跑上楼把自己锁在房间里。当确定没有人会来打搅他时，他打开了那个他保存着母亲照片的小铁盒。他温柔地触摸着照片，好像担心它会最终消失。因为，令人费解地，他母亲的脸庞已经开始在他记忆中消退，与他父亲看上去喜欢的新来的女人的脸庞混在了一起。

他转向起伏不平的墙面，闭上眼睛，用粗糙的毯子盖着自己。眼泪不请自来，他把脸埋在枕头下面开始抽泣，这样就没有人听到他哭泣了。他不知道为什么他在哭泣，但是他忍不住泪水。

他做了一个奇怪的梦。他梦见自己坐在一把幼儿园的小椅子上，就像父亲曾经作为礼物送给他的那把一样，只是这把椅子不是蓝色的而是红色的，它的座位不是柳条而是一个洞，就像还不会使用马桶的小孩子用的那种。他不再需要它了，但是安德雷斯露面了并强迫他脱下裤子坐在那儿。他打扮得很奇怪，穿着宽松的睡衣或者某些类似的东西，头发拉到后面梳成了一个发髻，脸庞似乎是用石膏画的，非常白，而嘴唇非常红，好像他喝了血。伊莎贝尔的小儿子正在戏弄他，说他总是尿裤子，并用一把木刀击打他的头。塞萨尔·阿尔卡拉想站起来还击他，但是他无法从椅子上站起来，他急切地想撒尿。最后，他感到一股热流从他大腿内侧顺流而下，就像安德雷斯嘲笑的一个没有牙齿的疯子那样，塞萨尔和父亲走街串巷时也见过那个疯子。

他尖叫着惊醒了。他在自己的房间里，傍晚把墙壁染成了橘红色。他听到楼下的姑姑哼着一首歌，然后他看到浸湿的床单，羞红了脸。

马尔塞洛·阿尔卡拉停下来查看随身带的写在一张皱巴巴的纸条上的地址。刺骨的寒风吹打着瓜达基维尔河岸，夜完全深了，还能看见的唯一灯光是照射河边小路的那些。在其中一处暗淡灯光下面他看见了一个吸烟男人的身影，他靠在一个路灯杆上。教师可以清晰地辨认出香烟的燃烧端以及从他嘴里逸出的烟气。

马尔塞洛变得紧张起来。街上没有其他人，这是一个不敬虔的时间，而此场景适合一场哑剧。他知道他们所说的在桥附近的黑暗聚集点。那儿，如同难以捉摸的阴暗处，舞男在那里与他们的客户见面，冒着被警察抓的风险，或是被蟊贼往肚子上捅一刀留下刀伤的风险。但是那就是伊莎贝尔告诉他那天晚上要和她见面的地方。

他不知道莫拉女士心里是怎么想的。很明显，有些不同寻常。那天早晨，当他在莫拉家和安德雷斯复习字母表时，伊莎贝尔找了个理由过来，说对儿子的学术进步感兴趣。然而，她偷偷地把一张纸条滑入马尔塞洛的口袋，就是现在他手里拿着的。

“我想我可以指望你，如果你真的喜欢我，你今晚会来这个地址。为了你珍视的那一切，请小心谨慎。”

现在他对那个女人的危险目光在他身上挑动起的某种天真的狂热感到懊悔。一度他曾想……也许……这是个约会。他对自己显而易见的错误感到害臊。

突然，街灯下的那个身影把烟扔了出去。烟头在河边的雾气中抛出了一条弧线，同时那个身影离开光束走向他，直奔他来。他的脚步在石砌路上回响，把他的体形放大成某种令人不安和惊恐的东西。马尔塞洛想到了逃跑，但是他的双脚拒绝服从他的意志。

那个身影逐渐变成血肉之躯。一个笨重、发福的男人，塞在一件长外套和一顶宽檐帽中，双手插在口袋里。

“你是马尔塞洛吗？”他问道，嗓音低沉，面无表情地看着他。

马尔塞洛点点头。直到那时那个男人才放松下来，伸出他戴着手套的手。

“伊莎贝尔告诉我你会来，她说你值得信任。来吧，我将带你到集会地点。”

没等他回复，那个男人就抬脚走了。马尔塞洛观察着他那肩膀宽大的后背消失进雾气中。他犹豫了几秒钟，但随后跟上了那个陌生人。

他们穿过了罗马竞技场废墟附近一些曲折的街道。在雾气之下，建筑物表面的砌石很朦胧，就像打破宁静夜晚的海盗船的龙骨。那个男人停在门口，他左右打量了一下，敲了几下门环。那一切让马尔塞洛既不安又好奇。他有种感觉，自己正在陷入麻烦之中，但是现在回头为时已晚。门开了。

到了目的地，另一个男人正在等他们。马尔塞洛猜测他是个铁匠，从他的连体工作服和他双手布满了嵌入皮肤的刨花屑可以判断。他看起来像只受惊的小狗，但是在他们目光交会时，他的目光像教师的目光一样充满猜疑。然而他热情洋溢地摇了摇护送马尔塞洛的那个男人的手。

“所有人都已经在楼上了，他们正在等你们。”

陪教师来的那个男人点着头摘下了他的帽子。

“好吧，我们走。”

在一套不超过一百二十平方米的小公寓里，一群男人和女人正在抽烟，教师无法准确说出有多少人，房间中充满了烟气。他们之间分成观点各异的小团体在谈论着。他们的声音没有提高，事实上低语的谈话让他想起大学图书馆回廊上的学生聊天。当陪伴他的男人进门，每个人都转头问候他，显然他们把他当成某种领袖。他们逐渐落座到会客室里已摆成一圈的座位上。

“坐在这儿，挨着我。”那个男人说着脱掉了他的外套，搭在椅背上。

马尔塞洛照做，并在那些出席者之中寻找着伊莎贝尔。

“她不会来了。我们必须在莫拉女士不在的时候开这个会。”

马尔塞洛坐在椅子上环顾四周。

“那么我在这儿干什么呢？”

那个男人的表情扭曲了，带着一个玩世不恭的微笑，但是他很快使自己镇定下来。

“我们都为同样的事业，努力创造一个更好的世界。”

一个看上去的全员大会开始了。那些男人和女人一个接一个地——马尔塞洛最后数清楚是十个，他们中的大多数很年轻，实际上仍是少年——坐进了围成一圈的椅子中，开始陈述报告。那些报告大大搅乱了马尔塞洛，他听着那些内容，开始明白那个组织的性质。

“你们是共产党？”他惊慌地问道，低语传入了那个主持会议的男人的耳朵。

那个男人没有直视他，把脸微微倾向老师，再次显露出一个复杂的笑容。

“我们是坚信事情不能以它们现在的方式继续下去的人，那些人，像吉列尔莫·莫拉，整个巴达霍斯省长枪党的头目，不能继续胁迫我们的妇女、我们的老人和我们的孩子。”他停顿了一下，迫切地直视着那个感到震惊的教师的双眼，“这就是为什么我们决定谋杀他的理由，我们计划杀了他。”

马尔塞洛不得不控制住自己以免从椅子上弹出来。

杀了吉列尔莫·莫拉？那些人彻底疯了。那个男人是整个埃斯特雷马杜拉自治区最有权力的人之一，没有人可以触碰哪怕他头上的一根头发。而且，除此之外，他被普布里奥和其“旧衬衫”——长枪党最老的警卫——保护着。每个人都知道普布里奥的凶狠。但是他头脑中摆在最前面的是一个持久的问题：他，一个简朴的乡村教师，在那些谋反者中间能做什么呢？为什么伊莎贝尔要把他送到那里？

那个陪他来虎穴的男人似乎读懂了他的想法。

“伊莎贝尔是想出这个主意的人。她给我们提供需要的情报，以便执行计划。”他一眼不眨地说着。那个陌生人试图让马尔塞洛相信伊莎贝尔愿意谋杀她自己的丈夫。

“你们怎么会预料到我会相信这些疯狂的事呢？”

那个男人耸了耸肩膀。

“别天真了。你在那个家工作了多长时间？六个月？别告诉我在那段时间你还没意识到那个男人是怎样一个恶魔。你知道吗，伊莎贝尔嫁给他是因为她的父母可以离开那个地区；你知道吗，伊莎贝尔的大哥在巴达霍斯斗牛场被行刑队处决就是奉吉列尔莫·莫拉的指令。是的，她比我们中的任何人都有更多理由憎恨他，这还没有提到她日常遭受的羞辱。”

马尔塞洛对那些事之前已有所耳闻，这是真的。他曾见到并且听人说过他宁愿没有看到或者听到的事情。他曾自私地、愚蠢地察觉到伊莎贝尔不爱她的丈夫，现在那种感觉得到了证实，这点燃了他秘密的欲望，也许她能够注意到一个像他这样的小书虫。但是策划谋杀她孩子的父亲……这是完全不同的事情。这让他难以置信。伊莎贝尔是如此漂亮，如此甜美。她的双脚从不触碰地面。她不可能把他们从泥潭中拽出来。

“为什么我会在这儿？”他问道，仍然惊愕和困惑。

“伊莎贝尔说你对她的小儿子格外喜爱。”

马尔塞洛点了点头，情况属实。安德雷斯是个奇特的孩子，他需要别人的帮助来统治他无边的想象，那些惊人的能量有朝一日会把他由现在的样子转变成一个天才或者一个怪物。马尔塞洛相信自己的能力，相信他自己能朝着第一种选择引导那些潜力，但是他不理解那个男孩儿与这个隐蔽的勾当有什么关系。

“我来给你解释：如果事情败露，伊莎贝尔将不得不逃走。她会把小儿子带在身边。费尔南多的情况有所不同，他年长一些能够照顾他自己。但是在任何情况下伊莎贝尔都不会把安德雷斯留给她丈夫的。吉列尔莫·莫拉恨这个小男孩儿，他认为他是个心理失常的人，他会毫不犹豫地把他终身监禁在精神病院里。所以，如果我们失败了，她将会需要某处来隐藏她的儿子。那就是你的角色。你不应该参与进来，没有人会知道你知道有关这整起事件的任何信息。我们只是要求，如果必要的话，你给伊莎贝尔提供一个逃跑路线。当你变成鳏夫后你看起来好像继承了离葡萄牙边界很近的一些土地，那是个好地点，他们可以勉强在那儿待几天，找合适机会进入葡萄牙，再从葡萄牙去伦敦。你不需要知道更多了，同时，继续做你的日常工作。”

继续日常工作。这些话在马尔塞洛的脑海里回荡，反反复复。他无法入睡，尽管早晨的第一缕阳光已经透过蕾丝窗帘倾洒进来。

那天早晨，当他早餐吃何塞法为他准备的炸面包屑时，他想知道是否逃离那个城市对他来说会更好。去马德里，或去巴塞罗那。他应该至少把塞萨尔和何塞法送到那儿，把他们安置在安全的某处以防事情变得复杂。但是那会引起怀疑，他不应该引起任何怀疑。事实上，他告诉自己，他没有真正被牵连进去。那个男人一告诉他事情如果败露他该做什么后，马尔塞洛就离开了那个会议。他不想知道细节、日期、人名。他甚至还未投身于分配给他的任务，其是否有必要还是个问题。

但是他知道正在发生什么，不报告会使他成为一个帮凶。如果他报告了，告诉警察他知道的，那些人会发生什么事情？最重要的是，伊莎贝尔会发生什么事情？假装他不知道是愚蠢的。不，他只是一个质朴的教师，他不是一个政客，也对挥动自己和儿子自由以外的任何旗帜不感兴趣。但是那是一场不可避免的战争吗？他真的希望在继续布道自由、文化、正义原则的同时把他的脑袋像鸵鸟一样埋在沙子里面吗？他是那么蒙昧那么饥饿以至于要为了薪水和遮风避雨的房檐而出卖自己的自由意志吗？甚至在知道吉列尔莫·莫拉和其密友普布里奥的丑恶嘴脸之后，还要那么做吗？

但是，那些想法并没有使他宽心，他的心灵感受到深深的苦楚。他知道她利用了他，她把他放在了一块岩石和一个坚硬的地方之间。她发现了他面对她时的弱点，并且充分发掘了它。

在接下来的数周，伊莎贝尔尽力回避他。马尔塞洛挣扎着集中精力在安德雷斯的教育上，但是不可避免地看到她从房中穿过，她的身影对于整个世界来说就像一个美好的童话，他感受到某种挫败。一天下午他想方设法在公园的凉亭附近追上她。

“我需要和你谈谈，伊莎贝尔。”

伊莎贝尔戴着皮手套，这让她触摸玫瑰刺时不会被刺痛。她脱掉一只手套，佯装老师伤人的目光没有让她感受到谴责或者忐忑。

“我认为我们不交谈最好，除非是有关安德雷斯的事。”

马尔塞洛不得不做出真正的努力表现出一种文明风尚，不让自己出洋相。

“当然是有关安德雷斯的，也有关你，有关你的丈夫……还有关于我。伊莎贝尔，我不能一直假装什么都没发生。”

伊莎贝尔抻着脖子朝房子迅速张望了一下，好像她害怕吉列尔莫或者他的看门狗普布里奥能听见她说的。马尔塞洛发现了她脸上短促、强烈的忧虑神态，像流星一样可爱。即使在那种情境下他也忍不住欣赏她。

“你不用非得做任何事，马尔塞洛。事实上，过去的这几个星期有很多次我都后悔把你卷进来。你是个好人，但是我需要信任某个可以保护安德雷斯的人，我只能把那个任务托付给你。尽管你不用非得待在这儿，如果你不愿意的话。”

马尔塞洛感到困惑。她说着并微笑着，真正的微笑，并不是赢取他的沉默的伎俩。

“我并不是说……我不想那么做……我只是希望……”

伊莎贝尔重新戴上皮手套，拿着修枝剪俯身玫瑰花丛。

“我知道你期望的，马尔塞洛。当我说我受宠若惊时请相信我，但是我不会用谎言买你的忠诚。你记得那天晚上护送你的那个男人吗？我爱上了他，他也如此。当这一切结束后，我们计划开始一段崭新的生活……”她抬头看，她的目光像她拿在手中的玫瑰一般清澈和洁净。“我相信你应该也能够开始新的生活。你将拥有我永远的友谊和感激，那是我可以给你的全部。”

马尔塞洛费力地咽了一下，他感到卑劣、肮脏和悲伤。

“有你的友谊总比什么都没有强。”他说道，勉强挤出他生命中最痛苦的微笑。

数月过去了，什么事都没发生。吉列尔莫·莫拉仍然活着，屋里的日常事务没有改变，甚至伊莎贝尔看上去也快乐一些了，比过去少些郁郁寡欢了。马尔塞洛开始相信也许谋反集团已经看到他们密谋的事情是错误的，直接中止了那个计划。

但是到了一九四一年年底，一些事情发生了，摧毁了那个表面的平静。

上午十点钟，马尔塞洛正在教安德雷斯写字，安德雷斯用他的小手在黑板上描摹着一些不规则动词。书房的门突然打开，门槛处出现了普布里奥的一个长枪党党员。普布里奥是吉列尔莫·莫拉的左右手，在他扭曲的脸上，马尔塞洛读到了最坏的预兆。

“我来找莫拉女士，普布里奥派我来的。你见过她吗？”

马尔塞洛说房子的女主人整个早上都没在那里。

“发生什么事了吗？”

长枪党党员给了他那条消息：他们试图在吉列尔莫·莫拉离开每天早上领圣餐的教堂时行刺他。

“幸运的是，”他自命不凡地补充道，“他们只是伤了他。吉列尔莫阁下脱离了生命危险。”

他们最终还是行动了……并且失败了。他不得不扶着椅背保持站立，并慢慢地侧身滑到一个座位上。安德雷斯仍专注于他的学习，牙齿咬着舌头，手里使劲压着粉笔，不理解发生了什么。那个男孩儿现在会落得什么结果？他的母亲呢？

随后透过窗户他看到普布里奥险恶的身影。他正站在花园中间，双手插在口袋里，好像没有什么不寻常的事情发生……为什么他如此持久地盯着书房？他在看他吗？

马尔塞洛脸色变白。普布里奥这个男人的出现能让石头颤抖，而他此时正在向马尔塞洛挥手，眯缝着眼，带着狼一般的笑容。

第　六　章

巴塞罗那，一九八〇年十一月

雨一直未停，但现在是以那种单调冗长的方式落下，把一天推向暮气沉沉的低气压中。玛利亚忧郁沉默着，就像下午的天气一样。她注视着正朝波尔恩集市走去的行人们的雨伞，它们像波涛汹涌的大海上的波浪一样摇摆着。

“为什么不告诉我你发生了什么？你一天都处在坏情绪里。”玛丽娜说道。她们漫步着穿过里贝拉街区，抑制住她们去牵彼此的手或者像其他情侣那样在沿大道伸出的露台之下接吻的欲望。露台上有怪兽状滴水嘴和新艺术风格的华盖。

“什么都没有，”玛利亚撒谎道，“这种天气让我烦躁。”她们坐在一张长椅上，一道脏水水流与人行道平行着流下。玛利亚凝视着一只臃肿的死老鼠的身体，看其漂入下水道。慢慢地她仰望天空，天空就像一块裹尸布。最好能有一场狂风暴雨，把那些狭窄街道上令人窒息的瘴气拖进大海。

玛丽娜点了一根烟递给她。在外套之下她们的双手交织在一起。玛利亚的手指是冰冷的。

“因为你父亲你才这样的吗？他们终有一天得让他入院。你不用这么担心，这只是一个日常检查。”

玛利亚摇了摇头。

“那并不是令我担忧的事。毕竟，他已经与癌症抗争四年了，他并未屈服，他很强壮。”

“那是为什么呢？”玛丽娜靠在她的肩膀上。她的脸红了，并不只是羞红。她穿了一身引人注目的方格雨衣，水正往她膝盖上滴。

“距他们宣判塞萨尔·阿尔卡拉的案子已经过去三年了。”

玛丽娜很惊奇，她甚至都没想过那个，那是离她生活非常遥远的事。尽管对玛利亚而言似乎不是那样。

“对，所以我们应该感到悲伤还是该庆祝一下？”

玛利亚半开玩笑地责骂了她的搭档。

“别挖苦了……我所说的是我今天醒来有一种奇怪的感觉，就像胃痉挛一样，我记得今天是周年日。那种纠缠不休的感觉整个早上都萦绕着我。”

玛丽娜点了点头，什么都没说。她深深地吸了一口烟，把她的湿刘海拂到一边。她看着她的手指甲，好像正在从她修剪得完美无瑕的指甲上寻找一些瑕疵。

“你在想他吗？”

玛利亚断然地摇了摇头。

“不，当然不是。我们不可能想着我们在法庭上指控或者辩护的所有人。我们履行自己的职责，且还要继续前行。”

“但是督察阿尔卡拉的案子不像其他案子，我们俩都知道。”

玛丽娜是对的，她们的生活从那以后就不一样了。现在她们是有声望的律师，在格拉西亚大道拥有自己的公司。

“从那时起我们的一切都很顺利，”玛丽娜补充道，带着一副深思熟虑的表情，“不是吗？”

玛利亚回避了那些质问的目光。以在小提包中搜寻头痛药片为借口，她把手从玛丽娜手中抽回。

“是的，一切都很顺利。我们有一栋温馨的房子，一辆不错的车，我们夏天度假，冬天滑雪……”她罗列的清单在空气中悬住了，好像她忘记了一些重要的事情。

“我们还有彼此。”玛丽娜犀利地补充道。

忽然间圣玛利亚大教堂敲响了预示一刻钟的钟声。一群鸽子在雨水下飞起，玛利亚转移了她的目光，让其四处游走。在她的右边有一个穷人在摩雷雷斯之墓露天广场中央，双手插在一件又长又脏的灰色外套的口袋中，左顾右盼。他朝一边迈了几步，又停住了。他四处看看，继续循着他的脚步，抓了抓他几天未刮的灰白胡须，决定不了朝哪边走。

玛利亚注意到了他。他身上有某些她熟悉的东西。

“看那个乞丐。他正透过眼角的余光注视我们呢。”

玛丽娜注视着那个无家可归的男人，对她来说他和其他在街上乱转的人没什么不同。

“我们该回家了。天黑了，我的头又疼了。”

“你打算什么时候去看神经科医生？”

“别变成一个唠叨的人，玛丽娜。没什么事，只是周期性的偏头痛而已。”

玛丽娜提醒着她上个月她眩晕的次数，她突然感到眼前昏黑，以及她的眼虹膜上每隔一段时间泼溅的那些斑点像萤火虫一样在她眼前飞舞，模糊了她的视线。

“那一切都只是偏头痛吗？”

“我会找时间去看医生的，我保证。”玛利亚回答道，向玛丽娜身后看去。那个乞丐正在注视她。慢慢地，他举起了一只手对着她挥舞。隔着一段距离玛利亚认为她甚至听到他说出了她的名字。她再次感到确定，她知道这个穷苦可怜的男人，但是她不能把他的脸放置到或者联系上任何确定的身份或者记忆。“我们可以离开吗？我不喜欢这儿。”

那天晚上，电话铃响了三声，玛利亚接起话筒，没有应答就挂上了。她正在她的家庭办公室复查着一个她正在准备上诉的驱逐判决。过去了不到五秒钟电话又响起了，但当她把话筒拿到耳边时，听到的只是电话的忙音。没有多想，她挂断了，继续埋头工作。

十分钟后电话铃又响了，这次她在电话响起第一声时就拿起了话筒。

“喂？”

“你介意解释一下为什么你之前不接电话吗？”

玛利亚一听到那个声音就呆若木鸡了，困惑的她花了几秒钟才做出反应。

“洛伦索……”

电话那头传来轻声嗤笑。

“你听起来好像听到了从坟墓传来的声音。这么久以来你一直不想听到我的消息，仅仅这个原因不意味着我死了。”

“你想要做什么？”玛利亚怀疑地、非常缓慢地询问道。她已经超过三年没有听到过洛伦索的声音了，再次听到他的声音激起了那些一直盘旋在她内心深处的旧日伤痕。

“我在巴塞罗那。我想我们应该聚一下。”

玛利亚感到后脖颈强大的压力，好像一个利爪违背了她的意志在强行推她向前。突然间，那种和洛伦索在一块儿时一直抑制她的感觉又回来了。那种荒谬的感觉和离谱的恐惧。

“最近几天我非常忙。另外，我认为我和你没什么可谈的。”她对自己的坚定感到宽慰。

电话那头传来一声嗤鼻声，紧跟着是一阵深思熟虑的沉默。

“我不想谈我们的事，玛利亚。”

“那你想谈什么呢？”

“关于塞萨尔·阿尔卡拉，那个三年前被你投入大狱的督察……你可以立刻来我部委办公室见我吗？在省警察总部二层你就能找到我的办公室。”

玛利亚半天才做出反应。

“你和那个男人有什么关系？”

“这就复杂了，我认为我们不应该在电话上谈论此事，最好面谈。”

就在那时，玛丽娜进到办公室来核对一些信息。她花了几秒钟时间才从拿在手上的那些卷宗上抬起头来。然后她注意到玛利亚苍白的面色，以及她怎样心不在焉地挂断了电话。

“发生了什么事？”

玛利亚非常慢地摇了摇头，好像正在否定一个使她不安的想法。

“我得去趟巴塞罗那，一个客户想要见我。”她并没有任何理由对玛丽娜撒谎，但是她的直觉告诉她暂时最好不要提及洛伦索。

“现在吗？已经将近晚上十点了。”

“是的，必须现在。”玛利亚说道，抓上了她的外套和汽车钥匙，“别等我了。”

她知道玛丽娜一个字都不相信，但是她并没有做任何真正的努力让她的话更有说服力。以后会有时间解释，现在她太震惊了以至于不能思考。

她沿着沿海公路飞驰，穿过一些小村庄，它们在一年中的那段时间是空置的。尽管从摇落的车窗透进来了刺骨的寒冷，玛利亚仍不能完全振作起来。突然，她一整天感受到的一切痛苦得以成形，有了重量和体积。

在路灯的黄色灯光下，街道的面貌呈现出起伏的悲伤。远处，她看见一些路人在雨中穿行，他们就像在夜晚寻找庇护所的小昆虫一样。玛利亚停在省警察总部的门前，确定那儿就是洛伦索所说的和他见面的地方。

一个正在执勤巡逻、笼罩在阴影里的警察靠近了她。雨水四处滴落，模糊了他的脸庞。自动式步枪的枪管斜挎在他肩膀上闪耀着雨珠。他是那些傲慢的公仆中的一员，紧绷帽带之下的他无比自信，武器时刻待命。他那斯巴达式严以自律的脸庞是如此肤浅，如此通神。

“你在那里干什么？”

“我来见……”她犹豫了，不知道洛伦索现在在高级防务信息中心这个情报部门的职位，“洛伦索·品塔尔，他在二楼。”

警察的表情扭曲了，他知道什么人在那栋大楼的二层工作。他黑暗、冰冷的双眼审视着玛利亚，没有丝毫情感。最后他满意了并让她进去，用一个像是真的一样、显然荒谬的正当理由：

“你永远都不知道谁是个恐怖分子。”

一跨过门槛，玛利亚就被同样的来自警察的例行公事询问着，她已经从其他警察局熟悉了那些。在狭窄的过道尽头总会有拘留室的铁锁关闭声、警卫的脚步回响声、拘留犯和警官的喧哗声。这是一个远离光明的世界，这个地方让她沮丧。

她走上了二楼。她不得不坐着等待，坐在一把不舒适的椅子边缘。每过一会儿她用眼角的余光看向一扇紧闭的门。她等的时间越长，她身上那种奇怪的不安感越强烈，她口腔上腭的刺痛越明显，而她并不完全知道原因，她开始感觉原因已经微不足道。这种感觉变得难以抵挡，这时有人来到她后面，没有经历等候的炼狱就穿门而入，门向他大敞，甚至不用他敲门。

玛利亚试着通过四处张望分散注意力。窗户高不可及，是小天窗，通过它们偶尔能瞥见闪电的闪光。暴雨的霹雷声盖住了打字机和电话的喧嚣。她想象，那里白天的喧闹足以使人发疯。在后面的一些桌子处，有一些男人在喝咖啡，其他一些人小臂疲乏地撑在椅子上写东西。那里的摆设是陈旧的，浅灰色金属材质的。数十个文件夹堆放在被用来作为临时文件柜的抽屉里。

每过一会儿就有人从街上走进来，随身拖进来雨水，在没有抛光的水磨石地板上留下脚印。她站起来走到一扇俯瞰街道的窗户旁边。有一两次，她可以看到外面执勤警察滴水的靴子。她猜测他们对进入的每一个人都呈递了相同的彻查，为了证明该举动的正当，他们解释说任何人都可以把那个可怜的警察局炸成碎片。

最终，她等在门口的那间办公室的门开启了，出来的那个男人甚至没有注意到她的存在，他心事重重地从她身边走过，凝思着一些极度令人忧虑的事。

“洛伦索！”

洛伦索转过身，突然，他的脸庞转变成了一首诗，他难以相信他正在注视的漂亮女人是玛利亚。

“我的天呀，我几乎没认出你。”他赞美地默念着，靠过来要给她一个吻。

玛利亚阻止了他，给了他一只手去握。

“你看起来还是老样子。”她犹豫地回复道。事实上他看起来老了许多，并且更加疲惫，他的发际线已经严重后移，剩下的头发已经斑白，他也变得更加胖了。

洛伦索完全清楚那些变化。

“看来咱俩分开后你的收益比我多。”他有些讥讽地说道，尽管那是事实。“你看上去截然不同了，我不知道，一定是你的发型或是妆容。你过去从来不化妆，也不穿这么优雅的连衣裙。”

玛利亚伪装出一个礼貌的微笑。洛伦索没有意识到她身上的改变并不是身体上的，并不是因为落到眼睛处的刘海，或是蓝色意大利连衣裙，或是高跟鞋。她如今是个截然不同的女人了，一个快乐的人，可以这么说。她由内至外散发着截然不同的光芒。但是对洛伦索而言，承认这点将意味着含蓄地承认了当他俩在一起时，他是使她一直远离这种快乐的部分原因所在。

“为什么你想要见我？”

洛伦索那冷静的脸庞轻微动了动，就像在雪崩之前落下碎石。他心存疑虑地看向出口，又看了看他的表，保持着忧思。

“我需要一份私人帮助。”

“你需要一份私人帮助？”她震惊地重复道。

“我知道你认为我厚颜无耻，这么久没见，一露面就问你一些事情，但是这很重要。”

他让她进入他的办公室。他的下级起立向他致敬。他们穿过另外一个室内门，洛伦索锁上了身后的门。

他的办公室是一个冰冷的地方，眼前是陈旧家具和铁皮文件柜组成的朴素景观。在一个角落里有一个带有麦秆菊的相框，相片是一个女人和一个两岁左右小男孩儿的肖像照。

看到那张也许是他的新建家庭的照片，玛利亚有种五味杂陈的感觉。由于一些奇怪的原因，她曾想象洛伦索是个典型的、可怜的、和工作结婚了的孤独者。

“那是你的妻子吗？”

洛伦索点了点头。

“那是哈维尔，我儿子。”他骄傲地补充道。

玛利亚感到腹部一阵不适。那正是他们打算给她失去的那个孩子起的名字，如果它是男孩儿的话。

洛伦索打开台灯坐到办公桌后面并请她也就座。桌上有一份文件，上面有一些红色的名字。玛利亚想方设法小心谨慎地辨读其中的名字。洛伦索合上了文件，她看向别处。

玛利亚不自在地把目光转向一根竹竿，其扭曲着，像脐带结一样打着结。注意到这间灰暗办公室的这个绿色景点着实吸引了她的目光，洛伦索从盛满水的容器中将它挑了出来。

“我买它是因为它的绝对不完美。错误有时能引出奇妙，这是个悖论，非常好地解释了我的工作。”

“做间谍正好适合你。”

洛伦索笑了。

“我们现在不这么称呼。在众议院，我们喜欢这么认为，我们是国防部的公仆。”

他叫了两杯咖啡，语气强硬得离谱。他想表明自己是那个厅的王，玛利亚失去了一个理想对象。

“和你的那个朋友相处得怎样……玛丽娜？”他带着他的那种冰冷笑了笑，那种微笑很伤人，玛利亚曾经愚蠢地错把她第一次见他时的那种微笑当成了自制和自信，但实际上是他心灵冰川温度的反射。

“好极了。”她回答道。

她知道对洛伦索的男性自尊而言，她为了一个女人而离开他是不可原谅的。他永远不能理解她是因为他自身的错误而离开他的，正是他那种愚蠢的骄傲，那种男子气概的自恃表现，一点点蚕食掉了她对他最初的爱，直到什么都不剩，除了逃离的渴望。

玛利亚点了一根烟，忧思地观察着燃烧的烟头和在空气中分开的浅蓝色烟圈。她注意到洛伦索厌恶的表情。他是那么井然有序，那么遵守规则，以至于哪怕最小的反抗，比如点一根烟，都会让他发疯。根本就没有小违纪这样的东西，难道那不是他们结婚当晚她躺在床上抽烟时他说过的话吗？这甚至不是大麻烟，而是一支十足的香烟。但是他注视着她，好像她刚犯下了一个滔天大罪，手里正举着谋杀武器。

“我看你仍在吸烟，你应该小心得肺癌，它就像彩券，并不总是那些买得最多的人中奖。”他白痴一样地大笑着自己的聪明。

“不要爆发。”玛利亚小声念叨，平复内心那些让她脑海里充满苦涩记忆的声音。她在烟灰缸里碾灭了香烟。

洛伦索扬起一只眉毛，这举动让玛利亚十分不舒服。

“如果事情不重要的话我不会给你打电话的，相信我。尽管有时我承认，我曾想知道你过得怎样。”

“我的生活过得很完美，比以往任何时候都好。”当她下定决心，玛利亚可以超乎寻常的残忍和刻薄。她不像那些热血的狗那样猛扑向它们的猎物，用牙齿把它们扯开。对于她的感情她采用了与冷酷的外科医生在手术室使用的相同的手法，无情地、毫不颤抖地充分觉察她正在解剖的形态。

洛伦索镇定地施以嘲讽。他朝一扇半开着的通向一个私密门厅的小门看去。

“你父亲怎么样？”他出人意料地问道。

玛利亚很惊讶，她预计加布里埃尔是洛伦索会问候的最后一个人。

“不是很好，”她诚实地说道，“为什么你会问他？”

“纯粹出于礼貌，打破坚冰。”

“好吧……嗯，为什么你不停止旁敲侧击，直接告诉我你打电话给我的原因？”玛利亚开始变得紧张起来，“你从来不寻求帮助，更少跟我寻求帮助，所以你一定确实是焦头烂额了。这一切是怎么回事？你说这与塞萨尔·阿尔卡拉有关。”

“你还记得拉莫内达吗？那个差点儿被塞萨尔·阿尔卡拉打死的家伙。”

玛利亚敷衍了事地点了点头。她不愿意想起那个。

“模模糊糊。”她撒谎道。

洛伦索倚靠在扶手椅上，开始玩弄他拿在手中的开信刀。

“也许你不知道，他在宣判几个月之后从昏迷中醒来了。”

玛利亚立即采取防御措施。

“我不明白我怎么会知道那个。从审判后我再没和拉莫内达或他妻子有任何联系。”

洛伦索用不必要的直言不讳加以解释：“当拉莫内达从昏迷中醒来后，他看到的第一个景象是骑在他妻子身上的一个男护士的屁股。你认为他是怎么做的？他再次闭上了眼睛，假装仍然在睡觉。他的妻子和那个护士以为他仍在昏迷之中，又做了几次，确信他没有看见或者听到他们。他们在可怜的拉莫内达病床的隔壁床做爱，拉莫内达假装他未察觉。几个星期后他从医院不留痕迹地消失了。”

玛利亚惊愕地转身面向洛伦索。

“为什么你跟我说这个？”

“没过多久，那个护士和拉莫内达妻子的尸体在格拉夫垃圾场出现了。他们赤身裸体，被一根绳子绑在一起，她将他被切断的睾丸含在嘴里。那个家伙是个真正的精神变态者。”洛伦索稍作停顿，用目光打量了一下玛利亚，然后继续说道，“托你的福，塞萨尔·阿尔卡拉在监狱里，而拉莫内达在大街上。”他说的每一个字都带有自以为是的恶毒，然后他仔细观察玛利亚的反应。他想她将会震惊，她会用侮辱性的语言炮轰他，她会为自己的行为辩解。

但是玛利亚只是盯着他。

“是的。”她简洁地说道。

震惊的是洛伦索。

“就这些吗？”

玛利亚的眼睛一眨未眨。

“我做了我不得不做的。从法律层面你谴责不了我，你，任何人都无权谴责。但是我知道我做的并不公正。”

“你突然变成了一个寻求宽恕的圣徒或佛教徒吗？”洛伦索有一点恼怒地说道。

玛利亚仍然泰然自若。

“我并没有改变那么多，你也仍然是那个傲慢的浑蛋。你并不关心拉莫内达做了什么，也不关心那个督察是否烂在监狱里。我太了解你了，洛伦索，你的道德像你的鞋底一样晦暗，所以告诉我：为什么你要告诉我这一切？”

就在那时秘书端着一个托盘和三杯热气腾腾的咖啡进来了。她将托盘留在一张边桌上，小心谨慎地离开了办公室。

“第三杯是给谁的？”玛利亚问道。

洛伦索把开信刀放到几分钟前他正在研究的文件上，忧思地停顿了一下。他正在享受这一时刻。

“有个人我想让你会见一下。”他说道，将目光转向朝着门厅方向部分开启的门，并站了起来，“上校，请进。”

门敞开，一个六十岁左右的男人出现了，也许他稍年轻一些。他很高，很瘦。洛伦索用军衔称呼他，但是他穿着便装，像洛伦索本人一样。他穿得很雅致，或许说一尘不染更加恰当，因为如果你仔细观察就会发现，那一身是仔细熨烫且搭配得当的服装与配饰二者一丝不苟的组合结果，但却过时了。那个男人已经不是曾经的那个人物了，但是他仍然保持着一个有尊严的形象。

他朝玛利亚走来，迈着坚定却小心谨慎的步伐。

“我非常想亲自与你会面。”他说道。

玛利亚对于那个俯身看向她的陌生人感到一阵仓促的温暖，他独具特色的皇冠雪茄烟的气味浸染着她。他的眼睛像灰暗的下午，陷于令人焦虑的忧郁之中。

“玛利亚，这是佩德罗·莱卡森斯上校。他是我的长官。”洛伦索庄严地说道，听起来有点儿可笑。莱卡森斯在玛利亚旁边落座，像老鹰一样审视着她，并挪开了一些距离以便获得客观判断。

“听闻你父亲的健康情况我感到非常遗憾，他着实是一个铸造武器的大师。”

现在是玛利亚观察他了，以一种昆虫学家的精细。

“你知道我父亲？”

莱卡森斯浅笑着敷衍。他的目光飞快地扫了一眼洛伦索，又转回来与玛利亚对视。

“依稀……我们见过一次，许多年以前，尽管他未必记得我。”

玛利亚最初的温暖被戒备所中止，他的冷笑及居高临下的目光使她突然感到惊慌。他那浓密的灰色眉毛下面是一双小眼睛，像深度探测仪一样剖析着它们看到的东西，快速地分析提炼结果，反应在他聚精会神的脸上，反应在他有着薄嘴唇和微黄牙齿的直挺的嘴上。

“我对你做过调查了，你已经成了一个非常有声望的律师。”

玛利亚猛然转向洛伦索。

“这是什么意思？你一直在暗中调查我？”

洛伦索让她听着莱卡森斯接下来要告诉她的事情。玛利亚注意到他举止上几乎很难察觉到的转变，她觉察到他更加接纳、更加友好了一点儿。

“我将要向你提出的是一个超越逻辑的任务，这是我调查你的原因。”莱卡森斯插话道。

玛利亚感受到离开那个男人的迫切需要，但是那个陌生人挽留了她片刻，触碰着她的小臂。那并不是一个令人印象深刻或者有敌意的动作，但是通过他的手指她感受到来自某种人的某种权威，这种人习惯了当那个决定会话何时结束的人。玛利亚感觉不舒服，但是与此同时她无法将自己的目光从莱卡森斯充满磁力的双眼上移开。

“我想，一名律师比如你，对于国家的政治事件应该会时刻关注。”

玛利亚说政治并没有让她多感兴趣，她读报纸，看电视，仅此而已。

莱卡森斯点点头，他呷了一小口咖啡，不紧不慢地把杯子放到小桌子上。

“普布里奥这个名字你还有印象吗？”

“我想他是国会成员，但是我甚至不知道他是哪个党的。”

莱卡森斯笑了。

“事实上，没有人知道。普布里奥只活跃在他自己的党派里。”

洛伦索被他上司的笑话逗得大笑，但是那个上校用一个冰冷的注视让他闭上了嘴。玛利亚没有错过那个细节，她开始喜欢莱卡森斯。

“我正在听。”她勉强承认道。

“我想你对塞萨尔·阿尔卡拉案子的周遭情况很熟悉。当时有一张十二岁女孩儿的照片，拉莫内达的妻子跟你说过那张照片，尽管你后来在法庭上对其只字未提。”

玛利亚收紧了放在膝盖上的双手。

“我记得辩护律师的指控，但是我没有详述。”

“我不是在评判你，玛利亚。你是原告律师，你的职责是陈述督察阿尔卡拉有罪，而不是增加减轻罪责的因素，你做得很好，但是那已经结束了。司法是一回事，真相是截然不同的另一回事。”

“真相是什么，依你而言？”

“这里有你要的细节。”洛伦索插话道。他从抽屉里拿出一个笨重的信封，把它留在了桌子上。

莱卡森斯上校紧张地注视着玛利亚。

“我想让你仔细研究这些材料，慢慢来，然后我们可以再约谈，这就是我的全部请求……”上校看了看他的表，站起身，“我得赶飞机。我们保持联系，玛利亚。我确信你会遵从你正直良知的指引，做该做的事情。”他说着，热情地伸出一只手。

他用一个冰冷的手势向洛伦索道别，朝门口走去。在离开之前他停了一下，双手伸进两个口袋，回过头看着玛利亚。

“你听说过伊莎贝尔·莫拉这个名字吗？”

玛利亚思考了片刻。不，她从没听说过那个名字。上校审视着她的脸庞，好像试图弄明白她是否在讲实话。最后他看上去满意了，双眼稍放松了一点。

“我明白了。阅读那些资料。我希望很快再见到你。”

当屋里只剩洛伦索和玛利亚的时候，他们陷入了沉思的寂静，好像他俩都正在脑中搜索着对话。

几分钟后，洛伦索开口了。

“提到警察，最讨厌的事莫过于他们有太多记忆了，他们不会轻易忘记诈骗过他们的人的姓名。我会小心阿尔卡拉的，玛利亚，他也许会跟你算账。”

玛利亚对那段评论感到惊奇，更加惊奇的是洛伦索是怎样温和地顺便进入了那段对话，他朝窗外看着，好像只是闲谈。

“为什么你那么说？”

洛伦索慢慢地把目光转向她，带着一副苦涩的表情。

“你总是做那些你要做的事，玛利亚，无论结果是什么。这就是我们分手的原因，不是吗？”

“别装君子了，洛伦索。你很清楚我们为什么分手，所以别跟我装无辜。”

洛伦索悲伤地看着她，那份悲伤看上去几乎是真诚的。但是在收起把戏之前，他站了起来。

“有时我会想我们之间有什么，玛利亚。我知道你恨我，我不责怪你。

对于所发生的事情我想了许多，我已经原谅了我自己。我并不是那样的。我不打女人，只是你……我不知道，有时你让我失态。”

“对于那一切，我也思考了很多，洛伦索。我想知道你第一次对我举起手时我为什么没有将剪刀戳入你的阴茎。”

她走上了街，天空正在下倾盆大雨，漆黑一片。她比过去任何时候都希望此时正待在家里，抱着玛丽娜，让她温柔地亲吻着自己。慢慢地她转向洛伦索办公室的窗户。他在那里，倚在窗台上，观察着她。她动身离去，心里想着，把她和那个被雨水模糊的形象联系起来的唯一东西是一种愤恨和悲伤的模糊感觉。

第 七 章

圣洛伦索（莱里达的比利牛斯山脉），两周后

他的双手再也握不了任何工具，即使他的思维仍能给出准确的指示，加布里埃尔的手指拒绝遵照他的意志，就像他身体的其他部位一样。然而，战胜了所有预测，他仍在和癌症做斗争，即使这是一场他出于纯粹的惯性而仍在坚持的没有信念的战斗。

有时加布里埃尔认为他能从他女儿新雇来的护士脸上辨认出反感的表情，当她不得不抬起他的双臂或者把他放到浴缸中时。他没有责备她。他厌恶自己，他甚至不再能控制自己的大小便，他经常半夜弄脏纸尿裤醒来，稀稀的粪便弄脏了床单和他的双腿。出于难堪他没有通过内部通话系统呼叫护士。他待着一动不动，整晚忍受着自己的污秽物，压抑住自己的恶心，无法哭泣，因为他的眼睛拒绝给予他安慰。

正是在那些时刻，他感觉最趋于接受他女儿的提议。

“你住在诊所会更好一些，我可以更加频繁地去看你。”

那样会花费很多钱，但是她可以支付。玛利亚自从那件著名的案子之后已经今非昔比了，她每过一段时间就会来看他，开着一辆崭新的银色福特格拉纳达。每次在圣洛伦索露面，她行为举止就像“三王”一样：她带给他有关刀剑、铸造技艺的书籍，以及给他的作坊添置的工具，好像那其

中会有任何一样东西仍对他有用。

她经常带着玛丽娜看望他。加布里埃尔不傻，尽管他的外表和古怪的言语暗示了相反的情况。他看到她们在以为旁边没人的时候拥抱并接吻，这不关他的事，加布里埃尔告诉自己。总之，他女儿自从摆脱那个浑蛋洛伦索之后看上去幸福多了。

也许玛利亚是对的。他不再开铁匠铺了，那个照顾他的男人气的护士非常凶，而他几乎不能为自己做任何事情，只能依靠助步车的帮助。

但是那种情境下，当他感到被诱惑着屈服的时候，他将头转向他储藏着柴火的房间，以及那扇紧锁的藏在柴火堆之后的门，那提醒着他为什么他永远不能离开那栋房子。

另外，他还得照看他妻子的坟墓。那是他的承诺，他会履行到生命的最后一天。

他再不能只身一人去墓地了，但是每周护士会带他到那儿，在她的帮助下他更换鲜花并除草。缅怀逝者的动作看上去是唯一能感动护士的，她通常会在接下来的几天更体贴地待他。

那个下午云彩在小山之上被拉伸得像小红细丝。远处，寂静的罗马堡垒的石头废墟眺望着呈现出铜色的墓地。在堡垒的入口处有一个拉丁语碑文的指示牌，上面写着：愿您入土为安。你不得不穿过它才能进到废墟里面。加布里埃尔总是闭上他的双眼避免看见它，避免思考它意味着什么。但是随着岁月的流逝，它仍然在那儿。一个顽固的语句。

坐在他妻子的坟墓边，加布里埃尔看着那个方向，但是他的眼光没有停在那儿。它们看得更远一些，去到一个他记忆里未知的地方，也许去到了那些他带着他的小女儿和妻子在那里徒步旅行的夏日。

当想起这些时，他悲伤地笑了。在那些过去许久的岁月，当他在那些废墟中展开桌布野餐，听着他的女儿在有百年历史的石碑中奔跑，他的妻子轻声低唱，头发在和煦的微风中飘摇，他也许已感受到了一些近乎宁静的东西，没有任何遗憾。但是在一个晴朗的日子，那个泡影爆裂了。他的妻子发现了隐藏在柴火堆后面的手提箱、信件和报纸剪报。那段过去，那段他以为自己已经永远忘记的过去又回来了，好像它从未离去。它饥渴地回来并采取报复。

他为什么没烧掉那些信呢？那些罗马废墟似乎正在问他。为什么他坚持保存着那些他想忘掉的东西？甚至在他妻子发现了它们并自杀之后他也没能烧掉它们。即使现在他女儿马上要发现他隐藏的东西时，他也没敢销毁它们。为什么？为什么不烧掉一切记忆，把它们化成灰烬，散落风中？他不知道为什么，但是他不能那么做。如果他忘掉，那么他就不再能完成他的忏悔。他没有权利那样做。

他听到护士在与某个靠近马路的人讲话，护士用一只手当遮阳板保护她自己不被午后的太阳晒到。她正和一个男人讲话，他们俩都指向他。那个男人靠近他，慢慢地走，双脚拖着伴随着它们的岁月的重量。许多年了，他活得几乎和加布里埃尔一样久。

“这是个美丽的下午。”新来的人以问候的语气说道。他吸满一口气，目光放在倾斜的地平线上，似乎在确认他的评价。一阵强风卷曲了山下的草地。在他右边脸颊上，加布里埃尔可以辨认出一个小的五角星形状的标记，就像一个很久之前结疤的旧伤。

加布里埃尔艰难地站起来。他旁边的那个男人看上去年轻，然而他估算着他至少有六十岁了。他仔细地审视着他。他不住在山谷里。他衣着得体，胡子剃得很干净。他甚至没穿靴子，而是非常合适的锃亮的皮鞋。

“你到这里来只是看风景吗？”他难以置信地询问道。

那个男人笑了一下，张开了他那干裂的嘴唇。

“事实上，我来这里跟你问好，加布里埃尔……我猜你不记得我了。”

加布里埃尔加强了他的审视。他不记得过去曾经见过那张脸。

那个男人耸了耸肩膀。

“没关系，我多少料到了你不会记得。我想我们彼此只见过一次，很久以前，几乎是四十年前，准确来说，那个场合非常……怎么说……极端。是的，就是这个词。”

加布里埃尔不喜欢谜语或者那些不说出来的事。

“我一生经历了几次极端的处境，所以你得再具体一些。”

那个男人似乎没有领会那些影射。他摘下了扣在秃头上的圆边帽，好像是让加布里埃尔好好看看他，唤起他的记忆。但是既然他没有回应，那个男人就以一种宽容的神气戴回了他的帽子。

“事实上，重要的是我非常清楚地记得你。坦白说，在已经过去的这四十年里我没有一天不想着你。”

加布里埃尔僵住了，他开始变得焦虑起来。

“那是为什么？”

那个男人神秘地笑了。

“你在梅里达有个武器锻造铺，在瓜迪亚纳街上。你制造漂亮的武器，而我尤其记得一件，一件真正的艺术品。”那个男人沉默了几秒钟，好像在给加布里埃尔时间回忆。然后他从外套口袋中拿出什么东西。那是一个小的青铜件，形似一条龙，有两个底座。“这是两件中的一件，它们装饰着刀柄的每一个部位。”

加布里埃尔拿着那个男人给他的那件东西，并用专业的眼光审视它。

“严格讲，这不是一个装饰品，”他说道，“这儿的这些突起是用来固定手指的，这样刀就不打滑了。”他更加仔细地检查了那个物件，突然某些东西引起了他的注意。他的手指立即开始颤抖。他抬头看着那个男人，那个男人此时正以一副介于消遣和精于盘算之间的表情注视着他。加布里埃尔试图将其还给他。“你是谁？”

那个男人拒绝接过它。

“留着它吧。这是你的杰作上遗失的唯一一块……那把刀的名字是什么？‘武士的悲伤’，就是它，你为莫拉家的小儿子安德雷斯制造了它。”

加布里埃尔开始呼吸困难。他试着朝马路上走去，但是双脚几乎未动。

“我不知道你在说什么。”

“我想你知道，加布里埃尔。”那个男人的声音突然变得非难起来，“你还留着它吗？你很有可能还留着。摆脱掉过去并不容易，是吗？那就是为什么你保留了在梅里达那段时间的所有记忆，我确定你也保留了一把德国军官的老式鲁格手枪……因为同样的原因你坚持每天上来这里，只要你的护士同意带你来。我想是负罪感迫使你这么做的。”

加布里埃尔愤怒地转过身。

“听着，我不知道你他妈究竟是谁，或者你想从我这儿得到什么。但无论是什么，你都不会得到的，所以走开让我一个人待着。”他把那小件青铜制品扔到地上，一瘸一拐地动身离去，叫护士推车跟在边上。

那个男人屈膝捡起那个金属物件。他爱抚着它好像它是块珍贵的石头，并看着加布里埃尔步行着离开。也许加布里埃尔拒绝认他，或许他确实没想起他。没关系，他告诉自己。迟早，记忆会再次转变成现实，他会迫使加布里埃尔一个接一个地喝下它们，直到他溺死在其中。并且，将会是玛利亚，他的女儿，捅破那个伪装的忘却泡影。

“我当然能从你身上得到我想要的东西，加布里埃尔。”他念叨着把那个金属物件放进了口袋，“她来偿还你的罪孽。是的，这才公平。永远是无辜者为罪孽者偿罪。”

第 八 章

巴达霍斯某地，一九四一年十二月

采石场已经关闭了数年。一个废弃的手推车仍然装满了石头，好像正等着有人来卸载它。风声在猖獗生长在死寂铁轨处的灌木丛中呼啸着。

一个疲倦的年轻士兵坐在一张孤单的长椅上，咀嚼着一个水果，此时他正眯着眼睛试图辨认出他面前的一个破烂的木质手推车上损毁的字迹。当吃到水果苦涩的部分，士兵把它吐了出来，重重地叹了口气。在这么多运动后看见这种静止很让人伤心，他一边想一边在头脑中重现采石场曾经的拥挤喧嚣。现在，满是疮痍的山墙上不同口径的枪洞显示出，敌人曾把它作为靶场。

几分钟后他再次查看了时间，他越来越不耐烦。天亮前还有一个小时。他不理解他的任务，监视一个没有人来的老采石场。他觉得很荒谬，就像过去一年他所做的每一件事一样，自从他们强迫他以服两年兵役代替坐牢开始。

他唯一的罪行是穿了共和军的军装，在共和军他们同样强迫他参加一九三八年五月的征兵。当佛朗哥的军队把他作为犯人关入赛尔维拉监狱时，他声称自己是一个应征新兵，但是军事法官不想听那些。“你应该拒绝拿起武器对抗救国军。”法官说道。那个士兵不能想象他会怎样被行刑队射杀。另外，他不理解政治，但是根据他所知道的，军队是另外一支军队，那个不合法政府的军队。当然他在军事法庭上并没有说那个。他的沉默也没帮他多少，兵役或者牢狱，法官下达宣判。

于是他到了那儿，在一个几乎不能驱散寒冷的破旧毯子下面，监视着满天星斗的夜晚和即将破晓的遥远的地平线。他查看了两三回他的表，抱着希望见到那个被送来解救他的人。他擦着他一直戴在脖子上的那块金色的虔诚的圣裘德形象的圣衣。每过一会儿他用一只手掌抚摸他那头发剪得很短的脑袋，像一只狗一样挠着自己，将头皮屑的微小颗粒送入空中。

突然他听到引擎声靠近。他知道在他轮岗结束时来接他的营房车的声音，这不是它。这辆车品质要好一些，是辆法国车。他非常了解汽车，因为在当兵之前他在他父亲的汽车修理厂当过机修工。他戴上他的军帽，整了整他的军夹克，立正着举起他的步枪。过了几分钟他看见一辆车的车头灯出现。当看到他猜测得没错时，他骄傲地笑了：那是一辆黑色的雷诺汽车。

有两个人从车里出来，一个平民与一个女人。那个平民走过来向他出示了一张军事情报部门的证件。

士兵认识那种人，因为正是那种人在战争结束时逮捕了他。和那种人在一起最好别太狂妄。尽管如此，他还是敢于询问那个男人，拂晓时他在一个军事管制区里做什么。

那个便衣军官，因为那就是他的身份，笑了。

“到车里抽根烟去，别问这么多问题。”

士兵抬起脸朝那个女人看了看。她戴着手铐，他紧接着看到她处于一种糟糕的状态，他怀疑是最糟糕的情况。他在他的长官前立正站好，转身离去。这与他无关，他想。

一个非常柔和的光亮开始显露出万物的形状，把一切都沐浴在一种红色调中。军官推着那个女人向前走，沿着一条通向山上的狭窄小路。

“我们散散步吧，伊莎贝尔。”

当伊莎贝尔吃力地感受着她的上行路、被路上的岩石绊倒、抓着灌木保持身体平衡时，一个闪念进入她的脑海，尽管遭遇这一切，今天将是一个美好的日子。她想起她的儿子安德雷斯，她想知道他会变成什么样的人；她相信费尔南多知道怎样照顾他。她停了一会儿触摸着自己的右侧，抬起头凝视那个可爱的将把她送向地狱的黎明。

“继续走。”那个男人命令道。

伊莎贝尔用她的舌头舔着她的上嘴唇，深深地吸气，战胜了她骨折的刺痛，来自附近松林的潮湿空气填充了她的肺部。远处传来穿过树冠的单调的风鸣声。她仍吃力地走了数米。

“这里就挺好。”那个男人说道。

伊莎贝尔停在地面的边缘，只有虚空站在她和死亡之间。在小路的尽头，泥土陡然地沉入一个切沟，从那里探出一些松树树冠，它们奇迹般地想方设法生长在悬崖峭壁之间。树根伸到峭壁之外，好像它们是那些树木用来爬上岩石的利爪。

“脱掉你的衣服。”

伊莎贝尔脱去她的衣服。她平静地把它们折叠成一摞，留在了地面上。她的身体充满了刺伤和擦伤，初升的太阳用苍白的颜色遮蔽着它们。

“跪下！”

她照做了，遥望着地平线。

“我没有想到会是你来当我的行刑者。”她用微弱的声音说道。

那个男人跪在她旁边。他正在抽一根不带过滤嘴的香烟，并把烟气吹到她的脸庞上。伊莎贝尔不能很清楚地看到他，一团血遮盖住了她的右眼，她的左眼已经被踢出来了。但是她听到了那个男人的沉稳呼吸，并注意到他皮夹克的味道。

“没人能听到你。只有我们两个。我将问你最后一次：我需要知道密谋杀害你丈夫的那些人现在藏在哪儿。如果你不为救你自己而告诉我，就当为了你的儿子安德雷斯而这么做吧。”

伊莎贝尔虚弱地抬起她的头。

“为什么你要对我做这个？为什么如此的爱换来的是如此多的仇恨？”

那个男人低下了他的头。事情本不用非得变成这样，他想。这不是他想要给伊莎贝尔的结果。和她的目光交会对他来说很费力，当他看到那些审讯暴徒是怎样折磨她数日时他几乎都忍不住发出了呻吟。那些长枪党员是无情的，是混淆了职责和愉悦的虐待狂。直到最后一刻他还信任那个叫吉列尔莫·莫拉的人会施以足够的尊重，阻止他们做那些他们对伊莎贝尔做过的事情。但是在对他谋杀未遂之后，吉列尔莫把他的双手从那个案子里洗白了，而她倔强的沉默并没有帮助那个局面。吉列尔莫·莫拉已经下令对她执行死刑。他不能违抗那个命令，他反复说服自己，那场战争还未结束，它们仍然在培养后防线，而他只是个士兵。

“拒不交出其他人不会给你带来任何好处。另外，这是个愚蠢的态度，迟早我们会抓到他们的。”

伊莎贝尔什么都没说。她把她的头从一边转向另一边，搜寻着地平线。

她喜欢天空的平静，那是正在成长的一天。另一方面，那个男人手腕上的手表让她感到荒唐、不合时宜，在一个被遗忘的、废弃的采石场，在那里火车和生命死得没有荣耀，没有优雅，没有尊严。她无法判断她的生命是否是值得的，但毫无疑问她没打算用她的死来救赎它。

“让我们结束吧。”

那个男人叹了口气。他在地上碾灭了他的香烟，站起身。

“如果那是你想要的。”

他瞄准，打了两枪：第一枪直射头部；第二枪，当她的身体朝一边倒下时，射在了她的脸上。枪声听起来迅猛响亮、没有杀伤力，它们几乎没有任何回声；一只在灌木丛中打盹儿的猫几乎没有转移。血迹在伊莎贝尔的脸上蔓延开，留下了一副困惑的表情，仰望着万里无云的天空，好像她的怀疑是由于她的命运被注定在了那个华丽的日子。

几乎同时，吉列尔莫·莫拉惊起，从他的床上跳出来，好像他在他自己的肉体上感觉到了枪击。

黎明正在破晓，一股冷空气让卧室的蕾丝窗帘挥舞得像旗子一样，逐渐揭开了一望无垠的圣栎树和胡桃树田野的面纱。

就坐在他的办公桌前，吉列尔莫·莫拉的手指抚摸着酒杯边缘，他的目光定格在窗户上。他触摸着他的旁边，回想在做弥撒后离去时他遭遇的暗杀行动的细节。他竭尽全力，勉强只记起左轮手枪的流光，然后是穿入他身体的子弹的冲击力，一种灼热和剧烈瘙痒的不真实的感觉。他几乎没看见那个射手的脸，他就像一个无法聚焦的墨迹。他只看到一个影子靠近教堂的台阶，朝他的边上开了一枪并跑开，消失在狭窄的街道。

至少，他嘲讽地想，普布里奥把事情处理得很好：在他办公桌上有一封最高统帅询问他健康情况的亲笔信。那意味着吉列尔莫·莫拉的职业生涯得到了很大的推动，多亏了他的安全头目设计的情节，尽管一切看上去太真实了。他有三根肋骨因子弹的冲击力而骨折了，这就是其真实性的证据。

他重重地叹了一口气。一滴液体从杯子外面曲延而下，好像它想钻入玻璃杯但是找不到进去的路。他长长地呷了一口酒，他干裂的嘴唇触碰着冰块。在吃任何东西前喝一杯美妙的白兰地酒，这个习惯对他的胃很刺激，但是这让他的血液流畅。他把玻璃杯放回到办公桌上刚刚留下的那个湿润的圆圈印上。

透过眼角的余光，他看到了那个未经整理的床铺。他忧郁的眼睛审视着床上的空位置——伊莎贝尔应该待的空间。他把冰冷的被单床单拉到一边。不久之前那些被单床单还浸染着他妻子皮肤的芬芳。

他在床上的那个空位置上伸展开。他倚靠在磨损的皮质床头板上，看着石膏天花板的裂缝，让他的思维远远飞离那个房间以及那个像盔甲一样重压在他之上的身体。

卧室门有一声敲门声。在门口，明显不自在的女仆清了清她的嗓子以通告她的出现。

“打扰了，吉列尔莫阁下，普布里奥先生已经到了。”吉列尔莫像猫一样把他的头转向那个颤抖的声音，但是没有回答。

“我该告诉他什么？”那个女仆坚持问道，扭绞着她的手指。

吉列尔莫用一种毫无耐心的焦虑竖起了他白衬衫的领子。他漫不经心地又呷了一口白兰地。他的双眼是空洞的，他以一种大理石雕塑看向虚构地平线的方式看着那个女仆。

“让他上来。”

几分钟后一个看起来像钢琴家的年轻男人出现了。他穿着一件黑色礼服大衣，突出了他面容的苍白；他的手指修长纤细；他的深色卷发桀骜不驯地垂落在宽阔的额头上。尽管他有一副和谐且略带忧伤的外表，但普布里奥并不是个音乐家，他也不格外钟情于艺术家。

“早上好，吉列尔莫。”在他上司面前，普布里奥通常展现出某种被玩世不恭的笑容掩饰的傲慢。多亏了他们共同的友谊他才能这么做。但是鉴于他要来讨论的那件事的严重性，他倾向于展现出克制和严肃。

“完成了吗？”吉列尔莫问他道。

普布里奥改变了他的音调，意味深长地看着他的上司。

“完成了。”

吉列尔莫闭了一会儿眼睛。当他睁开时他的目光是阴冷和恐怖的。

“怎样？”

普布里奥犹豫了几秒钟。

“很快。尽管，无论如何，你不知道细节比较好。”

吉列尔莫面部扭曲地转向普布里奥。

“我说了算。我们正在谈论我的妻子。”

看到他上司兼朋友的那张脸，普布里奥感受到一种冰冷的厌恶。并不是因为它的衰老，而是因为它的疯狂。疯狂驳斥了他，他将其视作一个显而易见的议题。一个愤怒的男人是没有边界的，就像一个恋爱中的男人，而吉列尔莫结合了两种情绪。

“在对她审讯和行刑之前你应该想到那些。”

吉列尔莫冰冷地看着普布里奥，领会了他的回复，没再回答。

“重要的是并不会传出去是我们干的。”这是他说的全部。

普布里奥笑了，他明白他的上司用复数的言外之意，他不介意。从一开始他就同意最好除掉伊莎贝尔，尽管他的动机与普布里奥的情绪爆发没有关系。不，他的眼界设定得甚至比他的长官还高。

“我们还未抓到行刺团伙的其余成员，不要泄露伊莎贝尔的死讯比较明智。当我们设陷抓捕他们时，可以以谋杀罪责难他们，根据事件的演变，再决定是否让她的尸体被发现或是任其被遗忘在某个万人坑中。这甚至会是将来的王牌。”

吉列尔莫审视着一些玫瑰花骨朵，把它们拿到如此接近他脸庞的跟前，花瓣触碰到了他的眼眉。它们是伊莎贝尔的玫瑰。也许普布里奥是对的。

“是谁干的？你的一个手下吗？”

普布里奥点点头。

“与组织那场暗杀的是同一个人吗？那个人几乎枪杀了我？”吉列尔莫指着他绑着绷带的肋骨恼怒地问道。

普布里奥费劲地咽了一下。

“得看上去逼真一些，但是你在任何时刻都不会有危险的。我的手下确切地知道在哪个位置造成伤害。”

“如果在最后一分钟他改变了想法呢？如果他被那个婊子伊莎贝尔所迷惑了呢？”

普布里奥摇了摇头，绝对不会有那种可能性，他非常清楚他的部下。他们是忠诚和高效的。总之，他宁愿不跟吉列尔莫·莫拉谈起伊莎贝尔和他的密探的关系。那只会让事情复杂化。

吉列尔莫·莫拉沉默了几分钟，过去数周的事件占据了他所有的精力。他已经接到了调去巴塞罗那的命令，这是个好消息，这样他在他们处理伊莎贝尔事件时就得以躲避开。

“我需要某人来责罚，我们急需这个人。”

普布里奥点点头。他已经在考虑这个了。

“有个人具有非常理想的背景。马尔塞洛·阿尔卡拉，安德雷斯的家庭老师。”

吉列尔莫·莫拉感到很吃惊。

“那个毫无危害性的老师吗？这不可信。”

“可以的。另外，他并不像他看上去的那么无辜。事实上，他正计划帮助伊莎贝尔带安德雷斯逃跑。”

吉列尔莫·莫拉嗤之以鼻。

“最好随他去。那样的话我就能卸下小废物那个麻烦了。”

普布里奥感到一种令人刺痛的愤恨，他知道如何去掩饰其情感。他喜欢那个男孩儿，但是让他不安的是男孩儿的父亲鄙视男孩儿。然而，那不是他该关心的。另外，吉列尔莫召唤他注意另外一件他想立即解决掉的事情。

“你一定听说了他们正在征募一支远征军去支援苏联前线上的德国军队。”

普布里奥点点头。成员的大多数都将是长枪党党员，由此产生了“蓝色师团”这个名字。最高统帅非常机智，他考虑：一举摆脱掉何塞·安东尼奥·普里莫·德里维拉的死忠拥护者，留给他一条无障碍的路去组织运动，设法取得他盼望的胜利。老实说普布里奥不喜欢那些军官称呼非洲军团为佛朗哥指挥的，事实上他甚至不信任最高统帅。他本人曾听最高统帅在一九三六年七月初说“赢得战争将花费比有些人认为的更多的代价，但是最终我们会赢得胜利”。与此同时，他的特工网络通知他，在佛朗哥发表那段讲话的时候，小元帅的妻子和女儿（小元帅是一些老警卫对最高统帅佛朗哥的戏称）正登上前往勒阿弗尔港口的德国轮船，以防起义失败。像一个老练的加利西亚人，佛朗哥点了两根蜡烛，一根给了上帝，另外一根给了恶魔。

但是普布里奥没有让他的严酷想法显露出来。

“我打算把费尔南多送到那里。”吉列尔莫说道。他走到一份已经打开的文件处，小心翼翼地翻页并显示给普布里奥看。那是吉列尔莫大儿子写的信。“如果有人发现了这个，会给我惹来麻烦。”

普布里奥带着一些惊奇读着费尔南多写下的评论。它们确实很严重，但是没有严重到让莫拉的继承人去送死。突然间，吉列尔莫的儿子们看上去成为吉列尔莫的负担，好像他想抹去把他和伊莎贝尔联系起来的任何线索。

“就为一些毫无危害的评论吗？”他不冷不热地插话道，“我们并不是在谈论让他和其他人一道去度假或者在某个汽车修理场把他们磨炼得粗糙一些。那场战争是非常严酷的，费尔南多并没有准备。”

吉列尔莫·莫拉咬牙切齿。

“无害的评论？那个忘恩负义的无耻之徒说了一些针对我，他的父亲的可怕的话，而另一方面他的母亲是个圣人。让德国佬开开他的眼界，他们会把他变成一个男人送还给我。”

普布里奥玩世不恭地笑了。

“他们也许是把棺材里的他送回来给你。我不喜欢纳粹，他们那套种族优越的东西太神秘了。”

“他们看事情很直接。如果你开始某事，你完成它。不像我们，我们的所有事情都剩下半拉。如果我们像他们那样做事干净利落，这里的事情将会截然不同。”

普布里奥显示出他爱嘲讽的一面：“德国人非常善于清理东西，那是真的。首先他们直奔左翼，然后是中间派、中产阶级、犹太人，然后他们继续清除同性恋、吉卜赛人、体弱者、天主教信徒，最后像只没有任何东西咬的疯狗一样，他们就吞食自己。对于如此有教养的一个民族，那些纳粹分子有些愚钝。尽管非常利落，那是真的。”

吉列尔莫·莫拉不情愿地忍受着普布里奥轻率无礼的言论，他来自一个绝对道德败坏的地方。

“如果我的百夫长军官中有人听到你那么说，他会撕裂你的舌头，在你有机会说你是我的一个朋友之前。”

普布里奥耸了耸肩。他是个真正的长枪党信奉者，他明白事情的严峻性，但是他不信任伪君子，特别是如果他们都站在他这边。

“在任何情况下，这似乎都是一种非常极端的措施。费尔南多是个好孩子，如果你让他自己解释一下，我确信他会收回那些话，你可以一如既往地用撒哈拉殖民地的定额工作来惩罚他。那个男孩儿太苍白了，太阳会比积雪更加适合他。”

“省省你的嘲讽，把它们放在更合适的时候吧，普布里奥。马上把那个男孩儿带到我这儿来。”

费尔南多观察着触到鱼缸底部的红色的鱼的游动。他喜欢把头放在水面下，屏住呼吸。最初鱼很胆小，以闪电般的速度锯齿形地跑开了，隐藏到覆盖着海草的岩石的后面。但是随着时间的推移，那些记忆只能维持数秒的小生命，也对那些半睁的眼睛和那张漂浮得像只奇怪、丑陋的水母的脸庞感到好奇。它们首先害羞地靠近，绕很远的路，但后来它们就自信地在他眼前移动，它们亲吻他的脸，他的嘴。费尔南多观察着，着迷于灯束下它们鳞屑的微光。它们就像用金子成做的鱼。

“你好，费尔南多。”

年长的莫拉家男孩儿把头从水里抬起，怀疑地转过身。

普布里奥坐在鱼缸的边缘，抓起一把水。他的动作，尽管小心翼翼，还是吓到了鱼，打破了它们刚与费尔南多建立起来的信任。

“你父亲正在他办公室等你。他想跟你谈谈。”

费尔南多冷冷地看着普布里奥。那个男人真的很阴险，他曾听到过厨房的仆人轻蔑地叫他“普拉科”。他们说些有关他的恐怖事情。但是，当他俩在一块儿的时候，普布里奥总是尽力表现出友好。那种友好的、迈步向旁给他让路或称呼他名字时尊敬地直视他的双眼，让费尔南多不自在。

“一点建议，孩子。小心说话。”

“谢谢。”费尔南多说道，挣脱了他那具有穿透力的目光。

他走上了房子一楼的拱形走道。他的父亲正在办公室里翻阅报纸。

吉列尔莫·莫拉不允许任何人进入那个圣所，除非他下令。在那个房间里，签署了和梵蒂冈代表戈马主教的协约；在那里，德国大使凡·史都西亚和外交部长贝因勃贝斯·阿蒂恩萨进行了会面，意在讨论是否绑架当时正在里斯本的温莎公爵；在那个房间里，吉列尔莫·莫拉曾和墨索里尼的女婿、英俊的西亚诺伯爵以及意大利外交部长坐在办公桌前谈论女人和享受，他们用法国香槟为阿根廷帝国和性感的德国女演员亚娜举杯庆贺。

费尔南多在不同场合曾不止一次征求他父亲的允许，希望能够到那个品种丰富的、内容涉猎广泛的藏书室中学习，但是他的父亲取笑他。吉列尔莫会说，那些书与装衬藏书室的墙纸没有什么区别，它们是装饰品，而不是用于阅读的。他父亲的喜好是那种与暴发户相同的淫秽类型，他发现那个藏书室是个绝佳的地方，可以坐在一把安逸的椅子里，喝着白兰地，最大音量地听着《每日新闻播报》中狂热的散文，那是一档被所有人称作政党的广播新闻节目，每天下午两点半和夜里十点播放。

在那个美丽的神殿，透过紧闭的门听到幻影似的、浮夸的新闻节目结束语是最大的冒犯：

献给那些为了上帝和西班牙而降临的荣耀的人们。他们就在这里和我们在一起！

藏书室闻起来有咖啡、木质邮票火漆和古巴雪茄的味道。在办公桌后面有一幅胡安·格里斯创作的立体派画作。在藏书室里有最宝贵的书籍：古抄本，天主教国王时代的历史地图，委拉斯凯兹、提香、范·戴克和戈雅的成卷画作，甚至还有莱奥纳多·达·芬奇的一批信件。

费尔南多的目光爱抚着那些破损的书脊，其上盖满了尘土，充溢着迷人的故事，他的父亲只为他们的经济价值而收藏。好像所有那些粗糙堆积的知识已对人类失传。

他站立着等待，他的双手在他的衣服下摆处交叉着。他在那里保持了太长时间连他的脚趾都睡着了，而他已经习惯了坚忍地站数小时。

最终，他的父亲抬起头。他绕着阅读椅走了一圈，停在一个小玻璃门书橱的前面，打开它，拿出一小卷欧亨尼奥·德厄尔斯的诗作。他摘下了他的黑框眼镜。有几分钟时间，他沉默地审视着费尔南多。

“你认为我是个坏人吗？”他最终一吐为快。

费尔南多被那个问题所震惊。父亲终究是父亲，费尔南多知道自己作为儿子的义务。他不需要知道更多了，他被抚养大只是为了执行他父亲的意志。

“我不明白这个问题，先生。”

“我不知道你为什么不明白，它很简单。”

费尔南多感到困惑。从支配其存在的价值尺度层面，他的父亲是对的：他尊敬那些为事业而捐躯的人；他修建了教堂和孤儿院；他给长枪党的妇女部门大量的捐款，捐给皮拉尔·普里莫·德里维拉的家庭学校；他时常与学者为伍，比如巴塞罗那人欧亨尼奥·德厄尔斯，或是与著名人士为伍，比如长枪党党魁塞拉诺·苏涅尔，佛朗哥的妹夫。

但是他酗酒，喝多时会变得暴力起来，这也是事实。有一次他看到他鞭打一个敢于要求涨工资的临时工。那种行为让他厌恶，因为使用了暴力，但是并没有让他质疑他父亲如此举动的缘由。他总是接受他父亲就像他、像他知道的每一个人一样：奇怪，不可预料，困惑的生物。

“你恨我吗，费尔南多？”

就他自己的感情而言，费尔南多从来没有问过自己他是否爱他的父亲，或者他的父亲是否爱他。爱是那个忠实顺从的世界中多余和不必要的东西。

“我在问你问题，”他父亲大喊道，把诗歌集扔到了书桌上，从那些书页里探出几张手写的纸页来，“回答我！”

当认出他的笔迹，费尔南多的脸变红了。现在他明白了。

“不，先生，我不恨你。”

“这是你写的吗？”

“是的，先生。这是我日记的一部分……但是这不意味着写在那里的就是我想的。那是一时冲动。”

“念出来。”他父亲命令道，把这些书页扔到他脚边。

“我认为没有必要这么做，看来您已经读过它了。”

吉列尔莫·莫拉的脸庞扭曲了，他即将大发雷霆，无法控制他自己，他扇了费尔南多。那个年轻的男人坚忍地承受了那一巴掌。

“捡起那些污秽的纸张，念出你写在上面的内容，我想听到那些话从你嘴里说出来。”吉列尔莫咬牙切齿地说道，眼睛里闪烁着愤怒。

费尔南多颤抖着遵循命令。

“每天晚上我都听到我父亲打我母亲。当她因第一巴掌跌落到地板上时，她只能发出狗一样的呻吟。然后她全身蜷缩起来，带着在她还是小女孩儿时就一直被教导的坚忍，啃着地板忍受着殴打。但是她的力气撑不下去了。

“在我听到他如何打她时，我母亲怀抱着幼时的我的那一场景滑入我的脑海，她双手的芬芳沁入我的鼻子，一种柑橘树和河床泥土的芬芳。我很怯懦，没有站出来保护她。我父亲的拳打脚踢就像正在砰然关闭曾经的爱的大门。每一下殴打是一扇闭上的门，一扇带她远离生者的门。”

费尔南多抬起他那极度痛苦的目光看向他的父亲。

“继续！”他命令道。

“我想起一天早晨我在满是鲜血的浴缸中看到的那具漂浮着的遍体瘀伤抓痕的妓女的干瘪尸体。她甚至没有与我父亲强行进入她阴道和直肠的手指做抗争。她就像一块木头，双目凝视着天花板，头发漂浮在光滑的浴缸里。我想杀了他。为什么我会允许这种事发生？为什么我身体中哪怕一个原子都没有奋起反抗这种卑劣的行径？

“寂静中，我父亲的所有行为就像在对一个沙袋进行重击。它们似乎并不真实，它们的声音是闷塞的，接触是干瘪的、无生命的。我什么都没做，因为我是个懦夫。这身军装，我的军事训练，它们只是徒有其表。我想变得不同，但我就是我。最让我惊恐的是安德雷斯最终会成长为什么样的人，是像他一样，一个虐待狂，还是像我一样，一个卑鄙、冷漠的人。如果至少我能够把安德雷斯从他的命运里拯救出来，如果我可以给他一个逃离这个腐朽的家的可能，这一切至少会产生一点点意义。”

费尔南多羞耻地盯着地毯。

“噢？你有什么要说的？”他父亲愤怒地大喊道。

“我……我认为你对待我母亲不公平，她应该得到更好的对待。”

吉列尔莫愤怒地涨红了脸。

“关于你母亲你知道些什么呢？告诉我，你对她是怎样的人到底知道些什么！我告诉你一些事，你最好别忘了：你母亲不爱你也不爱你弟弟，她不爱我，她不爱这栋房子象征的任何东西。那就是为什么她现在不在这儿，那就是为什么她从不回来，你听到我说的了吗？从不！她得到了她应得的，那个不忠的娼妇。”

慢慢地，费尔南多抬起他嫉恨的眼神与他父亲的交会。他并不像他，他甚至连看上去都不像他。他也许是个猪倌的儿子，没有人能注意到区别。费尔南多像他母亲，他是他母亲的儿子。

“我认为我母亲是因为恨你才离开我们的。”他不客气地说道。

吉列尔莫盯着眼前这个儿子，他一点儿也不像自己；不像安德雷斯，跟自己很像。他看起来那么像他母亲，以至于他想撕裂那双与他那么不同但与伊莎贝尔那么相像的眼睛。

“你母亲是个娼妇，也许她正在某处的猪圈和某个猪一样的家伙在翻滚呢。那就是她为什么离开你。”

“那不是真的。她一声不吭地消失一定是有原因的。”

“唯一的原因是她是个低级的娼妇，为得到她想要的愿意做任何事。她是愤恨和不忠的。”

“我不会让你这么说我母亲的，先生。”费尔南多说道，并惊异于自己说的话，几乎与他父亲的惊奇程度一样。

吉列尔莫勃然大怒，即将要再度扇他，但是这次费尔南多用一个下意识的反射动作握住了他的手腕，他立即就后悔了。他之前还从未违背过他父亲，也没有反抗过他的意愿。但是，一种奇怪的盛怒在他内心沸腾。他不聋也不瞎，他知道对于他母亲被迫逃走的原因仆人们都说了些什么。多年以来，太多年了，他一直目睹着她遭受的屈辱和殴打。

“不要再把手放到我身上了，我不是个小孩子了，我已经十九岁。”

吉列尔莫如此困惑，以至于有几秒钟他看到他儿子像个陌生人一样在恐吓他。但是他恢复了控制权，用一只粗暴的手猛推开了他。

“我已经叫塞拉诺给你在他们正在组建的师团中寻了一个职位，你对德国的了解将会派上用场。也许，当你在俄国时，你会摆脱掉你头脑中的那些愚蠢想法。”

费尔南多内心抽缩了一下，好像他的心脏刚被钢靴踢了一脚。他父亲要把他送到俄国使他强硬起来或被杀掉，就像古代斯巴达人对他们的子嗣所做的那样。不过他并不在乎，事实上他几乎更希望有这个安排。他在这个家永远找不到自己的位置。

吉列尔莫摆动着一只手与他作别。

费尔南多没有移动。既然他的命运刚刚被书写下了，他也就没什么可再失去了。

“安德雷斯将会怎样？你考虑把他关在一所医院里吗？母亲会反对的。”

“那不关你的事，从这里滚开。”

“当然关我的事，他是我的弟弟。”

吉列尔莫困惑地看着他的儿子。

“而我是你父亲……”

“不，不再是了。你刚把我送上了战场。”

“滚，从这里滚开，今天就离开这栋房子，马上！”吉列尔莫大喊道。

费尔南多准备永远离开那栋房子和那种人生，但是首先他转向了他父亲，眼中带着憎恨注视着他。

“我向上帝发誓，你给我们造成的伤害，我将千倍奉还。”

第 九 章

莫德洛监狱（巴塞罗那），一九八〇年十二月

“生日快乐，阿尔卡拉。”

塞萨尔皱了皱眉。还有几个月才到他的生日，但是他得到了看守的嘲弄。今天是入狱三周年的日子。

“谢谢，厄尼斯托阁下，你总是这么周到。”那个自相矛盾的世界中一个自相矛盾的法则是，监狱命令犯人以正式敬语称呼看守，而看守随便称呼他们。那是其中一种制度，明确地标记着他们之间的不同。

尽管存在那些礼节间的距离，塞萨尔对于那个五十多岁、外表邋遢的看守仍感受到了一定的情感。他对他很好，当他需要小卖部或者图书馆的一些东西时，他会为他拿来或者让他轻松得到它们。所以尽管存在着分隔开他们的那些深深的距离，他们之间还是建立起了一种赤诚的、小心翼翼的友谊。其中的原因是，看守有一个女儿，年龄与阿尔卡拉的女儿玛尔塔当前的年龄相仿。

看守知道塞萨尔的故事，并为他难过。他可以骄傲地给塞萨尔展示他保存在皮夹中的他女儿的照片。她是伊比利亚航空公司的一名空姐，非常漂亮，似乎有些令她父亲担心。

“所有那些航班都飞墨西哥，我不喜欢。现在任何一天都有某个空乘

打算和她发生关系。”他抱怨道。

那种随意的玩笑，在日常生活中如此寻常，在监狱里却是危险的。它可能意味着优待，无论是其他囚犯还是其他看守都不能接受。而塞萨尔与其他狱友已经有足够多的矛盾了。所以当他们打开牢房时他努力与厄尼斯托阁下保持一种疏远的态度，就像他对其他看守的态度一样；他根据看守对待犯人的态度，运用那个他早就精通的深奥俚语，将他们分类成：猪，狗，狗娘养的。

但是在那一刻，只有他们俩在一起，他们可以像人类一样对待彼此。

“对于外面正在进行的事情你有什么看法？”看守问塞萨尔，把头伸出窗户俯瞰着院子。

下面的活动是持续不断的，但并不是像往常那样，犯人们形成小团体、三两人来回漫步、孤独者凝视着高墙。那天早上的一切都围绕着一棵巨大的圣诞树旋转，它是监狱机构用一辆拖车运过来的。

“自相矛盾。”那是塞萨尔的全部回复，他把脸抵靠在冰冷的窗栏上，看着狱友们迫切地爬上梯子，放置闪亮的纸质花环，把纸球、小塑料铃铛和圣诞小人像涂得鲜艳夺目。

“有什么是自相矛盾的？”看守厄尼斯托问道，不是非常确定那个词是什么意思。

“不管怎样，圣诞也来到这里了。”

狂喜是让人印象深刻的。犯人们彼此大喊，给出相互矛盾的指示，相互争论着，但是他们身上似乎有一种舒缓效应，洋溢着一点点幸福，那种幸福感来自冷杉树，他们每次摇晃冷杉树的树枝时，它都会温柔地掉落下一些松针。

“有总比没有好。”厄尼斯托说道，察觉到那只是一场短暂的休战。当一个饥饿面孔的狱友爬上树的顶端歪扭着放置许愿星时，院子里的犯人们爆发出了一阵掌声和欢呼，仿佛他们已经全部被赦免了。

塞萨尔从窗户处挪开，他下意识地触碰了一下他的右腿，今天它比平常疼一些，也许是因为他的新牢房寒冷潮湿的缘故。

“那条腿怎么样？”看守有些担忧地询问。

塞萨尔·阿尔卡拉把他的裤腿向上拉起了一点，显露出缝线留给他作为纪念的那个丑陋的伤疤。

“医生说我也许再也不能正常走路了。但是我还算幸运，我本可能失去这只脚的。”

看守摇了摇头。三年了，塞萨尔依然活着，尽管他经历了那些鞭打和刀刺。不仅如此，他变得更加勇猛了，就像太阳下的鬣蜥，那些几乎遇到什么都不畏缩的爬虫。

塞萨尔·阿尔卡拉是与众不同的。当他行走或者做任何需要力气的事情时，他的肌肉收紧，移动敏捷，这使他看上去要年轻一些。但是，在其他时间，尤其是当他坐在某个简易的小凳子上让他的目光游离时，他看上去要老许多，仿佛一名人们当作救世主的古老智者。他引人注意，因为他走路的方式是双脚分开、迈着大步的。他散发出某种强大的东西，一种极其引人注目又极其让人惊恐的力量。有时他站立在一摞厚木板上凝视院子围墙的高度，似乎正掂量着飞跃它们的可能性。其他囚犯注视着他，屏住他们的呼吸，每个人都梦想着逃离，跃过那些高墙，但只有那个孤独的督察看上去可能最终实现那个梦想，如果他真去努力尝试的话。

即使看守们也试图避开他。塞萨尔·阿尔卡拉和他们几乎没有任何交往，即便他的行为是小心谨慎的和疏远的，他们仍都怀有那个想法——他是一个造反者，一个鼓动者。鼓动者是搅动起事情的某人，扰乱想法，唤起沉睡的意识。而塞萨尔，并没有做过或者说过任何事，也没有用他坚定的目光煽动过其他人。

但是，阿尔卡拉在一些狱友手下遭遇的最近一次攻击是那么残暴以至于没有人理解他怎么能够依然四肢完整。监狱里有另外一所更加阴暗的监狱，那里有着不成文的法则，狱霸，也就是那些很危险的囚犯，发号施令，周围跟着一伙疯狗日复一日地将他们他们反复无常的意志强加于他人。塞萨尔是眼中钉，那就是为什么他们殴打他，直到他的右膝和脚踝骨折。

“执勤的看守本应该在那儿的，”厄尼斯托说道，好像他对塞萨尔身上所发生的事负有责任，“在雨中也总是有人执勤的。另外，我不明白袭击你的那些犯人是怎样设法从工具车间拿出那把木槌的。”

塞萨尔·阿尔卡拉的答复很随便：“一定是有人付钱给他们让他们消失的。”

“别那样说，阿尔卡拉。他们是我的同事。”厄尼斯托说道，表现出一种社团精神，而他实际上并不感到非常骄傲。他知道他们做得太过分了，因为某些害群之马，他们的形象都被毁掉了。尽管他这样喜欢阿尔卡拉，他仍旧不能让他轻率地谈论他的同事。

“你说得对，厄尼斯托阁下，对不起。”塞萨尔回答道，不想去争论那么明显的事。他悲伤地看着院子里的圣诞树。他转向看守，即使他已经知道了答案，他还是再次问了他数月来一直在问的那个问题：“他们打算什么时候把我从单独幽禁中放出来？”

看守把他的目光转向墙壁，好像那儿的某些东西吸引了他的注意。事实上，他只是想回避那双刨根问底的眼睛。

“马上，阿尔卡拉……马上。”

塞萨尔·阿尔卡拉没有抱更大希望。在那里，马上意味着永远不。

生锈的大门后面延伸出监狱破败的院子。一小队背景最简单的、受到信任的狱友，正在挖沟。他们用岩石和锄头击破冰面。他们很高兴，这项工作让他们的身体保持温暖，而且一天中有几个小时他们可以逃离牢房中的蟑螂和老鼠。有时雾气上升，透过眼角的余光他们可以窥探到围墙上覆盖着带有倒刺的铁丝网。他们的妻子和家人在有机会路过监狱院子时，会挥手或扔网球飞过可伸缩的铁丝网。许多网球错过了它们的目标，但是有一些落进了院子里，幸运的人会快速隐藏起藏在其中的烟、钱或毒品。

塞萨尔羡慕那份工作。至少那些人可以和其他人交换眼神、笑容和手势。和其他人肩并肩工作，感受他们的手臂在那儿，有助于防止他们发疯。他从他的牢房注视并羡慕着他们，认为他们是有特权的，尽管事实是那些人工作到双手流血，冻僵的脚指甲脱落，那也糟不过整天坐在一堵混凝土墙壁前面，几乎不和任何人说话，无法平复那些正日复一日摧毁着他的、来自内心的声音。

“如果我不马上从这间牢房出来，如果我得不到某些事情做，我马上就会疯掉的。”

看守厄尼斯托的脸上露出了一个大大的笑容。

“也许你仍然不能进到普通区域，但是我给你带来个同牢室友，至少你可以有个人说话，而不是只对着你反射在墙上的影子说话。”

塞萨尔·阿尔卡拉接收到了那个犹如一股新鲜空气一般的消息。

“一个同牢室友？”

看守的笑容褪去了一点。

“是的，胡斯托·罗梅罗。”

塞萨尔·阿尔卡拉的表情冻结了。

“胡斯托·罗梅罗？”

胡斯托·罗梅罗可不是个普通囚犯。他的外表瘦削、纤弱，他的衣服仿佛悬在空中一般，但在迷惑人的外表之下却隐藏了一种极度强烈的坚定和残暴，超过监狱里的其他所有狱霸。正是因为他的冷酷、他的公平和他的不屈，他所引发的恐惧要比其他人多许多。他设定规则，水晶般清晰的规则。如果你尊重它们，罗梅罗就会是友好的、稳重的、健谈的说话对象。如果你破坏他的规则，他就会像罗马皇帝一样抬起一只手，在众目睽睽之下，把他的大拇指反转向下，以标记任何背叛他的、不屈服的命运。且始终如一的是，受到诅咒的人不久之后就会死掉。

另一方面，他的生意是非典型的。罗梅罗憎恨瘾君子，更憎恶交易者；他们说他的一个儿子就死于海洛因过食。他忍受着他所在分区监狱之外的毒贩，但是从他所在分区的大门开始，没有一根针可以穿过。

他想方设法达成那个不可能。

“我不做痛苦买卖。我是个梦想销售者，在一个像这样的地方，梦想是必需的。你不这么认为吗？”

那就是他们把他移送到他的新牢房时，他对塞萨尔·阿尔卡拉做的自我介绍：

“我被要求搬进来和你同住，但是别想错了，我不是同性恋，我没计划保护你。那会有损我的生意。你是个眼中钉，迟早你会躺着离开这里的。”

塞萨尔研究着那个小个子男人，他带有一张几乎像小孩儿一样的脸，毫无危害性，就像那些可以给伤口带来坏疽的显微镜下的细菌。

“那么你在这里干什么呢？”

罗梅罗从床铺上跳下来——他睡上铺——并靠近了督察。

“我知道你的故事，我很好奇。我也失去了一个十四岁的孩子。”

塞萨尔·阿尔卡拉把他的床单和枕头放到剩下的床铺上。

“我并没有失去我的女儿。”那是他的全部回复，他躺在床上面朝着墙壁。

罗梅罗没有坚持。他是个有耐心的人，那是他撑下这十二年刑期的唯一方式，没有人知道他犯了什么罪。

几周时间飞逝而去，塞萨尔·阿尔卡拉明白了他新来的同牢室友自称为一个梦想销售者的寓意。牢房仿佛某种通向外面世界的窗口，每天囚犯们蜂拥着寻找最奇怪的事情：一种特别的药物，一本特别的书，一个妓女，一份申请休假的医疗证明，一个联考学位，一件蒙特塞拉特圣母的肩衣……你可以要出的任何东西。罗梅罗知道每个人的需求，从经营杂货店的犯人到监狱的头儿，包括社工、外部工作人员、看守、公务员，他甚至获得了来自教士的优待。每个人都向他寻求帮助，而当机会到来时他会跟他们索要回报。

“你呢，阿尔卡拉？为什么你从不跟我要任何东西？”

塞萨尔·阿尔卡拉表示自己不愿意。他察觉到落入罗梅罗的魔掌可能比任何其他监狱都要糟糕。

一天两次，他们让塞萨尔到一个不超过六平方米的、露天的小院子里进行二十分钟短暂的放风，在那里他可以看见太阳，而在那个时间段其他狱友都在各自的监狱分区里。那天早晨很冷，一团浓雾掩藏了围墙，好像它们并不在那里，好像塞萨尔完全自由了。

在围墙的另外一边，令人惊奇地，他听到了一曲小提琴的音符，它划破了那令人痛苦的寂静。他的心脏猛然跳了一下。那是意料之外的，透过监狱的雾气一把小提琴正在拉响。或许是一名狱友正在拉它，也许是街上的某人，或许只是他的想象。这有关系吗？他朝着声音走去，拖着他毫无疑问已经萎缩的右腿，走到安防边界。

护送他的那个看守命令他回到安全区域，一条画在地上的荒谬的线。规则是荒谬的，但是他们不得不去遵守。他没有遵守。他宁愿死也不愿从那里挪开。他想要做的唯一一件事是坐在地上一分钟，听着那段音乐。人性的一分钟。

那个看守试图把他拖走，他自我防卫。他挥舞着他的手，并没有意识到击中了那个看守的嘴。他们不能把这微小的愉悦从他身上夺走。这对于那个看守毫无意义，但对于他，在那个时刻，就是他的全部。接到了其同事的警报，又有两个看守进来了。

“我只是想听那段音乐。”

他们不能理解他。

他们给了他一顿可怕的暴打，把神志不清的他拖回了他的牢房。他们说他试图逃跑。逃去哪里？那里只有四堵墙，五米高，覆盖着倒刺，甚至连微风也被困在了那里。

他们把他转移到了一间隔离的牢房。第二天早晨他们没有带他出去，往后的一天也没有，再往后的一天也没有。超过一个星期，他没有看见光亮，他不得不猛撞石墙，相当使劲地撞击自己，以防结冻或睡着，一些与他争夺空间和食物的贪得无厌的老鼠，正在不耐烦地等待着。

最后，当他认为他已经失去了意识时，他们终于来找他了。

“噢，看起来你的假期没给你带来多少好处。”罗梅罗问候他时说道。他的声音听上去是嘲弄的，然而在他眼睛深处流露着一种悲伤和怜悯。

塞萨尔·阿尔卡拉费力地将他自己拖上他的床铺。他躺在床上并闭上了双眼，他只想睡觉。

某种关系在两个囚犯之间逐渐演变。那不是友谊，但是可以被认为是赤诚的。他们开始交换记忆，好像在努力不让自己忘记，在穿过那些大门之前他们每人都还剩下些什么。

一天，罗梅罗没有要求任何回报地给了他一台小录音机和一卷磁带。

“他们告诉我你喜欢古典音乐。”罗梅罗挖苦地说道，唤起发生在院子里的、和小提琴有关的那段插曲。

“曼努埃尔·德·法雅？”

罗梅罗耸了耸他的肩膀。

“这不是维也纳音乐厅，这是我所能得到的。”

晚上，当灯光熄灭的时候，塞萨尔·阿尔卡拉用一支手电照着在毯子下面阅读。罗梅罗知道督察并不是在读书或杂志，它们是小的手写便笺，成百个便笺，阿尔卡拉保存在床铺下的一只鞋盒中。读完那些短句，塞萨尔·阿尔卡拉花了很长时间沉思着那两张悬挂在床头板上的用胶带粘在一块儿的照片，一张是他女儿的，另一张是他父亲的。有时罗梅罗听到他在哭泣。

“那些便笺是从哪儿来的？”

“什么便笺？我不知道你在说些什么。”

“无所谓……”

时间以一种奇怪的方式流逝，好像它并不存在。它全部都是连续的，同样的瞬间周而复始地重复着。同样的日常工作，同样的动作，同样的单调乏味。意识不到它的存在，或者无法避免它的存在。阿尔卡拉的希望逐渐冲淡，就像住在围墙里的其他每个人一样。一点一滴地他忘记了过去，他之前的生活，现实的味道。只有那些每隔一段时间到来的便笺看上去能赋予他新的活力，就像一滴水落到干渴的土壤上。但是复苏的效力没持续多久，督察就会再次沉浸在他日常的无精打采中。

直到一天早晨，日常例事被打破了。他回到他的牢房发现一个家伙正坐在他的床铺上，穿了一身雅致的黑色套装，就像一名银行主管。

塞萨尔·阿尔卡拉探出头窥视走廊，没有罗梅罗的踪迹。然后他仔细审视他的访客。他推断，询问他是怎样被带进这个片区进到他的牢房，将是徒劳的。

“你正坐在我的床铺上，你想要做什么？”

那个男人用他的长手一挥，遣散了他看到的、围在他周围的东西。

“这个住处不是非常舒服，从你的外表判断，你来自一个更糟糕的地方。待在这里和二等窃贼争斗一些少得可怜的空间，你不感到厌倦吗？”

塞萨尔·阿尔卡拉想知道对面那样的家伙能在那帮二等窃贼中坚持多久。当然不是三年。

“普布里奥让你来的吗？如果是那样，告诉那个狗娘养的，我没有说过任何事，只要他遵守他的诺言我就不会说。”

“你在说这个吗？”那个男人从衣服里面的口袋中抽出一张没有邮戳的用宣纸写的便笺，把它轻抛向床腿。

塞萨尔·阿尔卡拉冲过去撕开信封，专注地读起来，眼睛闪闪发光。

突然间他被不安压倒。

“我怎么知道它们是从她那儿来的呢？”

那个男人笑笑。

“你不知道，你无从知晓。但是那是你拥有的全部，不是吗？只要你在这儿你就会紧抱那个信念。”

“我没有跟任何人说过任何事。”督察简短生硬地说道，贪心地把便笺放到他的衬衣下面。

“那很好。平衡是和谐的关键。如果我们都担负起我们的角色，就无人会遭殃。”

塞萨尔·阿尔卡拉眼含憎恨注视着那个男人。他们把他的女儿和妻子从他身边夺走还不够，他们不满足于终身监禁他，也不满足于一次又一次地尝试在监狱中杀掉他。他已经忍受那一切三年了，三个漫长的春秋未张开他的嘴，但即便这样，他们仍派诱饵去测试他。

“告诉你的上司，不断尝试在这里杀死我是徒劳的。”

那个男人假装不知道督察在说些什么。

“有些东西我们不得不向你索要。过些天，有人可能会来探视你，她想知道一些事情。不要拒绝去帮助她，要去赢得她的信任。但是想都不要想提及普布里奥或是我们一起的交易。我会定期与你保持联系，你要把这个人告诉你的事情完整地汇报给我。”

“这个人是谁？”

那个男人站起来，在他朝大门离去时，他停住并完全地转过身，伸开了他的双臂。

“你马上就会弄明白的……我明白这里就是他们吊死你父亲的地方，就是这所监狱。命运难道不是太残忍和怪诞了吗？督察，如果你愿意的话，我可以用一记猛戳来治疗你过去和现在的一切伤痛。”

“我不知道你所指的是什么。”

那个男人露出犬一样的冷笑。

“我想你知道。”

当只剩下他一人的时候，塞萨尔·阿尔卡拉坐在他的床铺上，双肘撑在膝盖上，绷紧的双手支撑着他的脑袋。床头板边，他的父亲，紧挨在他女儿的旁边，严肃地看着他，那双垂死的眼睛，并没有看到世界为他准备的一切。如果他活得久一些，他想知道他会变成什么样的人。如果他知道他的儿子变成了一名警察，他会想些什么呢？他会怎样和他的孙女玛尔塔相处？会怎样和他的儿媳安德莉亚相处？他会以他为傲吗？所有那些问题都得不到答案了。他的父亲已经死了。即便他年轻时以为那是他永远不会跨越的一个悲剧，事实却是那些年来世界一刻未停地保持着转动。

当一个人公正或不公正地死去时，并没有什么特别的事情发生。他周围的生命仍在继续，风景甚至不会变换一丁点儿，世界上并未产生更多空间，也许只是那些亲历亲人死亡的人感受到稍多一点的痛苦。但是即便那个痛苦也会马上忘却，因为有种迫切的需求——要继续生活、工作，回到日程上来。悬挂在监狱院子里的那些几近死尸的人，在守卫绞刑架的那些士兵的警惕目光之下没有很多时间与亲人道别。那个儿子，一个十岁的男孩儿，几乎没有一次机会触碰到他父亲的赤脚，他父亲被一根绳子悬挂着，小男孩儿注视着地面，当行刑者切断绳结，他父亲的身体像一捆破衣烂布一样掉落了下来。

传来了那些士兵的大笑及他们的残忍笑话。家人们一定在祈祷天父，即使他们中没有人信任那个穿着盔甲、戴着轭和箭镞的上帝，其是被穿蓝色衬衫与高筒皮靴的那些畜生召唤来的，但是他们虔诚大声地祈祷，以便监狱教士能够听到。他们很害怕，他们因畏惧而感到羞耻。他们畏惧自己也受到指控，畏惧一个邻居以任何不足信的理由把他们呈交出去，他们想继续生存，即使生存是最艰难的事情。他们将搬走，迁到巴塞罗那或马德里，他们将隐藏在沉默、灰色的民众之中，在那些悲剧的时刻，在颤抖的慌乱之中穿行于城市的街道。

即使那些最亲近的人有一天也会说那个被悬在绞刑架上的人的坏话。为什么他非得爱上那个长枪党头目的妻子？对于一个法西斯分子，一个法西斯分子的妻子，一个法西斯分子的母亲，他都想些什么？没有人会对那个真相感兴趣。

什么真相？躲在缩写口号和旗帜后面的那群人，从未见过牢狱之灾的那群人，他们会说出什么真相？他们在大势已去的时候已经口袋满满地逃到了法国。他们带着他们的英雄，他们的传奇，他们的神秘。他们会指责左翼或右翼。他们会把自己称为民主人士，为他们的死难者放置鲜花。

但是没有人会记得那个年轻的乡村教师，他爱上了一个女人，那个女人对于他的梦想来说太大而无法承受。他的名字会被抹去，消失在警察档案中。不过是众多档案中的一个。

当塞萨尔·阿尔卡拉沉思那一切时，他的同牢室友罗梅罗进来了。

“出什么事了？”

塞萨尔·阿尔卡拉用他的小臂擦拭掉他的眼泪。

“没什么，罗梅罗，什么事都没有。”

“这样啊，你最近看起来像杯热咖啡里的糖块儿一样正在消融，我的朋友。”

这是他第一次使用了那个词——朋友。

“顺便说一下，”罗梅罗说着，跳到上铺上，“厄尼斯托告诉我他们正计划再次让你到院子里放风，但是你得确保控制住你对古典音乐的狂热，如果你不想在圣依纳爵的山洞里再次冥想度过余生的话。他说那是你的圣诞礼物。”

塞萨尔·阿尔卡拉躺到了他的床铺上。在他生活的那个奇怪世界，一个正直的看守可以提醒他圣诞节的意义，而一个危险的犯人可以是，没错，是他最好的朋友。

他拿出揣在他衬衫里的那个手写便笺，再次阅读他们，之后将其藏在他的床铺下，与其他便笺放到了一块儿。“我很好，我希望你没有忘记我。我每天都想你和妈妈。我仍然坚信你很快能把我救出去。我爱你们俩。你的女儿，玛尔塔。一九八〇年十二月二十日。”

第 十 章

巴塞罗那，一九八〇年十二月二十二日

玛利亚要了一杯咖啡，并点燃了她那个上午记不清是第几根的烟。在咖啡馆里一些年轻人把油炸面包蘸进醇厚的热巧克力中。他们头顶上方的墙壁上悬挂着来自世纪之交的大型黑白照片：格兰维亚大道地铁入口处的地下通道和过街天桥，蜡黄的男人们——留着宽宽的小胡子，戴着休闲散步时的白色圆边帽，即使微笑也很严肃——在无轨电车、有轨电车和马车之中。

她想起她父亲的旧照片集，但是那并没有让她感到安慰，加布里埃尔的形象让她产生了一种莫名的不安。两天前，照看他的护士来过电话，说她要辞职。根本无法说服她改变想法。

“这不是更多钱的问题，本戈切亚小姐。”护士通过电话说道，“我是个专业人士，你父亲已经决定认输。他不让我照顾他，我不能袖手旁观看他一天天恶化下去。看来他已经决定了自杀。我的建议是把他送到医院里。”

在回忆起那段对话时，玛利亚呷了一口咖啡。她注意到她的嘴唇在杯子边缘颤抖着。她集中精力阻止那个颤抖传递到她的手指。

“我到底是怎么了？”她嘟囔着，攥起了拳头。那个该死的颤抖再次袭来，她的体内翻江倒海。她感觉即将要呕出喝进去的咖啡，赶忙去了洗手间。

她把脸埋到肮脏的马桶里待了冗长的几分钟。她没有呕上来任何固体状的东西，只是咖啡和一小串苦苦的唾液。她坐在肮脏的地板砖上，蜷起她的双腿，把头放在双膝间，用双臂围绕着它们。灯光熄灭了几秒钟，那使她放松。然后她心烦意乱地洗了洗脸庞，在溅落着斑斑水痕、涂鸦着粗俗字迹的镜子里看着自己。她深吸了一口气。她的太阳穴剧烈跳动着，她不得不解开夹克的扣子，扶在洗手池上保持平衡。

慢慢地她开始感到好一些了。那一阵翻江倒海已经过去了，只剩下一个遥远的咕噜声，正在从她的大脑中离去。

“这只是一个焦虑性发作。”她告诉自己。

她勉强挤出一个微笑，并带着那个微笑离开洗手间，回到她的餐桌上等待。

咖啡馆的门开启，一些客人进来了。他们的脸庞在寒冷中闪耀着。莱卡森斯上校在他们之后进来，脱掉了他的外套。他的表情很严肃，似乎处在一个糟糕的情绪里。他一屁股落座，椅子危险地吱嘎直响，他把随身带的皮夹子和两份报纸放到了餐桌上。它们是《堡垒报》和《阿贝赛报》。

“我很高兴这么快又再次见到你，玛利亚。”他问候道，没有注意到那个律师面色苍白，他转向女服务员要了一杯牛奶咖啡、一大杯法国柯纳克白兰地。“我想，你已经找机会研究了我给你的那些文件。”

玛利亚点点头，没有抬头看，视线仍在她那杯咖啡上。

“那个女孩儿，玛尔塔，他们绑架了她，是真的吗？”

莱卡森斯把他的手肘靠在餐桌上，压低了嗓音。

“恐怕是这样，这是千真万确的。她是督察阿尔卡拉的女儿，那年十二岁。绑架发生数周之后，督察的妻子在绝望中自杀了……”

“你说到那个女孩儿时用的是过去时态，好像她已经……”

“死了？我们还没有那方面的证据，她的尸体还未被找到。但是这么多年来我们已经发现了一些零星的线索，告诉我们她还活着。对于她，我们的唯一线索是拉莫内达，你从前的委托人。自从他谋杀了他的妻子和他妻子的情人，他就不留踪迹地消失了。”

“你认为是他，拉莫内达，绑架了那个女孩儿？”

莱卡森斯沉默了。他双手交叉着放在餐桌上，盯着玛利亚。

“不。拉莫内达只是个送信的，一个为其他某人工作的二等雇佣杀手。”那个上校打开了《堡垒报》的第一页，用他的食指指着国会议员普布里奥的照片。

玛利亚诧异地看着那张照片。普布里奥看起来像个好人，他极为镇定，他的笑容是和善的，他的外表是无可挑剔的。

“他看起来不像是做任何坏事的人。”她嘀咕着。

莱卡森斯点点头。普布里奥是个完美的祖父，是每个女人都想拥有的丈夫，是每个人都信任的政客。在他的钱包中携带着一张他妻子、他两个女儿和他外孙的合照，他一有机会就会骄傲地展示出来。然而，他拿给政党报销的绝大部分收据来自高级妓院，比如雷加斯、布兰卡小屋或者是瓦伦西亚街道上的绅士俱乐部，以及城市最昂贵的餐厅，他在那里预订晚宴且总是要一个双人桌。他的同伴，每个场合都不同，他们是男性，英俊，年轻，体格健美，高贵，同性恋，并有非常非常奢侈的品位。

每个人都看到了另外一面。普布里奥与军队、教堂及银行在政府的高层人士都有接触。有这样的资历，很难拒绝他任何事。

“他有种倾向，能把在咖啡馆里的任何集会变成一场密谋，他以此而闻名；尽管他是在军队基层组织和谣言圈里散播灾难的那个持久性声音，但是他技艺足够娴熟，身份足够暧昧，以避免被直接指控支持一场政变。普布里奥是个聪明人，他从来不弄脏自己的双手。”

“既然你知道他是督察女儿绑架案的幕后指使者，为什么你不逮捕他呢？”

“并没有这么简单。没有证据直接归罪于他，没有证据就没有法官能碰他。普布里奥是这个国家最有权势的人之一。他被很好地保护着。”莱卡森斯意味深长地停顿了一下。他吸了一口气，慢慢地释放出他的话，注意到了它们的分量。“但是有一个人有足够的信息足以拉他下马：塞萨尔·阿尔卡拉。这名督察已经调查他多年了。我们相信他在某处隐藏了控告那个国会议员的证据。”

玛利亚渐渐开始明白。

“那么他才是那个你应该谈话的人，不是我。”

“塞萨尔·阿尔卡拉不会跟我们说话的。如果你读报道，你就会知道原因。我不能责备他不信任任何人。他正在调查这个年轻的民主国家中的一个最阴暗的人，当他认为他可以困住他时，他们绑架了他的女儿。没有人帮他去寻找她，没有人抬一根手指，尽管他不知疲倦地重复着普布里奥是绑架的幕后指使者。没有帮助，取而代之的是塞萨尔·阿尔卡拉如今在监狱，他的女儿任何地方都找不到，而拉莫内达，唯一一个对于她的去向可以给我们某些线索的男人，是个逃犯。”

玛利亚已经读过报道，但是她不明白为什么在他女儿失踪时，督察仍然坚持三缄其口。

“为什么他不说出他所知道的有关普布里奥的一切？至少他可以对他进行报复。”

“玛尔塔，她是让那个督察沉默的保障。他们让他确信他的女儿在他们手中，如果他说出去他们就会杀掉她。”

“但是你刚才说没有证据表明她仍然活着。是真的吗？她还活着吗？”

“重要的是那个督察相信她还活着。”

“但这是真的还是假的？”

莱卡森斯沉思了良久。

“我们不知道。”

玛利亚喝了一小口咖啡，点了一根香烟。她需要思考，花一些时间弄明白她的想法。

“你究竟想从我这里得到什么，上校？”

“我确信塞萨尔·阿尔卡拉会想跟你说话，玛利亚。”

玛利亚显现出了她的怀疑。如果塞萨尔·阿尔卡拉有理由恨任何人的话，那个人就是她。

“我让他们将他关进了监狱，而且我听说，他在那里过得并不太好。”

莱卡森斯抽着烟，双眼半闭。每过一会儿，他让烟灰落入杯子中。烟灰在剩余的咖啡上漂浮了几秒钟，然后变成了黏黏的一团。有一小阵儿他一句话没说。他只是双肘撑在餐桌上，望向外面的街道。最后他从鼻子和口腔中猛烈地释放出一口烟。他在碟子里捻灭烟蒂，专注地看着玛利亚，让她感到警觉。

他从皮公文包中抽出一个小信封，跨过餐桌把它递给玛利亚。

“你和阿尔卡拉督察有许多共同点，比你认为的要多，玛利亚。”

玛利亚打开信封，里面有一张棕褐色的照片。那是一个漂亮的年轻女人的侧面肖像。她的脸庞半露，另外一半被一顶落在她右眼上的宽大的花式阔边女帽盖住了。她像电影女明星一样抽着烟，优雅地将香烟滤嘴端在她轻轻分开的双唇旁边。她用一种奇怪的目光凝视，就像一扇半开的牢笼门，就像一个诱人的陷阱。

“这是谁？”

“她的名字是伊莎贝尔·莫拉。我问过你你是否听说过这个名字，你还记得吗？你说你没有听说过。也许她的面容会恢复你的记忆。”

玛利亚紧锁她的眉毛。她之前从未见过那个女人，那个名字对她来说也没有任何意义。

“她和我或者塞萨尔·阿尔卡拉有什么关系吗？”

莱卡森斯看着他的咖啡藏在黑井一般的杯子和起泡牛奶的泡沫之中。他能感受到从内心涌出的一大波话语，他试图抑制住它们。他慢慢抬起头，令人费解地笑笑。

“为什么你不自己去问那个督察？”他慢慢从椅子上起身，穿上他的外套，“让我付款吧。”他说着，在餐桌上留下了一张百元比塞塔。

“他甚至都不会同意见我。”

莱卡森斯耸了耸肩。

“至少尝试一下。向他询问有关伊莎贝尔的事，那将是出发点。给他希望，告诉他我们正在竭尽所能地寻找他的女儿。”

玛利亚又再次感到恶心，不过她的胃已是空的。她捂住胃部稍稍俯身前倾，她的目光落在餐桌上那张褶皱的、棕色的百元西班牙大钞上。透过窗玻璃她看到自己模糊不清的反射像混入了狭窄街道上南来北往的行人们的灰色调中，他们撑着大黑伞，紧紧地包裹在丝巾里，雨水顺伞面滑落。

“你会去吗，玛利亚？你会去探视监狱里的那个督察吗？”

“是的……我会去……”她喃喃低语。那些话语虚弱地跳了出来，几乎违抗了她的意志。

突然间，她感到她不得不尽快离开那里。

两天后，玛利亚去了莫德洛监狱。

就管理层面而言，那里的气氛很宁静。它并不像一座监狱，而像任一一间老会计的办公室。走廊两边成行排列着鼓鼓囊囊的系着红丝带的文件夹、百科全书一样的证明册和各种登记簿。每当有人从拥挤的架子上抽出哪怕一张纸时，都会扬起成百上千的尘埃粒子，透过台灯灯光可以看到它们在空中能飘浮数秒。

一个公职人员拿给她一些表格，为探望塞萨尔·阿尔卡拉她必须填写它们。他让她坐在两个文件柜之间。那个公职人员拖沓着他的脚步离开了，他触摸纸张时产生的苍白声音印刻在了他的皮肤上。玛利亚观察着他，思考着：最终，我们所做的事情造就了我们。

核准完成，她朝通往监狱区域的大铁门走去。路过授权进入监狱的岗亭，一名警卫非常生硬地询问她，在玛利亚出示她的律师执照后他好不容易才柔和下来。

“你想探视谁？”警卫有几分烦心地问道。

玛利亚说出了塞萨尔·阿尔卡拉的名字。他的脸变成了花岗岩，好像从未见过她似的上下打量她，并命令她等着。

两个女警卫来带她，她们迫使她经历一番彻底搜查。她们仔细检查了她的小手提包，让她掏空口袋，摘下皮带和文胸。

“我的文胸？”玛利亚困惑地问道。

“这是规定。如果你想进去，把你的文胸交过来。”

玛利亚发觉这些规定是侮辱性质的、不能忍受的，但是两个警卫没有一个被她的威吓所吓倒。

“这是为了你的个人安全。”其中一人说着把她的随身物品储存在了一个塑料袋中。

“嗯，这让我感觉好了许多，谢谢。”她用一种任何女人都望尘莫及的挖苦回答道。

她们让她进到一间有长木椅的等候室。在一个角落两个年轻女人正在热火朝天地聊天，她们是吉卜赛人，几乎仍是女孩儿。她们浓妆艳抹，穿着非常紧身的衣服和高跟鞋，从房间的另一边你都可以闻到她们身上的廉价香水味儿。她们俩都看向玛利亚。

“什么，你也是来这儿给你的男人送慰藉的吗？”其中一人说道，比画着吸吮阴茎的动作。那两个吉卜赛女孩儿大笑，其方式让玛利亚神经紧绷、心烦意乱。然后她们忘掉了她，回到她们的闲谈中。几分钟后其中一人被扩音系统叫走。

当只剩下她和另一个吉卜赛女孩儿时，那个女孩儿以一种怜悯与友善的混合神情注视着玛利亚。

“这是你的第一次配偶探视？”每个月他们让表现好的犯人与他们的女友或妻子共度一小时私人时间，那个吉卜赛人讽刺地强调。

“是的，尽管那不是我来这里的确切原因。”

那个吉卜赛女孩儿大笑：“你在这儿不用尴尬，我们都为同样的原因来这儿的。放松，并不是那么糟。床是干净的，还有热水淋浴。问题在于，无论你是否在那个情绪里，你都得同意。那些可怜的家伙真的急切需要，没有人想破坏他们的盛宴。真糟糕我正在来月经，但是我会尽我所能。”她带着悲伤的冷酷大笑着。在她廉价的妓女外表和怪诞的妆容之下，显现出一个可怜女孩儿正毫无保留地、没有任何序曲和浪漫地把自己献给她的另一半的羞涩。她用伪装的逞能忍受着来自警卫的粗俗言论，以及在她穿过大门时来自其他犯人的肮脏眼神。

他们通过扩音系统叫那个吉卜赛女孩儿。她起身并像要上战场的人一样叹了口气，不过她很快就振作起来。她对着玛利亚使了个眼色，扭着屁股离开了。

剩玛利亚一人待了好一会儿。她几乎想不出来将要和塞萨尔·阿尔卡拉说些什么，如果他同意见她的话。过了十分钟，她听到扩音器的刺啦声和一个女声：

“本戈切亚·古兹曼·玛利亚，6 号探访室。”

她走进了一个房间，里面是空荡荡的墙壁和一张床，床单折叠在床头板旁边，俯瞰不到任何东西的一扇窗户前面有一把椅子，一幅寻常的果盘画作是房间唯一的亮色，在天花板上嗡鸣着一盏恼人的荧光灯，在其右侧有一个内置式淋浴器，浴巾上堆着两小块肥皂。房间的门是金属的，上面有一个小的推拉窗口，以便警卫可以朝里看。在门的上方有一个大的圆形时钟，标记着正在流逝的一分一秒。

玛利亚想知道一个人怎样才能在那种布置下兴奋起来。那里闻起来有股工业消毒剂的味道，她从来没去过那样一个地方。一切都是冰冷和无生气的，沉默、恶劣，尽管表面清洁。悲伤，既无任何情感又无任何情绪。

她很紧张，双手在出汗。在入口处他们拿走了她的香烟，还有她的头痛药片。她感到右耳在轻微嗡鸣，就像困在她大脑中某个部分的一只苍蝇在飞来飞去。她开始感觉不适，她想出去，她感到窒息。

就在那时她听到门锁的咔嚓声，门敞开，进来一个男人，当他认出她时，他的神经紧张得像紧绷的缆绳一样。

塞萨尔·阿尔卡拉扬起他的眉毛，仔细地审视了她几秒钟。他的双眼从一边打量到另一边，表情令人费解地柔和下来。这就是他正在等候的探视者。那个浑蛋普布里奥总是充满意外。

玛利亚注视着督察戴着手铐的双手。

“难道不能摘下手铐吗？”她询问正负责监视塞萨尔·阿尔卡拉的警卫。

警卫说不行。他迫使塞萨尔·阿尔卡拉坐在一把椅子上，然后他移进阴影中，似乎他想让自己远离那个场景，但又仍在提醒着他们，尽管看不到他，他仍然保持着警戒。

“你有香烟吗？”塞萨尔·阿尔卡拉说着，定睛在玛利亚身上。

她坐在他面前。在他们之间有一张金属桌子，其抛光的表面强烈地反射着天花板的灯光。

“没有。在我进来的时候他们把烟从我身上拿走了。”

塞萨尔点了一下头，好像他的一生都待在那里，在那个把他送入牢狱的女人面前。

“他们不让我们孤身一人时抽烟，”他说道，“他们害怕我们用变硬的烟蒂切断我们的静脉，或者在床垫上放火活活烧死自己。他们让我们在这些隐蔽的牢房一点点死去，但是他们担心我们自杀。因为一系列文书工作，你知道吗？看守们惧怕官僚主义。”

玛利亚做出一个同情的表情。

督察审视了她几分钟。

“你变了。”他说道，带有一种讥讽的表情，好像那让他失望了。

“你看起来也不太好，督察。”她不客气地回复道。那是真的。在阿尔卡拉剃光的脑袋上，结痂不良的伤口和瘀青的肿块突了出来。他的皮肤文上了监狱苍白、微弱的冷光。

他笑了，点着头。

“在我刚进到这里时我努力爱惜自己，那时我认为我的上诉会成功，有朝一日我能出去，至少有一个特赦。但是后来日子开始堆积，日复一日，我让自己顺其自然，像每个人做的那样。在这样一个地方培育希望是没有意义的。你唯一能得到的只是更多的伤害。”他变得沉静下来，观察着桌面，好像正在凝视一片湖水的深度。然后他起身，伸直他的双臂，显示出手铐。“这是讽刺的，但是在某种程度上我应该感激你将我关押在这里，至少现在我能为自己感到难过了。”

玛利亚感到尴尬。督察跟她说话时的绝对镇定，他的情感缺失，使她尴尬。

“我猜你恨我。”

“你猜得对，但是不要愚弄你自己。在这里恨是慢慢浸渍的某种东西，人变得理性和内省，就像一个持续存在的脑瘤……这是很难理解的。”

玛利亚看着墙上的时钟。他们给她的时间正在快速地不知不觉地过去。

“伊莎贝尔·莫拉这个名字对你来说有什么含义吗？”

她注意到督察脸上一闪而过的惊奇，然后他的目光暗沉下来，只有一瞬间。阿尔卡拉迅速地使他的表情镇定下来，好像在他的灵魂上拉起了一扇沉重的窗帘。

“在发生那一切后你能来到这里，的确有很大的勇气……”督察带着明显的冷漠说道。然而，他内心中有一些东西似乎在搅动他的意志。

警卫从阴影中走出来。他叹了一口气，并用眼角的余光看着时钟。时间即将用完。

“你还没回答我的问题。”玛利亚坚持道。

督察站起来，说："是的，我还没有。首先我想知道为什么你要问它。"

玛利亚蹙起眉头。

"一个男人来见了我，他说你和我与那个女人有一些相关联的共同点。"

塞萨尔·阿尔卡拉满眼质疑。他仔细地审视着那名律师，试图弄明白有关她的一些事情。

"那很荒谬。"

"也许并不是那样。"她说道。她从口袋中取出莱卡森斯给她的那张伊莎贝尔·莫拉的照片，并拿给督察看。"是她，对吗？这是你父亲在一九四一年杀死的那个女人。我知道那个故事，我已经做过调查。你也许不知道的是我父亲，加布里埃尔·本戈切亚在那时是个铁匠，并且在莫拉家工作。他给莫拉家的小儿子安德雷斯铸造了一把可爱的武士刀。也许你父亲跟你说过'武士的悲伤'。"

塞萨尔·阿尔卡拉慢慢摇着他的头，好像他不能十分相信那个女人所说的，好像那些揭露对他来说难以招架。他缓缓抬起他那呆滞的双眼。

"那就是联结我们两人过去的东西吗？"

"我不知道。"玛利亚坦诚地回复道。

督察看向一边，在记忆里搜寻着什么，然后他挺直了肩膀，好像想让自己从颓废和堕落中振作起来。

从那一刻起，探视塞萨尔·阿尔卡拉变成了玛利亚的日常工作。每天早晨她困惑地去监狱，不知道她会发现什么。塞萨尔·阿尔卡拉不是个容易相处的人。他不信任她。一开始他们只是沉默地面对面坐着，怀疑地看着对方，让探视的二十分钟耗尽。一点一滴地，玛利亚逐渐开始理解监狱对一个人的作为：其压制一个人的所有渴望，将沉默转变成逐渐了解一个人的最好方式。律师开始学会不用愚蠢的问题对督察施压，她只是坐在他面前，等待着，她自己也不清楚她在等待什么。

是塞萨尔·阿尔卡拉先开的口，他以琐碎的事情开始，描述了监狱的日常工作，评论了报纸上的一些新闻，询问了有关外面世界的事情。直到一天下午，当太阳隐藏在墙后，监狱那令人烦扰的声音变得越来越大，督察终于开门见山地询问玛利亚每天探视他的真正动机是什么。

玛利亚本应该给出任一一个答案的。告诉他她来是因为洛伦索和莱卡森斯上校要求她这么做；使督察确信她的唯一意图是来帮助他。但是它们都不能充分解释每天一早把她带到那里的原因。那个问题沸腾了一段时间，在她的喉咙中灼烧了一个洞。

“你怎么能对拉莫内达做出那些事呢？”

督察看向别处，他不喜欢谈论那个。但是玛利亚在那些沉默中发现了令人烦扰的事情，督察不想透露的事情，他察觉到的与她有直接或间接关系的某些事情。

在他女儿玛尔塔失踪后，塞萨尔·阿尔卡拉简直要疯了。每天早上他都去人们最后看见玛尔塔的广场，那是他能够做的唯一一件事，搜寻那些垃圾桶，审查每一块铺设的地砖、毗邻建筑的每一扇窗户以及过路行人的脸庞，寻找一切可能暗示她行踪的线索与信号。

没有任何消息，不清楚她身上发生了什么，不清楚她在哪里，似乎没有任何人把她的失踪当一回事，这样的日子过去了一个星期，忽然，一阵狂风中他看到了一个无家可归的人。那个人拖着垃圾车低着头从他身边走过，在雪中留下了车辙印。他走路像一只驮畜，下巴向前突出，用整个身体迫使自己不让那个挂在他嘴唇上的棕灰色的滤嘴掉下。他的双眼由于葡萄酒和寒冷而发红，他将目光转向督察，凝视了他一秒钟，嘲弄地对他笑笑。或许那只是转瞬即逝的一个疲乏表情而已。

第一眼看他，他就像其他无家可归的人一样游荡穿行于城市中心。一个辨认不出年龄的人。他的脸上覆盖着伤疤，浓密、污秽的络腮胡使他的脸庞更加粗犷。他裹着不同样式的毛衫和一件外套，外套因为太大而拖在地上。他聚酯纤维裤子的裤裆处沾着干结的尿液。他浓密多毛的手指指尖是黑色的，被咬掉的指甲处长满了倒刺。

“但是突然间我认出了流浪汉的那张脸，认出了他的目光，那是拉莫内达，一个不定期向警察提供情报以换取好处的线人。‘你在这附近寻找什么呢？’我问他。拉莫内达耸耸肩。他从嘴里拿出流着口水的那个烟蒂，张开他的双臂。为显示尊敬他又摘下了扣在他秃头部位的那顶肮脏的呢绒棒球帽，将其紧紧端靠在胸口。‘我只想给予我的吊唁。’他说。然后他眯起那双变得湿润起来的眼睛，从他的口袋中取出某个褶皱的东西拿给我看。那是玛尔塔失踪那天戴的发带。‘有人让我告诉你，你女儿性命的要价是你的缄默。’”

督察没让他再多言。就像一阵急切的、势不可当的潮汐，一个父亲勃然大怒，他焦虑地寻找某处发泄如此多的伤痛、如此多的不确定性和如此多的挫败感。意识不到自己在做什么，被仇恨蒙蔽了双眼，他拔出手枪，将其撞进拉莫内达的口腔，打飞了其中一颗牙。

“我女儿在哪儿？”

拉莫内达的回应是一声尖厉、短促的哭喊。流着血，他踉踉跄跄地倒在督察的脚下，督察开始踢他，就像在踢一袋土豆，一遍又一遍地呼喊着同样的问题。附近空荡荡的广场变成了一个扩音器，扩大了那些呼喊声和殴打声，很快就有一些邻居从毗邻建筑的窗户中向外窥视。

“立刻告诉我你知道的，否则我会打烂你的头。”督察警告道，并不在意聚在他们周围的那些人。

拉莫内达从开裂的嘴唇中吐出几口血水。他可以从督察的眼睛中看出他情绪失控，他相信督察会威吓到底。

“我只是传话的，督察。我不知道任何更多的事了。”

“谁给你的那条发带？”

拉莫内达结巴地说着。塞萨尔·阿尔卡拉把他的头摁在路面上猛击。

“两个暴徒。我想他们为普布里奥阁下工作。”拉莫内达呜咽着。

突然间，塞萨尔·阿尔卡拉的目光冻结了。他抬头看向正在聚集的人群。制服巡逻队不久就会到来，只要普布里奥这个名字曝光，那坨屎就会像鱼一样从他手中溜走。他飞速地思考着。

他拿出手铐，铐上了拉莫内达，并迫使他站起来。

“我是警察！”他朝围观民众大喊道。他晃着他的证件似乎那是一个用来吓跑吸血鬼的十字架。民众带着憎恨的神情为他让出一条路，督察拖着拉莫内达朝停在四五十米外的小汽车走去。突然，那个无家可归的男人转向人群。

“他要杀了我！救我！”

民众开始被激怒，有人开始大喊：“够了。你们警察就是施虐者，该死的法西斯。你不能那样对待民众。佛朗哥已经死了，浑蛋……”

其后跟着更多呼喊，民众变得更加大胆。有人扔了一块石头击中督察的肩膀，但他并没有放走拉莫内达。瓶瓶罐罐落到他周围。督察撞击着拉莫内达的肋骨迫使他进入车内。

他设法坐进方向盘后的驾驶位，但是民众围住他的车，开始摇动它。如果督察没有把他的枪伸出车窗，瞄准那些聚众暴徒，他们也许会以私刑就地处死他。他们让开了一点点，足够他从那里带着车轮的尖锐声加速驶出。

塞萨尔·阿尔卡拉本想忘掉在那之后发生的事。每次注视自己的双手，每次想起在他发疯的那周将拉莫内达锁在地下室里其发出的痛苦尖叫，他都很排斥自己。他对他做了恐怖的事情，他从未想过他会对任何人类做出那些事情。但是塞萨尔·阿尔卡拉在那一时刻并不是人，他就像一只撕咬并撕扯的疯狗，意识不到他造成的疼痛，只能意识到他自己感受到的痛苦。

一切都无济于事。拉莫内达宁愿让自己被打死，或许他真的不知道更多事情了，除了他已经说的那些：那个与普布里奥有关的男人带走了督察的女儿。

那天晚上他回到家，带着由于一整天用拳猛击而骨折、皮开肉绽的指关节，带着他黑洞般的灵魂，从洞里汩汩而出的是过去的那个他。他知道他们不久就会前来逮捕他，他并不在乎。他失去了他的女儿，他打死了一个男人。他不再是塞萨尔·阿尔卡拉，他是个陌生人。

他发现他的妻子安德莉亚在玛尔塔的房间里，坐在她的床上，玩弄着摆放在靠墙架子上的那排玩偶。她轻轻地唱着摇篮曲，好像那些布偶可以把玛尔塔带回到她身边。

塞萨尔·阿尔卡拉告诉她他做了什么。

很长一段时间，安德莉亚没有一丁点儿同情地凝视着她丈夫手上撕裂的肉，她似乎不明白塞萨尔在跟她说什么。

“你听见我说话了吗，安德莉亚？我杀了那个人。”

她带着一个心不在焉的凝视点了点头，她的头发乱糟糟一团，她的表情就像其中一个没有生命的布偶。

“现在会发生什么？”她好不容易说出了一句话，仿佛突然恢复了她的神志。

塞萨尔·阿尔卡拉背靠着墙壁滑落到地板上。他把头埋在双腿间。

“明天我会去自首，如果他们没有先来找我的话。他们会把我送进监狱。”

第二天早晨，塞萨尔·阿尔卡拉发现他妻子死了。

她对着自己的脸开枪自尽了，躺在她女儿的床上。回忆到那里，督察阿尔卡拉的头脑中无法抹去玛尔塔卧室粉色壁纸上结块血渍的景象。

塞萨尔·阿尔卡拉沉默了，好像话语被从他记忆里投射出的景象卷走了。

“为什么她选择了那个房间，而不是浴室、厨房或者我们的卧室？”他大声询问道，想知道原因，同时回忆起女儿的房间，溅落着鲜血的蕾丝荷叶边小床罩，堆放在架子上的玩偶们的血淋淋的呆滞面孔。

玛利亚不知道该怎样回答。她想起她悬梁自尽的母亲，她想起她父亲的沉默以及他怎样假装自己不知道究竟发生了什么。

第十一章

莫拉别墅（梅里达），一九四二年一月

安德雷斯眯着眼睛透过窗口看向窗外，看到园丁正在摆放花盆，在他视线所及的最远处，隐隐出现了一小片云彩。工人们的儿子们正在打斗，他们从地上拔起一块一块泥土。在一个角落，仆人们正在把家具装载到停靠在房前的两辆搬家车上。一种不可思议的同步性，一些东西进来，另外一些出去，没有任何摩擦，产生了一种流动的、超现实的氛围。

他的母亲不喜欢那些灰暗的下午，他也是。他想念她。他喜欢蹑手蹑脚地偷偷溜进她的卧室。

当他进入她的房间，真实的世界改变了形态，失去了连贯一致性，外面的东西失去了意义。在每一个角落隐藏着古老的沉默。触摸、玷污她的物品几乎是一种罪孽。带着那种感觉，他注视着挂在衣架上的复古连衣裙，它们就像幽灵一样行走着追寻着剩下的再也回不来的光辉。各种各样由于灰尘而褪了色的不同颜色的帽盒摇摇欲坠地摞在一起，帽子上的羽毛、丝带和蕾丝花边探在外面。没有抛光的低跟鞋正等着结束它们的步伐，它们以为自己的搁置只是一场休息而不是一场埋葬。假发，项链，歌舞表演的珠宝，那些珠宝的闪光甚至变成了一个谎言，没有灯光让其闪烁，没有舞蹈任其闪耀。

普布里奥没有敲门就进入了房间。对于他来说，那栋房子就没有门。他就像那个家庭的一分子。

“你不应该在这儿，你父亲不会喜欢的。你已经把行李打包好了吗？”

安德雷斯再次转向窗口。

“我不明白为什么我们必须离开，这是我们的房子。”

普布里奥走过来，抚摸着那个男孩儿的后脖颈。

“这儿永远都是，你可以来这里度假，但你父亲不得不搬走。另外，你会喜欢巴塞罗那的，等着瞧吧。那里有大海，我听说你父亲已经买下了一栋非常漂亮的房子，有一个蓝色的屋顶。它就像一座真正的城堡。”

安德雷斯并没有被说服。

“但是如果我们离开了，母亲回来时就不知道我们在哪儿，她就找不到我们了。费尔南多也找不到我们了。”

“我们会像大拇指汤姆做的那样，沿途留下碎屑以便他们能跟随我们。这听上去怎么样？”

安德雷斯思考了一下。

“巴塞罗那的人是什么样的？”

普布里奥笑了笑。

“就像这里的一样，说不定更好，我听说那儿的女孩儿非常漂亮，尽管有一点单薄。”

一次，安德雷斯听到马尔塞洛老师跟他母亲说她是个非常有吸引力的女人，但是对他的品位来说太过单薄。安德雷斯对那个词没有任何概念。对他来说他的母亲是，简直是，世界上最美丽的女人……至少费尔南多在那儿，一切都会容易一些。

当听到来自花园的噪音时，他抬头看了一眼。一阵铜铃声，沿着环绕房子的沙砾路来了一个骑自行车的男孩儿，哼着一首歌。那是小镇邮递员。安德雷斯脖子伸得很长。也许他带来了母亲的信，或是他哥哥费尔南多的信。但邮递员只是路过并没有停下他单调、欢快的脚踏动作，看到此景，安德雷斯很是失望。

“为什你不去喝下午茶？然后去看看你的家庭教师。好好表现，今天是你跟他学习的最后一节课，你长大了。”

在厨房他们正在为他的十一岁生日准备一种特别的茶点。安德雷斯喜欢从那儿飘来的味道，一种湿润的、巧克力和油炸面包的混合气味，但他并不开心。他吃着却并不享受。吃完后他手臂下夹着书，拖沓着他的脚步穿过如今几乎空荡荡的房间。房子里不再人满为患，不再有带有管弦乐队的聚会，不再有吸着大雪茄的绅士们，不再有在摩斯或排七等牌类游戏上碰运气的女士们。

他到达了教室。一打开门他就听到了家庭教师马尔塞洛的声音，召唤着他的注意。

“看这里，安德雷斯。”在他的讲台上立着一个浑天仪，一个由环形框架组成的天文设备，环形框架代表了中间那个表示地球球体的经纬度位置。老师让他旋转，他绕着讲台转了一圈，走到挂着美第奇世界地图复制品的那面墙，他已知的最远边境是大西洋。

“它是模型，它是无价的。”家庭教师说道，试图掩盖他的焦虑。他把一只手臂伸到那个表示海洋的巨大黑色长条处，沿着亚洲海岸穿过中国南海，把他的食指停在了日本群岛上。“你还记得日本首都古代时的名称吗？我们不久前学过的。”

安德雷斯慢慢地点点头，然后他走到黑板前，写下了那个首都的名称：江户。

马尔塞洛停顿了数秒。

“非常好。现在回到你的座位上，我们要做个听写练习。”

安德雷斯走回到他的课桌处。他将钢笔蘸进了墨水里，但是并没有开始写。

“他们说的是真的吗？我疯了吗？”他询问着突然转向讲台，马尔塞洛正在朗诵听写内容，安德雷斯拒绝跟着写。

马尔塞洛盯着打开的书本，沉默了刹那。然后他摘下眼镜，将它们放在书页间，慢慢站了起来。他轻柔的动作与他被一些强迫性的、秘密的想法支配着的混乱的表情，形成了强烈的反差，产生了一个奇怪的效果。

“谁跟你说的？”

“工头，还有园丁的儿子。”

马尔塞洛的目光严厉起来。但是他的表情迅速转变，变得和蔼可亲和通情达理了。

“他们对于疯了解些什么？”他抚摸着安德雷斯的头说道，“无论他们说什么，别把他们说的放在心上。”他的声音似乎心不在焉，他的注意力此时聚焦在某些东西上，它们不在那里、不可见，而在远方、未知的某处。他的脸庞露出了悲剧色彩，被一种干涸的绝望所滋养。

安德雷斯审视着他的表情。

“有什么不对吗？”

“不，没有。”马尔塞洛说道。然后他重新考虑，继续说道：“你是与众不同的，安德雷斯。你不像你知道的其他孩子或者大人，但是这不见得就是件坏事。你用那些特殊天分做什么，只有时间才能告诉我们答案。”

“疯人院是什么？那是他们告诉我的我要去的地方，他们还说那里的人会用皮带把我绑起来，对我做恐怖的事情。”

“别说那些话。那不是真的，我不会允许它发生的，你父亲也不会，他爱你。”

“你会去巴塞罗那吗？我们在那儿有栋房子，就像一座城堡，带有蓝色屋瓦。”

马尔塞洛回到了他的讲台。

“我认为不会。但是对你来说，这毫无疑问将是最好的事。”

“但是我不想去任何地方，我喜欢待在这里。”安德雷斯抗议道。他确信他的母亲和哥哥会回来找他，他想在他们回来的时候待在家里。他母亲会从她所待的国外给他带来一些绝妙的礼物。他也急切地想看到他哥哥穿着那身帅气的戴着沉甸甸勋章的陆军中尉军服穿过大门进来的样子。当然他会给他带来一顶俄国士兵戴的那种皮质宽边帽。

“我明白。但是这些决定是你父亲做的。”

所以他得和他父亲谈谈。

当他父亲在办公室时，安德雷斯不得不小心翼翼地，走路时不制造出噪音，不能在棋盘一般的黑白大理石地板砖上跳跃。父亲不允许他打破吞噬那栋房子的沉默。

他有时可以辨认出普布里奥的坚实后背，他像一只机敏的狗一样守卫着站立在门口。普布里奥会对他笑笑，举起一只手指放在他的嘴唇上，暗示他不应该制造出任何噪音。他喜欢普布里奥，即便他意识到每个人都害怕他。也许那正是他喜欢他的原因。因为其他人怕他，而他不怕。

安德雷斯已做好了坚定自信的准备，因为现在他是这栋房子的主人。他没有敲门就出现在了办公室，并要求得到一个解释。他的父亲奇怪地看着他，好像他不是他的儿子，而是一个令人恼怒的陌生人。

他父亲的圆眼镜使得他的鼻子看起来很尖，他的手指尖上沾有黄色烟碱渍。他身上闻着有润肤露的味道，他甚至在头发上抹了润发油，并修整了指甲。熨烫衣服的女人已努力把他裤子上的褶皱熨平，他的夹克和浆过的西装衬衫都非常平滑。他的鞋也闪耀着。他看起来像个蜡人。

“谁说你可以不敲门就进来？”

安德雷斯有一点胆怯，但是他聚集起所有的自信问出了他的问题。

“为什么我非得去那个那么远的恐怖的地方？”

“因为我说的，现在从这里滚出去，直到你学会一些礼貌，不再表现得像个被宠坏的孩子。”那是他简短粗鲁的回复。

安德雷斯的眼中噙着泪水。但是它们是冰冷的泪水，刀片一般闪耀在油灯的光亮中。他的整个身体颤抖得像一片被风抽打的无足轻重的叶子。

“你怎么还在这里？”他的父亲皱着眉说道。

安德雷斯从房子里跑了出去，朝环绕别墅的葡萄园跑去。那些地点是他频繁突然失踪的绝佳去处。他跑去的那个地方是禁止入内的，那是别墅区域的两个对立世界相遇的危险边界。那个几乎隐蔽的地方居住着为他父亲耕地的劳工。那是莫拉地产边缘的一片干旱区域，一片咳着红色尘土的害病土地，在蓄水池附近，那里的青蛙争先恐后地进行着震耳欲聋的聒噪较量。一阵单薄的微风甚至吹不动空气和那些留在空气中几乎像固体一样的猪粪。

三十分钟后，普布里奥出现了。

“我正在找你。你应该回家，你父亲不喜欢你在这周围游荡。”

“我不喜欢待在那儿。”

那儿是他刚翻跳过来的栅栏另一边的世界，一个丑陋的地方，在那里他们强迫他学习、穿短裤，在那里他们让他用一种像德语一样不舒服、笨重的语言嘶哑地唱歌，直到他的声带流血。

普布里奥笑了笑。

“我理解你，我真的理解。成人的世界是充满艰难困苦的……每次你到这里来，都做些什么呢？”

安德雷斯保持着一份凝重的沉默。他捡起一个干枯的树杈，郁郁寡欢地剥起树皮。

“我捕猫。”他说道，指着一只纵身一跃飞上灌木丛的黑猫。

普布里奥盯着那个男孩儿，好像纵身跳进了他的瞳孔，他以那种难堪和神秘的、喜忧不分明的方式笑了笑。安德雷斯的眼睛很漂亮，像他母亲的一样，大大的，深深的，全神贯注地思考着，但是他的瞳孔是游走的旅者，从一边转到另一边，无法管束。他即将开始哭泣。

这一切都不是那个男孩儿的错。他是与众不同的，那个不同是很难定义的。

“我有些东西给你。”普布里奥的肩膀上背着什么，裹在布里。他打开它并把它放到男孩儿的膝盖上：“我是个信守承诺的人：一把真正的武士刀。加布里埃尔为你量身打造的。”

安德雷斯脸部的棱角突出，瞳孔放着光。一把真正的武士刀！他的手指谦逊地、几乎是惧怕地触摸着那个喷着黑色漆的木质刀鞘。它有一条皮带，可将其美丽的金色绣花细绳悬挂在他腰间。

出人意料的是，安德雷斯将他短小的双臂围在普布里奥的脖子上，拥抱了他。

普布里奥感受到男孩儿脸颊上眼泪的潮湿，产生了一种奇怪、困惑的感觉。不习惯柔情的他陷入了尴尬，不确定应该做什么。他保持一动不动，直到安德雷斯停止哭泣。

然后他把男孩儿揽在怀里慢慢朝着莫拉的房子走去。有一天，当安德雷斯长大一些，他将不得不跟他解释为什么事情以那种方式发生，成长的规则有多么复杂。他将努力让他明白在那个荒谬的现实里感情在另一种类别的道理面前是一文不名的：权力、复仇和憎恨比任何其他东西都要强有力；人类为了满足他们的野心，能够杀害他们爱的人，亲吻他们恨的人。是的，当安德雷斯长大成人，他应该告诉他那一切。

随着时间流逝，马尔塞洛变得越来越沉默寡言。

“你在想什么？”

马尔塞洛将目光从汤盘上移开，看向坐在餐桌对面的姐姐。他们沉默着，各自想着不同的事。

“莫拉家要搬去巴塞罗那。”

“那意味着你即将失业吗？”

“那不是重点。我担心安德雷斯，我不知道在普布里奥那样的人的影响下他将会变成什么样。就比如说最近，他给了他一把真正的日本刺刀。安德雷斯整天带着它。那个武器是那么锋利，它可以劈开云彩，他们把它留在一个像他那样的男孩儿手里。”

马尔塞洛的姐姐猛烈地扭绞着她的双手。

“你应该多担心一下你自己的儿子，让那些富人们自己好好保重吧。”

马尔塞洛仔细审视着他的姐姐。她比他大几岁，她也许再也不会嫁人了。当她成了寡妇，她就决定来这个小镇照顾小塞萨尔。没有人让她做那些牺牲，但是他的姐姐将其当成一个职责，事实上她是在利用他和她的侄子掩盖她自己作为女人的失败。即使尽到她的最大努力，她也永远不会明白给马尔塞洛的心脏带来那份骤然的苦涩的那些感觉。

“安德雷斯一个人在家会感到孤独。没有哥哥，没有母亲，他不知所措。”

他的姐姐发出一声讥讽的大笑。

“据我所知，伊莎贝尔是个相当随便的人。说她是和某人厮混而离开，我也不会惊奇的。”

马尔塞洛的脸庞已然冻结，他的脸颊和半睁的眼睑刻画出一种摧毁一切的恐怖和幻灭。似乎一切都已化为乌有，被看不见却在房间里移动的一团物质吞噬掉了。

“你说出这样的话是因为你从来没有在你的双腿间，或者在那个泵压的是胆汁而不是血液的苦涩心脏中感受到过任何东西。”

“你竟敢这么说？她只是个陌生人，而我是你姐姐。”她说着，愤怒地一跃而起。她离开了厨房，但随即又停下来折返了回去，“你认为我是个白痴吗，亲爱的弟弟？我知道你对那个女人有怎样的感觉，你从第一天见到她时就怀有那种感觉。我要跟你说一些为了你好的话：远离那些人，否则你将成为我们所有人的祸根。”

马尔塞洛攥紧了他的拳头。

“已经太晚了。”他若有所思地说道，而他的姐姐已听不到他所说的，她已再次离开，摔门而去。

有超过一个小时时间马尔塞洛·阿尔卡拉就待在那里，坐在他的冷汤盘面前，与此同时他在墙上的影子变得越来越长，夜晚破窗而入。坐着，餐桌上的蜡烛是他唯一的光源，他仍然心不在焉，沉浸在五官绷紧的阴郁思考中。突然他听到房门的吱嘎开启声。

他的儿子塞萨尔出现在门口。他硕大的眼睛睁得很大，使他的睫毛呈撑竿一样的拱形。

“爸爸，门口有一个男人想跟你说话。”

在塞萨尔瘦小的身形后面出现了普布里奥的险恶身影，他露出一丝威吓的笑容。当看到吉列尔莫·莫拉的走狗时，马尔塞洛僵住了。

“你好，教师马尔塞洛。这是个美丽的夜晚，我想我们可以坐我的车去兜风。”

马尔塞洛费劲地吞咽了一下。有关普布里奥的谣言有许多，每个人都畏惧那个有着几乎克己外表的男人，畏惧他的愤怒。他已经基于他对于暴力涤荡力量牢不可破的信念布设了一个恐怖统治。

“很晚了，普布里奥阁下……”

普布里奥把一只有威胁的手放在了家庭教师的儿子塞萨尔的肩膀上。

“没什么可怕的，教师。我只是希望我们两人愉快地聊聊有关伊莎贝尔·莫拉的事情。”

马尔塞洛缩在他的椅子里。在那个时期没有人知道他们会被指控犯了什么罪，没有人能够感受到安全。许多人意外地在晚上被逮捕，餐桌上留下了一杯还未碰过的热汤，妻子慌张地从床上跳起来，跑去抱起他们啼哭的婴儿，与此同时普布里奥的手下毁坏了房间，搜查着抽屉、壁橱，撕裂了床垫，偷走了银器、珠宝、金钱，肮脏地评论着他们在梳妆台找到的内衣。

“我们散散步吧，老师。”

马尔塞洛知道那些散步会如何收场。带着一种落败的神情，他抓上了他的夹克。

“上楼去，塞萨尔。告诉你姑姑我明天早上也许不回来吃早饭。”马尔塞洛朝他儿子俯过身去，给了他一个冷冷的拥抱，他快速地偷偷地扫视了一眼房门，好像在担心着什么。当他们分开时，他的双眼含着一种忧郁的目光，带有一种甜蜜的讽刺色彩。

“如你所愿。”他看着普布里奥说道。

当他朝停在街道上的小汽车走去时，塞萨尔注意到他父亲紧张的双手和畏缩的身体。

普布里奥在门口转回身，带着怜悯的表情跟男孩儿说道：

“别为你父亲哭泣，小伙子。英雄不存在，尤其是童年时期的。”

第十二章

巴塞罗那，一九八〇年圣诞前夜

他已是一个老人。岁月不再隐藏它们自己，它们大胆地显现在他的皱纹、老年斑和松弛的臀部上。然而国会议员普布里奥毅然接受了他的年龄，他是完全镇静自若的，法式剪裁西服套装上插着丝巾，搭配着宽檐帽和年轻时代的系扣及踝靴，如今无论任何时候出现在公共场合，他都选择这身最严谨的哀悼装束，让他散发出一种苦行的气息。

现在他的眼睛放着光好像它们被镀了镍，它们的光芒是黯淡的。他凌乱的头发和眼睛下方的黑眼圈愈加点亮了他幽灵般的面庞。他的嘴上挂着一个殉道者的僵硬笑容，与年轻时他那反复无常的、精英者的傲慢截然不同。

看到那样一个男人步行穿过城市郊区，会让人印象深刻。

公车停在一个角落。普布里奥降下车窗，带着一些厌恶观察着灰色的大片建筑以及从大街延伸出来的一截天线。

“您确定您想让我把您从这儿放下去，先生？如果您愿意我可以护送您。这个街区很危险。”

普布里奥慢慢升起车窗的有色玻璃。他不必非得这么做，但是他想亲自处理将他带到那里的那些事情。

“这个街区没有我成长的那个地方糟糕。”他扣上他的外套下车，跟司机说道。

那个贫困地区是个巨大的排泄通道，通过那里城市的废物被排出。但那些微观世界继续往里，还有一些更加糟糕的地方。当人们横穿同心圆到达不幸的正中心时，发现了那些地方。那些地方，有关贫穷的文献和浪漫主义小说也触及不到；那些地方，没有人进入时能免于被最为严重的瘴气所毒害。

那天下午，当他在被委婉称为街道的地方徒劳地搜寻一些标志时，普布里奥毫不犹豫地跨过了其中一个看不到的边界。

那个国会议员遇到了一些战战兢兢行走的人，他们的姿势像被打的、受惊的狗，他们的眼睛紧张地搜寻着每一个角落。两个男人正在街上争辩，以他们最大的肺活量尖叫着。一个坐在一把磨损的柳条椅上的女人，把开裂、深色的乳头送到一个焦急的婴儿口中。在角落里，逗留着因为海洛因和肝炎而形容枯槁的妓女们。她们穿着荷叶边短衬裤、覆盖着厚厚一层凝结妆容的尊严是可悲的；刻薄风趣的哑剧小丑表演了她们的惨相，他们的头高高抬起，忽略了围绕他们的愚钝粗俗者，骄傲地戴着蓬松的假发，踩着高跟鞋，穿着连衣裙和长筒袜，显露出他们没有脱毛的双腿和双臂。

她们中的一些人试图吸引那个老男人的注意，但是他忽视了她们。悲惨是那个地方正在上演的剧目中的组成部分，而像普布里奥那样的人享受着毫无细微差别的悲惨景象，带着一个轻轻的触碰进入到那个下层社会：敷衍应付着平凡的粗俗，同时小心翼翼地不陷入其中。

在那个似乎是秘密疯人院的地方，在那个翅膀着火的蝴蝶城市，一切都被允许，任何罪恶都能得到满足，不论多么残忍和没有道德，只要你有钱。而他有用不完的钱。

“败类！”普布里奥发着牢骚，往地板上啐了一口痰。

他两周前就已经在那儿了，为了一所学校的落成典礼。他毫不犹豫地和那些悲惨的混合体握手、亲吻。但是现在，远离了摄像机和记者，他可以直白地显露出他的厌恶。从某种意义上来说，普布里奥就像一个铁艺雕刻师，和他丑陋的材料打着交道，直到将其改造成一件艺术品。当他看到他的工作完成时，他微笑着离去，不在乎接下来会发生什么。

他一直是那样。他来出席一个小型水泥广场的落成仪式，他放置了学校的第一块石头并宣布他投入了其永远不会兑现的数百万。之后他就消失了。但是那个下午他为了一些截然不同的事情而来，一些不会有目击者的事情。

他走进低矮窝棚间一条黑咕隆咚的巷子，远处可以看到从一座废弃工厂突出的砖塔。他注视着有敌意的氛围：废墟中的建筑群，被钢筋支撑着的建筑，泥泞街道上的肮脏水坑，下垂在一栋建筑物和下一栋建筑物之间的电缆。

犹豫片刻后，他朝着一栋房子走去，那栋房子有漆成绿色的木质窗户和一扇封着木板的门。在高一些的地方，一些晾衣绳下凹，在悬挂其上的湿衣服的重压之下有崩断的危险。一个手臂松弛的女人嘴里叼着一些晾衣夹在阳台上轻声歌唱。

普布里奥与门上的厚木板进行着斗争。从里面传来一种大小便的致命恶臭。里面的光线几乎未显露出房间的漆黑。他可以辨认出通向伪装房顶的一把梯子。他迈着摇晃的步伐走入房间。

他仰着头，沿着梯子的模糊边缘摸索着。透过屋顶上的洞口他看见一部分天空。他一小步一小步迈上梯子，在落脚之前确认好每一步，最终他到达了一间非常矮而无法站立其中的阁楼。

他低着头探索着那个空间。在他前行的时候厚厚的蜘蛛网缠在了他的头发上。

家具摆设很少：地板上有一张餐桌、两把椅子、一个草垫，还有一个又矮又宽的食物橱。在那个僧侣式的单间中还有一个木制衣橱和一张由于潮湿而弯曲变形的书桌。

一个背朝普布里奥的男人靠在书桌上，眉头紧锁地抽着烟，注意力集中在写作上。他是如此专注以至于他看起来像一只鬣蜥标本。

“你变得粗心了，拉莫内达，你甚至没有听见我进来。”普布里奥说道。

拉莫内达转过身，他的脸庞被从屋顶小洞中射进来的微弱光芒照亮了一部分。他掩盖着他的吃惊，轻轻放下了他从桌上抓起的枪支。

“什么风把您吹来了，国会议员？”

普布里奥带着厌恶环顾他的左右。

“我来给你提供一份工作。”

拉莫内达压抑住一个自命不凡的微笑。他过去几年都没有工作过，从一个地方游荡到另一个地方，以卖血或卖身为生。偶尔他为一些二流匪徒做过一些事情，但是为普布里奥阁下工作是截然不同的，这等同于优厚的报酬。

“距您上次来找我寻求服务已经很长时间了。”

普布里奥严厉地审视着拉莫内达。他比他记得的最后一次见面时的样子还要瘦削，那次见面刚好在他杀死了他的妻子和那个正在和他妻子性交的护士并从医院消失之后。他知道在那之后，拉莫内达开始了绞杀妓女，以及杀害那些不会有人对他们的去向问任何问题的人。他的流浪生活允许他丢弃掉那些匿名死尸，而不会有人把他们的死联系到他身上。

“我猜这些日子你不太宽裕。”他边说边靠近，并把一叠面值一千的比塞塔钞票放在了书桌上。

拉莫内达核查了数目，伸出舌头在开裂的嘴唇上舔了一圈儿。

“你想要什么……”

“你认识莫德洛监狱的什么人吗？”

拉莫内达根本不用费力思考。

“没有一个人可以让我绝对相信。但是，我认识那儿的人。”

普布里奥切入正题。

“我想让你找个可以解决掉塞萨尔·阿尔卡拉的人。钱不是问题……但是我想尽快解决。”

拉莫内达看上去有些失望，他期盼的是一些更加刺激的事。毕竟，他和那个督察是老朋友了。

“您不认为捎给他一个劲爆一点的消息会更好吗？将其灌输进他的头脑中。您知道，几年前我们的做法……我经常纳闷他的女儿发生了什么。您那个训练有素的恶魔还绑架着她吗？”

普布里奥咬紧牙齿，由于他在国会会议期间抽了不少雪茄烟，它的牙齿有些黄。

“拥有这么久远的记忆可不好，拉莫内达。试图咬住来喂食你的那只手，这对你来说可不是个聪明的做法。”

拉莫内达挠着他的大腿内侧，斜瞟了普布里奥一眼。

“您吓唬不了我，国会议员。”

普布里奥用他的食指拂过一个覆盖着尘土的表面。

“如果明天我派人来挖出你的双眼割断你的舌头，那么也许会吓到你。”他镇定地说道，似乎他正在提及某些微不足道的事。

拉莫内达把钱收了起来。

“我只是开玩笑，国会议员。您知道您总能指望上我……只要像这样的信封源源不断地到来就行。”

普布里奥笑了。不久之后的某天，他就会摆脱掉像拉莫内达这样的老鼠，但是目前他对他是有用的。

“还有一些事情，是有关玛利亚·本戈切亚的。我想你还记得她。”

拉莫内达在椅子上坐定。这变得有意思起来。

“我听着呢，国会议员。”

圣诞前夜是拉莫内达很久以来过得最好的一天。购置完新衣服并在一间体面的餐厅就餐后，他购买了一个市郊妓女的陪伴。她不像来自港口附近的那些灰头土脸的妓女。这个人闻着干净，她的内衣是蕾丝的，她笑起来露出非常整齐的牙齿。

他花钱订了一个舒适的房间，房里有一个圆形的浴缸和一张大床。他花了好一会儿工夫才达到性高潮，即使在做爱的时候，他也没有剧烈地震颤。但是他已感到满意。

当结束时他深深地呼吸着。在一些新的徒劳的尝试之后，筋疲力尽的他从那个女孩儿的身体上分离开，他面朝上躺在床上，与此同时从拉着的窗帘透射进来的逐渐增强的光亮显示出他的脸庞。他的心脏在他的肋骨之下疯狂地跳动着，他的胸脯几乎不受控制地起伏伸缩，汗滴流向他腋下凌乱茂密的腋毛周边，那个妓女正用假装的爱意抚摸着他的腋毛。

“我得走了。”拉莫内达烦躁地说道。

年轻女人在床单上翻滚着。情人旅馆的床铺在做爱之后闻起来有种特殊的味道。一个租用的味道，令人不快的冷漠的味道。女孩儿像猫一样伸展，将她自己包裹在那个味道中，拉莫内达不快地观察着她。有时，非常罕见地，他想念一张真正的床，以及一个真正跟他同床共枕的女人，而不是他花钱购买的奢侈。

他赤裸着坐在椅子上，扯下一根香烟的滤嘴扔到地上，缓慢地抽起了烟。

世界对他来说是那么神秘，比他所想象的要辽阔许多。确信高高在上他就能够辨清自己的命运，在到达下一座小山以及紧随其后的地平线时他已经用尽了微薄的精力。尽管他大步流星，尽管他透支身体直到双脚流血，但却总会出现一个新的障碍。他的生活持续下行，悲惨地泄露着那些永远不能让他从贫困中脱身的隐蔽交易。他厌倦了东奔西跑以及藏匿于连老鼠都不想住的地方，回避与人接触，他几乎无法生存。随着时间的推移，那条道路和那些污物已经把他变成了一只流浪狗，那些皮包骨的、积满污垢的暂居的动物；它们高举着尾巴，弓着后背，露着牙齿，不时穿过一个小镇。

有时他试着回想塞萨尔·阿尔卡拉和被锁在地下室的那几周。他挣扎着再次经历那个督察的毒打、金属丝在他睾丸上的刺痛、对他头部的踢踹、在冰水桶里的浸蘸。他清楚地看见面前那个督察的颤抖脸庞，其流着汗，边打边吐口水，以及，随着时间的流逝，阿尔卡拉的情绪怎样朝着越来越明显的疲软波动着，最终变成了哀求。

拉莫内达对于能够用自己的沉默摧毁那个督察的意志而感到骄傲。那天他看见他哭泣，乞求他透露出他们把他女儿藏在哪里，他就像地球上最有权力的人，他知道那个督察是个懦夫，一个绝望的普通父亲。一时的痛苦转变成了一场持久的胜利。

从那时起，拉莫内达发现了自己内心中的一些新的东西，一个其他人不知道怎样欣赏的特质，就像他妻子和那个在他的床上和她性交的护士，当时他们认为他并没有听到他们愉悦的呻吟。之前那个他不可能忍受那种羞辱，但是新的拉莫内达知道怎样日复一日等待他的时刻，积聚他的理智。每次那个该死的护士大笑着把精液射到他脸上，大喊着“这是从你妻子那儿得来的”，拉莫内达总是一眼不眨，他让那些精液流淌到他貌似沉睡的脸庞上。他等待他的时机，当它到来时，他愉快地发现，他就是为此而生的——不拘小节地、不声不响地杀人。

杀死普拉和那个护士并不是一种复仇行为，取得他们性命之前在他们身上发泄愤怒并不是一种淤积愤怒的行为，而是进一步确认他的双手并没有动摇。他们极为痛苦的尖叫并没有打败他，他们的哀求并没有让他变得柔和，他欢喜地发现杀人对他来说并不是个问题。对他来说最重要的是直视他的被害人的双眼，在它们永远闭上之前。他知道其他自诩为真正专业人士的人，他嘲笑那些远距离射击的杀手，那些行刑者的目光不与被害者的目光相遇。他不是那样的一个杀手，他喜欢给被害者一次仰头看的机会，在其生命被结束掉之前弄清楚那个恶魔的面孔。

他站起来走到挂着衣服的椅子处。他的手枪枪柄从他的西装外套下探出。他镇定地穿好衣服，把他的东西收集进一个小旅行袋，把他的枪插进裤子的屁兜。离开之前他用厌倦的目光扫视了房间，最后落在那个妓女臀部的脂肪团上。

他感到一身轻。一个几乎神秘的情绪，允许他享受着他正在做的事情。在他新买的丝绸衬衫的下面，他的心脏剧烈地跳动着。他不再只是个线人，也不再只是个学徒。现在他是一个真正的职业人，他索要着他价值的报酬。他可以进入一间裁缝铺，拥有一套定制的西装，在一个环境舒适的餐厅吃饭，支付与一个昂贵的妓女共度整晚的费用。他还需要什么？皮鞋夹痛了他不习惯被禁锢的脚趾，与之配套的那副手套并不舒服……但是当他在橱窗前停留时，他看到的，橱窗反射给他的，是一个胜者。

在沿着路继续前行之前，他蓄意地叹了一口气。他与玛利亚即将到来的会面给了他一种奇怪的、烦乱不宁的感觉，几乎是喜悦。

他停在一个在路边乞讨的无家可归的人的前面。那个人的脸被老鼠咬了，双手裹在破布里。

“几小时前，我就像你一样。所以不要放弃希望，你的运气可以改变。”他朝那个乞丐的罐子俯过身去。他偷了里面寥寥无几的硬币，把它们装进了自己的口袋，并祝愿他圣诞节快乐，随后扬长而去。

教堂里挤满了人。就像中世纪的教堂一样，咖啡色大理石的地面上覆盖着著名人士的墓碑。有一座祭坛，那里有象征智慧与正义的小天使举着一本打开的用金子写成的《圣经》。

神父穿着熨烫得极为平整的套装，正在用他的一只手背轻抚着盖住祭坛的亚麻布。枝形大烛台矗立看守着金色的圣餐杯，成打的新鲜玫瑰装饰着那个仍然空荡的圣诞场景，它们微弱的甜蜜香气混合着烛蜡的气味以及神父那身陈旧无袖长袍的潮湿气味。

几排长椅之外，玛利亚用眼角的余光看着她的父亲。加布里埃尔把帽子拿在躁动的双手上，不舒服地系着领带、穿着西装外套。

教堂的管风琴开始演奏丧葬曲。当所有人朝着通向小礼拜堂的其中一扇侧门转身时，有一阵衣服窸窸窣窣的嘈杂声。在小礼拜堂内出现了一名年老的男性军人和一个抱着婴儿耶稣塑像的女人。

“看，婴儿来了。圣诞节最美丽的部分。”

玛利亚发觉很意外，他父亲仍然沉浸在圣诞前夜如此浪漫、永恒的纯洁氛围之中。她很想问为什么他们在那里，在半夜的弥撒仪式上，他们和那些挤满教堂的人有什么关系。但是她抑制住了她的好奇。她的父亲看上去着实被感动了，他的表情是一种虔诚。

有一阵赞美的低语。抱着圣婴耶稣的那个女人穿着非常得体的丧服，一件素净的黑色礼服。她的脚步在大理石石板上回响，像一首安魂弥撒曲。她没有化妆，没有戴珠宝首饰，她皮肤的僵硬苍白把她转变成一个行走的尸衣。她朝着祭坛庄严地行进。她看起来像一个安详的中年的圣母马利亚。

在她后面的主过道上走过来一个傲慢得离谱的年老的男性军人，穿着军礼服，下巴收紧，昂首挺立。他用那凶猛的、发黄的眼睛从过道的一边看到另一边，就像一只谨慎的狗，随时准备跳跃和撕咬。尽管身着华服，他还是无法掩盖他的衰老。你几乎为他感到遗憾。他的军刀刀鞘被一路沿地板石拖行着。他那些荣耀的、已腐烂的祖先们就沉睡在大理石下，金属敲击大理石地面的铿锵声就像他对祖先哀求的呼唤，让他们过来拯救他。

当到时间领圣餐时，那些出席者起立在神父面前站成一排。神父双手举着圣饼，他亲自在圣餐杯的葡萄酒中蘸了一下，将其放在领圣餐者的舌头上。

玛利亚没有站起来。从小到大他们从未笃信宗教，至少不是在传统意义上。当然，有一种特定的笃信。在她父亲的藏书室中有一部阿西尼的圣·弗朗西斯的传记，她还是小女孩儿的时候对其很感兴趣，特别是它的动物版画和那些以“狼兄……”开头的可爱话语。但是再无更多了。上帝在他们的生命中其实不具有任何位置，把面包和红酒变成耶稣身体和血液的所有那些基督教象征也不具有任何位置。

虽然如此，令玛利亚吃惊的是，她的父亲靠在他的拐棍上费力地站了起来。

“我想去领圣餐。”

他们几乎到达了那个诞生场景。在其旁边，神父递出小的、几乎是透明的圣饼。

“耶稣的身体和血液……”

“阿门。”

在玛利亚的帮助下，加布里埃尔亲吻了圣婴耶稣石膏脚的脚尖。那个塑像是丑陋的、蜡黄的、肥胖的。他们给它梳了头发，穿了一件优雅的、白色的、绣着蓝花的衬衫式睡衣。在他交叉的双手中有人放了一枝没有刺的玫瑰花。

当她走回到座位时，玛利亚的目光停在了后面的一个圆形石柱的旁边。一个男人有几分挑衅地靠在圣水盆边，露出一个她觉得吓人的、有一丝讽刺色彩的笑容。她认出了他，他就是几周前她在街上见过的那个无家可归的人，那个人尾随她和玛丽娜穿过了拉瓦尔区的街道，尽管现在他身穿一件昂贵的西装。之前的那几周她告诉自己她正处于妄想症阶段，但是现在她确定又是他，而且他正直直地看着她。

在仪式临近尾声的时候，那个年老的男性军人——玛利亚知道他是个退役的国民警卫队中尉——走上了讲道坛，去追忆那年军队中死于激烈恐怖袭击的那些人，他用充满正义的简单话语谈及他们。待那令人窒息的仪式氛围退场，人们释然地呼吸着，从因冗长、单调的布道而加剧的悲伤气氛中释放了出来。教徒们逐渐地、稀稀拉拉地分成了小团体，聊着天，缓解着几分钟前的紧张情绪。

一些人走过来询问加布里埃尔的健康情况，带着自我谴责的、阿谀奉承的、愚蠢的笑容。玛利亚静默地接收着他们不得不说的那些陈词滥调，双方都沉浸在那个荒诞和荒诞之外的氛围里。

然后她再次看见了那个男人。他靠在一边，玩世不恭地观察着她。然后他若无其事地朝着附近回廊的其中一间陈列室走去，假装对沿途美丽的古典雕塑群颇感兴趣。

玛利亚把她父亲留在一些邻近的人之中，跟在了那个陌生人后面。

那个男人放慢了脚步，直到确定玛利亚正跟在后面时他才完全停下来。远不是窥探的目光，他露出了他的真实面孔。他的嘴变得僵硬起来，几乎是患关节炎一般的；他瞳孔的深渊变得混浊不清，就像新近形成的脚踩过的水坑底部。

玛利亚小心翼翼地靠近他。

"我认识你吗？"

那个男人转向她，热切地审视着她。他眯起凝视的目光，观察着天井，祈祷者们正在其中聊天。他打开一包烟，拿出一根放在嘴里。

"看来你没有什么记忆，律师女士。我是拉莫内达。"

玛利亚下意识地目瞪口呆地退后了几步。她几乎记不得他。她只在医院中见过他几次，那时他还处于昏迷之中，他的脸彻底被毁容。但是仔细看眼前这个男人不难发现，那些伤口留下的疤痕现在正隐藏在其茂密的红色络腮胡下面。

"别害怕，我不会对你做任何事。"他一边说一边用靴子踩灭了他刚才抽的香烟。

玛利亚紧张地抚摸着她的头发。拉莫内达意识到她正看向教堂的石天井。加布里埃尔正坐在一些花坛旁边，双手插在口袋中，一副茫然无措的表情。

“噢，很长时间没见了，拉莫内达。”

拉莫内达轻蔑地上下打量着她。

“见到我你好像不太高兴。我不会责怪你的。我想你已经听说了我对我妻子和那个跟她私通的家伙所做的事情。”

玛利亚觉得，拉莫内达带着厌恶几乎是愤怒啐出的那些话正在啃咬她。她头也不回地朝教堂的入口走去。她的身体带着一种不祥的预兆颤抖着。她依稀招了招手飞快地跑开了。

她几乎已经够到了她父亲，就在那时拉莫内达从后面抓住了她，按住她的一只肩膀。感受到那只手的重量，玛利亚以为她的心脏马上就要爆炸了。

“我只想和你稍微聊聊，玛利亚。”

玛利亚没有立即转身，她假装没听到她的名字。但是他用更具攻击性的气力重复了一遍，似乎正在从后面袭击她。最终，她愤怒地转过身。

“你想从我这里得到什么？”

拉莫内达的眼神聚焦于远处的一个点上。他看上去正在思考一些极为严肃的事情。

“他们告诉我说，你和你的丈夫分开了。现在你和一个漂亮女孩儿姘居在一起……玛丽娜，我想她是这样称呼的，对吗？注视着桑特费柳市镇你们房子旁边沙滩上的她，是个浪漫的画面。她擅长垂钓。但是在每年的这个时候，沙滩是个空寂无人的地方。如果她有个意外，没有人会注意，直到为时已晚。”拉莫内达的目光扭曲了。他现在正看着加布里埃尔，“同样的事情也会发生在你父亲身上。在那个小镇上，且没有护士照顾他，他们可以抢劫他或者谁知道什么情况。那样的话真是个耻辱。幸运的是，你是个聪明女人，你知道怎样保护你爱的人。”

玛利亚不能相信她所听到的。

“这是干什么？你在威胁我吗？”

拉莫内达恶狠狠地笑了笑。事实上只是他的双眼，他的嘴巴几乎绷不紧。

“我只是警告你。我知道他们正在为那个督察的女儿玛尔塔·阿尔卡拉失踪的事情寻找我。我要跟你说同样的话，我那时跟阿尔卡拉也是这么说的：我什么都不知道。他们买通我散布一些消息，我做了，得到了报酬，结束了。告诉你的前夫和老莱卡森斯，不要再像狗一样引诱我了。你知道当狗被逼到角落时会发生什么：它会转过身，撕咬任何在它接触范围内的人。如果你想要一些忠告，请记住：忘掉那个督察及与他有关的一切。我不希望有事情发生在你或者你在乎的人身上……圣诞快乐，玛利亚。”他系上了外套的扣子，迈着缓慢有力的步伐朝出口走去。

第十三章

巴塞罗那，一九八〇年十二月二十七日

玛利亚进入餐厅。女侍者已经铺好了桌布。天还早，还没有顾客。可以听到有线广播传送的钢琴曲。

一名侍者走过来。他是关切的、甜言蜜语的，且非常帅气。他是一个成熟的花花公子，坚信他灰白胡须和修剪有型的原色头发的影响力。他的风格是矫揉造作的，他的古龙水使玛利亚反胃。

"你一个人就餐吗？"侍者的目光公然扫视着玛利亚的乳头。

"不，我想要个双人桌。"她回答道，系上了她衬衫最上方的扣子。

侍者涨红了脸，他清了清嗓子，引导她去到了后面的一张餐桌，递给她一份菜单。那是一份昂贵的菜单，印在厚厚的、粗糙的纸上。洛伦索想给她留下深刻印象。

等候时，她要了一瓶白葡萄酒。当侍者转身离开，她打开小提包，咽下两片萘普生药片。她的头痛越来越致命，越来越突然，已经变得没完没了。她态度不够坚定地告诉自己，她应该去看医生。

"假期之后。"她大声说道，好像试图使自己确信。她点了一根烟，给自己倒了另一杯白葡萄酒，回顾着过去几天发生的事情。

她很害怕。关于她遇到拉莫内达的事情，她还没有告诉任何人，除了洛伦索。她不想让玛丽娜担心。她们之间相处得不太好，她最不需要的就是她们之间再产生任何更多问题。但是她几乎睡不着。她不停地抽烟，紧张，无法集中精力于任何事情，除了拉莫内达的形象，他的冷酷笑容和他的凶残目光。他怎么找到她的？那不重要，事实是他已经找到了。现在他知道她住在哪里，她无时无刻不感觉到他的眼睛在暗中监视着她的一举一动，以及玛丽娜和她父亲的举动。这种压力即将让她的脑袋爆炸。

没过不久，洛伦索出现了，穿了一身深色套装，突出了他的身材。

他在门框处站了一会儿，手里握着门把手注视着玛利亚，好像他不确定是该进去还是离开。突然他笑了，露出一种开怀的、富有魅力的笑容，一种能够维系实用友谊的笑容。在玛利亚起身之前，他站到了她跟前。

“你看上去非常漂亮。”他用一种不高不低的音调说道。他的眼睛直率地搜寻着玛利亚的目光。

玛利亚想，尽管他表面上显得亲近，但他们之间仍是疏远的。尽管如此，在某种意义上洛伦索仍是有吸引力的、优雅的。她以一种孩子气的姿态镇定下来，她高高的马尾辫带着一种妖娆，其来自她控制之外的某些地方，好像她想去证明什么。是她仍然年轻吗？是她现在比二十五岁时更具吸引力吗？

“你告诉我说你不知道有关拉莫内达的任何事情。他怎么会出现在我父亲家呢？那个男人威胁了我的生命。”她说道，带有一些对自己的愤怒，因为把自己拖入了那场冒险。

洛伦索把他的目光转向一片想象出来的尘埃，他用一只手把它们扇走。他正在拖延时间。

他的不情愿态度让玛利亚处于警备状态。

“你不惊讶吗？”

“不，算不上。我知道拉莫内达几周来一直跟着你。”

玛利亚愤怒地涨红了脸，她不得不咬紧嘴唇克制自己不破口大骂。

“你究竟在说什么？”

“镇静下来，玛利亚，让我给你解释。我们已经在监视那个浑蛋了，但是我们还不想逮捕他。拉莫内达是唯一一个可以让我们找到塞萨尔·阿尔卡拉女儿的人，由此，才能抓到普布里奥。我们跟着他，等着他犯错误，这样我们就能控告那个国会议员。到那时，我们就可以一箭双雕。”

玛利亚感觉像一个活体诱饵，她就是一只被拴在树上用来吸引狼群的绵羊。

洛伦索努力使她镇静下来。

“我们有个计划，而你是那块基石。等我们吃饭时我再慢慢地解释给你。”

玛利亚站起来，她一句也不想多听了。

“你利用了我，你把玛丽娜和我父亲还有我都置于了危险之中。忘了我吧，洛伦索。我的意思是，我不想知道有关于此的任何更多的事情了。”

她已经穿上了外套，此时洛伦索抓住了她的一只手。

“你不明白，玛利亚。你不能在这个故事里进进出出就好像它只是个游戏。如果你决定离开，我们将不能保护你免于拉莫内达的袭击。现在他已经找到了你，他不会放过你的。你不知道他，那个人是个变态。”

“忘了我吧，洛伦索。每次你进入我的生活，都会把事情搞砸。”

她出了餐厅，走到街上，无视洛伦索的呼喊，拦住了一辆出租车。

当她回到家天已经开始黑了，黄昏强烈的光束在建筑物的正面描画上了玫瑰色的纹章。

她紧张快速地吸了一口烟，将车窗降下几厘米，把烟扔了出去。出租车司机透过后视镜责备地看了她一眼。她耸了耸肩。广播里她听到加泰罗尼亚自治区主席普约尔正在发表一个激情澎湃的有关地区身份问题的演讲。玛利亚闭上了眼睛，因为她无法闭上她的耳朵，她不想让她的头脑中充满了谈论国家和国旗的荒谬声音。她只想洗个热水澡。

她看到玛丽娜拿着根针，正在修补散落在海滩上的一张渔网。她的裙摆聚集在一起，她的大腿上满是沙子。她似乎一直待在她面前的世界中。在她的旁边，一个褪色的小桶中有两条灰色脊背的鱼，它们的嘴一张一合正在死去。

玛利亚坐到她旁边的沙子上。她将自己的面颊悄悄靠近玛丽娜的头发，在她脖子上给了她一个不冷不热的吻。

玛丽娜奇怪地看着她。最近，玛利亚一直不是很亲昵。

“是有什么事儿吗？你今天起得很早。”她说道。

“我睡不着……但是至少又有一晚我摆脱了噩梦。”玛利亚带着一个疲惫的笑容说道。

“我不知道你做噩梦。”

“不是每个人都做吗？”

玛丽娜想让她再多说一些，但是玛利亚做了一个含糊不清的动作，好像她已经说了许多不该说的。

“你非得去见在巴塞罗那的那个客户吗？”玛丽娜问她。

“一个枯燥的会谈。”玛利亚撒谎道。那些琐细的、毫无意义的谎言已经是她们日常生活中的一部分，她们已然都习惯了。

她走过去坐在了那艘搁浅船只的船尾，缩在她宽松的束腰外衣里面，看着她的双手，好像她刚在上面发现了一些恶性的、畸形的东西。

“你知道航海员们说什么吗？我们扔进大海的任何东西都会随潮汐返回给我们，或早或晚。”

玛丽娜慢慢地听着，似乎并没有领会她刚才说的话。她镇定地折叠起一个工具，将其放到水桶中，然后她抬起头，用费解的目光钻研着玛利亚。

“为什么你现在提起那个？”

玛利亚仔细审视着她的伴侣。她就在那里，在她的话语传播范围内，在她的手指尖处，但是有时她感到像没有星星的夜空一样空虚。她已得出结论：她和洛伦索的数年婚姻已经榨干了她，让她无法再全心全意地投入到某个人身上。当然她爱玛丽娜，但是她是以一种虚伪的方式爱她的，小心谨慎地，没有付出全部。

“没有原因。”她说着转换了话题，“南下去巴塞罗那使我处在糟糕的情绪里，我猜那是我反常的原因。”

玛丽娜沉默着。一个潜伏的沉默突然爆发。她是严肃的、忧思的，明显的局促不安。

“一定是这样……或许你的情绪变得乖张是因为你刚刚背着我见了洛伦索。你不认为我应该知道吗？”

玛利亚带有几分惊奇地看着她，然后把目光转向了空寂无人的海岸。

“无论如何你最终还是弄清楚了。那有什么关系呢？”

在冗长的几秒之中玛丽娜从玛利亚大理石般的目光中搜寻着一些破绽。但是玛利亚眼都没眨，她的露齿而笑是冰冷和高深莫测的。

“那就是你如此疏远的原因吗？你几乎睡不着觉，你很早起床，你总是在你那些沉默之中隐藏一些事情。我不知道你发生什么了，玛利亚。我不知道你在逃避什么……但是有一天你将不得不停止逃避。你不告诉我，这杀不了我。”

“告诉你什么？”

“告诉我你想和那个白痴在一块儿……”

“不要夸大事实，好吗？没什么大不了的。我不想让你不安，那就是为什么我没有提它。”

“那就是问题，玛利亚。我有种感觉，最近我们之间没有任何事是大事。”

玛利亚开始变得恼火起来，她大声叹着气。

“我什么事都没有，我只是需要一点时间理清事情的头绪。我现在最不需要的就是你去上演一出荒谬、忌妒的戏……你不知道发生了什么，你根本不懂。”

玛丽娜什么都没说，但是她的心脏因激烈的情绪而猛烈地跳动着，她犀利的目光刺穿了玛利亚的皮肤。

“好吧，请赐教。”

玛利亚因她的伴侣所怀疑的内容而感到受伤。她屈膝跪下，抓起一把细沙，让其从她的手指缝滤下。玛丽娜当前的妒忌之心对她来说是多么荒谬。然而，她应该理解她会胡思乱想一些那样的事情。她也会那么做的。

毕竟，她在跟她撒谎。也许并不是她怀疑的那个样子，但是一个谎言只会导致另一个更大的谎言，去掩盖前一个。也许最好的方式是让玛丽娜相信那个捏造的谎言，让她暂时离开到一个安全的地方。

“也许我在重新考虑一些事情。”她闪烁其词地回复。

玛丽娜仔细观察着玛利亚。她足够了解她以至于知道她并没有说出她在思考的一切。

“什么事？”

玛利亚张开她的双手，无可奈何地拍了拍她的大腿。

“也许我在质疑一切；也许我在问自己你怎么能指控我想回到那个凌辱我多年的男人身边呢。我们之间拥有的是怎样一种信任？或许你是对的：最近我们争吵得太多了，我们无缘无故地生气……也许我们休息一下会好一些。各自独处一阵子。”她低下头，费力地咽了一下，总结道，“我想一个人待一段时间。”

第二天早上，在监狱，塞萨尔·阿尔卡拉可以辨认出玛利亚前一晚没有休息好。律师的面庞清晰地显示出她缺乏睡眠，她的眼睛由于哭泣而肿胀。督察伸开他的双手以便看守可以摘下他的手铐，他坐在桌子的另一边，面对着她。他等着玛利亚把视线从挂在墙上的那个枯燥无味的画作上移开。

“睡得不好？”

“事实上是人生过得不好。”玛利亚讽刺地说道。

塞萨尔·阿尔卡拉没有显露出任何领会那个笑话的痕迹。他在她面前保持端坐的姿势，双手放在桌子上。每过一会儿他会按摩他的双手手腕，那里被手铐留下了一道印记。

“为什么不告诉我发生了什么？”

玛利亚把一切都告诉了他。那些话从她口中潺潺流出，似乎她一直在等待一个倾诉的机会。当她说完，她气喘吁吁，失声大哭。塞萨尔·阿尔卡拉一直听着，好像是在教堂的告解室。他让玛利亚镇静下来。

“又是拉莫内达。他就像只不祥的鸟，当他出现，就会有一些坏事随之而来。”他说道，他的喉咙发干，“告诉我，玛利亚，你认为拉莫内达现在出现在你的生活中是个巧合吗，就在你一直探视我的这段时间？不是，这根本不是巧合。他知道有一半的警力正在四处寻找他，如果没有某个有权势的人支持他，那个线人是不会突然露面的。”

玛利亚将塞萨尔的话继续说全：“某人比如普布里奥。他们担心你会跟我诉说，担心你会告诉我你所知道的。”

塞萨尔点了点头。

“没错。尽管事实上我不会，由于我的女儿还在他们手上，我不会透露任何消息。”

多日来，律师一直想提出一个微妙的问题，现在看来是最好的时机。

“如果他们没有绑架玛尔塔该怎么办……怎么办……”

塞萨尔打断了她。

“为了不失去我的女儿，我失去了我的父亲。她还活着，我知道。跟你上司说，告诉他们没有人会比我更想一劳永逸地使那个恶棍普布里奥败落。但是如果他们想要我的帮助，首先他们得平安无事地把我女儿带到我跟前。”

“他们正致力于那个案子，塞萨尔。拉莫内达是那个可以带我们找到你女儿的人。他们正在利用我作为诱饵去引他出洞。我们的许多事都处在紧要关头……”

“那么我们最好不要把事情弄糟。”督察塞萨尔·阿尔卡拉冰冷地说道，结束了那段对话。

几小时后玛利亚回到了家。

玛丽娜已不在那里了。在她进到卧室、看见五斗橱上的字条之前，玛利亚就知道她已经离开了。玛丽娜的字迹很潦草，像医生的一样。

“我会离开一些天。我会让你知道在哪儿的。”

玛利亚倒在床上。

玛丽娜的衣橱是开着的，有一些衣架上面没有了衣服，鞋子那层也多了一些缺口。她的旅行袋也带走了，她梳妆台上的一些项链也带走了。

为什么她并不在乎？为什么她无法反应？她就像一个接缝处破损的袋子，她全身的力气都从那个裂缝处漏掉了，却无法做任何事情去阻止。她只是躺在那里，用前臂盖住眼睛，透过窗户听着波浪的低沉起伏声。但愿她可以在剩下的几天中什么都不再做，待在那里，石化般，闭着眼睛脑海一片空白地等待着。

就在那时，前门的内部通话系统嗡鸣，玛利亚从床上跳起来。在夜晚的那个时间只可能是玛丽娜，也许她改变了主意，她们曾经发生的其他争执最后总会复合。她跑去开门。她会告诉她关于洛伦索和阿尔卡拉的真相，她会告诉她有关拉莫内达的事情。那个真相。在那个交易里面，真相就像一束断裂的光芒对那些与负罪感、好奇感和责任感截然不同的感觉投射出了长长的影子。但是两人在一起她们会找到一个解决办法。是的，那就是她从最先开始就应该做的事情，讲出真相，像夫妻一样一起承担结果。

令她吃惊的是，门口空无一人。尔后她的赤脚踩在了什么东西上。在地上有一个熏烧着的烟头。远处她辨认出拉莫内达的背影，绝不会错，他正朝着海滩边激荡着海浪的岩石方向走去。

拉莫内达找了一个角落安置好自己，从那儿他可以一直监视这栋海滩边的漂亮房子。这是个不错的地方，但是他认为过于波澜不惊了。

“典型的富人藏身其中的泡沫。”他一边自言自语一边透过大门向里张望，看到了花园中的含羞草和一个看起来古色古香的小喷泉。

拉莫内达从未拥有过房子。在他小的时候他唯一的家是孤儿院、教养院和收容所。在那些地方，没有含羞草，也没有大理石雕刻的女人形态的通过壶一样的喷嘴向外喷水的喷泉。只有铁栏杆，阴郁潮湿、反复加热的食物和集体宿舍。

他听到汽车引擎声在靠近。是乘坐着一辆出租车的玛利亚到了。拉莫内达攥紧了他的拳头。他的整个身体感觉都挺立了起来，好像一股电流正在穿过。

“还没到时候。”他告诉自己。

他等着她走到屋里。一个接一个的，她穿过的那些房间灯光亮起，显露出她一闪而过的身影。拉莫内达听到她叫着玛丽娜。然后他看到她走进卧室，翻找着她女友的东西，倒在床上。她那种四面楚歌的精疲力竭的表情，很动人。接近她很容易。他所要做的仅仅是走到前门，摁响门铃。他那么做纯粹是为了愉悦。他想让她感受到他的存在。

他听到她急匆匆的脚步。想到当她打开门看到是他而不是她所期盼的玛丽娜，她露出的那张惊恐、沮丧的脸，他就感到欢喜。他强忍住待在门口的欲望。他不想违背普布里奥，不想丢掉一份好工作。他只想去吓吓她。

“不久，我们很快就能再见到彼此。”他扔掉了正在抽的烟头，转身朝海滩走去。

第十四章

科尔赛罗拉山脉（巴塞罗那），一九八一年一月初

陷在黑暗之中，玛尔塔听着大雨倾盆。整个房间内部都在漏雨，且像一个受惊的老妇人一样吱嘎作响。她蜷曲在角落，双腿收缩在里面。透过封住窗户的墙砖之间的小洞，她可以看到外边。这是她拥有的知晓黑夜白天的唯一方式。每过一会儿，她走过去，将眼睛贴在洞口以便看见院子的一小部分。她几乎看不清乔木的顶端。在入口处的高大无花果树的前面停靠着一辆黑色汽车。同一辆车时不时就会出现，由一个给她带来食物的老男人驾驶。一开始她试图通过向他大喊引起他的注意，但是那个男人离得太远听不到她的声音，或者令人更加沮丧的是，他纯粹是在忽略她的存在。

她用一只手拉起那个围绕在她脖子上的沉重锁链的链环，依附着墙壁，回到床垫边上。那些圆环的摩擦割得她 又疼又痒而她却无法自己抓挠。那些锁链让她像一只被拴住的狗一样在一个圆圈范围内移动。她能够达那个空间内除了门以外的每一处地方，门的外面封有铁栏杆。

她甚至没有想过逃跑。她很久以前就已经放弃了那个想法，在被锁在黑暗之中这么多年以后，她现在的精力集中在不让自己发疯上。

他们并没有给她留下多少东西：盛食物的碗，水，和以备不时之需的便壶，她的看守每天一次会来取走。那是唯一的开门机会，会进来一束光

亮，照亮房间，让她产生一种想法，自己的处境是多么悲惨不幸。看守顽固地拒绝回答她的问题，但是至少在数月的乞求之后，他已经同意了给她一小根蜡烛、一些火柴、一小片纸和一支铅笔。

只有写作能够使她保持神智清楚，但是她不得不节省着用蜡烛。靠在潮湿的墙面上，她点亮蜡烛几分钟，匆忙地在她拥有的小片纸上潦草地书写。被那个来自蜡烛火焰的微弱的、忽明忽暗的光圈庇护着，她用手扇着火苗让它旺起来。她写下蹦入她脑海的任何思想。她思考着在囚禁之前她的生活是什么样的，她回忆她的母亲，她坚持跟自己重复，她的父亲仍在外面寻找她。她知道他绝对不会放弃。她抱定那个想法以便让自己生存下去。然后她熄灭了蜡烛，在黑暗中看着那张纸待了很长时间，之后把它收起来放到她用来当枕头的那件卷起来的外套之中。

时间在黑暗之中推移，没有任何事情发生。玛尔塔的意志开始崩溃。她在一个角落中待了几个小时，目光盯在那个被封住的窗户的小洞上，她的脑海中一片空白。她想，也许他们即将对她做的正是在中世纪的时候他们对佛兰芒村落的女巫做的事情：他们砌墙把她们围堵进教堂的正面，只留下一个小的水平开口，通过它他们可以扔食物给她们；他们把她们封堵在那里直到她们死去，通常是在被囚禁多年之后。那就是她的看守计划对她做的吗?

但是一天晚上她封闭棺材一般的生活惯例被打破了。

门开了，门外的光亮在门口映衬出两个影子的轮廓。他们中的一个人对着另一个人的耳朵低语着什么，后者点了点头并让玛尔塔站起来。她之前从未见过他们，也没有听过他们的声音。这些人一定是新来的。

她照做了，把她的身体拖向一边。他们中的一个人仔细检查着她的衣服，翻转床垫，最后他发现了隐藏在她外套中的纸张。她试图从他手中夺走它们，但是那个男人猛烈地把她推到一边，带着一丝胜利的神情看着她。那两个男人消失了，同时也带走了蜡烛头和火柴。幸运的是，玛尔塔把铅笔藏在了她的内衣中，那两个男人没敢那么彻底地搜查她。

半小时之后他们回来了。他们粗暴地卸下她的锁链，一声不吭地把她推出那个房间。在她的短暂旅程中，玛尔塔只来得及注意到一些覆盖着蜘蛛网的画作、磨破的窗帘和堆放在角落的落满灰尘的家具。他们让她走进一个曾经用来晾香肠的房间。那是一个充满了吊钩和锁链的冰冷的地方，它们悬挂在天花板的横梁上。房间闻起来有股猪粪的气味。

坐在椅子上，一个身体烧伤的男人用几乎没有任何眼皮的眼睛看着她。他移动了一下并做了些动作，但是他似乎是一个死去的人。只有尸体才有她看到的从他棉布衣服下面探出的干燥皮肤上的那种绿色调。他手中拿着一张纸。他正在抽一根雪茄，其散发出了一种令人眩晕的气味。那个幽灵审视她时的大胆放肆，让玛尔塔作呕。她对那些疯狂的、毁灭性的表情太过了解了，她知道马上会发生什么。

“请坐。”当屋里只剩他们两人后那个男人说。玛尔塔没有照做，他给她推去一把椅子。“请。”他以一种不屈的礼貌坚持说道。

最终玛尔塔屈服了。她在他面前的椅子边缘坐下，坐在一边，把她的双手压在膝盖上。

那个男人用他没有指甲的手指拿着一张纸。

“这是什么意思？你的问题还不够多吗？”那是过去一些天她一直在上面写字的那张褶皱的纸。

玛尔塔咬着她的嘴唇忍住不让泪水溢出。她想哭，但是她不能在那个怪物面前垮掉。她把目光转向别处。灯光照射过来，她不得不眯起眼睛给它们时间以适应光亮。

“如果你想要纸和铅笔，你只要跟我要就行了。”那个男人说道。他打开了一个抽屉，把一张白纸和一支钢笔放在她面前，“这里有充足的光亮，那么开始写吧。”

玛尔塔看着那张白纸，似乎那是一个深渊。

“我该写什么？”她卑躬屈膝地问他，长年累月的毒打已经迫使她去适应那种卑微。

“首先写下你的全部罪孽，以及你家族的罪孽。”

玛尔塔的下唇开始颤抖。她已经经历过多少次这种要求了？

“为什么你要对我做这些？”她虚弱地呜咽着。

“写。”那个男人坚持道，用他变形的食指轻轻叩击着那张白纸。

玛尔塔看着那张纸。她慢慢抬起头与那个男人对视。她看到他的表情冷酷起来，眼中闪烁着邪恶。她已经来过他面前数百次了，但是她从未适应他恐怖变形的面容。他是一个巨大的绿色的创伤，他那被烧伤的身体几乎没有任何平滑的地方，他的皮肤、他的肉体、他的骨头神情紧张地聚在一起，一个叹息声就可以让它们瓦解。

“你享受这个，不是吗？”

那个男人身体前倾，从他没有嘴唇的口中飘出的那令人作呕的气味扑到了女孩儿的脸上。

“你的家族对我所做的事情是无从抚慰的，玛尔塔·阿尔卡拉，甚至连复仇都不能慰藉我，但是我可以把他们给我的伤痛原原本本地奉还给你。我知道你是一个什么样的女人。你认为你比我强，你把我当成一个野蛮人。”他拿起钢笔，递给她，“我明白我让你恶心厌恶。我理解，我确实那么做了。你是那种能振奋起任何男人的自尊的女人：漂亮，有教养，丰满性感……你知道你支配了男人，你以为你的双腿和你的双乳可以做任何事情，但是和我在一起你的魅力不会发挥任何作用。我唯一能看见的是一只羔羊，一只必须为其他人的罪孽赎罪的羔羊。相信我，我会榨干你，直到我把你身上的一切都压榨出来。我会留下你的空壳，玛尔塔，像我一样空。是的，我会享受那么做的。所以不要激怒我，因为没有人会来拯救你的。写上你谋杀家族的名字，写出他们的罪孽。”他的声音是冷若冰霜的，镇定的，威胁的，就像他冷酷的凝视一样。

玛尔塔抓住了那支钢笔。她的手指颤抖着。她抓着笔尖在空中停留了一瞬间。

“动笔写！”那个男人突然大喊道，用他的手掌击打着桌子。

玛尔塔畏缩着。她拿着钢笔，用一只颤抖的手写道：

我，玛尔塔·阿尔卡拉，马尔塞洛·阿尔卡拉的孙女声明：我的祖父是伊莎贝尔·莫拉的卑鄙谋杀者……

然后她的一只手停了下来。

“继续！”那个男人抓住她的脖子，他正掐着她让她窒息。

我的父亲，塞萨尔·阿尔卡拉，还有我自己，也对那个罪行负有罪责，因为我们都继承着那个不光彩的姓……

那个男人看起来很满意。他松开玛尔塔的脖子，将自己垂涎的嘴凑到她的耳边，怒斥的话语针一般尖锐地刺向她：

“每个人都认定你没有生还希望了，没有人知道你在这里，那意味着你是我的。我可以做我想对你做的一切，打你，折磨你，我可以命令我的手下强奸你……也许你将繁育另外一个堕落的可怜虫，给你的家族添丁。”

突然玛尔塔感觉到脖后的一记重击，她脸朝下跌倒在地板上。

就在那时地狱之门打开了。

猛击、呵斥和侮辱接踵而至。那只怪物强迫她一直蹲着。当她的双腿麻木，她的脚趾流血，她跌倒在地板上，他拽着她的头发强迫她重来。然后他摇晃她，把她从一只手甩到另一只手。他穿过她的衣服触摸她的乳房，把他的一只手插到她的胯裆部，把污秽物喷到她的脸上。那个男人正在说话，恐吓，他变换着节奏，变得友好宽容起来，随后再次变得有攻击性。但是他所说的大部分玛尔塔都没有听见。她看见他没有嘴唇的嘴移动着，但是只要它们一撞击空气那些话语就莫名消失了。她的思想在别处游荡着。

当他疲倦了那个黑暗的舞蹈时，那个男人脱掉了她的衣服。玛尔塔没有抵抗。她不过是只破布偶，任他摆布。

那个男人镇定地观察着她。他承认她是美丽的，尽管她遍体瘀伤，尽管她大腿内侧沾着干涸的粪便。他慢慢靠近她。他把玛尔塔的长发撩到后面，迫使她直视他的双眼。

“你还不了解你的处境吗？我将用一把勺子挖去你的双眼，我将烧掉你那对可爱的黑色乳头，我将在你身上每个可爱的洞上和你性交直到我厌倦……我仍然不会让你死。直到我做好决定才会。”

玛尔塔没有回答。她尽她所能地盖住她的耻骨部和胸部。她的双眼有一种茫然的神情，完全没有光亮和希望。

那不是那个男人想让她产生的神情。他希望在她瞳孔中有一种愚笨的颤抖，接受她可以想象出的一切恐惧。一个恐慌把她投入到空虚之中，那可以促使她说出他想听的话。他是有条不紊的、冷酷的，暴力是达到目的的一种手段，只有在他得到他想要的结果时他才会变得愉悦。

但是玛尔塔正在毁掉他的计划。她没有抗争，她没有希望，她没有乞求或者做出目中无人的举动。她就像一个空袋子，吸收了那些撞击，将它们转化成空气。那个男人知道迟早他得杀掉她，让她继续活着已经变得太过危险，但是他开始担忧即使那样也不能满足他，他不能接受那样巨大的一种挫败。当他下定决心坚持到底时没有人能够逃脱他的意志。没有人，无论是生是死。

他打开了门，对等在外边的人做了个手势。玛尔塔解脱地叹了一口气。也许一切都结束了，暂时的。

但是她错了。他们把她带到一个污秽的卫生间，马桶里漂浮着一大片瘟疫一样的粪便水。淋浴区的瓷砖在脱落，一个生锈的水龙头在滴水。在那个有豁口的浴缸里，蟑螂和苍蝇漂浮在污浊的水中。

"想洗个澡？你闻起来像死狗一样。"其中一人说道。另一个人大笑。玛尔塔退后几步，但是他们把她推搡了进去。

"他们说溺亡是一种缓慢恐怖的死法，在水里你的肺部拼命呼吸直到它们差不多爆炸。"其中一人一边说一边下流无耻地往那个阻塞的马桶里小便。

抓着玛尔塔的那个男人二话没说把她的头摁到了马桶的水中。一次，两次，三次。每次，正当玛尔塔感到她马上就要窒息时他们就会把她拉出来，好像他们已经计算好了她每次能够坚持多久。他们似乎很享受看她被粪便弄脏，看她怎样吐出胆汁以便能够呼吸，看她怎样一边咳嗽一边呕吐。

"够了，头儿不想让她死在我们手上。"其中一人说道，那时他们已经尽兴了。

"头发，我们得剃掉它。"另一个人抓着一把电动剃须刀说道。

玛尔塔恐惧地注视着那个男人拿着那个嗡鸣的机器靠近她。随即她开始悲痛欲绝地哭喊和乞求。

“求求你了……不要动我的头发……求求你了。”

那两个男人困窘不安地看着彼此。她已经忍受了各种羞辱没有屈服，没有乞求过一次……突然间她崩溃了，因为他们马上要剃掉她的头发？他们的惊讶转变成了嘲弄的大笑。

“我们想看看剃掉头发的你有多么漂亮。”拿着剃刀的那个人说道，不假思索地动了手。

当她还是个小女孩儿的时候，玛尔塔最愉快的事情之一是藏在她母亲的卧室里。她有一个巨大的衣橱，里面有可供挑选的漂亮的衣服、鞋子，以及精心摆放着的精致珠宝。精致——那就是最能定义她母亲的形容词。玛尔塔喜欢坐在她母亲的床脚，注视着她坐在梳妆台的镜子前面花时间梳理她又长又黑的头发。她有一头美丽的秀发，闪闪发光的头发优雅地垂落在她后背的中央。玛尔塔也有一头长长的丝绸般的秀发，那遗传自她母亲。从她还是个孩子的时候，她就用特别的泡泡浴精心地照料她的头发，她用一把钝的鬃毛长刷将头发梳薄，她修剪发尾。她的母亲为她的头发感到骄傲，她也是。有时她们一块儿洗澡，她们大笑着在头上打肥皂，然后为彼此梳头，柔声歌唱。她们就像两只猫互相舔舐梳理发毛，使得她们之间爱的纽带愈加强烈。玛尔塔的头发中埋藏着她母亲的爱抚，埋藏着那间卧室里化妆油的香气，埋藏着她们共度的那些夜晚。玛尔塔把她童年最好的时光藏在了她的长发中。

他们把那个也从她身上拿走了。她听着正在摧毁她浓密长发的电动剃须刀的声音，无声地哭泣着。她看着头发掉落到她的赤脚边，就像往昔如大雨般倾泻。

再次回到她房间的黑暗之中，她触摸着她剃光的头颅，感到从未有过的赤裸。她以胎儿的姿势躺在地板上，寒冷地哆嗦着。她咬着她的双手不让看守听到她哭泣，她保持那个姿势待了几个小时，她想到她爱的人，想到她之前生活的每一个琐碎细节。

她想起了她的父亲，想起了当他俩与她母亲一起坐在餐桌前时他总是给她的那些建议。“玛尔塔，别把你的胳膊肘放在餐桌上，别咕嘟咕嘟地喝汤，未经你母亲允许你不能离开餐桌。”她和她的母亲透过水罐看着彼此，串通一气地笑着。她的父亲太严厉了，但是他对家里正在发生的事情一无所知。

她想到她的家，想到最后一次见到他父亲的情景。他正在浴室刮胡子。在他的头顶上危险地悬着一台老旧的电热水器。你必须得在水管沉闷的汩汩声响起宣告热水用完之前，快速地淋浴。他精心地穿着衣服。那个最后的夜晚他穿上了他的灰色西服和配套的衬衫，当他出庭时会穿那身。然后他系上了领带，打了一个太粗而不时髦的结，但是他喜欢。他没有弄干湿发就开始梳理它们，他将黑色短发梳向一边，让卷曲的刘海垂落在他宽宽的额头上。他在耳后和手腕内侧喷了几滴古龙水。他深深地叹了口气，手掌拂过破裂的镜子表面，擦掉水汽，注视着他自己。

“你认为你的父亲看着体面吗？”他透过镜子中反射的分身问她。

“是的，爸爸，你看上去太棒了。”她说道，并吻了他的脸颊，她的双唇随着那个吻沾走了一点点古龙水。

那些不再温暖她的余烬是她之前生活所剩下的全部。她试图带着那些记忆轻轻摇晃自己入睡。她知道她的父亲绝不会停止寻找她，他会上天入地直到找到她。

她知道即使每个人都忘记了她，他也不会。永远不会。她拼命地抱定那个想法。

第十五章

梅里达，一九四二年一月

士兵从来没有见过那样一家理发店。它小而雅致，固定在墙壁上的玻璃架上堆满了古龙水、化妆品和乳霜。旋转的扶手椅是红色的，上面有一个用来洗头的靠头。

理发师是一个训练有素的行家。一个矮小、瘦削的男人，头发稀少，嘴唇上的胡子稀薄。他在巴黎学到的手艺，他总是自命不凡地说，在欧洲理发是一种真正的带有前奏曲的艺术。他工作时穿着一件白色外套，在其最上方的口袋中探出一把梳子和一把剪刀的把手。他严肃地、一丝不苟地勤奋工作着，忽略了手腕上的疼痛，以及飞落到他脸上的像尖鬃毛一样的头发。

"休假去探望你的女朋友？"

年轻士兵脸上带着某种悲伤的神情微笑着。他没有女朋友去探望，也没有家人去共度假期。他在梅里达甚至不认识任何人。他在几天之前被不明原因地调到那里。至少他们给了他周末去了解那座城市，那比一直监视一个废弃的采石场要有趣得多。

"你喜欢这个新造型吗？"理发师问他。剃须的声音是刺耳和吓人的，好像一架犁正在一片离绿色秸秆地非常近的干涸田地上犁地。精准收集刀片上的泡沫的动作是一种娴熟的催眠艺术，很少有人能够做到那个理发师那样。

士兵是喜欢在镜子前面对着自己的形象沉浸在自己的思想里的那种人。他心不在焉地审视着他的形象，好像有几秒钟他没有认出自己。他做了一个奇怪的鬼脸，然后满意地抚摸着他的下巴。

当走上街时，士兵笑了。理发和剃须放松了他的面部，建筑物前面悬挂的洗涤衣物间来来回回的轻柔微风让他感到舒适。他很高兴，但并不是像一个男孩儿或正在庆祝某事的某人一样。他的快乐是小心翼翼和从容不迫的，他镇定地显露着，仅仅在他行走时轻声歌唱。当他还是个男孩儿时，他们说他有一副好嗓音，还说对于那些巨星像拉克嘉·波利和肯奇塔·巴迪亚的作品，他可以给出非常好的版本。他哼唱着一支稍微流行一些的小曲——《穆斯莱拉》，它也许是在感伤一段逝去的爱：

那天你结婚，
两件事情同时发生，
首先是你的婚礼，
然后是我的葬礼。

头些天的那些恐惧逐渐蒸发掉了，因为他发现没有人针对采石场死去的那个女人向他询问任何问题。似乎并未发生过那件事。然而，表面上的风平浪静仍使他不安。他不能从头脑中摆脱掉那个情报官员，他在夜里惊醒，担心那个情报官员找到躺在折叠床上的他。但事实上，那个阴险的人物也已经莫名地突然消失了，只在他的梦境出现过。

在一个角落，一名穿着意大利军夹克的巡回音乐家弹着吉他，用他的母语唱了一首歌。歌曲节奏平稳，唤起人的回忆。他驻足聆听了片刻，之后继续朝河岸漫步。在沼泽般的河湾处停留着一些流浪者，他们是为逃避饥饿而流浪的人，绝大多数是放弃了耕地投奔城市的农民，他们是了无生气的汹涌人潮中的一部分，疲惫的、落满灰尘的他们正在破开垃圾袋寻找腐烂的食物。

在车站附近他穿过了一大片站立的人群。在挤满人、旅行袋和手提箱的汽车站，一些儿童逃脱他们的父母，后者的叫嚷混合着呼喊和其他叫喊制造出一种令人眩晕的刺耳嘈杂声。突然，士兵发现他自己被潮汐般的人流拖拽着缓慢移动。他仰头朝缓慢前移的那一大群人的起始端望去，人们穿过一个栅栏搭建的通道，最终停在一张桌子前面，两个国民警卫队员歧视地检查着人们的证件和行李。当轮到他时，他出示了他的军人证件。国民警卫队成员准确无误地戴着他们的三角帽子，其防护帽边和帽舌包裹在油布中。他们位于检查站的两边，穿着披肩，上面有某种奇怪的可移动的隆起，那只是他们的背囊。

他们不情愿地观察着那个士兵。其中一个人整个上嘴唇长满了有光泽的胡子，他的帽带在他的下巴下闪耀。当开口讲话时他释放出了浓厚的水汽。他仔细检查着证件，比较着证件上的照片和那个年轻男人的面孔。

“一切都正常吗？”士兵问道。

“不，并不。”那个官员回答，做了一个招呼他同事过来的手势，“就是他，”他指着士兵说道，“给他戴上手铐。”

在士兵还没明白过来发生了什么时，警卫们就将他猛然摔倒在地并铐上手铐，把他拖进了汽车站。他们把他推入一个小房间，摘下了他的手铐。

“脱掉你的衣服。”其中一人命令道。

士兵试图向他们解释，他只是在休假，他被派驻在梅里达的炮兵营房。但是那个面孔粗糙的密探摇摇头，撂出他那简明扼要的句子：

“没错。你就是他们受命抓捕的开小差出逃的佩德罗·莱卡森斯。他们马上就要砍掉你的睾丸，年轻人。”

士兵不能相信他的耳朵。那是一个巨大的误会。他们只需呼叫指挥部就能证明他所说的都是真的。

“我告诉你我刚被调到这里，我在休周末假。”

其中一个警卫给了他嘴部一个反手巴掌。他的抗议停止了，嘴唇上涌出了血滴。

“我叫你脱掉你的衣服。”他们猛推并朝他大嚷。他们摇晃着他，就像在摇一块没有骨头的肌肉。他让他们摇着，低着头颤抖着。他们再次搜查他，用使人恼怒的明察秋毫。他们搜查了他的内裤、他的裤子和他的鞋子。

他们一次又一次地询问他同样的事情，不听也不在乎他给出的答案。那是一种令人毛骨悚然的反复排练的舞蹈。在陌生人面前赤裸身体，被台灯的微弱光亮弄得头晕目眩。没有更凄惨的了。他羞怯地盖住他的生殖器，羞耻地移开视线。警卫们观察了他几分钟，他们之间商议着，他们重复着那些问题：你叫什么，你来自哪里，为什么你要开小差……莱卡森斯近乎作呕地否定了那些近乎荒谬的问题。

最终，似乎突然间他们厌倦了那个游戏，他们停止了问问题。他们把衣服扔给他，让他穿上。莱卡森斯以为他们终于要放他走了，但是他错了。他们让他坐在一把椅子上，他们没有提供任何解释而把他留在了那里。

几分钟后门再次打开，一个穿便装的男人进来了。新来的那个人从一个皱褶的烟盒中抽出了一支无滤嘴的理想牌香烟，将其点燃，然后他戴着一副坦诚的笑容看着莱卡森斯。

“我叫普布里奥，我是来帮助你的。”

“我什么都没做。他们说我是个逃兵，但那不是真的。我有来自我的指挥官的许可。”

普布里奥眯着他的双眼长长地吸了一口烟。

“我知道。你的指挥官欠我们一些人情，我让他给了你两天假期。”他抽出一份文件，把它展示给莱卡森斯，“这份许可证。”

“那么这一切都清楚了。”莱卡森斯带着渺茫的希望说道。

“这个许可证不值一文，佩德罗。它是伪造的。从法律的角度来说，你是两天前从兵营逃跑的。我已经对你做了调查，我知道你在埃布罗河战役攻打过我们。你这样的背景，想象一下会发生什么吧。”

佩德罗·莱卡森斯脸色变得苍白。他明白那个男人给他设了一个圈套，但是他不明白为什么。

普布里奥倚靠在墙上，双手插在口袋中，怜悯地看着莱卡森斯。在内心深处，他对眼前这个可怜的家伙感到过意不去。

“你是宗教徒吗？”

佩德罗·莱卡森斯不明白那个问题。他说是的，因为他以为那是他该说的话。

“那很好。我要送你去的地方，需要你有强烈的信念，尽管俄国人不太喜欢天主教。”

“俄国人？”士兵不可置信地询问道。

那个男人点点头。

“我将把你送到苏联前线，就这个星期，除非你为我做一些事。”

士兵信誓旦旦，他愿意做任何必要的事，只要不把他留在那里。

“那很好，成交。跟我走。”

“去哪儿？”

“去了你就知道了。”

在米拉格罗斯渡槽旁边，延伸出了一片草地，里面是粮田、葡萄园和橄榄树林。猪群和羊群阻塞了通往山丘的蜿蜒崎岖的缓慢爬坡路。从山丘的顶端可以看到一片可爱的城市景观。蓄水箱和污水管网络、浴场和温泉网络从布罗塞比那水库的湿地蔓延而出，流经整个梅里达地区。在北边，你可以辨认出圣欧拉利娅大教堂。在城市的边缘，瓜迪亚纳河像一条明亮的丝带延伸着，数座桥梁横跨其上。

在驱车前行时，普布里奥的目光一直牢牢凝视在从对岸延伸过来的橄榄树林上。他的脸庞消融进了河水的宁静河道。士兵用他眼角的余光看着他，但是他几乎不敢呼吸。他们沿着山腰继续上行，道路两边高高的柏树温顺地摇晃着它们的枝叶护送着他们。车子最终开上了一条砾石小路。不久，华丽的莫拉别墅映入眼帘。

房子是一个温床，工作人员就像一队低着头的蚂蚁，沉默、高效地工作着，他们收拾着家具、画作和书籍，将它们装载上卡车，盖好帆布。他们中的大多数是被判处苦役的犯人。许多人的唯一罪行是在战争爆发时站在了共和党那边。每天早上，拂晓时分，有人把他们从巴达霍斯监狱运到那里，太阳落山时他们又被接回监狱。他们穿着破烂的蓝色连体工装制服，袖子上缝着号码，帆布鞋上满是破洞。许多人脸上有愈合不良的疤痕，腿上和手臂上有瘀伤，还因慢性腹泻导致皮肤呈橘色。他们在一个肥胖的一直对着他们大声辱骂的狱监的监视之下干活儿。

普布里奥把车停在大门附近，并让莱卡森斯下车。他们走进别墅，朝着一棵有几分孤立的高大柠檬树走去。

坐在地上的是一个不再年轻的男人，但是依然不算老。他带着镣铐，脸被人打过。他被不远处的一些年轻的士兵监视着，他们抽着烟，坐在一些无花果树的树荫下，他们的霰弹枪靠在栅栏上。

“你认识这个男人吗？”普布里奥问莱卡森斯。

“我之前从未见过他。”士兵毫不犹豫地回答道。

“好好看看。”普布里奥坚持道。他带有倾向性地询问，那个男人难道不是他那天夜里在采石场站岗时看到的和一个女人在一块儿的男人吗？

士兵不需要再细看。不，那不是那个男人。他确定。但通过判断普布里奥的神情，他明白了他的未来取决于他说什么。他费力地吞咽了一下。

“我不能确定，”他结结巴巴地说道，“天很黑。”

普布里奥抓着他的肩膀胁迫地低语道，那不是真的。那天早晨天气晴朗，莱卡森斯毫无疑问地看到了那个男人和一个女人来到采石场。然后他听到两声枪声，看到那个男人尽可能快地跑进了车里。

“我要再问你一遍，最后一次，同样的问题：这个男人是杀害伊莎贝尔·莫拉的那个人吗？”

莱卡森斯把自己的目光沉入尘土飞扬的地面。

“是的，先生。”

“你会在法庭上证实那个吗？”

“是的，先生，我会的。”士兵用一个微弱得几乎听不见的声音说道。

然后那个他在生命中从未见过的男人抬起了他的头，被打得伤痕累累的他用一种不明白为什么自己会被毒打的狗一样的目光审视着他。

佩德罗·莱卡森斯永远都不会忘记那个沉默地控诉着他的眼神。但是他没有任何罪过，他告诉自己，他和那个可怜的手无寸铁的家伙一样是个受害者。他只是一个想回家的士兵。那个犯人含着愤怒得发红的目光与他对视。莱卡森斯感到几分解脱：愤怒总比羞辱要好。

“好的，你可以走了。”普布里奥明显满意地命令道。

四天后，普布里奥把马尔塞洛移交到了法庭。

马尔塞洛仔细审视着那个自称审判长的男人。体格上他看起来像那种人——其卑微地位只能通过工作上的一种特定的成功来弥补，是一个悲伤的周日下午的幽灵，很可能还收集邮票。他的外貌是令人不舒服的：两条缺乏肌肉张力的短腿支撑着太多的体重，一连串的下巴越来越像甲状腺肿大，一个毫无例外的光头，招风耳从他的脑袋上过度地分开，还有一个与如此宽大面颊不相称的小鼻子。

“坐在那把椅子上。”普布里奥命令道，之后退到了房间的后面。

法官几次四处踱步，心烦意乱地翻动着一些文件。在他的下颌处有一片红色发炎的区域。

“你还不了解情况，年轻人。验尸显示你凶狠地袭击了伊莎贝尔女士。拒绝供述对我而言不会让事情变得更简单。”

马尔塞洛闭上了他的双眼。同样的事情他们打算问他多少次?

“当他们逮捕我时，我已经说了我要说的一切。我没有杀害伊莎贝尔女士。我非常喜欢她，她是一个好人，我们相处很融洽。我不是一个疯子，也不是一个谋杀者。他们把我锁在这里，我不能跟任何人说话，说我没有做过那些事情。如果他们让我和吉列尔莫阁下讲话的话，他就会明白他们犯了个错误。”

“一个名叫佩德曼·莱卡森斯的目击者宣称他目睹你从莫拉夫人尸首被发现的地方离开。”

马尔塞洛把他的目光转向普布里奥。他想象得出目击者就是那个他在莫拉别墅见过的可怜的被吓坏了的士兵。

“那样的话那个目击者就是看到了一个鬼魂。我不在那里，那天或者任何其他时候都没去过那里。”

法官眯缝着眼睛看了马尔塞洛一眼，短暂却带着强烈的憎恶。

“为什么你要杀她？”

“我没有做过。”

“你撒谎。”法官嗤之以鼻，用一块手帕擦干他的嘴唇。他用眼角的余光看向普布里奥，后者正胳膊交叉抱在胸前，倚靠在墙壁上观察着这场审讯，一言未发。

“有一些不友好的方式可以得到你的口供。”法官转向那个老师，宣称道。

马尔塞洛明白，威胁在普布里奥出现的时候就成形了。

“我已经领教过那个了。我知道你的方式，还有你所理解的正义。屠夫的正义。”

普布里奥从后面不慌不忙地靠近马尔塞洛，他一声不吭地在他的脖后给了一记猛击。那个老师的颈椎像正在褶皱的纸张一样嘎吱作响，他跌倒在地。

法官用了一种更为安抚的腔调。

“看，你杀害了伊莎贝尔女士。我不知道你的动机，我无法设想会有人决定做如此穷凶极恶的事情，我们没有人可以进入你的脑袋弄明白发生了什么让你情绪失控。如果你解释给我，我们可以找到点儿什么去弱化那些事实，谁知道呢，也许我们可以请求给予一个终身监禁，而不是死刑。但是要想那样，你就必须得坦白你的罪行。”

马尔塞洛试图站立起来。整个房间都在旋转。普布里奥拉着他的手臂扶他站起来，并让他再次坐在椅子上。他的目光如此淡定安详和满不在乎，是令人恐惧的。

“我已经告诉你了，我什么都没做过。”马尔塞洛结巴地说道，揉着他的后脖颈。

法官的油腻脸庞愤怒得红了起来。他使劲咽了一口唾沫，猛击桌面。

“愚蠢。”他愤愤地说道。他坚定地看了一眼普布里奥，之后摔门离开了房间。“如果你想要的就是走那条艰难的路，那就遂你愿。请便吧。”

当只剩下普布里奥和马尔塞洛两人的时候，空气变得浓稠起来，房间变得小了起来。普布里奥脱掉他的夹克，小心谨慎地搭在一张空椅子的椅背上。他卷起了他的衬衫袖子，把背带放到他的前臂上以免弄脏它们。

“疼吗？”他问马尔塞洛，指着他的脖子。

马尔塞洛没有回答。

“我没想打你这么重，但是你不能对法官显示出不敬。他们喜欢确信他们是掌控者，其他人都遵从他们。”

马尔塞洛注视着地面，他意识到了他身上即将发生什么，并想知道他是否能够忍受住而不崩溃。但是几分钟平安无事地过去了，普布里奥只是看着他，甚至可以说他正在友善地看着他。在某一时刻他走过来点了一根烟。

“有谁真正了解这些贵族大亨呢？”他说道，耸了耸肩膀。他掂量了一会儿，使马尔塞洛充满了不确定。“你明白我在说什么吗？”

不，马尔塞洛不明白。

“我向你坦白一些事，我从来都不喜欢伊莎贝尔。”普布里奥说道。这次他的态度有所不同，他看上去随意许多。但是马尔塞洛并不信任他，他猜想现在他要邀请他喝咖啡或者吸烟去软化他。但是他没有那么做。普布里奥把他的前臂撑在椅背上，皱起了眉头。

“女人，尤其是习惯于掌控一切的漂亮女人，都是爱使几分性子的。她们感受到迫切的掌控需要。伊莎贝尔就是那些人当中的一个。我已见到过许多次她们怎样设圈套，太类似于卖淫了。你想要她们拥有的一些东西：一个表情，让她们去念出你的名字，让她们给你一把钥匙到达你正在搜寻的东西。但是无须努力而获得的回报不会激起她们猎手的本能。作为那个契约的交换，她们需要一些你身上的东西：你的身体，你的赞赏，你的归顺。我已经学会糊弄那些孩子般的欲望，给出和索取并没有真正交出任何东西。伊莎贝尔教了我这点。但是你进入了她的游戏，你让你自己被引诱随后看到一切只是卑鄙消遣，你发疯了，你在突发的精神错乱中杀死了她。那就是发生的一切，那就是你将要签署的口供。”

“我没有杀她。你知道我没有那么做。”

“你说得对，我知道，”普布里奥真诚地说道，“不过现实中，那是最无足轻重的。仅仅是个细节。”

“仅仅是个细节？”

“四天后他们将把吉列尔莫·莫拉调往巴塞罗那，这是他职业生涯中一次非常重要的升迁，他们甚至正在考虑提名他为部长。一个部长可不能允许有确凿的丑闻，也不能允许留下未了结的部分。而我正是那个妥善解决未了结部分的人，你明白吗？在这个部分被解决之前我们不会离开这个房间。”

“一个签署的供述没有担保的话，在法庭上是没有任何价值的。”

普布里奥笑了。确实，马尔塞洛的信念是令人动容的。

“你不明白。你已经被判刑了，通过一场审判或者无须审判。有人已经把你选作替罪羊，那是不可改变的。有一丁点儿运气的话，你也许可以逃脱绞刑索或绞刑架，在执行枪决的行刑队面前一切会很快结束。你甚至可以相信那个法官，想着他们会对你的生命宽宏大量。那是个肮脏的伎俩，我知道，但是那就是事情本来的面目。”

马尔塞洛开始干呕。他不可置信地看着普布里奥，好像他不能设想这种不公正。

“真相并不重要？”

普布里奥用一只鞋子踩灭了他的香烟。

“真相就是我刚才告诉你的。我不是个愤世嫉俗者，我是真诚的。由于我身处其中，我可以告诉你，我确信你确实爱上了伊莎贝尔。我们都以一种或另外一种方式爱上了她。最终，你的行为还是会导致她的死亡。我知道你是那个准备密谋行刺她丈夫的团伙中的一员，以及你计划帮助她带着安德雷斯逃去里斯本。如果她曾经叫你对着吉列尔莫扣动扳机，你也会亲自执行的。事实不是这样吗？最终，你还是有罪的。”

马尔塞洛憎恶地看着普布里奥。他有种感觉，他就像一只困在盒子里的老鼠，一只受惊的老鼠，被许多双带着科学兴趣的眼睛观察着。他从来不曾想象他悲伤、枯燥的人生会有这样一种结局。现在他们即将要为一些他不曾做过的事情杀掉他，而他唯一可以做的就是听天由命，或是反抗，那是一种徒劳、荒谬的姿态，他知道。辩护自己清白的最终结果只会给他带来更多的疼痛，更多的折磨。普布里奥刚才已经说过了：他已经被审判了。但是马尔塞洛在最终的反抗姿态中找到了一点点他一直想要的尊严，所以他没有供认。

在接下来的几天，问讯一个接着一个，没有停歇。普布里奥甚至专门从马德里请来个人物。该审讯者是个谨言慎行的家伙，看样子他有一个家庭，并且每周日去做弥撒。他到得很早，带着一个小的坚硬的皮手提箱，以一个羞怯的微笑问候每一个人，他的名字叫瓦利恩特。他抽一种非常细的法国香烟，其香气能在审讯室的空气中飘浮数小时。他镇定地工作，从不急躁。他的工作受到严格秩序的管束，他总是带着详细的指令尽可能快地获取想要的结果。

“这是一份枯燥的工作。从十五世纪到十七世纪天主教的异端裁判所伊始，酷刑就已经那么完善，以至于再也没有想象或即兴创作的空间了。”他哀叹道。

他一上来先在马尔塞洛面前打开了手提箱，在桌子上摊开一系列奇形怪状、阴险邪恶的烙铁和工具。他把它们从最次要的到最主要的按顺序摆好，与此同时他训诲地解释着它们的用途和使用方法，它们引发的后果和每一个工具可施加的疼痛程度。当结束了他的陈列，他卷起了袖子，用一种圣洁的表情转向被省事地绑在椅子上的他那焦灼不安的受难者，并询问他：“你有任何问题吗？没有？好吧，那让我们以实践课开始吧。”

瓦利恩特是个真正的行家。他看到血或者折磨不会经历任何病态的兴奋。他不是一个虐待狂。他能在他的受难者身上激起恐怖的万分痛苦，对他们的尖叫、哭喊和乞求充耳不闻，但是他从不过火。他从未让一个犯人在审讯期间死在他手上。经验已经训练出了他的手，他每时每刻都知道人类解剖学上最脆弱的点，不过最重要的是人类精神上最脆弱的点，并对其进行大大削弱。他没有被尖声叫喊或者昏厥愚弄，他确切地知道每个人能够经受住的煎熬程度。直到玻璃杯斟满水即将要溢出边缘时，他才会停下来，同时宽宏大量地施力，确保其永远不会溢出水来。

然而，一周后，瓦利恩特去见了普布里奥。他的面容是心烦意乱的，那些使他看起来如此没有杀伤力的和谐、安详气氛已然消失。普布里奥害怕马尔塞洛在签署口供之前就死掉。但是事实并不是那样。

“那个狗崽子不会屈服的，这是我第一次碰上这种事。”拷问者说道，他的话语中充满了憎恨，已然变成了个人的，因为那个弱不禁风的诗人让他的名声和能力陷入质疑。瓦利恩特正在危险地穿越接近可以允许的极限，正在输掉那场较量。马尔塞洛半死不活地躺在牢房中，但他一声未吭。带着困惑的无可奈何，瓦利恩特看着普布里奥，并说出他当前的想法：

“也许他讲的是真相，他归根结底是无辜的。”

普布里奥对于那个可能性无动于衷。

“他们不是花钱让你发现真相，只是从他嘴里得到口供。”

拷问者主动辞职了。他用酒精清洁了他的工具，擦拭掉了血迹以及内脏和头发的残留物。他提起了他的手提箱，带着一个恼怒的姿态道了别。

“那么，你最好杀掉他。他不会供认的。”

马尔塞洛感受不到他的身体，感受不到他的周遭，也感受不到他所在的房间。他清楚自己想张开嘴，但是身体里的某些东西偷走了他的话语，迫使他渐渐入睡。他对感受自己的悲伤与疼痛的真正渴望，对满眼绝望之深切根源的真正渴望，让他失去了自制力。睡觉，那是他想做的唯一的事。睡觉，再也不醒来。他的灵魂、他的幻影，离开了他的身体，带着一个容忍的微笑悬浮在他的床头附近。那个看护他尸体的幻影已变成某种生存希望的病毒，已侵入他的血液。有时他会发高烧，烧得如此严重以至于他会感到他的大脑在沸腾，血液在血管中像熔岩一样冒泡。在其他时刻，他就像一大块儿冰，像个冰川中的化石。

当他们来找他时，他感到自己被两只强有力的手臂提了起来。有人用一条毯子盖住了他。紧张，迫切的声音。他们把他拖了出来。他不能站立，瓦利恩特已经把他打得遍体鳞伤。他想象他们马上就要杀掉他。

寒冷的室外很干净，不同于牢房的恶心潮湿。一个奇怪的光明进入到了他紧闭双眼的黑暗之中，他试图睁开眼睛。他想在永远闭上它们之前将他的双眼填满。天空中的污迹，一座建筑。围墙中一扇大门的铁栏杆以及另一边，街上的，自由。

当他们走上绞刑架蒙上他的双眼时，他听到了普布里奥的声音。

“我不得不承认你是个勇敢的家伙，但是太晚了，他们马上就要吊死你了。”

马尔塞洛感到绞索在他的喉咙上拉紧。然后什么动作都没有。漫无止境的等候。杠杆突然折断的咔嚓声。活板门打开，在他掉落的时候他感到自己的心提到了嗓子眼。

没有行绞刑，取而代之的是他的双脚落到了一堆沙袋中。大笑，嘲弄。回到了牢房。

普布里奥任他轰然倒在肮脏的地板上，他观察着他，仿佛在观察一只被截肢的狗。

“我们得结束这个了，马尔塞洛，没有更多时间了。明天他们就将吊死你，这次是真的。我明白你所做的，你想证明你自己，相信我，我钦佩你。但是继续抵抗是没有意义的。现在你得想想你的儿子。塞萨尔是个好孩子，修女说他非常英勇，有个大好前程。但是与麻烦制造者及杀人者为伍，他能预期到的唯一未来就是从一个孤儿院到另一个孤儿院直到终结于囹圄，一个司空见惯的少年犯。你可以阻止其发生。如果你签字，你会得到我的承诺，我会照顾他，我会给他一个更好的未来。如果你不签，就让他听天由命吧。”

马尔塞洛双眼通红地看着普布里奥。

“你将告诉他真相？你将告诉他他的父亲不是谋杀者？”

普布里奥点了一根烟，把它放到马尔塞洛肿胀的双唇之间。

“不，我的朋友。那个我不能做，抱歉。”

马尔塞洛用颤抖的手指拿着香烟。他咳嗽并吐了血。

“那么去叫你的刽子手吧。我不会签的。”

马尔塞洛·阿尔卡拉第二天早晨并没有被处决。他不得不等待着，不知道处决将何时、如何发生，他的感觉衰退了，他的神经每当听到大门开启的声音就会失灵。普布里奥下令将他送往巴塞罗那，与其他犯人一道，乘坐一列军用火车。在那里他又再次经历了审讯及没完没了的拷打，但是他没有屈服。

最终，一天早晨，犯人马尔塞洛·阿尔卡拉的姐姐和儿子目睹了悬在绞索上的老师的残忍舞蹈。他们不得不听着警卫对他们亲人身体的嘲弄和羞辱。

塞萨尔·阿尔卡拉永远都不会忘记那个场景，也不会忘记倚靠在绞刑架的栏杆处叫作普布里奥的那个男人，吸着一根香烟，就像正在斗牛场消磨下午时光的某人一样，享受着那个惨状。

第十六章

莫拉家旧宅（梅里达），一九八一年一月

黎明满载着雾气出现了，好像在其灰色之中承载着被忘却地方的记忆。在遥远的劳工宿舍处，肮脏的狗无缘无故地吠叫着，光秃秃的树木掩藏着小路，一些盘旋乌鸦的聒噪声让人感到不安。普布里奥从阳台的栏杆处观望着那棵苍老的无花果树，四十年前他在旁边把“武士的悲伤”交给了安德雷斯，从那以后许多事情都改变了，但是无花果树仍然在那儿，缠绕着，脆弱着，害着病。但是它还活着。就像普布里奥他自己，它拒绝放弃这个世界。

一条铺设的小路穿越过养护良好的草皮，最后通向了一座圆形的石头喷泉，在其旁边坐落着一栋庄严的殖民地时期的建筑，上面有数十个覆盖着藤蔓的窗户，两处大理石台阶沿着建筑物的两侧通上门廊，一只有着闪亮深色皮毛的大型马士提夫獒犬在门廊处打着盹儿。当国会议员普布里奥出门晨走时，那只巨型犬几乎没有竖起它的耳朵。

他通常坐在酒吧外边的餐桌处。他朝向酒吧后面坐在阴影之中，从那里用一种谨小慎微、胆怯男人的视角观察着世界。他藏在圆边帽的后面躲避着世界，帽子的翻边低垂着盖住了他的右眼以及一个残忍、讽刺的微笑。在外套口袋里他总是装着一张褶皱的纸，上面有一些他从不敢讲出的思想。他把那些思想留在那里，困在纸上，每当灵感撞击他时，他坚持不懈地写下它们。

“一定是这种持续的糟糕天气带回了这些记忆。”他半闭着双眼以一种柔和的声音说道。

天正在下雨。透过横扫地平线的雨帘依稀可以辨认出公路上的路灯和山坡边缘的微小毛蕊花。简陋的房舍几乎下延到溪谷的边缘。六十多年前普布里奥曾沿着那些山坡下行远去，许诺再也不到那里。奔波一生之后，他想方设法才勉强远离了数十公里。

他的老街坊们，当他是个小男孩儿时曾经轻蔑地称他为羊倌儿的儿子的人，如今尊重地称呼他普布里奥阁下。对他们而言，普布里奥在他最失败的地方获得了成功。他是一名国会议员，多个国会委员会的主席，他的生意让每个人羡慕。他本可以任意选择他的乡间住宅，他们不能完全理解为什么他选择购买莫拉家旧宅。

面对着它，普布里奥对他的运气很是满意，但是他有时感受到一种负担，其来自那些令人精疲力竭的、意志消沉的、徒劳的工作，他充满了放弃的欲望。然后他会想知道如果他曾经做起了生意如在卡车上卖烤鸡或是一些其他东西，他会变成什么样。当然，那些想法是转瞬即逝的。但是最近他过于频繁地回想起它们了。

他用一只手拂了拂他的头。雨水从上面滑落，挂在他的眼眉、鼻尖上。连他自己都不明白为什么他会那么想。但是他知道这种情绪已经孵化了很长一段时间，自从那名律师玛利亚·本戈切亚再度进入督察阿尔卡拉的生活，这种情绪就加重了。眼下，普布里奥正思考着完成他生命中最后一项伟大事业。

上午过去一半的时候，雨停了。不久一群孩子出现了，使空中充满了形色各异的风筝，他们尝试着在晾衣绳和房顶之间拉风筝线的技能。普布里奥花了很长一段时间观察着静止空气中的那个舞蹈，带着一种悲伤、迷惘的表情。他的父亲从来没有给他做过风筝，他的下午时光都是坐在岩石上度过的，观察着那些用芦秆编结起来的纸张和布条的旋转。

突然，孩子们停下了脚步，一动不动地观察着那个注视着他们好像他们做了某些淘气事情的老男人。普布里奥捋着他的鼻子，诅咒了那些占据他大脑的怀旧之情。

“你越来越老了，你未来的日子已经不多了。”他跟自己低语道，似乎他的潜意识正通过他的嘴巴逃逸出来，结果只是把他投入到奇怪的无精打采之中。

那天他在社交俱乐部聚会上并不闪耀夺目，尽管事实上，普布里奥从来都不是一个好的演说者。他知道怎样用清晰的前提讲出、辩解他的理论，但是他缺乏坚定的信念。他的声音不是那种慢慢渗透礼堂、点燃激情的。他太讲技巧了，过度坚忍。

“对于苏亚雷斯安排的这些闹剧，你怎么想的，普布里奥阁下？这将是暂时的，还是你相信国王会迫使事情向有利于卡尔沃·索特罗的方向发展？”有人在会谈中针对这一点提问。

普布里奥被惹怒了，他走到那个提问者的身边。

“政客们让我感到好笑，”他说道，“他们总是等待着什么发生，一些将会改变事情的偶然事件或奇迹。但我是个无神论者，感谢上帝。我不会等待其他人改变我想改变的东西。”

那些出席者接收到了那个笑话，其带有一个无声的谴责和一个似乎在说“罗马不会酬谢卖国贼”的表情。

“据传那只是一些军人在四处散播谣言。与此同时，政府装作没看见。”有人说道。

普布里奥鄙视地看着那个群体。他知道自己是因为金钱和权势才被接纳的，但他不是他们中的一员，他不是那个血脉圈的一分子。他们只是攀附权贵想跻身上流社会的人，是舞会上那些懦夫和没有骨气的软蛋。他们中的大多数亏欠他的人情；一些人阿谀奉承他，另一些人批判他。但是他们都畏惧他。他冷笑，确信自一九三六年之后没有任何事情改变过。那场冲突的一切努力和一切流血都是徒劳的。佛朗哥刚死去不到五年，坏习气就像杂草一般又在萌芽。西班牙再次成为一个趋于荒原的旱地，聚居着卑贱的虚无主义猛兽。只有驯化了数十年的动物才能允许自己如此温顺地被引导至屠宰场，才能相信，甚至想要吞咽下那些神权告诉它们的任何东西。只要对它们懒散的存在给予一点希望，只要果断无畏抓住牛角，任何不可能的东西都可以。

但是那一切马上就要改变了。

“现在不同了。有一些其他事情正处在成败的紧要关头。你读《堡垒报》今天的社论了吗？埃塔、十月一日反法西斯抵抗组织、反法西斯革命战线和爱国者……今年至今为止已有一百二十多人为此而死掉了，最后一个是法律教授胡安·德·迪奥斯·多拉尔。”

“我读了，”有人插话道，“援引为圣詹姆斯疾呼、为西班牙罢工的战斗精神，他们要求副总统费尔南多·埃布瑞尔·马尔托雷尔下台，并释义塔拉德利亚斯是进程中一个隐晦的改变。”

普布里奥伪装出一种不安。

“我们政治家商讨着对于法律的尊重，我们的义务是反抗任何违犯法律与秩序的情况，无论它出自哪里。”

其中一个人发出一阵响亮刻薄的大笑。

“你真的相信那个吗？或者你感觉到有站在麦克风或者电视摄像机前去拯救我们的需要，国会议员？你在全国人民面前都是那么说的。”

普布里奥咬牙切齿，突然间他的眼睛被心头压抑的怒火笼罩了。但是他想方设法克制自己，尽管他不会忘记那个粗鲁无礼者的面孔，也不会忘记他的话。

“我反对恐怖暴力以及那些滥用国家名义只是希望去分裂这个国家的人。如果我所做的，像其他人一样，是一直保持缄默和点头，那将意味着让一切瓦解，让恐怖分子的暴力摧毁我们。”

刚才说话的那个人是吓不倒的。事实上葡萄酒的温暖和其中一些出席者的赞同姿态，提高了他的嗓音。普布里奥很了解他。他是个名叫加西亚·埃斯库德罗的总审计员。

“到处都有暴力。基督国王的勇士[①]，西班牙巴斯克营[②]，那些半夜带着棒球拍沿着丽池公园漫步的光头党不是恐怖分子吗？我记得那个年轻的女学生约兰达·加西亚·马林，她被右翼极端分子埃林和阿巴德打死，只因为她是社会主义工人党的一员。我打赌你不会赞同拘留那两名新力量党的极端右翼分子，即使抓到他们时警察缴获了五千支枪……另一方面，当然我们的国会议员将能够为找到必要的正当理由以宽免在国家安全局大楼杀死埃塔成员古鲁拜利的警察，或者是在卡拉万切尔监狱将无政府主义者阿古斯丁·鲁埃达拷打致死的两个警卫。且不说在阿托查被右翼分子杀害的那五名工党律师……”

普布里奥讽刺地笑了。他接连快速地喝了两杯红葡萄酒。在他寻找第

---

① 基督国王的勇士：西班牙准军事化反法西斯组织。

② 西班牙巴斯克营：西班牙极右翼准军事化新法西斯组织。

三杯的时候他意识到有人正在从房间的另一边仔细地观察着他。

“他妈的他在这儿做什么呢？”他透过牙缝嘟囔道。

那个正在注视他的男人走了过来。他走路脊背挺立，迈着大步子。他的双手有几分紧张。他一定比普布里奥年轻几岁，他是引人注目的。至少对于两个在他路过时鬼鬼祟祟观察他的女士来说，他是很有吸引力的。

“下午好，国会议员。”他说道，微微张开他的嘴，好像话想往外跑但他用舌头把它们压了回去似的。

普布里奥慢慢转移了他的目光。有一分钟时间他一直保持着沉默，最后他抬起头并郑重地观察着那个男人。

“自我们上次见面你又老了许多，莱卡森斯。”

“是的，已经很长时间了。”佩德罗·莱卡森斯吞吞吐吐地回复道。

普布里奥发出一声软软的哼声，好像另外那个男人的镇静让他不耐烦。

“我知道你现在受雇于高级防务信息中心。”

莱卡森斯沉默了片刻，搜寻着合适的词语。

“那么你应该已经知道为什么我在这里了，国会议员。”

普布里奥非常了解他在这个世界上的位置，他谦逊地持有着它。他极为富有，而且虽然不敢确定，但只要你靠近他就会产生一种含糊的、持续的印象：某事即将发生。他浓密、灰色眼眉的一个轻微动作让一个殷勤的侍者拿来了一杯包在餐巾纸里的威士忌；他戴着戒指的手指做出一个随随便便的手势，他身边的人就动身离开了，留给他们一些隐私。

“你来这里是为毁掉我的周末吗？我们已经知悉彼此很长时间了，莱卡森斯。你做你的工作我做我的，每过一段时间我们的工作之间会引发一些法律摩擦，但是你没有什么不利于我的消息，否则你早就已经向最高法庭申请逮捕令了。”

莱卡森斯观察着他，什么都没说。普布里奥很可能是他漫长的人生进程中最憎恨的人。他让其在一臂距离内，很容易抓住他的气管折断它们，在任何在场的人能够干预之前。然而他没能触碰他。没有人能。

“我来见你，因此很清楚在高级防务信息中心我们并不傻。我知道你在做什么，普布里奥。我知道你在计划什么。”

普布里奥听着，小口啜饮着威士忌，满意地咂着他的嘴唇。他苍白的脸庞看着就像一件耗时费力的大理石作品，清晰的额头，稀疏的头发，带着一种无牵无挂、专制国王的气质；身着无可挑剔的严谨黑色装束，他在愉快的、表面悠闲的退休生活中变得憔悴。但是那个理论上的温顺仅仅是一个表象。他不是个无忧无虑的傻瓜。

“你指的是军事政变的谣言吗？每个人都知道我想的是什么，我并没有隐藏。但是我与那个谣言没有任何关系，即使有，你也不能证明，到头来还不是一样，不是吗？另一方面，你正在骚扰一名候任的官员，那会牺牲掉你崭新的上校头衔。”他说道，用一只手做了一个傲慢的动作。

“现在不像以前了，普布里奥。佛朗哥死了，我不再是一个可以被你送到俄国送死的受惊吓的新兵了。”莱卡森斯讽刺地说道，“环境现在截然不同了。”

“环境算不了什么，”普布里奥说道，有些紧张地打断他，与此同时他靠近了俯瞰俱乐部花园的一扇大落地窗，“我厌恶那些宣称他们自己是环境的奴隶的人，好像环境是不可改变的。”

他知道他在说些什么。他并不是一直富有。当他是个小男孩儿的时候，他住在一个没有铺路的街区，没有电也没有自来水。交通工具由运货小马车和破旧的载客四轮马车组成，孩子们挂在它们的两边从一个地方到另一个地方。在他的青年时代，虱子、臭虫和肺结核很猖獗。但是他常说他那时是快乐的，被童年的无知守护着，他知道怎样跨越环境。他憎恶地看着莱卡森斯。

“如果我想扫清你这个障碍，我不需要送你去俄国。任何小巷都可以。”

佩德罗·莱卡森斯攥紧了他揣在夹克口袋里的拳头。他遗憾没有带来一台录音机。

“那么我会小心提防的，国会议员。不过既然俄国佬和纳粹都没能干掉我，我实在怀疑你的二流暴徒是否可以。我也怀疑你是否敢对那名律师做任何事……”普布里奥假装不明白。莱卡森斯疲乏地笑笑。那些荒谬的游戏使他筋疲力尽。“我知道你给玛利亚·本戈切亚传送了一个消息，以同样的方式你已经给塞萨尔·阿尔卡拉传送了多年的消息让他在监狱中一直保持缄默。为什么你担心玛利亚可能打破你和那个督察达成的默契？”

“我不知道你在说什么。”普布里奥说道，举起玻璃杯送往唇边。

佩德罗·莱卡森斯紧紧地抓住他的手腕，拦着他。一些酒滴溅落到国会议员的夹克上。

“你相当清楚我在说些什么，你个狗娘养的。”莱卡森斯透过牙缝嘟囔着，“我说的是督察的女儿。我知道你抓了她。她是你的保障，但不会永远是，是生是死，我都会找到她。到时，就没有什么可以阻挡那个督察揭露你的行径了——你下令谋杀伊莎贝尔·莫拉，却把罪过转嫁到他父亲身上。你恐吓我，那并没有关系，普布里奥，你的身体日渐衰弱，你的权力日渐式微，你终将孤身一人，我会在那儿等着你的。”

普布里奥马上就要失去他的泰然自若了，对着那个该死的新贵大喊，在他眼中，佩德罗·莱卡森斯仍然是做假证揭发马尔塞洛·阿尔卡拉的那个新兵。但是察觉到落在他身上的那数十双眼睛，他控制住了自己。他把莱卡森斯的双手从他身上拿开，用大拇指擦去落在他夹克上的酒滴。

“我的那些威士忌酒滴比流经你死去手下血管的所有血液都要珍贵，上校。”

莱卡森斯从普布里奥身边走过，眺望外面的花园。滤过窗格玻璃的颗粒感，身影看上去是多么天真和遥远啊。他听到孩子们的玩耍嬉戏，德国牧羊犬的快乐吠叫，正在花圃前修剪枝叶的园丁的闷声嘟哝。看上去是活生生的幸福景象。没有人可以想象在那个街区之外，埋在恶臭之下的，是另外一个不同的世界。

在那幅画面中唯一的不和谐音符，唯一打破谎言的裂缝，是驻守在窗外的人。两个眉头紧锁的大块头肌肉男，紧紧的衣服上有隆起，显然是枪械。普布里奥阁下的保镖。

那天晚上在莫拉家的旧宅，尽管寒冷，女仆仍打开了一点窗户让闷热的客厅透透气。从花园中飘进来一阵刚刚割过草的味道。那里被橄榄树林环绕着，主持会议的普布里奥，不可避免地渴望自己能够再次沉浸于蔬菜和花朵种植。不久，当一切都完成，他就能功成身退。但是现在，他要做的是面对现实，集中精力于那些准备工作以便一切都能依照计划进行。

胡安·加西亚·卡雷斯正在跟其他集会的人解释，他的秘书已经同意买下将特赫罗和他的部下带到国会的那些巴士。他是一名强硬路线的长枪党员，是出席集会的唯一平民。他的黑西服和领结暴露了他，好像这是一场商业晚宴。普布里奥被他神气活现的外表和他那看起来属于一名墨西哥演员的小胡子所惹恼，而事实是，他一直不停地流汗，用一块皱褶的手帕擦着他的额头。

其他职责被庄严地分配：特赫罗陆军中校将会成为进入国会的人。尽管事实上他在一九七八年曾因在警察队长叶尼斯卓伊拉斯的帮助下企图绑架苏亚雷斯和他的部长们而遭受逮捕，在那个所谓的星河行动中，他看上去是最忠于那项事业的。

然而贯彻执行那个主要角色的是一个面容慈善、目光专注的男人，他在桌子的另一端小心谨慎地听着。

阿方索·阿尔马达·科明在国王仍是王子的时候，曾担任过他的家庭教师，也是王室的秘书。他的出席使其他军事统治者相信君主是支持军事政变的。

在一旁，瓦伦西亚军区司令海梅·米兰斯·德尔·博什和布鲁内特军区的头领路易斯·托雷斯·罗哈斯、何塞·伊格纳西奥·圣·马丁、里卡多·帕尔多·赞卡达讨论着战舰的介入。

离他们所有人远一些的是洛伦索，他正和一个身着便装的长官低声谈话，每个人都友好地称其为何塞·路易斯。他是个精明睿智的男人，有一个尖头鼻子和极为后退的发际线，扩展了其额头的面积。他掌握着移动那个秘密部门的线绳，尽管没有人确切知道往哪个方向移动。

他们一致同意军事政变的日子将为二月二十三日下午六点，与新总统莱奥波尔多·卡尔沃·索特洛的授职选举同时进行。聚在这里的人正在谋划一场不经流血就取得的成功。那个自称为阿尔门德罗斯的组织阴沉地为他们竭尽全力取得成功而举杯。

在晚宴最后，一个男侍者走到普布里奥跟前，递给他一张折叠的纸条。国会议员戴上眼镜阅读它。他咬牙切齿，审慎地离开了。

在房子的门廊处，拉莫内达正在等他。

“你在这儿干什么？”普布里奥激怒地责备道。

拉莫内达正以某种趾高气扬的神态抽着烟。他靠在一根柱子上，向上送出满满一口烟。

“你说你想见我，所以我就出现在这里了。”

普布里奥感到他的后脖颈灼烧了起来。他嗫嚅着一些难以理解的话，把注意力转移到屋里，从那里传出了一些生动的对话。

“你认为我的意思是你应该在我的房子坐满了客人的时候出现在这里吗？”

他有许多敌人，太多了，在这个节骨眼上不能让自己出现疏漏。除此之外，就在那天早晨，普布里奥和国民警卫队总局局长阿兰布鲁进行了一场激烈的对话，后者警告他要反对任何非法活动。日期越近，制订秘密计划越难。萨维诺，现任王室总管也像总参谋长加韦拉斯一样正在怀疑某事。由于围绕这个计划不确定的环境，任何错误都可以在其甚至未开始之前就摧毁掉这起军事政变。这对于他来说是不能接受的，完全无法接受。他需要思考，快速做出决定。已经不再有任何回头的可能。

“我想让你处理一些非常紧迫的事。”他从口袋里掏出一张纸，匆忙地写了些什么，递给拉莫内达。

拉莫内达蛮横无理地笑笑。这个最高命令是一个挑战，但是他因普布里奥信任地委任他这个任务而自命不凡。

“这次将让你破费一些。我对夜里的活儿要多收取一些，还要一份额外津贴。”

普布里奥暴躁地看向拉莫内达。

“我给你的另一项任务你都还没有尽职，塞萨尔·阿尔卡拉仍然活着。”

“活不了多久了。”

“听好了，你这个该死的变态。照我说的做，我会让你兜里衬上金子，发上大财。坏了我的事儿，我会让你窒息在你自己的粪便中。现在从这里滚出去。”

当他回到房间，没有一个人注意到普布里奥的情绪，除了洛伦索。洛伦索不声不响地移到窗帘边，看到拉莫内达动身离开。他廉价的皮条客似的西装和脸上那个鬣狗般的微笑，绝不会错的，就是他。

“他在这儿干什么？”他问普布里奥，小心翼翼地靠近他。

国会议员极其蔑视地瞪了他一眼。

“做你该做的事，我花钱雇你做的。”

洛伦索费劲地咽了一下。他感觉不妙。

“我正在履行那笔交易中我分内的职责。我去见了监狱中的塞萨尔·阿尔卡拉，我给了他他女儿写的字条，我警告他当他和玛利亚交谈时要及时告知我。我知道他没有说过任何他知道的有关我们的重要的事情。”

普布里奥摇了摇头。他憎恶洛伦索的程度与他憎恶大多数他雇来的雇佣兵的程度一样。事实上，他不知道他还可以信任谁。现在把那个律师女士和塞萨尔·阿尔卡拉搅和起来的整个计划看上去很荒谬。他本以为她能够弄清楚阿尔卡拉隐藏的收集了多年的不利于他的证据在哪儿。他相信阿尔卡拉的怀恨和玛利亚的无经验能够做剩下的工作。但是目前还没有从中得出什么。

但是现在他有一个更加严重的问题。

“今天早上你的上司来见我，他知道我们抓了玛尔塔。”

“他只是怀疑，他没有证据。”洛伦索说道，其实他并不完全确定那一点，莱卡森斯没有把一切都告诉他。

普布里奥眯起眼睛。正在谋划的事情是有风险的，他想。与此同时他注视着高级防务信息中心的头头，后者正在一旁和阿尔马达聊天。那是冒险的，但是必须做，他告诉自己。他诅咒自己没有在四十年前结束掉莱卡森斯，那时他还只是个受惊的新兵。现在事情变得困难了许多。

但是他对拉莫内达有信心。

第十七章

巴塞罗那港口，一九八一年一月十六日，六天后

一个偏僻港口的码头上遗弃着一些商船。一个男孩儿在生锈的商船船体之间游荡，他像一只马戏团的猴子一样从一个船货起重机跳到另一个上，并试图在发臭的污水中钓鲤鱼，那些大鱼与海水的关系就像老鼠对于垃圾场一样。从未有人注意过他，这是意料之中的。他的狗伙伴对他来说就足够了，那只满身跳蚤的杂种狗有一种易受惊的绿色凝视目光，它陪伴了他的所有冒险。

突然间那只狗竖起了耳朵，撒腿就跑。男孩儿跟在后面，冲它大喊，但是那只狗直跑到一条由集装箱堆放而成的黑暗通道才停下来，它吼叫着，背部的毛发耸立着。

“出什么事了？”男孩儿问道，试图钻过那条黑暗的通道。突然，他低垂下眼皮，向前伸长了脖子，吃惊地张开了嘴，然后恐惧地转身跑开了。

所能看到的只是那具死尸从一个毯子下面伸出来的赤脚。那双脚是丑陋的、多毛的，脚指头扭曲，脚后跟上有厚厚的老茧。它们没有脚指甲，曾经是脚指甲的地方现在只是干涸的血块儿。气味令人作呕。

“尸体闻起来都一个味儿，就像死狗一样。”督察马尔臣自言自语道，往地上吐了口唾沫。他点了一根烟，撑在一把黑色雨伞下面躲避雨水。他的嘴角挂着唾液的印记。他用香烟头指向那个死尸畸形的脚趾，“揭开他。”

督察的助手快速地拿掉毯子，在空气中划了一条弧线，就像斗牛士双手持红布掠过公牛。

那具男性死尸脸朝下躺在水坑中，部分裸着，并被完全肢解了。从骨头的形状他们可以判断出他的肩膀移位，双膝断裂。他的睾丸所在处现在只是一个大的暗色污迹。

“他们也许是从那上面把他扔下来的。”督察的助手指着那面厚铁墙说道，从上面往下淌落着一层污水，就在他们头上几米处的位置。

马尔臣一言未发。他前倾了一点，用手电筒照亮了那个血淋淋的身体和脸庞。极小的昆虫在他的口腔爬进爬出，好像正在窥探一口它们不敢进入的井。尸体的表情很恐怖，似乎他已经难以置信地预料到自己必死无疑。显然那个可怜的家伙曾挣扎求生，法医将会证明这点，但是督察怀疑陷在死者指甲里面的血肉并不都是他的。也许激烈的反抗抓到了那个残暴杀手或杀手们的血肉。

“谁对你做的这些？为什么？”他语调平淡、丝毫不带感情地说道。他没有任何不安地挪动了尸体，像翻个沙袋一样突然翻转过来。尸体并没有超出这个物理世界的形而上的含义，它只是证明，“死亡仅仅是一个生命的离开”。对于马尔臣来说，所有死者都有同样的表情。他们的鼻子就像小鹰一样呈弧线，他们的眼睛内陷，似乎正在寻求即将到来的黑暗庇护。他在没有生命的尸体上找不到任何宗教或神秘的东西。灰尘、瘴气、正在分解的粪便和恐怖的恶臭。不论死者是富人还是穷人，是被刺刀剖开的士兵还是被炸弹炸开的平民，并没有关系。男人，孩子，老人，妇女……他们都变成了悲伤的尘土飞扬的一团东西。那就是他从那些年的肮脏工作中学到的。他从经验中获悉，这个案子，就像许多其他匿名惨案一样，也许永远不会被破解，无论那些统计数据说的是什么。统计数据是白痴的口实。他不是个白痴，他用一个愤世嫉俗的微笑告诉自己。

马尔臣是个愤世嫉俗的人，至少，那些自认为了解他的人是那么说的，事实上他这种人并不多。镇定自若，极为冷淡，脸上带着一个恒定不变的扭曲笑容。

然而，那天晚上，靠近死者下凹的下巴，他嘟哝着。

“意识是太脆弱的一个分支了。”这句话从他嘴里说出来很奇怪。

他的助手用眼角的余光看向他，与此同时在一个小笔记本上记录下了一些笔记。

“为什么你那么说？”

马尔臣注视着水帘落进空旷之处，许多水滴击打在了那具尸体上面。

“没有缘由。”他说道。他掏出死尸皮夹里的证件，将其移出手电筒的光束，他发现那是一张国防部官员的身份证。“这变得越来越复杂了。”他嘟囔道。他皱了皱眉，将目光转向死者。看上去也许这些残忍行径不是一时愤怒，更像是一场谨小慎微的有预谋的酷刑拷打。

“佩德罗·莱卡森斯，情报部门的陆军上校……这意味着你是个间谍，是吗？无论谁对你做的这些，他们一定对获取你身上的一些情报非常感兴趣。我打赌你把情报给了他。也许你一开始抵抗，但是最后放弃了，不是吗？即使你那么做了也没有人能责备你。让人看过这个屠夫干的活儿之后就没有人能责备你了。”

“这里还有更多东西，督察。”他的助手在死者的衬衫里面找到了一张折叠的纸，“普布里奥事件：玛利亚·本戈切亚，十二点整。”那个警官沉默了一秒钟，似乎想起什么，他抬头凝望着他的上司，“那个不是……”

马尔臣点了点头，带着一种介于吃惊和恼火之间的表情。是的，那就是几年前把他的搭档兼朋友塞萨尔·阿尔卡拉送入监狱的那个律师。那个荒谬、巧合的命运变数痛苦地戏弄了他。

为什么她的名字会出现在一个高级防务信息中心死亡间谍的身上？那意味着什么，很可能是一个会面的日子，谈论普布里奥的事情？他不知道，但是他计划弄清楚。仅此一次，那些统计数字不会说谎。这个案子他要打破砂锅问到底，无论代价是什么。

一小时后，他坐在办公桌前，无法集中精力。关着灯，马尔臣透过窗户观察着雨水。雨水敲击玻璃的单调噼啪声以及停在街上的小汽车的模糊侧影让他精神恍惚。正是这种该死的天气，他想，如此变化多端，使得他感受到莫名其妙的焦虑。他闭上了双眼，按压着太阳穴。他的大脑马上就要爆炸。但是并不是因为雨水，并不是那个黏糊糊的潮湿改变了他的情绪。他知道。可是，他在数周前已经做了决定。他知道他不会改变它，不是在这个关头，此时对于已经发生的事情什么都做不了。

“那么，为什么我不能停止一遍又一遍地思考它呢？”他恼怒地揉搓着他的头发。

他已经决定退休了，厌倦了事情运转的方式，这些年来看到的一切让他士气消沉：像阿尔卡拉遭遇的那些不公正——一只替罪羊，他确定——也厌倦了他上级的高压让他去掩埋玛尔塔失踪的案子。

就在刚才那具尸体出现了，同时出现的还有律师玛利亚·本戈切亚的名字。在上面操纵这一切的，当然，逃不了国会议员普布里奥。

但是他已经对他妻子允诺过，他即将退休，永远的。他不想让自己陷入麻烦，他不想以他的退休金冒险。当他年轻的时候他过的每一天都不知道什么动力会驱使他进入下一阶段。但是，让他遗憾的是，事情已经改变了，而他几乎没有意识到它的发生。他不再是那个不负责任可以被原谅的男孩儿，他早已度过那个允许自己迷失在白日梦的年龄。他期待着就像现在这样努力工作，瞥视着一个不远处的晚年，心平气和地度过他在这世上的余生。为了这样一个结局他已经耗费了最好的年华。如今，当这一切几乎唾手可得时，他却考虑着毁了那一切，好像那只是一场变化莫测的游戏。

他寻找保险柜的钥匙，它藏在一个档案架的后面。他从那些秘密保存的文件后方挑出了一个信封，将信封里的东西都倒在桌面上。他多年来所能收集的有关玛尔塔失踪的全部文件都在那里。他不辞劳苦地核查了每一个事实，每一个姓名，每一个地点。知道一些其他人不知道的事情，同时又按兵不动的感觉，很奇怪。

“狗屎。”他嘟囔道。他把那些资料放进手提箱，穿上了他的轻便外套。

大楼是寂静的。上夜班的探员正在一台新的机器那儿喝着咖啡。办公桌是空闲的。可以听到巡警用隐秘语言发送的无线电背景音。还没有人知道莱卡森斯的死，那给了马尔臣时间上的优势。他们很快就会从马德里过来免除他对这个案子的调查，他要充分利用在此之前的时间。

他朝出口走去。

街道是黑暗的，肮脏的城墙，看不到天空，没有星星，好像那个城市是巨大丑陋的一团，又聋又哑。没有汽车也没有行人。只有湿漉漉的柏油路，上面的街灯光束在闪耀，人行道上的树木光秃秃的只有树枝没有树叶。马尔臣向下走进了地铁。这里温暖了一些，满载着地下的空气。站台上没有多少乘客。他周围的人个个心不在焉，眼神疲惫，低着头。那些苍白生命的基因组成就是避不看人，保持行走不发出任何噪音。

他本人乘坐绿线回家，低着头，紧抓着扶手杆，让他的目光游荡在他已经熟记于心的地铁线路图上。他焦虑地问自己是否值得以多年来他赚得的一切为代价去冒险。

"而你即将要失去的是什么，笨蛋？"他问自己。

他的整个世界就是：他位于一个居民住宅区的带有一个共享花园和板球场的小公寓，他订阅的DIY杂志，那个和他住在一起但他不再爱的女人。正是那个女人在几分钟后会帮他脱掉外衣，端给他一杯威士忌，与此同时询问他在办公室的一天过得怎样。他会说"很好，亲爱的，非常好"，他会早早上床睡觉以便不用非得做出解释。也许他会慢慢地和她做爱，像一只水母冲刷着一块岩石，他会不得不闭上他的双眼，心里想着一个挂历模特以获得一点点兴奋。

他带着一个冷笑摇了摇头。

"白痴，"他低语道，"我就是一个可怜的白痴。"

列车转瞬即逝的灯光在地铁隧道中疾驰。没有任何事情看上去是值得的。没有任何事情。

在维多利亚咖啡馆，他们为早餐制作了一些真正优质的金枪鱼饼。尽管时间很早，咖啡馆里的人已经相当满了。顾客形形色色，囊括了宿醉的夜猫子，带着浓妆希望正在床上和她们的皮条客将最后的酒水一饮而尽的妓女们，即将开始换岗的狱监，还有来自附近工厂的工人们。他们在巨大的金箔框架的镜子面前数量都翻了倍，镜子挂在墙上，混淆了那个空间的真实比例。

在一个装着绿色软垫的座位上坐着一个看掌纹的老妇人，她叫罗拉。罗拉几乎没有任何顾客，在那些日子似乎没有人对未来感兴趣，她混在就餐人群中，只是当她的肠胃胀气熏臭了自助咖啡馆时才吸引了大家的注意。

“你想了解你的未来吗？”

玛利亚没有未来，但是无论如何让她看了她的手。那个老妇人查看着她的掌纹。

“你的命运……你的命运是悲剧的……”她说道，扭曲着的嘴好像她所看见的是令人吃惊和痛苦的，即使对于她，一个见过一切的老巫婆来说都是。

玛利亚不安地抽回了她的手，而那个老妇人重复道，像一只肮脏绿鹦鹉的呱呱叫声。

“你的命运是注定的。你只是禁锢某人的痛苦锁链的一环。”

“嘿，老太太，不要打扰顾客，否则我将不得不把你赶出去。”一个侍者把嗓音提到咖啡馆的喧闹声之上大喊道。罗拉不情愿地后退，像个影子一样，没有把她的视线从那个律师身上移开。

玛利亚坐到了窗户旁边，坐在其中一个单人的圆形小早餐桌上，上面有一个瓷茶壶，一个有柄大杯，一个盛着一张馅饼的小花盘，旁边还有一张折叠的晨报。

有人打开了收音机，西班牙广播公司电台播报了在马德里和巴塞罗那即将到来比利·乔尔的音乐会。然后是胡安·帕尔多的声音唱了口香糖的广告歌：“一片五比塞塔。”在那之后新闻开始了：一个奇怪的数据表示在过去一年有九百五十五人死于精神疾病；根据劳工部数据，28%的妇女加入了劳动力；《大众机械》杂志宣布了取名为高尔夫的革新款大众汽车的到来；罗梅罗总主教在萨尔瓦多接受记者德梅特里奥·欧拉萨利艾古伊的采访……

那些事件的旋流让她不知所措。那不过是噪音，然而却是生命的日常心跳。她从容不迫地吃着早餐，不时把头转向窗户，窗户上半边遮盖着蕾丝窗帘，过滤着外面的光线。透过窗户，她凝视着监狱灰暗大门前的侧影。探视仍然太早，但是人们已经站成一排了。

烟气霜结住了窗户，树梢在一阵狂风之中剧烈摇动，天要开始下雨了。敲击在玻璃窗上的叮咚声转变成了一阵密集、枯燥的旋律，完全模糊了雨水之下的街道。在自助咖啡馆的前面，一驾马车停了下来。

玛利亚吃惊地看到恩坦萨大道中间有像马那样的东西：那个牲口，体型巨大，肌肉强健，坚忍地忍受着倾盆大雨。它长长的红色鬃毛浸湿地垂搭在它高高的、紧张颤抖的背部。它的双脚被长长的毛发盖住，雨水顺着它们滴落下来，制造出了微小的河流，在它膨胀的肚子下面最终形成一个水坑。

最近她失去了时间概念，事情在她的脑海中混乱起来，她开始健忘，记不住诸如一个电话号码或者一个地址之类的简单事情；但是与此同时她认为她已经永远忘记的细节和片段再次呈现出新的关联。比如那匹马。在她童年的某一时期也有一匹马，她记不清那个家畜了，只记得它的名字：达纳托斯。那个词跳到了她的唇边，那是一个值得在嘴中细细品味的可爱词汇。这匹马有两只牲畜般的巨大眼睛，让人看不透的双眼，就像她现在正在注视的那只牲口一样。她静静站在那里，任由雨水鞭笞，温顺善忍得超乎寻常。在咖啡馆里一切都是嘈杂的，聊天，语音和大笑。没有人注意到那场暴雨，或者那匹驮马。也没有人注意到她，除了那个疯狂的掌纹解读老妇，她正持续不断地注视着她。

她闭上了双眼。有时她感觉自己住在一个其他凡人看不到的地方，一片不适于居住的、黑暗的、冰冷的陆地。只有那只牲口看上去意识到了。马车夫出现在了街道上，跨了两大步跳上马镫子。他抽打着套在驮马背上的缰绳，水花四溅。那个牲口慢慢地开始移动，没有愤怒，但没有愤怒是它的决定，它沿街道前行，拖在身后的是那场暴雨的尾巴。玛利亚感到一种难以名状的剧痛，某种程度上她把自己和那只驮兽的命运联系到了一块儿。

突然，她听到了身旁的一个声音。

"你是本戈切亚小姐吗？"

站在餐桌旁边的是个男人。那场暴雨让他全身湿透，看起来像个水淋淋的稻草人。他的头发贴在额头上，使他的头看上去是鼓起的，他的衬衫粘在身上，呈现出一个突出的肚子。室内的光线照亮了他挂着雨滴的额头。这是一个宽大的额头，横贯深深的皱纹。他的双鬓渐白，他鼻子的影子投射在他干裂的嘴唇上，嘴唇上围了一圈井字形的金色山羊胡。

他未征得同意就坐下了。

"我认识你吗？我不记得曾说过让你坐下。"玛利亚以一种相当唐突无礼的语调说道。

他笑了笑，没有把她的粗鲁当一回事。

"我不会占用你很多时间，你会对我要说的内容感兴趣的。"他的话语中，他把双手交叉撑在桌布上的方式，以及他注视那个律师的方式，都有一种间接的威胁。

"你是谁？"玛利亚审视着那个男人，年老但一点都辨认不出年龄。他只是背靠在椅子上，无可奈何地摊开他的双手。

"我想亲自见你。你是一个固执的女人，不是吗？"

“我不知道你在说些什么。”

他的目光集中在玛利亚的双手上，然后滑动到她的脖子上，最终坚定地停在了她的双眼处。

“五年前你把塞萨尔投入大牢。那是一个困难的挑战，但是你做到了。你赢得了你的那份名望。从那时起我就开始好奇，想知道你是一个什么样的人：一个攀龙附凤者还是一个理想主义者？现在，我终于见到了你。”

玛利亚不能相信她的耳朵。她环顾四周好像正在寻找某人以证实她确实听到了她认为她正在听的内容。但是每个人都沉浸在各自的事情中，并没有注意他们。

“你是谁，你想从我这儿得到什么？”她震惊地再次问道。

有人走到一台老式自动点唱机前投入了一枚硬币，那个机器发出两声金属的尖利声，好像是在咳嗽，随后一首秘密乐队的歌曲响了起来。那个男人怀旧地微笑着，也许是悲伤地，很难分辨。他的目光盯在那台自动点唱机上数秒，似乎他能在唱片槽上看见音乐家们。然后他朝玛利亚转过身。

“我叫安东尼奥·马尔臣，是警队的一名督察。”他透过窗户指向监狱大门，“那个你马上要见面的男人，塞萨尔·阿尔卡拉，是我超过十年的工作伙伴和朋友……那就是为什么我想亲自见你。”

玛利亚用表面上的漠然消化吸收了那记重击，然而对她来说很难不表露出倏然而至的紧张。她假装正在小手提包中找她的打火机。

“你来这儿只是为了告诉我这个吗？”她说道，在此之前清了清她的喉咙，好像她的吞咽遇到了问题。

马尔臣是直截了当的，几乎是残忍的直截了当。那并不是一个设计好的举动去让那名律师不安，尽管他不喜欢她。那是他做事情的方式。节省力气。他将一张佩德罗·莱卡森斯的尸照放到桌上。唯一一张他那损毁的脸庞可以被辨认出的。

“他的尸体昨天出现在了自由港码头上。他们在杀害他之前把他肢解了。我要问你两个问题，希望你能给出两个同样精确的回答。第一：为什么莱卡森斯把你的名字记在了一张纸上，写着‘普布里奥事件’？”

玛利亚感到头晕目眩。并不是她如今几乎每天都感觉到的那司空见惯的头晕目眩和后颈疼痛。是那张照片，是马尔臣刚刚向她传递消息的生硬方式。她向后倚靠并做深呼吸。那个督察一直注视着她。他是残酷无情的，试图围困她，这样她就没有时间想出任何出奇制胜的对策。他是个好督察，粗暴但是擅长他的工作。来不及临时拼凑出答复，玛利亚讲了一半真相，情形之下允许她说的。是的，她知道佩德罗·莱卡森斯。她的前夫洛伦索介绍他们认识的。是的，她知道他是高级防务信息中心的一名特工，洛伦索也是。他们都让她去探望监狱中的塞萨尔。她不能说出原因。如果马尔臣想知道细节他就不得不跟洛伦索谈谈了。她不能再妥协更多了。

“对于‘普布里奥事件’你能告诉我些什么？那是什么？”

玛利亚咬紧牙关，有一瞬间她掂量着跟面前的警察开诚布公，也许那是摆脱掉她内心恐惧和紧张的机会，自从她知道拉莫内达潜伏在周遭，那些感觉就一直在加剧。但是洛伦索已经言明：不要跟警察说。如果马尔臣介入到了那个案子，她也许就跟诱捕那个变态的机会说再见了，那个变态已经威胁到了她和她家人的安全。既然拉莫内达已经从警方眼皮底下逃脱了一次，也就没有什么能阻止他再做一次。对她而言情形无比艰难，她只能信任洛伦索会信守他抓到拉莫内达的诺言。另外，塞萨尔也不想让警方参与进来。如果他发现了，也许他将不想和她继续交谈。那么一切都将失去。

“我不知道任何有关它的事情。”

马尔臣密切地审视着她，他能辨明什么时候有人对他说谎。而那个女人正在说谎，问题是，为什么?

“你说你有两个问题，那是最后一个。我在赶时间，督察。”

“我要告诉你我所想的，玛利亚，我认为你在说谎。那会把你置于一个困境中，在有关杀人犯的问题上说谎是犯罪。”

玛利亚没有让她自己被那个老掉牙的把戏吓倒。把某人放在一块岩石与一个坚硬的地方之间是她一生一直在刑事法庭上做的事情。她知道怎样像只猫一样溜出那个陷阱。

“好吧，那么正式指控我或者逮捕我吧。但是我有种感觉你不想或者不能那么做。坦白说，我不认为你把我看成一个嫌疑人。你想要情报，而我不能把它给你。我说了你该见的人是我的前夫，洛伦索。”

马尔臣揉搓着他的脸颊。那对他来说几乎是可笑的。

“如果我联系上了你的丈夫，在我们离开这个咖啡馆之前，他就会带着他的两个部下出现在这里，中止我调查那个案子。”他站立起来，拿着那张死者的照片，“至少告诉我一件事情：莱卡森斯想帮塞萨尔找到他的女儿吗？”玛利亚点点头。马尔臣沉默了片刻，似乎在寻找一个方式说出他要说的话。“他看上去对你真诚吗？他确实计划那么做吗，至少试图那么做吗？”

玛利亚说是的，莱卡森斯看上去是真诚的。然后，她构想出了一个很难回答的问题。

“你认为他们杀害他是因为他发现了某些有关玛尔塔绑架案的事情吗？”

“那是一种可能。”那个督察回应，扣上了他的外套。就在他将要说再见的时候他羞怯地询问道：“阿尔卡拉怎么样？”

玛利亚意识到那个警察涨红了脸，也许被羞愧侵蚀了。她想起了审判期间每一个支持阿尔卡拉的证人，他们中没有人能够帮助他，但是至少他的一些同事为他站了出来，而马尔臣不在他们之中。也许那个督察感受到了没有或者不想为塞萨尔挺身而出的痛苦。

“他很好，就那个处境而言。”

“我很高兴听到这个。”马尔臣微微点头说道。

“之前你说塞萨尔是你十年的工作伙伴和朋友，那意味着他不再是了吗？”

马尔臣苦涩地笑笑。他想要说什么，但是最终他压抑住了说话的欲望。

“吃你爱吃的蔬菜，喝点葡萄酒，我会付钱的。别走太远了，我也许会打电话找你。目前，对我来说，在佩德罗·莱卡森斯的谋杀案中，你像其他任何人一样有很大的嫌疑。”

玛利亚意识到这次那个督察是严肃的。

“为了什么原因我必须要做这样的事？”

马尔臣看着她，好像他不明白那个问题。

“不必非得有一个动机。但是就你的情况而言似乎很明了：负罪感。”

玛利亚不能相信她所听到的。

“负罪感？”

马尔臣有几分困惑地想知道，那个律师是在演戏还是她确实不知道他在说些什么。

“如果有任何人有充足理由憎恨佩德罗·莱卡森斯的话，那个人就是塞萨尔·阿尔卡拉。你感觉亏欠他，那很明显。你会做任何事情以挽回你在他心中的形象。”然后他动身离开，留下了茫然若失的玛利亚。

透过咖啡馆的窗户，老罗拉从街上注视着那个律师。雨帘沿着玻璃滑落漫射开了她的面庞。好像她正盯着一个幽灵。

第十八章

巴塞罗那，两小时后

那只是个直觉，归根结底，或许我正在浪费我的时间，玛利亚对她自己说，面对着律师协会档案室过道上成千上万的卷宗大受打击。

满载古老尘土的空气出其不意地进入到她的肺部。她带有一丝怀旧地笑笑。距她上次出现在那里已经过去很多年了。那个味道带回了她学生时代的记忆，带回了花在那些诉讼案情摘要之中的无数个小时。过道上一架梯子从书架的一端导向另一端，数米长数米宽。那里有成百上千个棕色档案夹，用厚布条系以蝴蝶结封口，按照日期排列。有朝一日，那一切会正好成为一场大火的燃料或被撕成碎片。在低一些的地方她看到了新电脑。数十名公务员正致力于把所有信息转录成数字形式。但是那会花费他们数年时间，他们也许永远都不会全部完成。时代在变化，她对自己说，但是不变的是那栋十九世纪建筑物表面的镇静。

一扇大窗户照进了大量光亮装点了庙宇般的寂静。很奇怪看到人们热切地试图秩序化、强制化、系统化人类的激情、忌妒、愤怒、暴力死亡、谴责。那就是司法体系，玛利亚想。与此同时她把手指拂过那些书架：荒谬地标榜人性可以受到法律权力的控制；把法律权力缩减成几页纸的当庭裁决，组织起所谓的事实，审判它，存档，然后忘掉它。就那么简单。然而，在那个地方的静默之中，你可以听到那些书面字句的关键参与者的低吟，受害者的尖叫，从未被任意一方遗忘的憎恨，从未离开的伤痛。那一切秩序无非就是表象。

玛利亚蔑视那类想法，它们毫无意义，只会使她脱离主题。她集中精力在她的搜索上。她随同档案室的梯子回到了一九四二年。通过当庭裁决的数量判断，那是高强度工作的一年。还没有算入那些永远不会归档的、丢失的或者甚至根本从未被提审的案子。她突然冒出来个念头：那个阶段有多少起被判决的案子她能用时下的司法体系来辩护？有多少取证是伪造的？有多少伪造的证词？有多少庭审错误？有多少清白的人被审讯、判刑、处决？最好不要去想它。

“在这里：审判伊莎贝尔谋杀案。”

她不知道她在寻找什么，她并没有期盼找到任何特别的东西。她已经让自己在过去的数周熟悉了那个案子。伊莎贝尔，吉列尔莫·莫拉的妻子，被她儿子的老师马尔塞洛·阿尔卡拉杀害了。塞萨尔没有谈论多少与之相关的事，没有人谈论它。阿尔卡拉也没能告诉她为什么莱卡森斯旁敲侧击地暗示她与督察的一个共同联系是一九四二年这个女人的死亡。玛利亚询问过她的父亲，但是加布里埃尔不记得任何更多的事情，只记得在她出生前他们住在梅里达时，他曾经给吉列尔莫·莫拉和他的儿子们制作过一些手工铸造作品，他们很喜欢武器。

然而，在和马尔臣交谈后，玛利亚有一种感觉：那是一个谜团，能看到所有片段，但是没有组合到一起。也许在那里，在那个当庭裁决中，她会找到一条线索，一些可以让她整理想法的东西。

她从书架上拿下一个档案夹，把它拿到一张小铁桌上；书架两端各有一张小铁桌。她是形单影只的，除了准备论文的学生正在寻找判例法或者仅仅是感到好奇，没有人经常上档案室来，所以没有人会打搅她。

她打开档案夹，带有一种近乎虔诚的畏惧，就像打开一扇门，通过它所有曾在那个故事中扮演角色的幽灵可以紧跟着尘埃逃逸出来。

她发现的第一样东西是一个边缘由于潮湿而发黄的警方档案，马尔塞洛·阿尔卡拉的档案。她很吃惊地看见注释中说那个老师是一群共产党员的领袖，他们企图夺取吉列尔莫·莫拉的性命，在杀害他的妻子之前。他看起来不像那类人。警方描述部分的照片显示出一个干瘪的生命，他荒唐地穿着一件西服外套，垫肩太过宽大使得他的肩膀朝前搭落，一点连贯性都没有。他举着那个写有他逮捕编码的标志牌，很难想象他手指的颤抖，他双眼中的恐惧。他以一种放弃的、绝望的表情紧咬着他的嘴巴。那一定是在他们对他施以绞刑前不久照的。也许他的判决已经传达了下来，那个犯人只是等候着一些官僚步骤的完成，却并不清楚它们是什么，就像一捆货品从这里移动到那里以便给他一个合法的、合逻辑的处决。一切都要遵照那个令人毛骨悚然的议定方案执行，其中那些可怜的家伙仅仅是一个观众。

她把档案放到了一边，打开那份口供。它是打印的、用复写纸复印了。语言是简洁的，只是一些短句子。

我，马尔塞洛·阿尔卡拉，瓜达拉哈拉人，三十三岁，职业是小学教师，我供述我是伊莎贝尔·莫拉谋杀案的凶手。我供述我杀害了她，在巴达霍斯公路附近一个军队用来练习打靶的废弃采石场中枪击了她的头部。

我同时供述我是一九四一年十月十二日圣克拉拉教堂前吉列尔莫·莫拉暗杀企图的煽动者和肇事者。我供述有人在那次任务中协助我。他们的名字是马特奥·斯胡安，阿尔巴诺·罗德里格斯，格拉纳达·奥里利亚，约瑟法·托雷斯，布恩迪亚·巴斯托和阿曼西奥·欧黑拉。

一九四二年一月二十八日

下面有一个奇怪的、被强迫的手写签名，也许是他们迫使他签的，也许那甚至不是他本人的签名，太过简单，太过冰冷。没有细节，没有动机，没有愤或恨……还有那些人名单，也许他甚至不知道那些人。只是一个过场。玛利亚核查着那些日期，马尔塞洛的口供和他的处决之间相差了几乎不到两天。

“正常的程序不会允许如此仓促的。”她摇着头轻声说道。

然后她在一个小隔层里发现了一张照片的一角。她小心翼翼地拽出它以防折断。它是半折叠的，纸张是黄色的，粘在一块儿，好像它已经被储藏在那里如此长时间以至于它不想展示自己。玛利亚在台灯的光线下打开了它。

它是黑白照片，一张战争肖像照，一场老式的战争。它显示了一辆德国轻型坦克，其驻扎在积雪覆盖的村庄前面；一名坦克军官在坦克旁边摆着姿势，其脸庞被雪灼伤且由于艰苦战争而面容憔悴，在其旁边还有两个话务员和两个炮兵。

其中一个就是莱卡森斯本人，只是年轻一些——玛利亚几乎认不出丰厚污垢层之下的那个他——但绝对是他。他们都穿着破烂、肮脏的德国军装，袖子上缝着西班牙盾形纹章。莱卡森斯手里还握着一个旗子，上面有长枪党的轭和箭镞。玛利亚把照片翻过来，看到几个字：列宁格勒前线，一九四四年圣诞节。

那张在当庭裁决执行两年之后照的照片出现在那里是讲不通的。显然是有人将其留在了那个档案夹里……有人知道迟早她会去那里找到它。

“真不可思议。”她责备自己。没有人可以预见到那天早晨她会凭直觉去档案室寻找伊莎贝尔案的当庭裁决，甚至她本人都不会预见到。

所以一定有一些其他原因。马尔臣说过佩德罗·莱卡森斯有众多缘由不只是塞萨尔·阿尔卡拉的憎恨目标。她用粉笔在那些供述处做了记号，得出一个事实：莱卡森斯和洛伦索两人，就像普布里奥本人一样，通过利用督察女儿的失踪，已经在某种意义或其他意义上操纵了塞萨尔。除此之外事情是荒谬的：塞萨尔不认识莱卡森斯，他知道的有关莱卡森斯的唯一事情是她告诉他的。

有东西引起了玛利亚的注意：一个手写的单页，在档案的最后。一个原告目击证人的口供。这个目击者声称，毫无疑惑地，他看到了马尔塞洛·阿尔卡拉杀害了伊莎贝尔·莫拉。

那个目击者是佩德罗·莱卡森斯。

塞萨尔·阿尔卡拉突然惊醒，走到大门的门槛处，没有认出他在哪里。他知道那个监牢是真实的，但是它看起来就像一个幻觉。

至少，罗梅罗给他带来了书。它们到处都是，地板上，架子上，桌子上，以及没有整理的床铺上。一些书翻开着，其封面折叠在后面。在监狱里他养成了一个喜欢书、虐待书的坏习惯：他在书上写字，在他感兴趣的内容下面画线，许多书如今缺失了许多页。但是显而易见，它们，那些书，也爱他，它们逐渐习惯了他的强迫性阅读，以及他对待它们的令人难以忍受的方式。它们在那儿，散落着，就像等待着主人归来的孤儿。阅读是他的情感依赖。

他现在也有香烟了。最开始的几天他怀旧地看着那包烟不敢触碰，以防那只是个捉弄。但是随后他看出他可以想抽多少抽多少，当他抽完了，玛利亚会坚持不懈地给他带来另外一包。罗梅罗，毫无疑问地，是一个魔术师，他能够达成自己所有的既定目标。

近来这儿几乎不像一个监狱了，有时，不可预料地，他女儿的形象会蹦入他的脑海：剥去了她生活中的浮华，她的头发肮脏并乱作一团，刘海盖住了她绿色的眼睛。然后他再次有一种成为自由人的想法，想着越过那些高墙，越过监狱的日常惯例比如整理床铺、见玛利亚、在花园工作，或者和罗梅罗散步。然后他纠缠于逃出监狱、找到女儿的念头之中。不可避免地他思考着当找到她时他会做什么；他们会去哪里，他们会告诉彼此什么事，他们会从何处开始他们的新生活，远离那一切可怕的过去。

但是突然的关门噪音，一名警卫的命令声音，或是另一个狱友气势汹汹的注视又会把他带回到他那恶劣的鬼地方。

那天早晨罗梅罗正在写作，纸稿摊在他的床铺上。塞萨尔·阿尔卡拉从来没问过他每天写的那些长信都是给谁的，那不关他的事。好奇心在那些蛰伏的围墙中是一种本能，直到其消失殆尽。是罗梅罗自己把纸页摊开在床罩上，带着一种心满意足的神态。

“就这样，完成了。”

塞萨尔·阿尔卡拉用眼角的余光看向他。他的同牢室友看上去着实很高兴。如此高兴以至于他从瓷砖后面抽出了一小瓶杜松子酒，并偷偷摸摸地斟了一小杯递给他。

“我们在庆祝什么？”

罗梅罗张开他的双臂，好像那是显而易见的。

“完成了，我的第一个故事。主题不算是原创，我知道，是有关监狱的。"罗梅罗变得若有所思起来。然后他开始整理充满密密麻麻难认字迹的纸页。"事实上它不是一个有形的监狱，它不是一个充满铁栏杆和警卫的建筑……它是另一种监狱。"

从他们见面以来第一次，塞萨尔·阿尔卡拉见到罗梅罗显得是没有把握的，几乎是害羞的。他的同牢室友递给他一摞纸页。

"我想让你阅读它。"

"为什么是我？"

"因为，在某种程度上，你是主人公。"

塞萨尔·阿尔卡拉惊奇地看向罗梅罗。

罗梅罗注视着地板，用他的一只鞋碾灭了一只烟头，然后坐到了露台前面的凳子上，露台围有栅栏。一些犯人未受雨水阻挠正在篮球场打球。

"你骗不了我，我知道你的苦楚，阿尔卡拉。我已经在这里许多年了，我经历过各种各样的室友，好的和坏的。我什么都见识过：暴乱、谋杀、友谊、恋爱……我知道你身上发生了什么。我一直在观察你。迟早你会从这里出去。那个每天来探视你的律师会想方设法把你弄出去。那时，一旦你出去了，你将不能隐藏在这四面围墙之后了。"

"这都是有关什么的，罗梅罗？"

罗梅罗转向阿尔卡拉。

"你读这部小说，如果你不喜欢，就烧掉它……如果你喜欢，也烧掉它。那不会改变任何事情。我知道你是谁，我知道你内心中的东西，正等待着被唤醒。"

就在那一刻一名警卫出现在牢房门口。塞萨尔·阿尔卡拉有一个探视者。

"代我跟你的律师问好。"罗梅罗说道，躺在他的床铺上抽着烟。

当塞萨尔走进探访室的时候，玛利亚的脸庞是波澜不惊、了无生气的。她站在那里，靠在墙上，双手交叉在她的小提包上。她看起来像一尊石膏雕塑。

警卫摘下了督察的手铐，离开，关上了门。透过装有铁栏杆的玻璃窥视窗口他仍然保持警惕。

“一切都好吗？”阿尔卡拉按摩着他的双手手腕问道。

玛利亚告诉了他她的头痛和阵发性眩晕。后者有时意味着无论在哪儿她都不得不坐下并将头压进双手，直到眩晕过去；而她的周期性偏头痛持续时间越来越长，现在几乎是一刻不停的。她允诺过她会去看医生，但是塞萨尔·阿尔卡拉并不相信她去看过。虽然他们不是朋友，但他们之间存在着一股直觉的电流让他们了解彼此，尽管了解得不是非常透彻。

“又头痛了？”

玛利亚沉默地看着督察，超过了一分钟。她慢慢打开她的小手提包，拿出了一张陈旧的、黄色的纸。

“你知道这是什么吗？我不惜以我的名誉冒险，未经允许就将它从律师协会的档案室拿出来了。”

塞萨尔·阿尔卡拉接过那页纸，仔细检查着它。然后他陷入了深深的、沉思的沉默。

“你跟我说谎了吗，塞萨尔？”玛利亚问道，带有一种肯定的自问自答的语调。

塞萨尔·阿尔卡拉用一只手拂过额头。他转过身背对玛利亚，仍然贴在墙上，想知道是否到了跟她坦白的时候。

“说谎，讲一半真相，保持沉默……有什么区别？”

玛利亚快疯了，在那一刻她最不需要的就是他让她感到自己的愚笨。

“不要用那种讽刺的语调跟我说话。我不是你的同牢室友，也不是监视你的其中一名警卫。”

塞萨尔·阿尔卡拉冷冷地看向她。

“我的话里没有一点点讽刺。我在十分严肃地说……你想知道我是否认识莱卡森斯？是的，我认识他。那意味着我跟你说谎了吗？它意味的远不止是那个，不过我不能给你答案。”

那让玛利亚难以招架，让她极为愤怒。

“早在佩德罗·莱卡森斯出现在我生活中之前你就知道佩德罗·莱卡森斯。他是那个送交出你父亲的人，正是他的口供把他送上了绞刑架。这是口供。而这段时间以来你让我持续跟进老上校，好像你不知道他是谁。”

塞萨尔·阿尔卡拉看着她什么都没说，监狱已经教会了他处事镇静。在浪费口舌之前他宁愿先听仔细。他审视着那个女人凝视他的锐利眼神，她紧张的手指捏皱了老莱卡森斯的口供。玛利亚仍然是把他送入监狱的那个高傲、虚荣、自负的律师。她正在试图约束那份高傲，但并没意识到她表现得就像他们在法庭上一样，而他再一次接受了审判。

“你非常确定你了解我，不是吗，玛利亚？”他镇静地说道，“没有任何东西逃得出你的控制。你信任你的智商和你最终的直觉。”停顿了一下，他补充道，“但是你不应该犯两次同样的错误：你在将近五年前犯了一个误判人的错误。那应该教会了你你不可能知道某人心灵中的东西。也许你办公桌上的文件内容都是非黑即白，但是这里，和真实的人在一块儿，摩尼教的观点并不流行：我们人类是用灰色调涂绘的，像我这样，像你这样。”

玛利亚不知道该说什么。她很少被弄得猝不及防。但是塞萨尔刚刚做到了。她刚刚想说的话在她脑海中消失了。

注意到那个律师的困惑，塞萨尔·阿尔卡拉感到很满意，用一种更加决断但不失冷静的语调，他继续说道：

“对你而言我是个犯人。尽管你努力从你的脑海中擦除那个污名，但是你未能擦除掉，我在你眼中看到了它。我想杀掉一个人，我几乎做到了。我是有罪的，因此我的监禁可被认为是公正的。那就是为什么我的态度惹怒了你。你认为我应该感激你的陪伴，你的友谊。你认为我没有向你显示足够的钦佩或尊重，尽管你花了你的时间和精力帮助我寻找一条我女儿失踪的线索，或是一个可以把我从这里弄出去的法律漏洞……你是对的。我并不感激你，我不欠你任何东西，我并不感到蒙恩于你，当然我没有把自己看作是你的朋友。我知道为什么你在这儿：为了普布里奥，不是为我。莱卡森斯和你的前夫说服你做一些有益的事情，一些高贵、正义的举动：‘说服那个顽固的家伙说出他把不利于普布里奥的证据隐藏在哪里。跟他保证我们会找到他的女儿，我们会把他救出监狱，无论多大代价。但要说服他。’那就是他们告诉你的，是吗？我隐藏的证据是我唯一的保障——可能是错误的，或许是个幻景——对此你不会在意，但那却是我唯一拥有的，是我女儿仍然活着的保障。只要我不说她就会继续保持呼吸。那不是你关心的，是吗？我一告诉你那些文件在哪里你就会消失，因为你的正义使命将会大功告成。然后你将走出那些昏暗的大门，再也不回来。你将迈着匆忙的步子走到街上呼吸新鲜空气，并为你的自由感谢上帝。我并不是为此评判你，我没有权力那么做。也许你是对的，我是个犯人，因此，有罪。但是你呢？你也带有一个明显的罪过，顺便说一下是一个并不该你来承担的罪过，但是无论如何，你是有责任的。就像我为我的罪过受罚，你也该为你的受罚。

“你想要问题的答案，那会把你带到你甚至不能想象的地方。我认识佩德罗·莱卡森斯。这是真的。三个月前他来看我。他向我讲起了他不利于我父亲的口供……四十年后！我的整整一生都以为我父亲是个骗子，一个杀害女人的凶手。我成为一名警察只是为了成为他的对立面……突然这个来自过去的幽灵出现了，并告诉我一切都是普布里奥谋划的闹剧，以掩盖他一名部下的罪行。对你来说看上去奇怪吗？这个高级防务信息中心的特工露面告诉我，如果我想，我可以在四十年后为我父亲的死报仇……然后你就出现了，带着你的罪过，你的悔恨，你的允诺……你说莱卡森斯坚称你和我通过伊莎贝尔·莫拉联系到一块儿……也许我们是，或许那不过是胡说八道，另一场闹剧……现在，什么是真相？什么是谎言？玛利亚，我该信任谁？你？那个已经死去的老男人？不。我唯一能够信任的是我自己的沉默。你说你想帮助我。如果那是真的，如果你真的想要帮助我，那就把我从这里弄出去，再给我一杆枪。我会处理掉普布里奥的。我可以向你保证这次我会查明我女儿在哪儿。你愿意那样做吗？”

玛利亚全身一直在蜷缩，无法忍受那个冰冷的、几乎是冰冻的既没有仇恨也没有怜悯的滔滔不绝的语流。

“你会那么做吗？你愿意协助我从这里逃出去吗？”塞萨尔坚持问道，离玛利亚的脸庞越来越近，几乎碰上了她。

“我不能那么做，”玛利亚结巴地说，费劲地吞咽，“那违反了法律……我确定我们能找到一个合法的方式……对不起……有些……”

塞萨尔·阿尔卡拉举起他的一只手让她不要再继续沿那条路前行了。太多律师曾经跟他允诺相似的事情，他不再有耐心一直听老调重弹了。

“那么，如果你不打算帮我，就不要回到我这里安抚你的良心。你不会从我这里寻求到任何更多的理解，或者是你问题的答案。我不是一个圣人。”阿尔卡拉站起身朝着房门伸出双手，警卫等在那里，无言地让他戴回手铐。但在此之前他转身看向律师，“在我们分开之前，让我告诉你一些事情：你相信洛伦索会让你免遭拉莫内达的袭击，对吗？你犯了个错误。几周以来我一直在把我们的对话报告给那个国会议员的一名部下，他定期来见我。我告诉他你和我谈话的内容，他交给我我女儿写的字条。对我而言那是她仍然活着的证明。那个男人，我从来没有告诉过你的那个人，是洛伦索，你的前夫。与把你牵扯进来的是同一个人，正是那个人允诺会让你免受拉莫内达的侵扰，转而利用你作为诱饵去把那个疯子引出他的巢穴。一旦普布里奥决定除去你，那个人会把你丢给你的命运，像他对莱卡森斯做的那样。他出卖了他，或者让他们杀害了他，是同一回事。你想要答案，你现在得到了一个答案。你看真相可以是多么残酷，一点点真相，玛利亚。你的选择是多么错误。”

那天下午玛利亚·本戈切亚给玛丽娜打了电话。她需要跟她熟悉的某人倾诉，需要紧抱住某个可爱的东西，需要听到一个友爱的声音。但是她听到的唯一声音是电话接通后另一端无人接起的铃声。她把电话丢在床上，走到阳台上去抽烟。

她感到不知所措。就在短短几个星期前她还是一个完全不同的人，有十分清晰的视野。她有她的麻烦事，就像每个人一样，她对工作或多或少有些不满，但程度是可以接受的，她做那些允许她做的小小的白日梦以保持活力，又不占据太多精力。但是突然间，她出现在这里，靠在海景窗台的围栏上，和风做着斗争以点燃一根香烟；天空覆盖着煤炭色的云彩，她感到事情从她的手指间滤过，她知道她的生命即将垮塌。哭泣，却不知是愤怒、自怜还是绝望。她在背叛和谎言的大漩涡中孤身一人。

孤身一人让她感到恐惧。她咂吸完香烟，离开阳台去寻找电话，不敢相信在她头脑中逐渐成长起来的恶意想法。

第十九章

列宁格勒附近，一九四四年十二月

军队摄影师在小木屋门前聚集了农民家庭。他们毫无争辩地、安静地遵从他的指令，习惯了被那些交替变化的前线从一边移到另一边，德国人在一边，苏联人在另一边。当摄影师架起照相机的木质三脚架时，他转向那名和其同伴一同等候在装甲坦克上的军官，坦克停靠在冻结的壕沟旁边。

“现在，陆军中尉，站到那个女孩儿旁边。”德国军队摄影师操着带口音的西班牙语说道，那个陆军中尉感觉很好笑。他的西班牙语是带有鼻音的，几乎是令人费解的。“你可以笑一下吗？如果她不介意，让那个女孩儿拉着你的手臂。”

陆军中尉咬紧牙关。微笑？那个从列宁格勒郊区开始就一直拖累着他们的官僚主义“讨人嫌”正在要求他和他的全体官兵微笑。温度计标示的是零下四十摄氏度，在湖的这一边从来没这么冷过，燃油在油箱里冻住了，炮塔是僵硬的，就像他的四肢一样，但是他们还得在距离前线数米之隔的地方微笑；此时在用以削弱德军防御的激烈苏联炮击之后，一个烟雾帘盖住了湖对岸。在那场激烈的炮击中苏军每分钟发射七十吨的火力，四天不间断的炮击共发射了约三万五千枚飞弹。

宣传人员在位于他们身后的挂着透明冰柱的竹架屋顶上面放置了一个标志牌，召集人们去参加反对布尔什维克军队的民众战争。希特勒和佛朗哥的侧面像叠映在蓝色师团旗帜的上面，对苦难和牺牲保持着尚武的冷漠。

“最高统帅看上去不错，元首在那个肖像中是棕褐色的，看来他一直在马塔罗消夏。”佩德罗·莱卡森斯带着腻烦的玩世不恭说道。他是那个坦克车组的组员之一。他正在奋力点燃一根火柴以便他能够抽根烟。

陆军中尉带着一个理解的微笑点了点头。他对那个下士感到一种特别的喜爱，他是被强征入伍投身一场像所有战争一样荒谬的战争的。他们在波兰集中营中相遇，他们在纳粹军官的监督之下接受训练。没有人谈论他们的过去。过去并不存在。只有那场战争。但是尽管如此，他们建立了一份超越简单士兵同僚情谊的友谊，超越了军队的等级。

“希特勒让我想起了我知道的一个来自托莱多的犹太人。”莱卡森斯说道，咯咯地痴笑。

军队摄影师假装没有听见那些不相关的评论。如果希特勒本人知道那些西班牙人的散漫行为不值得穿上那身德国军装，他早就下令射杀他们而不是将他们送到列宁格勒前线了。尽管缺乏纪律性，他们却是经验丰富的士兵，他们已经在西班牙打了三年内战；在德军发动对苏联的最后进攻时他们会非常有用。

“陆军中尉，可以让你的部下摆出一个适当的姿势吗？有军人风采的、满腔热情的就够了。”

陆军中尉沉默地观察着农民家庭受惊吓的面孔，他们被从简陋的棚舍中拖出来以戏剧化地表现那个场景。小镇上不剩一个男人，庄稼汉、游击队战士已经被俘并就地枪决；那些几乎被降雪掩埋的尸体，在他们曾被射中倒下的地方，就像扔在白茫茫之中的包袱。一阵强风划破了那个幻景般的地方的寂静，搏斗、镇压和伤寒感冒被遗弃在了那个地方。

“让我们战胜这场马上就要过去的闹剧，”陆军中尉喊道，往地上啐了一口痰，“你们这些家伙，把坦克开到这里，像他们明天即将把你们送回西班牙那样微笑。我说你们仨！佩德罗，马上落实，和其他人一起。”

部下们毫无热情地照做。摄影师强迫一个年轻的俄国女人拉着西班牙陆军中尉的胳膊。一个接一个地，他在底片上留下必要的影像，将其立即储存在布套中。军官努力不去看那个拉着他右手臂的年轻农民，但是他感受到她凝视的目光就像沸水一般正倾倒在他已经被冻住了四天的胡须上。

“斯巴涅尔？”那个乡下女人问道。她在问他是否是西班牙人，她并没用俄语问，而是用德语。

十分钟后，摄影师认为他已经得到了足够的影像。他收起了照相机，把佛朗哥和希特勒的标志牌装载进了一辆小卡车。农民们跑去他们的窝棚避难。但是那个女人没有动，她继续盯着陆军中尉。

“西班牙人……”她结巴地召唤在小木屋后面的陆军中尉，露出一个没有牙的、早衰的笑容。她把自己用作外套的编织茅草稍稍滑落到一边，露出了长长的、苍白的脖颈以及领口几乎察觉不到的乳房；她用右手拉出其中一只，展示出一个干裂的、尖尖的暗色乳头，左手做了一个往口中送食的手势。

“我有一罐土豆。”莱卡森斯说道，并紧张地在挎在一只肩膀上的背包中搜寻着，其欲念的目光未曾离开那个女人的乳头。其他坦克车组成员走过来，像西伯利亚饿狼一样围着她，鹅毛大雪之下的灰色饿狼。

陆军中尉移到一边，靠在冰冻的墙桩上，与此同时他的部下们轮流将裤子褪到膝盖，插入伸展在肮脏、冰冻地面上的那个女人的身体，他们中的每个人都在她旁边留下了一些食物。没有声音，除了男人们迫切推进的轻微喘息声，以及远处把天空点亮成蓝紫色的沉闷爆炸声。雪花断断续续地落在摊开在地面上的身体上，落在吃力的呼吸上，落在那个女人用前臂盖住的食物上，那个女人并没有看向那些一个接一个地拥有她的男人。

他们中的最后一人在水汽和声音的羞辱释放之后一动不动地待在那个女人身上，就在那时陆军中尉莫拉下令撤离。在他的部下轻声走进坦克的时候，他走到那个女人那里，她仍然躺在地上，双腿张开，连衣裙掀到膝盖上面。那是一条亮色的连衣裙，那个寒冷地狱中的一抹春色。

她用深不见底的凝视目光看着他，没有斥责，没有宽恕。她朝他伸开了双臂，双腿张开得大了一点，闭上了双眼。她的眼睑上不久就覆盖上了积雪，成为她红润脸庞的一部分，她干瘪的乳房像一个旧的皮酒囊。她看起来像一具尸体，一具被寒冬僵化的尸体，一副绝望的求生姿态。

费尔南多·莫拉褪下了裤子，俯在她身上，插入了她的身体。

“看着我。”他要求那个女人。她并不明白语言，但是明白了那个声音的恳求语调。他们四目茫然相对。大雪纷落在俄国大地，两个死人无望地试图给予彼此生命。

十二月底朝着前沿阵地继续前行的命令下达了。费尔南多和他的部下占据的战壕是令人沮丧的。在一个木台上摊开着一些厚布做成的垫子，构成了防水地板。他们睡在皮袋子中，穿着有内衬的披肩，戴着爱斯基摩兜帽和手套，另外他们还有为雪地准备的滑雪板和球拍。他们用锋利的小刀在冰面上凿洞抓鱼，把鱼开膛破肚给自己补充营养。他们的大部分时间都花在了往火炉中填放桦木原木上。在漫漫长夜他们时刻监视着仅五百多米外的若干据点之中的敌人。通过电话，他们给指挥部通报他们的位置，然后他们放出腹部绑有炸药的狗。那些狗接受了在坦克下觅食的训练。当把它们放走，饿狗们疾驰穿越战场到达苏联的坦克处。俄国人从他们的阵地朝它们开枪，许多狗在到达它们的目标物之前就爆炸了，但是有一些设法到达坦克的履带下面，随后引爆了它们。

在他们的隐藏地点，费尔南多和莱卡森斯会下赌注，似乎他们正在观看一场灰狗竞赛，看哪些狗能够到达它们的目标物。残忍是他们日复一日毫无意识的一个组成部分，观看一只狗腹部皮开肉绽而死总比整晚听到伤病员不间断的尖声叫喊要有趣得多，后者在旷野中奄奄一息。

每过一会儿，当爆炸看上去被其自身的一些破坏性冲击力的作用而削弱，费尔南多就会离开挖在冰上的洞而向冻结的海岸靠近。站在被严寒冻结实的黑土堆上，他可以镇静地抽一根烟，观看着风景，又不会置身于太危险的境地。在那些充满了大片沼泽地和大片森林的纬度区，忧郁被涂画成了蓝色和玫瑰色。俄国伞兵身着他们的连体服，装备着他们的什帕金冲锋枪，挂在冷杉树上，被蓝色师团的西班牙人击落。远处，在其中一片海岸上，他依稀可以辨认出陷落在冰中的一艘战舰的炮台，上面摇着红色的旗帜。那是一场幽灵般的战争，三小时的炮火通明，一切白天黑夜的概念盖以失去。

费尔南多很疲惫。并不是因为睡眠不足、饥饿或是正在侵蚀他内心的寒冷，而是那个荒凉的、冒着烟的场景，就像他的内心一样。普布里奥和他的父亲选择送他到那个场景中送死，因为它的辽阔，它残酷无情的宽广，那场战争会不留痕迹地吞噬他。然而，那片将作为成千上万死者裹尸布的冰冻土地，似乎不接受他的自杀，他仍然活着，而焦急回去的其他人，却一到达前线就倒下了。

战争改变了他。他不再热衷于文学，也不再是一个狂热的、坚信不疑的、有真知灼见的理想主义者。有时甚至他母亲的形象也褪去了，他不得不去找回两年多以前他在德国接受军事训练时收到的信件。信来自安德雷斯。那是一封短信，一个孩子的字迹，阐明了他们的母亲在一个旧采石场被发现死于谋杀，杀害他们母亲的凶手不是别人，正是他的前任老师，马尔塞洛·阿尔卡拉。他们已在巴达霍斯监狱处决了他。

他父亲懒得写信告诉他这些，也未花时间回复他的电报，他甚至没有准他假参加葬礼。费尔南多所剩的有关他母亲的唯一东西就是那张安德雷斯随信寄给他的照片。一张肖像照，他母亲就像一个女电影明星，戴着阔边花式女帽，吸着烟。他把它像护身符一样保存在他军夹克的里兜。他弟弟难认、参差不齐的字迹和他母亲的照片是连接他和过去的唯一东西，是他绝对不能像他弟弟那样变疯的唯一原因。

安德雷斯寄来的最后一封信是令人泄气的。信来自巴塞罗那的一家精神病院，莫拉家已经搬到了巴塞罗那。他们的父亲一切进展顺利，成了和佛朗哥最亲近的部长之一。但是根据信的内容，那并没有给他留出时间照顾安德雷斯。他的弟弟被送入了一家精神病院去治疗他频繁出现的焦虑性攻击。那是他所患疾病的委婉称呼。读那封充满痛苦的信让费尔南多痛心不已。他感到他的弟弟是手无寸铁的，远离他和他们的母亲他将会无法挽救地迷失进癫狂的深渊，而费尔南多对此却无能为力。

当我在这个软壁病房中浪费光阴时，你正在战场上，与成群的敌人战斗，像个英雄一般奋力拼杀。当普布里奥来探视的时候，我问他有关你的事情，但是他什么都不告诉我。爸爸甚至都不来见我，他一定认为我的病是传染的。没有人谈论你。似乎你已经死了，不过我知道你还活着，我知道你会回来的。我爱你，费尔南多。

你虚度一生的弟弟

费尔南多折叠起那封破旧的信并收好。安德雷斯不能理解，他甚至不能想象，这个野蛮残暴的场景一点儿都不英勇，而是悲惨的，冰冷的，弥漫着烧焦肉体的恶臭。见到一个双腿截肢的甚至脖子上还挂着铁十字勋章的士兵一点儿都不英勇；强奸儿童、刺穿他们的父母一点儿都不英勇；在轰炸期间把脸埋入泥土中哭泣一点儿都不英勇。

在远处，费尔南多产生了一个有关自己的幻景，在其中一切都是场噩梦，当噩梦结束，他会回到西班牙，他的弟弟会在那里等着他。他会把他从疯人院接出来，他们会到某个安全、遥远的地方，他们会重新开始一段崭新的生活，远离他们的父亲，远离普布里奥，远离一切。但是随后暮光的阴影将会侵入围绕在他们阵地周围的树林、冻结的沼泽以及道路。寒冷加剧，陆军中尉站起身，摩擦着他的双手，呼出了青色的烟气，香烟在他紫色的双唇间燃烧殆尽。他回过神来，地狱实在太真实了。

他最后看了一眼那个遥远的地平线，在阴影之间移动着西班牙士兵的侧影，他们正在准备明天的进攻，也许他们最终会死在明天的进攻当中。或许会是他，在这么多的搜寻后，他会在自己死亡时找到一片天空做最后的仰视。他并没有更多地思考他的死亡，或是其他人的死亡。也没有更多地思考他可以施加或者承受的痛苦。没有任何东西看上去是真实的，他的身体只是逢场作戏，心不在焉的，像是多一件外套保护他抵御寒冷。一切以幽灵般的方式发生了，飘忽的，充满了虚无。

他听到了身后脚踩积雪的嘎吱嘎吱声，有人逐渐靠近。是莱卡森斯。

“他们给你带来一些东西，在防空洞里。”他说道，语调生硬，立即转向他来的地方。莱卡森斯是个话不多的人。他的姿态是粗鲁的，比如他那宽大、青筋爆出的双手，比如他那西伯利亚樵夫一般的步态，每一步都陷入齐膝的积雪中。冻结的雪花飘落到他的披肩上，飘落在他挎在背上的机枪上，其上固定着刺刀。费尔南多跟着他进入雪地上挖的洞。他们气喘吁吁地进入到防空洞。其他士兵身上盖着披巾，为了取暖围绕着临时搭建的壁炉。潮湿柴火的烟气刺激他们的双眼并使狭小的空间气味难闻，防空洞被忽明忽暗的火焰照亮，把那些男人的侧影反射到了围栏壁上。

“就在那儿。”莱卡森斯将他正用来扇火的铁铲指向一个信封。

他们都期待地看着那个信封。在前线的那几个月他们中没有人收到过邮件或包裹，他们都知道跨越补给线有多么困难。

“你要打开它吗？”莱卡森斯问道，似乎他的名字也写在那里，用黑色铅笔和西班牙语，在陆军中尉费尔南多·莫拉名字的旁边。

陆军中尉拾起信封，吃惊地查看着它。那不是来自军队指挥部的命令。那些文件一直是用代码编写并且直接交到他手上，不通过联络人传达。另外，很明显那封信被打开过，审查后又重新封上的。

“从西班牙寄来的。”他说道，他的声音是恍惚出神的。西班牙仿佛是传说中沉没于大西洋的亚特兰蒂斯岛：一个并不真实存在的地方。他的凝视目光变得忧虑起来。他接过了信放在他的前臂下方，在某个角落搜寻着不可能存在的私密空间。其他人，失望地授予他片刻自由，将视线移向火焰，只有火焰可以压抑他们对于信封内容的好奇心。

费尔南多咬着他被严寒冻僵的一只手。他正试图把信隐藏起来不让其他人看见，但是他不能克制他的情绪。他慢慢地读起来。

“坏消息？”莱卡森斯问道，他看到了陆军中尉眼中出现的无限空白，不知所措，措手不及。

费尔南多摇了摇头。他走到炉火边，慢慢把信纸填入了火焰之中。

“我父亲剥夺了我的继承权，我弟弟被宣布为无行为能力者。他被锁在贝德拉贝斯精神病疗养院。我一无所有，身无分文，无家可归了。”他简洁地说道，与此同时，火焰把信变成了蓝色，随后化为了灰烬。那是费尔南多第一次跟人说起有关他过去的事。

突然有一阵巨大的响声。防空洞的墙面颤抖着，有薄薄的一层雪和冷杉针叶掉落到他们身上。

“进攻开始了。”莱卡森斯语气沉痛地说道。

“好吧，让我们擒获他们。”费尔南多大喊道，抓住他的自动式步枪，打开防空洞的活板门。一股冰冷刺骨的空气立即淹没了那个狭小的空间，熄灭了微弱的火苗。

那天夜里如剧烈风暴横扫一切一般，空中充斥着红蓝光线，强烈爆炸、泥浆雨和榴霰弹接踵而至。炮火之下，人们拖着沉重的步伐穿越雪地，前赴后继地流血牺牲。一些士兵缓慢地拖动着一个担架，上面一个伤员摇动着没有双手的胳膊，像疯子一样尖叫着。其他人朝着后方跑去，惊恐地逃跑，被积雪绊倒，丢失了他们的武器。费尔南多和他的部下蹲伏在迫击炮炮弹的弹坑里，他们的面庞紧绷，覆盖着鲜血和泥浆。他们注视着展现在眼前的恐怖景象，好像那是寻常的，被寒冷和恐惧所麻木了。

黎明将至，一切都停止了。雾气中，蓝色师团最后仅剩的西班牙士兵在爆裂的、冒烟的树林中行进。一种不安的静寂控制了那片地形，就像暴风之前的宁静；打破那份宁静的只是一些燃烧的小屋的噼啪声和一些奄奄一息的伤员的虚弱呻吟声。费尔南多和他的部下艰难穿行于那些被战斗和精疲力竭摧毁的面庞间。二十分钟悲惨行进之后，他们辨认出两座驼峰形山丘之间东正教小教堂冒着烟气的圆屋顶。

一个德国军官走过来见他们。他是纳粹党员，穿着一件厚厚的带有皮领子的外套，戴着一顶解开了护耳的帽子。他把一只戴着手套的手撑在他皮带上枪柄探出的地方。带着一副挑衅的表情，他停在了费尔南多的前面。

“我们抓住了一个犯人，是西班牙裔的俄国军官。我们想让你审讯他。”

在带有倒刺的铁丝网后面，一排男人聚拢成一团在暴风雪中等候着。他们没有武器，许多人赤着脚且没穿外套。他们为检查而列队站好，他们吃力的冒着蒸汽的呼吸混合着飞旋在他们低垂头颅周围的雪花。费尔南多感受到一种奇怪的不安。

纳粹军官举起了一只手臂。

“这是你的犯人，陆军中尉。我认为他是个为苏联军事情报部门内务人民委员会效力的西班牙军官。我们试图从他口中获取情报，但是他很强硬。他说他只会跟来自蓝色师团的军官说话。”

一名士兵用他的步枪枪托击打那个犯人的屁股，迫使他出列。

“你叫什么名字？”费尔南多问他。

那个犯人触摸着他酸痛的屁股。他的双手覆盖着褴褛的毯子。他手指的指尖被冻僵了，指甲变黑了。

“我只会跟你的上级讲话。”他傲慢地回应道。

费尔南多扬起他的眉毛。一个有胆识的家伙。

“你是个军事情报官员吗？”费尔南多问他，并点了一根烟，放进犯人的嘴中。

犯人嘴部扭曲地微笑着。

“让你的一个上级过来，陆军中尉。你和我待在一块儿就是浪费你的时间。我不会告诉你任何事情的。”

犯人的自信让陆军中尉很难堪。犯人的四肢由于寒冷而哆嗦，没过多久红色的疙瘩开始出现在他的皮肤上。是列宁格勒冰冻的寒风蚕食了他的肉体。他咬紧打战的牙齿，但是当费尔南多拿着一把刺刀靠近他，用刺刀的尖头戳他的右眼睑下方时，他的凝视目光没有畏缩。

“你是个俄国犯人，你为军事情报部门效力，我可以挖出你的内脏，然后把它们猛塞回你的肚子，如此重复，想做多少回都可以，没有人会来阻止我。所以你最好还是告诉我你是谁。”

就在那时，莱卡森斯下士低头靠近。在他抬头向上看时突然停了下来。见到那个犯人，犹如他们往他肋骨处戳入了一把刺刀，给了他一记如此猛烈的刺痛，以至于他害怕他会晕倒，但尽管如此，他脸上没有一块儿肌肉收缩。他的第一感觉是惊愕，紧跟着一阵突然的内心愤怒。他隔着一段距离观察着那个犯人。在他的一生他只见过其一回。他变样了，就像莱卡森斯自身必然也变样了。那场该死的战争和那无尽的寒冷改变了一切。但，就是他，这点毫无疑问。

就在那时，一个冰冷、残忍的决定在他心中萌生，一个复仇的本能将伴随其至生命终结。他跳到那个犯人身上，用拳猛击他，把他面朝下推倒在冻结的地面上。那个犯人在雪中蠕动，身后留下了从其裂开的嘴唇中流出的大滴大滴的鲜血。其他犯人带着恐惧和无能为力注视着这个场面，士兵们正用枪口控制着他们。

被莱卡森斯的反应所震惊，陆军中尉半天才回过神来，随即便猛烈拉回莱卡森斯。

“介意告诉我出什么事了吗？我并没有向任何人下达袭击他的命令。”

“服从命令，陆军中尉，但是我们需要谈谈。我认识这个男人。”

犯人咳嗽着双膝着地，一只手撑在他的大腿上，颤巍巍地站立起来。他的双眼就像余烬，他瘀紫的嘴唇带着寒冷和愤怒在颤抖。

费尔南多注视着莱卡森斯，好像后者喝醉了一样。他们往远处走了几步。

“你要说什么？”

莱卡森斯没有把他的目光从那个犯人身上移开。

“那个人在我面前杀害了一个女人。两年前，在巴达霍斯一个废弃的采石场。他自诩为国家情报部门的一名官员。他不是红军，他是个冒牌货，是个杀手。他们强迫我提供一个口供，不利于某个他们指控为谋杀者的可怜家伙。他们说如果我不提供就会送我到这里。我为了救自己而说了谎，我的口供让一个无辜的人送了死。但他们还是把我送来这场差劲的战争。”莱卡森斯抬起了一只手臂，用食指指向那个犯人，“都是因为那个狗娘养的。他就是凶手。”

暴风雪的强风使得那些话语猛冲直撞到陆军中尉的脸上。他想起他弟弟的耻辱，他母亲的死，他的命运。然后，内心中，他感受到一种令人心碎的动物本能的痛苦。

“你指控的那个人……他叫什么名字？”

莱卡森斯摇了摇头。他非常清楚地记得那个名字。每晚他都看到同样一个形象，一个因他而被吊死的男人的形象。

“阿尔卡拉……他的名字是马尔塞洛·阿尔卡拉。”

那个纳粹军官不耐烦地走过来。

“事情进展如何，陆军中尉？”

费尔南多用刀锋一样尖利的目光注视着那个犯人。

“我需要仔细审问那个被拘留者。”

他跟莱卡森斯打了个手势。那个下士抓着犯人的头发，把他拖到一座满目疮痍的建筑前，那里正在审讯其他犯人。进入里面他们听到受刑者极为痛苦的惨叫声。德国士兵们在一些犯人身上发泄他们的愤怒，扒掉他们的衣服，用镐和刺刀把他们猛戳到冰冻的地面上。那是戈雅画作中的一个场景，一场起劲的有关血和痛的恣意妄为。费尔南多双眼睁大，他的神情是茫然若失的，好像他完全不记得他是谁，他曾经是谁。

“脱掉他的衣服。”他命令莱卡森斯道。下士照做了，野蛮地撕开犯人身上的褴褛破衣。

费尔南多拔出鲁格手枪，拉回滑套，扣动扳机，用枪口猛撞那个犯人的太阳穴。

“你知道一个叫伊莎贝尔·莫拉的女人吗？回答！”

听到那个名字，犯人眨动着眼睛，颇为惊慌。他把眼睛瞪得非常大，脸色变得苍白起来。

“你……是费尔南多·莫拉？”

费尔南多情绪失控，更加用力地握紧他的手枪。

“莱卡森斯说的是真的吗？你杀害了我母亲？”

就在那时，从门的另一边传来了呼喊。门突然敞开了，蓝色师团的头领，埃斯特万·因凡特斯将军本人，被其参谋簇拥着出现了。

“这里发生了什么？”他咆哮道，交替地看向费尔南多和那个犯人。费尔南多立正站好，尽管他的整个身体愤怒地颤抖着。

“我正在审讯一名俄国犯人，我的将军。”

犯人如释重负地叹了一口气。

“很高兴再次见到您，将军。我终于确保我的消息及时抵达了。苏联人即将对列宁格勒发动最后一次进攻。他们计划驾驶 T-34 坦克和飞机前来。我认为你应该下令大举撤退。”

将军点点头，显然他知悉那个人。他粗鲁地看向费尔南多。

“你是个白痴，陆军中尉。你差点杀了一个渗透到俄国战线的自己人。”他命令他们给那个犯人一件外套，带他离开那里。

费尔南多不能相信所发生的事情。

“那个人，我的将军，涉嫌西班牙的一起犯罪活动……他杀害了我的母亲。”

那个犯人甚至都没有畏缩。“我的将军，我会留下一支突击小分队在我们撤退时争取一些时间。小分队里面的人很有可能活不下来，但是祖国会把他们当作英雄铭记在心。依我看，莫拉中尉是那个职位的最佳人选，还有那儿的那个下士，莱卡森斯，他应该至死都会忠诚地守卫在他上级身边。”他说道。他悲伤地看向费尔南多，靠近他，并用一个唐突无礼的动作拔出他的鲁格手枪，直视着他的双眼。“我想我将把你的手枪作为纪念物保存。”然后他朝门口走去。

“您不能这么做！”费尔南多冲将军大喊道，“那个人是个谋杀犯。”

那个犯人停住了，他慢慢转过身，凝视着被刺穿并被钉在地面上垂死挣扎的其他犯人的惊恐。

“我是个谋杀犯，没错。但是看看你周围吧，费尔南多。告诉我我们中有谁不是呢。”

两小时后，雪下得愈加猛烈。俄国坦克纵队出现在地平线上，大地在其重力之下颤抖着，有十几个人已经匆忙在地上凿好了洞进行避难。

费尔南多闭上双眼。在他旁边，莱卡森斯向天父祈祷着。费尔南多校准着他那朝向前方的自动式步枪的瞄准镜。

“开火！”他在坦克将要压进他们时下令道。他的部下一个接一个地被势不可当的坦克履带碾压致死；他确信自己正在逼近死亡，继续保持着射击和呼喊。

第二十章

巴塞罗那，一九八一年二月二日

最终加布里埃尔还是放弃了，这个决定做得并不容易。他几乎失去了任何行动能力，他的生命恶化得如此迅速，以至于没有帮助的话他不可能继续做甚至是最简单的事情。一开始他采取了一种愤愤不平的态度，好像他正在否定他已经变成了一个老人的证据，一个对于其他人甚至他自己来说无法接受的重担。从前，在那些看起来那么遥远以至于似乎不曾存在过的日子，他不会允许他的衰弱达到如此难堪的状态，他会开枪自尽，那样他就可以被埋在圣洛伦索他妻子的旁边了。那样，他说，就会产生一种美学的恩泽，几乎是锦上添花：在那么多年无声的彼此憎恨之后，永远安息在他自杀的妻子旁边。因为，如果加布里埃尔确信一件事的话，那就是死者的憎恨比生者更加强烈。每次走近她的墓地，他都能感受到妻子对他的憎恨。

加布里埃尔到头来还是接受了那个事实，他最终变成了某件家具，可以从一个地方移到另一个地方，被不假思索地停放在一个角落。他无法摆脱那种自暴自弃的感觉，即使他的女儿确实做到了经常来看望他。

也许那就是他下决心迈出他即将迈出的那一步的原因。

他抚摸着随身携带的夹在胳膊下的包裹，意识到当他穿过面前开启的旋转门时，一切都不会再是原来的样子了。即便如此，他仍然做了个深呼吸，以坚定的步伐走进了那家养老院的大厅。

在一个高高的接待台之后，一个戴着金属框眼镜的年轻男人正在接电话。加布里埃尔站在那儿等着，快速翻动着一些小册子，它们解释了怎样通过西班牙老年人与社会服务研究中心以特别的老年折扣申请去兰萨罗特的旅行。背景音乐是古典的。他看见一对老人推着助步车走过，身旁陪同着一些穿白大褂戴白帽子的护士。一切都是洁净的，衰弱的，宁静的。一个无激情一席之地的清心寡欲的地方。

“您需要什么帮助？”那个年轻人挂掉电话后问他。他身上有些许女人气，大概是他身上过量的香水，或是他的声音，或是他移动双手的方式。

“我想见费尔南多·莫拉。”

年轻人看上去很吃惊。

“对不起，谁？”

加布里埃尔重复了那个名字。年轻人变得紧张起来，扭头看了看，仿佛担心有人听到了他们说的话。

“恐怕这里没有人叫那个名字。”

“我不知道这些日子以来那个浑蛋的名字变成什么了，也许他已经改了名字。但是根据你的表情判断，你知道我在说什么。我的名字是加布里埃尔·本戈切亚，告诉他我来这儿见他了。”

年轻人犹豫了。他在裤腿上蹭着他的一只手掌心，好像满手是汗。

“这不是我们做事情的惯常方式，”他结结巴巴地说道，“探访需要主管核准。你提到的那个人通常不在这个时间见访客，他正在做水疗。”

水疗，似乎那是一个给有钱的老家伙们准备的温泉疗养。

“既然如此，他只好过会儿再做了。”

年轻人离开了接待台，朝着走廊远去。几分钟后他回来了，脸色像石膏一样惨白。“有点儿小问题，但是已经处理好了。请跟我来吧。”

加布里埃尔没问是什么样的问题，但是显然有人狠狠训斥了他一顿。

他们穿过一条带有巨大外窗的走廊。两边都有老人坐在柳条椅上晒太阳。他们看起来像贮藏在博物馆地下室的雕塑，人们走过时他们几乎不抬头看。他们穿过一连串粉刷一新的拱廊，之后到达了一个荫蔽的区域，那里的气温凉爽一些。天花板上延伸着管道，可以听到流水声。年轻人说他们在泳池区的下方。又走了数米之后他停了下来，掏出钥匙打开了一扇门。

“在这里等候。”

那不是访客到访的惯常流程。加布里埃尔探进脑袋窥视那个房间。房间很大，向阳。拱形的天花板很低，有两个交叉的拱顶，在它们相汇处有一块巨石。靠墙堆放着数十张乏味的画作。在房间后方有一个由两个锯木架支撑的厚木板，还有一些盛画笔的罐子。房间闻上去有颜料和松脂的味道。似乎是一个画家的工作室。

“这是会客室？”

年轻人涨红了脸。显而易见他有些不安。

“我只是遵照指令，在这里等候。”他重复道。

等待的时候加布里埃尔看着那堆画作。当他拿起最靠近的那幅，数百个尘埃颗粒飞向空中，好像画作刚刚咳嗽了。那是一幅田园风光，带有一种形式主义，会让任何懂点艺术的人摇头大笑。其他画作是类似的，狩猎场景，田园，河流，森林，都被积雪困住，在铅灰色的天空下。画得很好，但是没有任何潜力。然而它们都有一些共同的古怪之处：景观中的人物都是模糊的，轮廓朦胧。他们就像灰色、黑色或者白色的污渍，在画作明快一些的颜色之中徘徊，像忏悔者或幽灵一样。对于加布里埃尔，对于任何花时间仔细注视他们的人来说，他们的面孔是令人不安的。

几分钟后门开了。出现了一个男人。你可以从他的装束和他严正的身姿判断，他不只是某个通过折纸船或画无价值图画来消磨时间的退休者。他看加布里埃尔的方式，就像有人刚刚当场抓住某人翻查其物品。然后他把注意力转移到在地板上的画作上。他的瞳孔闪烁着，就像一杯水中的倒影。

“根据记忆来画很难，”他说道，费劲地咬清字眼，“记忆就像洋葱皮一样一层层剥离掉。最终只剩下感觉：冰冷、恐惧、饥饿……”他抬起头面对加布里埃尔，“憎恨……画出一种感觉很难。”

加布里埃尔一言不发地与他对视着。

那个男人移开了一点，背向他点了一根烟。他转过身，一只手拿着烟，将烟送进他颤抖的嘴唇。

“所以你终于记起我是谁了。”他吸了一口烟，随即费力地咳嗽着，他轻弹烟灰，任其落到睡衣上。他把目光削得像针头一样尖，想要刺穿加布里埃尔的瞳孔。

“我知道你是谁，从你露面的那一刻我就知道了。问题是，为什么是现在，四十年之后？你想从我身上得到什么，费尔南多？”加布里埃尔说道，眼中含着那个灼烧的、激动不已的凝视目光。

费尔南多·莫拉走到窗边。在滤射进来的光线之下，他的形象虚弱得可怜，就像即将分崩离析的一团尘埃。他窥视窗外。窗口俯瞰着一个照料不当的长满了荆棘和灌木丛的露台，还有一堵砖墙。除此之外可以看到一些害病松树的树冠。他凝视了那个荒凉的景观一小会儿。他在烟灰缸中碾灭香烟，并用手指揽着他的膝盖。

“从你的嘴上听到我的名字就是一个胜利。”

加布里埃尔攥紧他的关节直到它们噼啪作响。

“看来你不遗余力地保守秘密。前台接待否认这个养老院中有叫费尔南多·莫拉的。”

“我不得不小心，有人发现我仍然活着会不高兴的。”

“我以为你死了，就像你父亲、像你弟弟一样。那就是普布里奥告诉我的，说你们都死了。”

“也许那个老恶棍普布里奥是对的，也许莫拉家所有人都死了，我只是一个幽灵，是你良心无法忘记的东西。那个逻辑上的东西已经死在列宁格勒的那些战场上了，像我绝大多数的部下一样被坦克碾过，被子弹击中面部而没能生还。”费尔南多喃喃道。当他张开嘴，你可以看到他被毁坏的牙齿。“但那一切中最糟糕的是我是真实的，意味着普布里奥跟你撒谎了。还有你并没有设法杀掉我，借助布尔什维克，或是他们的坦克，或是他们荒凉的冰天雪地，或是他们的西伯利亚战俘集中营。是的，我可以是一个相当皮厚的幽灵，很难甩掉的一个。”

费尔南多的猛攻是强有力的，他的话钻进加布里埃尔的内脏，带着毁灭性的、有条不紊的精准一遍又一遍地击打着它们。

“你想从我这里得到什么？”

费尔南多让他凝视的目光在他花费多年创作的画作上徘徊。那些形式上美丽的画作被一些破坏性的、恐怖的东西所占据。他想从加布里埃尔那里得到什么？什么，在四十年后？

“你知道佩德罗·莱卡森斯死了吗？”当费尔南多意识到那个名字对加布里埃尔来说一文不值，他感受到淤结的愤怒。然而他克制着自己。他花费了许多年，太多年，筹备那个时刻。他不会让他的情绪出卖他。“好吧，你应该记得他的名字。莱卡森斯是高级防务信息中心的一名上校。”

“我已经不做那行了。”加布里埃尔简洁地回复道。

费尔南多点点头。加布里埃尔现在是个退休人员，在比利牛斯山脉的一座小镇的墓地旁边种花。过去对他来说似乎没什么意义，好像他已经从他的记忆中擦除掉了过去。然而加布里埃尔飘忽不定的目光中有一些破裂的东西，一个裂缝。透过它逃逸出他正试图隐藏的东西。他在说谎。

“也许你不再是一个为普布里奥工作的间谍了。时代在变，对吗？即使是那些我们不可或缺的东西也会以排斥我们告终。对你来说假装所发生的事情都对你无关紧要一定是很难的。但是我确定你记得佩德罗·莱卡森斯。他是个好人，他的生命是被你提早终结的。他是个监视采石场的单纯士兵。如果你和伊莎贝尔十分钟之后到达那里，他就已经结束了他的轮岗，后面的一切都不会发生：那个伪造的不利于马尔塞洛·阿尔卡拉的口供，苏联前线的战争……很奇怪一个男人的命运是怎样由几分钟的时间决定的。那场战争和接下来战俘集中营中的数年把我们变成了一些我们从未想过我们能够成为的东西。莱卡森斯是个单纯、诚实、直接的人，但是你扭曲了他的道德标准。”

费尔南多深呼吸忍住哭泣。但是当他想起他们在西伯利亚古拉格集中营经历的没有食物、没有衣服、没有希望的艰难困苦时，他的双眼闪烁泪光。如果没有莱卡森斯的信念、战胜痛苦和折磨的勇气，他根本就活不下来。他们被一种无限增长的憎恨推动向前，在那里只有憎恨可以维持他们的生命。莱卡森斯学会了在那个战场的废水中找方向，他构建了一种伪装的性格，他知道怎样刺入他恨到恶心程度的一个系统的心脏。一个晴朗的日子他们被释放了。莱卡森斯发迹了，当他回到一个感觉不再属于自己的祖国，他们给他戴满了勋章。艰苦地铸造了一个军旅生涯的他，一口回绝了军装。他变成一名间谍。最好的选择。那一切只有一个目标：查出那些击垮他的人，找到一个方法毁掉他们的生活，就像他们毁掉他的一样。

“他找到你并没有花费很长时间。但是你是普布里奥的门生，而普布里奥是莫拉部长的朋友。碰不得。不过莱卡森斯知道怎样等待数年。等待是当你不愿意放弃时所剩的唯一一件事。憎恨需要耐心变成一种有用的情绪。相信我，十年俄国集中营经历会从那个角度很好地训练你。”

加布里埃尔深深地呼吸。他呼吸着，感受不到空气的存在，他感觉别人是看不见他的，就像他看不见别人一样。他坐在地上像一只弄坏了的提线木偶。那是他第二次经历那种感觉。第一次是三十五年前，当他妻子在衣箱中发现伊莎贝尔的信件时。那些信件是他妻子用于在横梁上吊自尽的套索。那些信件他从来不想摆脱。他身上的一部分已经随他妻子死掉了，也吊死在了那个横梁上，但是他身上最重要的那部分仍然继续呼吸着，他战胜了绝望透顶。他为了玛利亚，为了他的女儿而战胜。他愚蠢地相信他一生的悔恨和噩梦已经足够偿还。他太天真了。一切都回来了，再次发生了。他所做事情的真相会锲而不舍地跟随着他，永远，不会放弃，直到他死的那天。

“我做了所有那一切，”他喃喃道，点着头，“我做了你指控我的一切。我还做了更多你甚至不能想象的事情。什么都不能改变、抹去或者重历。我做什么都无济于事了……所以我不明白你在寻求什么。复仇？看在上帝的分上，我得了癌症。我本该三年前就死掉的，我已经厌倦了等待。如果你想做的是在我身上施加痛苦或者羞辱，不用麻烦了。你做的任何事情都不会比我之前已经感受到的让我更加糟糕。我的内心已经像你一样干涸了，费尔南多。”

费尔南多敷衍了一个悲伤的笑容。那个男人是一个愤世嫉俗者？一个伪善者？一个恶魔？……或者只是一个衰弱的老翁，生病的、垂老的，被悔恨消磨殆尽的。他母亲在其身上看到了什么？

“我想从你口中听到它，我想听你说是你先引诱了我的母亲，然后谋杀了她。”

加布里埃尔由内至外都在颤抖。他如此逼真地感受到一些他之前从未感受到的东西。挫败、倦怠、老龄，即将到来的死亡。他们两人在那儿，头对头，像两只年老的、掉光了牙的狗，满载过去的苦痛，准备杀掉对方，即使那意味着他们将没有时间或力气做任何其他事情了。完结他们的憎恨是他们现在所希望的全部。他能说什么？是他确实爱上伊莎贝尔了吗？是他在生命的每一天都想着她吗？是他，同样，已经为他的所作所为付出代价了吗？或许他可以告诉费尔南多，四十年前他是另外一个人，他有另外的信念，他一直信任政府及其作为。那一切都不再有任何意义。听起来只是借口。他厌倦了为自己辩解，厌倦了试图原谅自己，从未做到原谅自己。

“我杀害了你母亲。”他没有寻求怜悯，他不需要它。费尔南多意识到了那点。

加布里埃尔太老了而不再维持希望；仅凭绽开在他皮肤上的破裂血管，毁坏他表情的皱纹，他下垂、无生气的皮肤就能看出。他身上泛着即将入土的人身上所带有的那种紫色。然而，在他身上仍然有一些东西能够被伤害，通过四处翻找仍然可以找出一条裂缝使他受折磨。

“你跟你的女儿坦白了吗？你告诉她你是怎样一个人了吗？”

加布里埃尔内心颤抖着。

“我不再是那样的人了。”

费尔南多以一阵唐突无礼的大笑回应着他。

“你过去是什么样就永远是什么样的人。像你这样的人是不会改变的。也许你克制了你的真正本性，你让每个人相信，你是一个衰老的退休人员，消磨着你所剩下的时间，但是我不相信，我知道你没有改变。我敢打赌你的女儿甚至没有怀疑过她的父亲是个骗子，是个伪装成失败者的恶魔。”

加布里埃尔什么都没说，他只是听着。当费尔南多安静下来，他们两人仍待在那里，一个在另一个面前，就像两只掉光牙的狺狺发声的老狗。

“你谋划了假装对我父亲的暗杀行动以掩盖我母亲的死，并把这一事件转变成他政治生涯的一个跳板。正是我父亲下达了我母亲的死令。你是他的刽子手。你让一个无辜者，马尔塞洛，用他的生命偿还了你的罪过。并且，也许你的女儿甚至不知道她母亲自杀是因为其发现了你所做的一切……加布里埃尔·本戈切亚……圣洛伦索的武器制造者……你是个渣滓，你女儿难道不会那样认为吗？”

女儿对自己的态度，加布里埃尔并没有哄骗自己，他深知她那几乎恒定不变的不满神情。

“她不会那么惊讶，那甚至将是对她一直怀疑的事情的进一步确认：我不是一个好父亲，我从来不知道怎样向她显示我爱她……那将是她恨我的决定性原因。”他带着一种长久以来的悲伤说道。他并不是真的在乎，不久癌症就会将他从那幅画面中夺走，他将不再因自己的存在而烦扰玛利亚。但是他至少想随身带走他的秘密，他想给女儿留下最微小的怀疑，留下虚构一段记忆的可能性，她可以怀念的记忆。也许，如果他女儿保持着无知，她会在他死后比他活着更爱他一点。

加布里埃尔意识到他将不得不和费尔南多达成缄默的协议。但是他想象不出作为交换其想要什么。无论是什么，他都不会让玛利亚发现他过去的那些事情。

费尔南多看起来不慌不忙。他环顾被自己用作画室的那个房间。他喜欢这里清修的寂静，以及松脂和颜料的气味。那是一个绝佳的避难地，一个绝佳的忘却地。因为让他非常遗憾的是，他意识到，就连对加布里埃尔、普布里奥和自己父亲的憎恨他也不得不努力来维持了。他厌倦了。如果他回顾过去，他所能看到的全部是剧痛和愤怒。没有一丁点儿平和，没有片刻的镇静。他的生命已经被消耗殆尽，他不知道会是什么结局。他留下来的唯一事情，继续前行的唯一原因是那个坐在他面前的男人，他内心深处多年来滋长着的同样的憎恨，也已变得枯槁和干瘪。他很不愿意承认，但是他几乎在加布里埃尔身上看到了他自己的样子。那使他恼火。

他注意到加布里埃尔直立着夹在双腿间的包在厚纸里的包裹，加布里埃尔把双手撑在它的上面仿佛它是一根拐棍。

"那是我以为的东西吗？"他指着那个包着的包裹问道。

加布里埃尔点点头。他从椅子上起身，将包裹小心翼翼地放在桌子上。他撕开包装，并后退了两步。两人都用同样的钦慕审视着那个包裹。有那么几秒钟，他们并没意识到，一些可爱的东西把他们联结到了一起。

费尔南多走向前。他的手指轻拂过那个长长的、抛光的刀鞘表面，刀鞘由染黑的皮子和木头制成。

"这是把漂亮的剑，尽管我从来不理解为什么你给它起了那样一个诗意的名字——武士的悲伤。"

加布里埃尔耸了耸肩。武士刀实际上不是一把剑，而是一把军刀。

"它更加致命，比一把剑更容易操持。剑击，军刀砍。"他用一种专业语调不动声色地说道，"至于名字，我并没有挑选。它是那个原型的名字，我参照着它进行仿制的。正品归十七世纪的一名武士都市大和所有。他是其所在时代最嗜血的英雄之一，因其在战场上的精力和残忍而受到尊崇。但是大和实际上是个厌恶战争的人，挥舞武士刀面对敌人让他恶心厌恶。他恐惧死亡。他想方设法一生绝大部分时间都约束着他的本性，但是最终，在那场强其所难改变本性的战斗中，他被自己挫败，没能继续维持闹剧，他选择了仪式般的自杀。那个仪式，切腹自杀，是非常痛苦的：它由切向腹部的数刀组成，自杀者要花数小时随其内脏掏出身体而死。大和很幸运，一个忠诚于他的人发现他奄奄一息，可怜他，用他本人的武士刀砍下了他的头。那就是'武士的悲伤'这个名字的由来。这个武器代表了武士最宝贵的品格：勇敢、忠诚、凶猛、高贵、精确和力量，但与此同时也代表了最坏的：死亡、痛苦、折磨、凶残的疯狂。大和一生都在战斗，他从未战胜那些不可调和的不同版本的自己。”

费尔南多颇感兴趣地听着故事。他曾经对武士文化知之甚少。那一直是安德雷斯的喜好。他过去从来不理解为什么他的弟弟如此痴迷于一个与他本人毫无关联的世界，他曾经认为自己永远不会成为那个世界的一个组成部分。他模糊地记起母亲曾经朗读过的故事，中世纪的一个远东武士的故事。故事很短，附以日本武士以及他们的盔甲、弓和武士刀的插图，是有关荣誉、战斗、胜利的故事。现在，在那一切发生之后，一切看上去都是遥远且荒唐的。

“似乎很奇怪，一个我父亲那样的人能委托人仿制一把有这么多历史的军刀。”

“我不认为你父亲对于武士和他们的行为准则有任何兴趣。他可能并不知道武士刀的故事。他问我要一份给你弟弟安德雷斯的礼物。'与众不同的，'他说道，'昂贵的，精致的，别出心裁的，那种日本武器。'但是你弟弟安德雷斯立即被其迷住了。我记得他触碰刀片的仰慕之情，他挥动它的自信，即使他还只是个小男孩儿。他的武士刀从不离身直到……直到他死……我想你记得那场火。”

费尔南多将眼睛闭上了一阵儿。他想起了火焰、尖叫、有人从上层窗户跳下，其他被装有铁栏杆的窗户困住的人在大声疾呼。肉体燃烧的味道，瓦砾掉落在精神病疗养院病人剃光的头上，他们互相踩踏着匆忙逃生。是的，他非常清楚地记得那场火。那天是一九五五年十一月六日。大火始于夜里一点，顶层的一个房间。消防员直到四小时后才熄灭它。那时，二十个困在大楼废墟中的病人已经死掉了。冒着烟的、萎缩了的尸体，在惊恐的表情中石化了。

“我以为你会想拥有它。当普布里奥告诉我安德雷斯死于精神病疗养院的那场大火，我让他把武士刀卖给我。这是我所铸造过的最好的刀片。”

费尔南多保持沉思状。现在他即将实现他的所有计划，他什么感觉都没有。完全没有。然而，他感到他的嘴张开了，带着一个愤世嫉俗的微笑，一个转变成咯咯声的违背他意志的微笑。

“你试图用这把刀购买我的缄默吗？你认为我弟弟的记忆会让我心软？你不了解我，加布里埃尔。你根本不了解。”

“这就是全部的过去。”

“我仍然活在那个过去！”费尔南多突然失去控制地大喊道，“假装我已经忘记，全身心倾注于抚养一个女儿，或者退隐在比利牛斯山脉的一个小镇上磨刀，对于我来说事情并没有那么容易。”他在口袋中摸索着什么。他用一个激动的动作抽出了一张照片，把它径直地推到加布里埃尔的眼前。“我仍然在这儿，停泊在她旁边，除了回忆无法做任何其他事情。回忆并恨你，恨我父亲，恨普布里奥……我恨自己被她困住；我就像一只咬着自己尾巴吞噬自己的疯狗。你认出她了吗？好好看看，我想让你展示给你女儿看，这样她就会明白伊莎贝尔那个名字不只是一份法庭当庭判决书中的法庭文件。我想让她看到，理解，触摸，感受我的母亲。只有那样她才能明白你的滔天罪行。只有那样因果循环才能结束。”

加布里埃尔眯起眼睛。他拿起照片，当触摸它时，他感到他的所有记忆都成形了。那就是伊莎贝尔，她的小脸庞被一顶阔边花式女帽框住，面纱遮掩了她的双眼，她正带着那种自然的表情抽着烟，流露出的是纯粹的优雅。他以一种令人痛苦的真实方式回忆起与她在一起的夜晚，他们汗津津身体的气味，说过的话，以及那些破碎的诺言。谎言之山。他怎么跟玛利亚解释他逐渐真正地爱上了那个女人？他怎么跟她解释他还是做了他所做的事，为了另外一种忠诚背弃了那份情感，那个他愚蠢地认为更高的忠诚？她怎么能明白那些黑暗的岁月，他用鲜血玷污了他的双手思考着他的事业是否是正义的？他不能。仅仅因为他不再相信它。没有人能原谅他。没有人。

“我不会让你把我女儿牵涉进来的。”不知不觉地，他的双眼转向那把武士刀几秒。他会做他必须得做的事情。必要的事情。再一次。

费尔南多意识到他的意图，但无所畏惧。

“你打算做什么？杀了我？用那把武士刀？那会很诗意，归根结底。连我们怯懦的、荒废的生命也能有一个激动人心的、几乎是戏剧化的结局。但是你不能这么做……我们不是我弟弟的武士。我们不配一种值得崇敬的终结。我们是狗，将会彼此撕咬着死去。活着剩下的那个人将会退隐在一个充满垃圾的角落，孤独死去，在黑暗中，舔舐着他的伤口。是的，老狗。那就是我们的样子。”

加布里埃尔目光下移。他从桌边离开。费尔南多是对的。无论发生什么他们都注定完蛋了。但是他的女儿玛利亚仍然年轻，她仍然有希望。

“你不能让她承担我的罪孽。她是无辜的，她并不知道任何事情。”

费尔南多强烈地摇着他的头。

“无辜不能免于罪过。她是那个把塞萨尔·阿尔卡拉送入囹圄的人，对你而言那难道看起来不奇怪吗？这里面不存在巧合，加布里埃尔。是我，在莱卡森斯的帮助下设计了一切。我让拉莫内达的妻子向你的女儿检举了那个案子，付钱让她做的。我是那个通过莱卡森斯说服你女儿的人，让她再度见阿尔卡拉，从他那里得出有关普布里奥的真相。我是那个把她推到那个地步的人，你不想带她去的那个地步，去面对那个真相……现在她有机会为你赎罪了。”

“那是什么机会？”

费尔南多停了一下，舔着嘴唇。他掂量着他即将要说的话，清楚地意识到它们中每一句的意思。它们是他一生中最难说出的话，但是现在没有回头路了。

“我可以帮她找到玛尔塔，塞萨尔·阿尔卡拉的女儿。但是我有两个条件：第一个是那些不利于国会议员普布里奥的证据塞萨尔·阿尔卡拉要交给我，只给我一人。我知道那个督察不会让他自己被说服的。所以第二个条件是你对你女儿讲出有关我母亲的一切。她解释给塞萨尔·阿尔卡拉。决定权会留在那个督察的手里。”

费尔南多慢慢地退后几步。突然他感到非常疲倦，他也变成了一个恶魔。为了毁灭那个人以及围绕在他身边的那些人，他已经牺牲了那么多人。死去的莱卡森斯；安德雷斯，玛尔塔，阿尔卡拉……不久他将为他所做的葬身地狱之火海，但是地狱已经是一个他非常熟悉的地方了。

“那些就是我的条件。”

加布里埃尔不知道他女儿工作的全部细节，但是他足够清楚地知道费尔南多的提议会导致悲剧。

“你知道那个女孩儿玛尔塔·阿尔卡拉在哪儿吗？”

费尔南多回避了直接回答。

“我知道的是普布里奥最终会命令他们杀掉她，就像他对莱卡森斯所做的那样。如果他查不出那个督察隐藏证据的地方，他也会杀掉你的女儿。我们都了解他，我们都知道他很可能会那样做。”

第二十一章

科尔赛罗拉山脉（巴塞罗那），一九八一年二月三日

从房子的另外一边传来轻微的呻吟声，就像一只奄奄一息的狗的呻吟。那个男人靠近唱盘，放上一张古典唱片压过那个声音。他感觉歉疚，就像一个父亲不得不惩罚他的女儿，但其是必要的。

他开始跟着音乐的节奏跳舞。他赤裸的身体摇摆着，动作和呼吸同步。突然，他的目光击中了悬挂在墙壁上的肖像照，他停下了舞蹈。那个女人仿佛正在从那个深褐色的相框中以一种仁慈的责备目光注视着他，她的嘴唇仿佛正在跟他说话。那个男人闭上眼睛数秒，回想起她迫切的低语。当他再次睁开双眼，他听到的唯一低吟声是水池笼头的持续滴水声。

他看向窗外，轻轻把那个阻止月光照射进来的厚毯子推到一边。他小心翼翼地推着。珍珠般的光线像手电筒一样照亮了他剥了皮的皮肤。他心神不安地凝视着通向房子的畅通无阻的小路。

“他们什么时候来？我准备好了。”他想知道。

但是如同之前的日子，小路是空荡的。他只能等待，等待并绝望。瞳孔的干涸意味着他不得不用滴眼剂，他看起来总像在哭泣。但是只是看起来是那样。那场火随同他的心一起烧掉了他的眼泪。

他穿上和服，拥抱自己。他是冰冷的，他的皮肤没有气味，就像拥抱一个死人。他在半明半暗中触摸着自己的身体。他是醒着的，痛苦地醒着。他摸到剃光的头。

他听着玛尔塔在另一个房间拖着沉重的身体费力移动。他从不欺骗自己，从不幻想她会爱上他。那会是非常不现实的。除此之外，他发现爱是一个令人难以忍受的弱点。他只期盼她顺从。盲目的顺从，彻底的击败，威严的钦佩。他想成为她的神，实现她的绝对忠诚。

当他第一次看到她，他就认为她会是完美人选。她的皮肤是如此娇嫩，她展现出一种安详，与他所记得的伊莎贝尔身上的那种气质如此相似，以至于他几乎无法压抑自己当时当地立即绑架她的欲望。但是他不得不去克制自己。一名优秀的战略家考虑到一切可能的方案，寻找最合适的时机，准备好他所有的后勤工作，在袭击之后详尽阐述一个计划。他冒着额外的风险，认真切实地准备了数月。

他想她会奋勇抵抗，没有别的出路。但是他也确定自己知道怎样制伏她。他与她关系的各阶段是预设好的：首先是畏惧，然后是不解、挫败、放弃、无奈，最后是屈服。然而她没有循序渐进。残忍、暴力和恐怖不足以使她确信离开他她不可能存在。从始至终她一直没有放弃抵抗。一开始是剧烈地，然后陷入一种死寂，后来又试图引诱他以获取他的信任。他曾愚蠢地屈服于她的魅力，让自己被她的把戏欺骗。

以前他允许她在房子里四处走动，甚至走到外面小后院。那里没有危险，高高的围栏保护他们免遭轻率眼神，她也不可能去攀爬。自由似乎在渐进，首先是她的情绪。她表现得像侍奉他的一个真正的高级妓女，像他教她的那样，不显露出自身的任何想法。她只是留心关注他的欲望，服侍他。有时，甚至，当他要求和她同房，她没有以撕咬和踢打的动物本能反抗他，也没有以无声的指责保持被动。她可以用一种恳求或者同谋的眼神缓和他，依时机而定，而他很高兴不用再强迫她。但是一切都是幻景。她将自己显露为一个像他一样优秀的战略家。赢取他的信任花费了她超过一年的时间。然后，一天晚上，她试图通过其中一扇未用砖砌上的窗户逃走。就在她要到达大门的时候，他设法抓住了她。

他不会再犯同样的错误。没有更多细节，没有更多自由。她将赤裸着度过余生，脖子上拴着锁链，在地上吃饭。如果有一件事他不能忍受，那就是背叛。

玛尔塔听到门打开了。她身上没有一束纤维畏缩，尽管她的心脏在疯狂跳动。在她旁边，那个男人镇定地脱掉自己的衣服，仔细折叠起来放到木质长椅上。然后他通过锁链的链环把她拽到床垫上，躺在她旁边，让自己包裹在她身体的温暖中。他拉着玛尔塔的手，将其拿到他的胸口，强迫她触碰那些伤口。

玛尔塔没有意识到他在哭泣，直到感觉到泪水落在她手上。她屏住呼吸，在触碰到那个充满恐怖烧痕的身体时忍住呕吐，那个烧痕把他的胸部和双腿变成了一个巨大的鳞片状的黑疤。

“为什么你在哭泣？”她说道，立即就后悔了，并被自己的话所震惊。

他让玛尔塔的身体离去，仿佛他突然死去了。真相在那些砖砌的墙面里无足轻重。

“因为很快他们就不再需要你，而普布里奥不会让我继续留着你的，我将不得不杀掉你。”

玛尔塔的双眼一如既往在沉默中闪烁着，如此闪烁以至于她似乎要哭了。没有比那个凝视的目光更具攻击性的了。

“为什么你不让我逃走？”

他翻了个身，靠在一侧肩膀上。尽管黑暗，他可以看见玛尔塔脸上的畏惧。

“你的命运拴在我的命运上，无论你喜不喜欢。”

玛尔塔鼓起了她的勇气。

“事实上，我已经死了。你杀死了我。”

他的脸庞收缩了一下。他起身去寻找一桶水和一个海绵擦。

“我不想再谈论这个了……现在给我洗澡，准备吃晚饭。”

玛尔塔被迫再次进行那个令人作呕的仪式，用海绵给那个怪物擦拭洗澡。她不得不慢慢做，以轻微的循环的动作，好像她正在给一个易碎的水晶杯抛光。与此同时，她再次发现了几年来在她眼前增长的饱受折磨的地形的每一个角落。当她结束时，那个男人将她从锁链中放出。

“做晚饭。”他说道，离开了房间。

当感觉到夹钳解除掉落到地板，玛尔塔感激地哭了。她站起来踉踉跄跄地用无力的双腿支撑着身体，无可奈何地朝过道上的肮脏灯光处走去。

厨房与房子的其他地方一样糟糕不堪。在一个角落里的是煤气炉子，还有一个从墙上拆卸下来的佛米卡板材的碗柜和一个漆成蓝色的架子，上面码放着带有划痕的杯子和盘子以及洗碗布；餐桌上覆盖着一块布满烟洞的油布；桌上有几个罐子，上面贴着手写的标签：咖啡，糖，盐，意大利通心粉。

玛尔塔把那些罐子推到一边，并点燃了盛在空橄榄罐子的一根蜡烛。她将一个盘子和一支干净的勺子放在两张纸巾旁边。她从架子上拿来一瓶葡萄酒，在酒杯中斟上酒。然后她走到炉子边，那里的一壶沸水正冒着水蒸气。她掂量了一小会儿将其掷到他身上的可能性。但是那个男人正从一个审慎的距离处警戒地注视着她，玩弄着一个刀片。她没有任何成功的真正可能。另外她知道他们并不是孤身二人，房子的某些地方有警卫。她倒入了一些面条，加了一点盐，然后检查到一切都准备好了。

“好了。”她说道。

他慢慢地走过来，抓住玛尔塔的后脖颈，不粗暴但是牢牢抓住，对着她的耳朵低语。

“什么好了？”

玛尔塔费力地咽了一下。

“好了……伟大的先生。”

“这是另外一回事，不是吗？”他拍着自己的大腿说道。那天晚上他的皮肤几乎不疼，那导致了一种康乐的感觉。

玛尔塔退到一边。在他吃完之前她不允许吃饭，并且她的晚饭是他的剩饭。这就是事情的运作方式。

“你在想什么？”

玛尔塔听到了那个阴险的声音。然后她被那一切击中。孤独和恐惧。在黑暗之中她感觉到，她过去的生活，她几乎记不起来的生活，正在消亡，似乎其不曾存在过。

“什么都没想。”

他半闭上双眼。她也被失望机能所蚕食了。在她眼中只有悲伤和无奈。他想象他也会很快以那种方式终结。每过一会儿，当他前移身体啧啧作响地咂勺子时，她身体的芬芳会飘进他的鼻子。那是一种悲伤的香气，犹如一颗微小雨滴，漂浮在一棵生长不良的树木的干枯树叶上。

普布里奥说过一切很快就会结束。当一切都结束的时候，她会想跟他一块儿走吗？在他内心深处他知道答案是否定的，他将不得不杀掉她，就像他杀掉那个在她之前分享他的等待的女人一样。然而他仍然有一线微弱的希望。他站起来，走到窗边。雨已经停了，雨滴滑落到木材上就像困在月光之下的闪耀昆虫。

“我吃完了。你可以吃了。”

玛尔塔心平气和地倒尽了滤锅中的面条。她并不饿，但是她强迫自己盛起一碗。她坐在餐桌上，给自己斟了一小杯红酒。

“去穿上衣服。”当她喝完了汤，他命令道。玛尔塔颤抖着。她知道那意味着什么，但是她对其无能为力。她走向房间，几分钟后回到那里。

他仔细看着她。相似性是显著的，尤其是当她穿上了那些衣服。她华丽地身着日本女士装束。和服是蓝色的，上面有美丽的刺绣，黑线绣成的奇异花朵。她看起来的确像一个美丽的东方公主，苍白的面庞，棕红色杏仁形的眼睛，以及用粗铅笔勾勒的嘴唇轮廓。

“这是她的吗？”玛尔塔问道。

“你说的是谁？”

“储存在那儿的衣服，在上锁的房间里……它们是照片里那个女人的吗？那是你强迫我这么做的原因吗？”

他盯着玛尔塔。他的嘴唇翕动了一下，张开了十分之一秒，脸上挂着一种不悦的表情。他闭上了双眼。过去是一片每时每刻都在扩张的暗中等候的沙漠。风呼啸着穿过一座废弃城市的废墟，其中充斥着躺在断壁残垣之中在太阳下干缩的尸体。炽热、致命的空气中充斥着布满灰尘的苍蝇，那是他脑海中的唯一景象。

他第一次杀人的时候，他甚至不知道他在寻找什么。他几乎不到十七岁。他发现了一个酒吧，其大门降下了一半。霓虹灯已经熄灭了。酒吧男招待带着一种恼怒的表情问候他。他招待他，将酒瓶留在了吧台上，然后他开始用一把满是污垢的笤帚在吧台后面把废物从一边推扫到另一边。随着所有灯光都打开，那个地方显示出它的真面目。地毯上满是污迹和烟头的烧痕；油毡地面是黏糊糊的、缺损的；墙面是肮脏和开裂的。他不介意。他并不是为内部装饰而来的。他并不是为任何事而来，包括寻求陪伴。他忽视了那个靠近他的妓女，一个上了年纪的献身者，当看到他进来她像一只饿猫一样伸展开。老达利拉用其掉光牙的嘴咀嚼寻味着其下垂、陈腐肉体的失败，扬长而去。

一个纤弱的、兴奋的年轻女人接替了她，她泛黄的嘴上和瘦削的面容上有不可磨灭的女英雄痕迹。她什么都没说地坐到了他旁边，意识到自己的机会不大，但仍然决定放手一试。那个女孩儿，带着奋不顾身的果敢，向他展示出其黑色的带有下垂、开裂阴唇的阴部。他用一种悲伤的表情予以拒绝。那个年轻女人坚持着，她拉着他的手，将其拿到她冰冷的胯裆部。他任她将自己的手指放置于她像一只精疲力竭的蝴蝶一样的阴毛上。那个年轻女人微笑着，一只因爱抚而高兴的流浪狗的微笑。最终他同意了跟她走。她脸上有某种东西，连同其小眼睛和暗沉皮肤，他感到很妩媚。

“你叫什么名字？”她问道，小心翼翼却牢牢地抓住他松弛的阴茎。

他没有喝醉，他甚至还未喝得足够多来假装他喝醉，他只是无法达到一个成功有效的勃起。

“你可以叫我伟大的先生。”

那个年轻女人微笑着，张开了她的双腿，顶压在他的大腿上，指向一扇门。她的双眼当时像森林一般阴森，并恶意地笑着。

“好的，伟大的先生。那是我的房间。”他们走上一个通向上层的磨损的大理石楼梯。他们进入房间。房间很干净。一幅贝利尼的裸体画装饰着墙面。一个女人的可爱裸体，其羞怯地盖住了她的耻骨。面对如此伪装的纯真他笑了笑。他走到打开的窗户处。他并不想去那儿，但是他到了那儿。那个年轻女人已经脱掉了她的鞋子，面朝上躺在床上，右腿搭在左腿上保护着她的胯裆。她的裙子顺着她的皮肤滑到她的大腿内侧，显露出袜带的蕾丝以及她裸露的性暗示。从她肩膀落下的一根肩带指示出通向一只尖头乳房的路径，乳房被洋溢着温暖的、色彩微妙变化的一束光保护着。他靠近了那张宽大的带有金属床头板和华盖的床。他的手自然地找到了那个女人双腿间上至她干涸性器的路径，其毫不犹豫地开向他的手指。

他感到空虚。他的情人中没有一个在极微小的性高潮瞬间之外填补过他的空虚，之后，立刻，她们的眼中出现了冰，她们的灵魂中出现了冰。性与任何其他生理行为，吃饭，排泄，睡觉……没有什么不同。

“你不脱掉你的衣服吗？”那个妓女问他。他笑了，他脱掉了他的军用防水衣。“那是什么？”年轻女人惊奇地问他道，“一把剑？”

“一把武士刀。”他澄清道，随即用胸有成竹的一击砍掉了她的脑袋。他仍然清晰地记得他感受到的那个喜悦和悔恨的困惑杂糅；妓女血淋淋的脑袋在他手中；她死去的身体从颈动脉往外喷发着鲜血，落到小地毯的一边。在床上，武士刀的刀片沾上了鲜血和少许头皮。这很容易，他告诉自己，比他预想的容易许多。

他再也没有感受到过同样的感觉，尽管在那么多死亡中一次又一次地寻找。只有玛尔塔给他一种相似的感觉。让她活着，每天玩弄着杀掉她的可能，那让他感觉很好。允许她活着，这一做法将他带到一种半神半人状态，那是他想无限期延长的状态。他闭上了双眼，带着一种温和的愉悦颤抖着，毫不张扬，直到他失去了是非的概念。他的脑海不再向其大喊，而陷入一种无精打采的沉寂，经历着数不清的让他远离空虚的感觉。

他迫使玛尔塔转过身背对他，他从后面插入她的身体。与此同时，他感受到隔壁房间肖像照中的女人出现了，其带着无声的斥责注视着他。

“你从来不了解我，母亲。”他呻吟道，试图摆脱掉脖颈后的死亡凝视。

第二十二章

巴塞罗那，一九五五年八月

他仍然在那儿。列队站在营房小屋前，那些营房收容来自蓝色师团的德国和西班牙犯人。还剩下多少人？仅有不到上万人在一九四五年到达了战俘集中营。然而他们活下来了，反常地，费解地。他们每天清晨都要一个接一个地在雪下列队，被西伯利亚沙漠所围绕。那里甚至没有铁栏杆，没有围墙，也没有带有倒刺的钢丝网。几乎没有士兵。整个干草原是他的监狱。几点了？也许是早晨，他不确定。在那个纬度，太阳就像月亮的倒影一样，从来不移动。寒冷，充满水气的呼吸，赤脚踩在雪面上的砰砰声，饥饿，他记得的。为什么让他们列队？佩德罗是乐观的，他们即将放我们走，每次他们出其不意地迫使他们走出营房，他都那样说。但是费尔南多是怀疑的。他害怕是最糟糕的事情。他看见成群的车臣、格鲁吉亚和乌克兰犯人在附近的火车道上劳动。警卫对待他们比对待狗还恶劣。他们吃不到东西，穿着破衣烂衫赤脚劳动，包裹在破旧磨薄的毯子里睡觉，他们成百上千地死去。显而易见警卫的意图是大批量地毁灭他们。费尔南多和其他犯人至少有一顶破洞的房檐，有水可以烧，有土豆可以偷。如果警卫决定用他们来填补那个强制劳动队流失的劳力，他们将不会幸存下来。

但那次佩德罗·莱卡森斯是正确的。那个警卫用充满伏特加和苔原的目光看着他们。他用戴着手套的手指面无表情地指向他们，说了些话：你们自由了。回西班牙吧。感谢斯大林同志对你们佛朗哥将军的宽宏大量。

“对不起，先生，我们要关闭自助餐厅了。”

侍者的声音把他从闪现的记忆隧道中拉出来。他惊奇地发现自己再次坐在一盘冷汤的前面，面前有两个面带倦容的侍者拿着拖把在他脚附近。他们看上去是恼怒的。费尔南多道歉，好像他不得不为他的蛮横请求原谅，并担心遭到毒打的惩罚。但是那些并不是拿着棍棒的醉醺醺的士兵，他们不会去强迫他打另一个犯人，去咬死他，与此同时押上他们的赌注。他们是真正的侍者。他们的制服有领结和整洁的马甲。他无意识地触摸着自己右脸颊上的子弹疤痕。他发出一声大笑，惊吓到那些侍者。他是自由的。他回家了。

家。那代表了许多。他走到街上，注视着带着一些困惑朝兰布拉斯大道匆匆而去的人流。那是一个美丽的日子。树木是青翠的，各色花朵盛开挺立着。人们穿着夏装来往穿行。那个热度，那个热度让他吃惊。他触碰着他的额头，他在流汗。在天空中一个灼热的太阳在闪耀。突然他感到悲伤，失落。他不知道要去哪里，他不知道要去做什么，要怎样举止。他自由了，他不知道用他的自由去做什么。在他口袋中仍然有一些对他无用的卢布。他三十三岁了，他不得不开始新的生活。他扔掉了那些卢布，朝着布兰拉斯大道走去。如果他忍受住了过去的一切，他应该能够面对前面的一切。他再次看向带他回来的那艘轮船上正在冒烟的烟囱。

他花了数月时间才感觉能够去面对他的父亲。

最后他买了一套西装，便宜但整洁，二手的，他要求见吉列尔莫・莫拉部长。该请求的回应花了数周才到达费尔南多和莱卡森斯住宿的青年旅舍。

写在官方信笺上带有官方抬头的信是简短的：

部长遗憾地通知你，他的日程不允许他，未来也不允许他，与你会面。同样地，他要求你不要试图与他通信，否则他将迫不得已把你交到警察局。至于你询问的那个人，安德雷斯·莫拉先生，部长明令禁止你探望他。

签署人：私人秘书 普布里奥·O.R.

“你不应该吃惊，我们预料到了这样的事情。”莱卡森斯说道，并从他正在填写的表格上抬起头看了片刻。他已经决定呈送他的战争荣誉去申请防务学院的官方考试。“我已经变成了一个杀人、求生的真正行家，我去利用那些技能才能产生最大意义。”他拿定主意讽刺地说道。

费尔南多把信件放进了一个抽屉。他知道他父亲不想见他，他不在乎。他一直不曾忘记普布里奥，他想做的唯一一件事是，违抗莱卡森斯的建议，让普布里奥知道他回来了。至于那个禁止探望他弟弟的禁令，他无意服从。他穿上了外套，戴上了围巾。他回来已经有漫长的六个月了。

“你要去哪里？”莱卡森斯问道，即使他知道。

费尔南多站在露天广场边缘的一棵树下，点了一根烟。他把火柴拿在手指间停留了片刻，观察着摇曳的火焰。他好不容易才适应着能去做如此简单的事情。点燃一根烟，倚靠在一棵树上……

他摇动手指，火柴投落进一个小水坑。对面马路上有一阵密集的新旧车流；人行道上成群的行人抖落了清晨的睡意；人行道上建筑物的声音令人乏力。生命艰难地向前推进，没有在那个男人身上停息，他看上去苍老但实际上并不老，他穿了一身低调的灰色西装，让自己隐形。有时，一个路人怀疑地看向他。那不会让费尔南多感到不安，他习惯了。莱卡森斯已经给他解释过为什么某些人看上去害怕像他们那样的人。我们有那种眼神，佩德罗曾说，那种眼神。是的，他们的双眼充满了他们不想看见的东西，但是他们没能移开视线。那使他们与众不同，就像鬼魂在生者之中移动，假装是他们中的一员，但和他们并不一样。费尔南多不介意那些人。他注视着行人的熙熙攘攘，他们带有人类的一些蔑视、疲惫和无限的不信任。他们就像石膏像一样背着他们的愚蠢从一边跑到另一边。他们甚至不能想象像他和莱卡森斯这样的人都经历过什么。他们不知道，他们不想听。那就是为什么他们可以停下来聊起父母、孩子、孙子、旅行、风景……那就是为什么他们可以大笑。他从不大笑。在古拉格集中营没有人被允许大笑。他记得一个蒙古犯人打破了规矩，因有人偷偷地给他讲了一个笑话而大笑。警卫用铁铲打碎了他的牙齿，但是那个蒙古人继续保持大笑，一个荒谬的、没有牙齿的大笑，直到那些警卫把他打死，他们任其四肢摊开地躺在血迹斑斑的积雪上，脸上挂着冻结的笑容。

费尔南多看了看他的表。几乎到点了。他走近街道另一边的那栋建筑，带着一种不适的感觉，一种令人情绪低落的感觉，一种当你打开一个黑暗的、混乱的壁橱时你不知道从哪儿开始整理的感觉。

透过栅栏他看见一座花园，阳光正变成赭石色。喷泉和围绕大楼的柏树，使得花园浸染着平静。一些病人在散步，注视着颤抖的水流，其他人在长椅上凝视着广袤洁净的天空。似乎没有比那个地方和那个清晨更加宁静的了。然而，所有那些灵魂内心都腐烂了。

几分钟后出现了一名护士，将一个坐着轮椅的病人留在了一个角落。

他正在打盹儿，处在一种服用麻醉药后的神志恍惚中。

费尔南多费劲地吞咽了一下。那是他的弟弟安德雷斯。莱卡森斯的工作完成得很好。那里有他的弟弟，正如佩德罗了解到的那样。然而，他与费尔南多十三年前丢下的那个男孩儿没有一点共同点。安德雷斯如今是个年轻男人，留着长直发，还有一副几乎是红色的肆意生长的络腮胡，正好从他眼睛下方长起。他的身体未加引导地生长着，就像一棵无法无天、散落生长的树。他依稀可以从那个几乎不能盖住他膝盖的病袍下面辨认出攀爬着蓝色血管的苍白皮肤。他半闭着双眼倾斜地接收着太阳光。费尔南多注视了他很长一段时间。也许他被他的疾病保护着，不再想从他所陷入的那种放任的状态中醒来。但是费尔南多不能允许那样。

他等待护士回到那栋大楼里去，然后翻爬过栅栏。一些病人看到他以坚定的脚步越过了那个把他和他弟弟分隔开的空间，但是没有人阻挡他的路。

"你好，安德雷斯。是我，费尔南多。"

安德雷斯几乎没有看他。药物使他的双眼内陷，似乎他再也看不到外面的世界，只有他黑暗、破碎的内心。一串口水在他的胡须上干结。他闻上去很糟糕。费尔南多咬牙切齿，难以置信，充满愤怒。他们对他都做了什么？在护士回来或一个护理员出现之前他几乎没有任何时间。如果他们发现他在那儿，他们会把他弟弟转移到别的地方，他将再也见不到他了。

"我要把你从这里救出去，弟弟……你明白我在说什么吗？"

安德雷斯把头朝太阳光辉倾斜得更多了一点，好像他想避开他的问题。费尔南多迅速审时度势。安德雷斯被绑在座椅上，帆布带缠绕在他的躯干和双腿上。他被下了麻醉药。他将不得不扛着他走到大门处，举起他翻越门栅栏并跳落到街道上。光天化日之下在挤满人的大街上做那一切，那就是自杀。他恼火地跪在他弟弟的面前，从兜里拿出小刀开始切割那些带子。

“听着！你得有所反应。来，站起来。我需要你来帮助我。”他切割安德雷斯腰间的带子并抓住他的肩膀，安德雷斯扭动着，呻吟着一些让人费解的东西。

“来吧，安德雷斯。站起来。”

但是安德雷斯并没有站起来，取而代之的他让自己的重量落到一边，翻倒了那个轮椅。那个试图逃离但是被带子绑在轮椅上而被困住的男人，其绝望的目光中有一些可怜的东西；就像一只狗拖着它被截肢的双腿，大喊着，呻吟着。费尔南多明白他永远不会那么容易地把他从那里救出去。

安德雷斯的尖叫吸引了一些病人的注意，他们好奇地靠近，不理解是什么打破了他们规律的昏昏沉沉的日常例事。有其他人开始尖叫，并且像潮汐一样，尖叫声扩散开，混合着呻吟、歇斯底里的大笑和猛击。一切都失去了，他不得不离开。但是他的双脚拒绝离去。他费力地让安德雷斯在轮椅上坐起来。

“看着我，安德雷斯。”

他刚刚撞伤了脸，他咬牙切齿并紧紧闭上双眼，像铁棍一般僵硬。

“我会回来救你的，弟弟。我不会再次丢下你的。”

护理员因院子里的喧嚷声而有所警觉，从大楼里出来；他差点儿没能在护理员到达前的几秒逃到街上去。

几小时后，尽管击溃费尔南多的那些感觉仍然存在，但圣洛伦索的森林给了他一定的镇静。当他到达青年旅舍，莱卡森斯看到了他对于营救安德雷斯失败有多么绝望，于是决定试着用一些好消息使他振作起来。

“我找到了杀害你母亲的凶手。他住在比利牛斯山脉的一座小镇上，距这里数小时的车程。”

现在，稍微平静一些了，费尔南多感激莱卡森斯拉他出来，几乎是把他从青年旅舍拽出来的。那个森林就像童话中的：成百上千棵树木协调一致地飘落红色树叶，小路铺上了红宝石般的地毯，跨过河床的一座石桥变成了覆盖着一层苔藓的石头。只是，那里居住的不是一个王子，而是一个恶魔。

坐在一块巨大的岩石上，费尔南多手指间玩弄着一根细枝，他问寂静“为什么”，但是寂静没有回答他，这并没有削减他的恐惧，它只是嘲笑人类可以多么虚伪和惊恐。

他试图跟莱卡森斯坦白，告诉他他所想的一切，但是莱卡森斯拒绝听他说，莱卡森斯所要做的是说出加布里埃尔的名字。

“这样做有什么意义吗？为什么我们在这里，像罪犯一样从树林里暗中监视一座房子？我母亲很久以前就死了，我父亲是个拒绝见我的部长。普布里奥是他的秘书，而我的弟弟是个无望的甚至认不出我来的疯子。”

“我们还有他。”佩德罗说道，指向高高灌木丛之中加布里埃尔的房顶，“他是个唯利是图者，一个杀人犯，一个摧毁了我们两人生活的叛徒。为什么？这些年来有这么多伤害，这么多谎言……为什么？”他想知道，凝视着蚯蚓穴居的腐败落叶。但是再一次，那些树木像威严的巨人一样沉默注视着，像美丽的漠不关心的神灵。

费尔南多看向房子的废墟。他们已经做过调查。加布里埃尔·本戈切亚，圣洛伦索技艺精湛、谦逊的铁匠，他的一生几乎一直都是普布里奥情报部门的密探。但是他妻子的自杀改变了一切。加布里埃尔有一个年少的女儿，玛利亚。他们看见过她在通向田野的大门附近奔跑，在河床中寻找青蛙。她是个漂亮的姑娘，但是费尔南多已经注意到她有一种成人的悲伤气质。如今那个铁匠铺已经废弃了，墙上的树叶已经霉变，风箱是漏了气的，熔炉是一个盛着凝结灰烬的容器。加布里埃尔不过是窗前一棵开裂的树干，一个饱受折磨的人；有一个女儿，使人产生怜悯之情。

但是莱卡森斯感受到的并不是怜悯，甚至不是厌恶或悲伤，只是空虚，一个分隔开过去和现在的巨大黑洞。

“加布里埃尔让一个无辜者，马尔塞洛·阿尔卡拉，去承担他犯下的罪过，所以他是个双倍的杀人犯。而他的上司，普布里奥，强迫我供述不利于那个无辜者的口供，让我也负罪。”

是的，费尔南多知道那个。他找到了安德雷斯，发现了他所处的令人沮丧的状态，这一景象重新唤醒了他虽未停止但已沉寂多年的憎恨，犹如一团奄奄一息的火苗被一个新鲜的原木所复燃；尽管如此，他将自己隐藏在了一个明显白痴的措辞之后，他抗拒地扭曲着他的嘴，结巴地说出了可怕的一句：

“没有人是完全无辜的。”

带着苦涩的耻辱，费尔南多意识到那句话有多么正确。命运是奇怪的，形成了因果循环，联系着明显没有意义的事件，直到突然间一切都能被解释。他如今明白了他被困于那个因果循环中，子孙以某种方式偿还他们父辈的罪行。费尔南多他自己难道不是在为父亲虐待母亲时他懦弱的沉默承担罪责吗？他没有做任何事去阻止他。他也没有阻止他弟弟安德雷斯失去心智。他知道他弟弟这些年来一直在做什么，他已经调查过他的罪行，那些残暴行为被隐藏起来只是为避免玷污他那个部长父亲的形象。在战争中，甚至在古拉格集中营，莱卡森斯和他自己已犯下了多少无端的暴行？

他站起身，凝视着围绕加布里埃尔房子的走道。那个铁匠的女儿镇定地朝与河水相连的斜坡上走去。就像一个来得太迟的徒劳的救赎，命运、上帝或许纯粹的运气突然给了费尔南多一把钥匙，那把钥匙可以打开隐藏着所有秘密的地下室的门，他知悉拧动钥匙后将会产生的一切恐怖事情。

"不要自欺欺人了，佩德罗。你和我并不比普布里奥、我父亲或加布里埃尔好到哪儿去。我们和他们之间唯一的不同是，除了我们的仇恨我们不再有任何东西可以依附……最重要的事情是拯救安德雷斯，把他从精神病疗养院中救出来。"

佩德罗·莱卡森斯看上去不情愿。

"这不太容易，我们会让你父亲和普布里奥处于戒备状态的。"

但是费尔南多是固守己见的。

"我得把他从那儿救出来，不论什么代价。之后我们将处理普布里奥、我父亲和加布里埃尔。"

莱卡森斯不情愿地详尽制订了接下来数周的计划。那是冒险的，但是那是唯一的机会。

费尔南多看到有人正站在街灯黄色光线照耀下形成的阴影之中抽烟，其掩盖在阴影之下的面庞像一只准备好猛扑的动物一样微笑着。费尔南多慢慢地向他移动，脚步声在空寂的小巷中回响。那个男人轻抛扔掉他的香烟，悠闲地转身离去。费尔南多跟着他。附近的一座教堂敲响了预示半点的钟声，钟声回荡在那个赤裸的、蓝色的夜空中。

他们停在一座矮小的废弃的建筑物前面。那个男人半推开门，进入到黑暗之中。费尔南多犹豫着，左右张望。通过触摸莱卡森斯给他拿上的手枪，他在某种程度上感到安心一些。他希望佩德罗的计划能奏效。总之，那是他们把安德雷斯从精神病疗养院救出来的唯一机会。他跟在那个陌生人身后走进那座建筑，其朝着一个角落走去。

“你带来我的钱了吗？”他理直气壮地说道。这不是他的第一次。对于精神病疗养院的工作人员，莱卡森斯已研究了数周。那个护理员是进行贿赂的完美人选。他的名字是格雷戈里奥，是个来自马拉加的粗野家伙，专门用来对付更具攻击性的病人。安德雷斯由他看护。

“我怎么能知道你会完成你的任务？”

“你不用知道，不过我想你来之前查证过我的名气，我从未让我的客户失望。”

费尔南多感到自己的拳头正在攥紧。当然他已经查证了那个恶魔。格雷戈里奥售卖病人的药，偷窃他们的随身物品，并且可能的话，他给那些外表看着毫无瑕疵不会做坏事实际上却离经叛道的客户弄到性恩惠。病人就像他自己的私人超市。费尔南多除了信任这样一个人别无选择。

“你打算怎样把他从那里救出来？”

格雷戈里奥倾向于不深究细节。那是他的事情。费尔南多要做的唯一一件事是，凌晨一点待在那里，汽车引擎发动着，车灯熄灭，停在大楼侧门前面。那就是交易。费尔南多递给他一个信封，里面是他们协议好的钱数。格雷戈里奥熟练地数着钱，满意地笑着。他收好信封，朝门口走去。在最后一分钟他似乎想起了什么。

“今天早晨他有一个访客。这吸引了我的注意，因为通常没人来探望他。”

“一个访客？”

格雷戈里奥点头。

“他在入口登记处留下了他的名字，叫普布里奥。他和安德雷斯独处了半个小时。我不知道他对安德雷斯说了什么，但是当那个男人离开，我们不得不给安德雷斯服镇静剂。他情绪失常了……我认为你会想知道。”格雷戈里奥半打开门，碎步疾驰进入到街道上的阴影中去。

费尔南多逗留了几分钟，思考着普布里奥跟安德雷斯说了什么。从他父亲走狗口中说不出什么好东西，这点他很确定。不管怎样，再过几个小时他就可以亲自问安德雷斯本人了。

他开着一辆老式奶油色的雪铁龙绕着周围的街道转了几圈。他很紧张，不停地吸烟。比约定时间提早二十分钟他就把车停在了一个角落，从那里他可以看见精神病疗养院大楼。在二楼只有很少几间屋的灯还开着，那里一定是职工和护士的办公室，其他灯光都熄灭了。空气吹动树枝刮擦着窗玻璃，一扇没关严的门的边框“砰”地撞击在墙上。

突然，费尔南多认为他在顶层其中一扇窗户中看到有人。只是一瞬间，他认为也许那是一个树杈的影子。但是之后一个微弱的光开始在那扇窗中扩大。一开始是一个闪烁的光，好像是有人拿着一根蜡烛在房间四处走动。之后开始扩大，直到完全点亮了那个房间。一个烟柱从窗口冒出，最开始的光辉不久就舔舐起窗台。那是一场火。

费尔南多从车里出来。火迅速烧得猛烈起来，从顶层的一个房间蹿到另一个房间。奇怪的是，他也看到了下层职工和护士的侧影。他们没有意识到整栋大楼所处的危险。费尔南多大为惊愕。那就是那个护理员救他弟弟出来的计划吗？突然间有人从窗户里尖叫着落下来。

六小时前，当他用勺子残暴地塞进一个老态龙钟的老女人嘴里，强迫她咽下她的汤时，护理员格雷戈里奥满意地笑着。他恨那份工作，但那份工作有额外津贴。就像那天晚上，来钱很容易，那是他偷拍了在浴室私通的赤裸老人，之后卖给乌赫尔街道上的律师得到的；还有他典当了他从三楼那个疯子女士埃米尼亚那儿偷来的珠宝，他们给他的。把安德雷斯从那里弄出去并不会很困难，他已经得到了很高的报酬。他需要做的唯一的事是等待他们关掉上层房间的灯，然后他将在入径走廊处点火，他将用汽油让其燃烧得更加迅速。无须太过严重，只要足够让他们必须得撤离那栋大楼，然后在骚动和混乱中他把安德雷斯弄进那个雇他的男人的车里应该不会困难。他不知道那个变态对任何人能有什么利益，但是那不关他的事。他们已经付给他钱了，摆脱掉安德雷斯那样一个凶恶的畜生他将会乐不可支。大部分实习医生和医生也会是相同的感受。任何人靠近那个野兽，都会将他们自身置于危险之中。

当他的轮班结束，他想出一个借口待在二层的休息室中。他已经准备了一罐汽油藏在他桌子下面。他从洗衣房服务处收集了一些破布，浸泡了它们。他已经决定最好把它们放在安德雷斯的床垫下面，一旦通报着火，他会是第一个疏散的。他在钥匙板上寻找着安德雷斯房间的钥匙。

那天晚上，安德雷斯做了一个奇怪的梦。他醒来以为那是真的，极度痛苦地从床上跳起来。他花了一小会儿工夫才意识到他仍然在那儿，被锁在一个令人郁闷的地方。他走到窗边，空气使得窗玻璃咯咯作响。他看到黑暗的院子，在栅栏外面停着一辆车。他摇了摇头，由于服用了他们给的安眠药他头昏脑涨，有片刻时间他曾相信他远离了那里，在一座雪山上，像他母亲在武士的故事中描述的雪山一样。只是，在他梦里那座山是真实的，而他母亲正跪在他面前打扮得像一个日本贵妇，身着一件绿色的丝质和服，梳了一个戴满宝石和花朵的发式。他母亲脱掉他的衣服，给他洗澡，像他还是小男孩儿时那样。只是，在梦里他不是一个小男孩儿，他是个男人。他的母亲在水桶中浸湿了一个海绵擦，清洁着他的身体。但是那些水是鲜血，他的身体被玷污了，好像他被斩断了手足或者受了伤。他想离开，但是他的母亲以坚决却亲昵的话语强迫他待着不动，就像在孩童期当他试图逃脱他每晚的洗浴时她做的那样。

安德雷斯回到床上。他再次闭上双眼，但是他不能寻回他母亲的形象。然后他听到门锁转开。有人出现在门槛处。他认出了格雷戈里奥，一个护理员。他恨那个恐怖的浑蛋。他看见他在门口的地面上留下了一些破布，其他的放到了他床下。那是什么味道？他假装正在睡觉。他不想他们把他绑到床上，或者给他注射更多的药。很快他看见床下的火光，浓厚的烟气紧锁住了他的咽喉……火……他花了几秒钟时间才意识到那个护理员正在做什么。他正在给房间放火！

他咳嗽着站起来，盖住嘴巴，朝虚掩的房门跑去，但是护理员抓住了他的脖子，捂着他的嘴。

“还没到时候，”他在他的耳边低语道，“我们得等到一切都混乱起来。”

安德雷斯试图挣脱一些，但是护理员很强壮，按着他动弹不得。这是因为普布里奥，他飞快地思考着。他从不想要普布里奥带来的那些文件。作为照顾他后半生的交换，他父亲转让给普布里奥部分家产。但是安德雷斯不想签署，因为普布里奥盘算的并不是照顾他，而是把他永远锁在一些恐怖的地方，像这里一样。所以普布里奥叫那个护理员杀掉他。他马上就会死去，而他们将会假装这是一场事故。葬身火海对他来说看上去很耻辱。他用尽全身力气扭动着，但是那个护理员不让他走。火势越来越猛，床垫和窗帘熊熊燃烧起来。烟云开始使他窒息。

“冷静下来，做蠢事你就会毁掉一切的。”护理员跟他说道。但是安德雷斯没在听他说话，他听到的唯一声音是燃烧得越来越致命的火焰的噼啪声。护理员压在他脖子上的力量松懈了一些，他趁那一秒时机袭击了护理员的头部。那个护理员眩晕地朝窗户处后退了几步。他的鼻子在流血。安德雷斯占据了一个良好的开端，又乘胜追击去推他。护理员猛地撞碎了玻璃窗格，背朝下，坠落空中。

安德雷斯颤抖着，他那肌肉发达的身体在流汗，他感受到周围的热度但是他没有动。他在破碎的窗玻璃前面被催眠了。在走廊上能听到尖叫声。火势迅速蔓延，大火贪婪地吞噬了房门、扶手椅和窗帘。闻起来有股烧焦皮肤的味道。安德雷斯看向自己的右臂，他的睡袍已经着火了，正是他的皮肤在燃烧。他撞到墙上去扑灭他烧着的衣服，继而去到走廊上。灯光还没有熄灭。在舔舐地板、墙壁和天花板的浓重烟气和火焰中——产生了一个地狱般的通道——他看到他所在楼层的病人毫无目的地奔跑着，像受惊的老鼠。一些人就像流星。他们身上着火跑着，击穿了窗户。其他一些人几乎没有移动。他们站着不动，靠在墙壁上，被大火的行进所迷住。但是大多数人暴乱一团地朝楼梯跑去。安德雷斯也是。他艰难前行，撞击着，踢踹着，撕咬着。但那是不可能的。楼梯很窄，几乎不能让两三个人一齐下去。在歇斯底里之中，一大团病人蜂拥到那里，造成了一场堵塞。一些人摔倒，其他一些人不假思索地踩踏在他们身上，但他们还是不能通行。直到带有铁支架的木质楼梯也被大火烧光。安德雷斯后退，试图保护自己免受烟气熏扰。他无法呼吸，看不见任何东西，他的双眼在流泪。他试图凑到一个窗口去获取一些新鲜空气，但是其他的每一个人都在做同样的事情。不久安德雷斯感到背部和后颈部一阵非常强烈的炽热。他身上着火了。他的头皮像干草一样点燃起来。绝望了，没有地方抓附，他纵身扑到拥挤在窗边的人墙上。没有人试图帮助他，他们避开他。安德雷斯像个疯子一样急速旋转，号叫着，试图扑灭无情蔓延的大火。他跪在了一圈受惊吓的面孔中间。

消防员花了四个多小时才到达精神病疗养院的顶层。他们说那里已经没有生还者。一些不能确定身份的尸体被装在袋子中直接送到了停尸房。其他一些还在垂死的，被绑上了绷带，送到了圣胡安迪奥斯医院和圣巴勃罗医院，他们被接治后不久就死在了那里。有超过二十人死于那场可怕的火灾。

一整晚直到第二天清晨，费尔南多都站在围绕精神病疗养院的栅栏旁边，那里聚集着极度痛苦的家人，伴随他们的还有病态的好奇旁观者，以及嗅出了一个悲剧故事的记者们。警察不让任何民众进入，他们没有透露任何信息。当消防员最终离开时，两个全副武装的警卫依然看守着大门入口。

费尔南多在熏黑的大楼前面继续待了几个小时。大楼部分房顶已经垮塌，埋了许多人。破损的水管渗出了水，冒着烟的废墟四周散播着令人作呕的人肉气味。

数日后死者名单公布，在第一批死者名单中，费尔南多发现了他弟弟安德雷斯的名字。

第二十三章

巴塞罗那，一九八一年二月八日

洛伦索坐进公务车的后座，他几乎没怎么睡觉。他把地址交给司机，并戴上厚厚的太阳镜以遮挡自己的黑眼袋。国家广播电台正在播出一段政治脱口秀。那个二月的一切似乎都浸染着政治。一月二十九日傍晚七点四十分，仍然逗留在所有西班牙人的脑海中，那一刻西班牙电视台的节目被苏亚雷斯打断去发表他著名的声明："我义无反顾地提出我作为首相的辞呈。"从那一刻起，震荡频繁，西班牙人过起了紧盯电视、广播新闻节目的生活。他们举行了数场国会会议，会议中选举出苏亚雷斯的继任者：莱奥波尔多·卡尔沃·索特洛。尽管他的授职仪式被安排在二月二十三日下午，但电视台和报纸已经向民众狂轰滥炸了数日，以便让他们熟悉政府中新来铁腕人物那严峻、苍白的面孔。

"一些重大的事情即将发生，很快就要发生。"洛伦索的司机断言道，其仍目不转睛地盯着公路。

洛伦索沉默地点点头。他知道他在说什么。继那次失败的星河行动之后，军人们又意图策动军事政变，和那些军人的秘密洽谈已经花费了他数年时间。他知道问题还没有被根除，伤口还没有被烧灼。因埃塔、因一个分崩离析政府的漠不关心而受辱的军人，以及处在一场巨变中的社会，正是普布里奥和他的怀旧反动派的沃土，这其中包括特赫罗、米兰斯和海军上将阿尔马达本人。这些人不会错失动荡良机，一个让他们抓住缰绳的良机，他们会采取一种血腥的方式，像佛朗哥将军四十多年前做过的那样。

但是那一切，尽管重要，在那一刻却是最少烦扰洛伦索的。一些更加紧迫的事情抓住了他的注意力。他让司机关掉收音机。他需要思考，去估量他的选择，并预见事件的发展。他和他的妻子又发生了一场争执。在那些紧张的时刻，他最不需要的就是一场家庭战争。尽管体格上非常不同，但是有时他的妻子让他想起玛利亚。她具有同样的发自内心的冲动，同样的无视一切的优越表情，同样的傲慢。有时他甚至在他妻子的表情中发现了一个玛利亚似的眼神，一个玛利亚式的困惑表情，一个玛利亚式的微笑。也许那就是他跟她发脾气并以殴打她收场的原因。

他看着自己的指关节，他的手仍很疼，他为那天早上击打了他妻子的脸庞而感到懊恼。她最终倒在浴室的地板上，嘴唇开裂。他知道他做得太过火了，但是最糟糕的是他的儿子看到了那一切。他反责自己没有把那些冷血关在房间里，但是现在已经于事无补。他心里默记他应该在回家的路上买些糖果，也许该从办公室送一捧带有道歉纸条的花束给他妻子。

但是他得过一会儿再做那个，现在他得全神贯注于和国会议员的会谈。他不喜欢普布里奥如此出人意料地把他叫到他家。这绝对不是好兆头。他靠在紧闭的车窗上，看到模糊的海岸线逐渐扩大，蒙特惠奇山的轮廓和桑特阿德里亚塔的轮廓出现在远方。在他夹克衫的兜里他摸索到褶皱的新闻剪报，其通告了莱卡森斯那天清晨的死讯。他想知道那个叫马尔臣的凶杀案侦探是何许人也。这个人很精明，他推迟了一些天公布谋杀消息，如今他正跟新闻界宣布刑警会负责调查。最出色的地方在于他不失时机地提出了怀疑，这不仅仅是一场简单的杀人，他的表述方式不是非常圆滑:“一些迹象让我们怀疑莱卡森斯上校的死亡与政治当局的高层和国家安全机构有关联，这就是为什么我们即将请求最高法院保护。”这就使过些日子把调查移交到高级防务信息中心产生了困难；即使他们一度绕过最高法院那个障碍，为了不引来新闻界的关注，洛伦索也得小心谨慎地接管那些诉讼。

这一切给了那个督察一些天的时间去继续调查那个案子，同时这是他在面临可能的报复时掩护自己的方式。是的，那个督察绝对相当聪明。他应该彻底调查他，查明他在莱卡森斯的案子中能获取什么利益。也许他只是寻求一些媒体关注和职位晋升。这种情形的话，和他达成协议会很容易。但是如果他是在寻找一些其他东西，那摆脱掉他就会困难一些了。他想那就是普布里奥想要和他谈的事。他很快就会知道了。汽车正沿着国会议员在巴塞罗那住处的街道行驶。

普布里奥在一间小办公室接见了他，这间办公室的红木书架上摆满了皮面装帧的书籍。房间闻起来有雪茄烟的气味，在两个巨大的巴洛克风格扶手椅旁边有一盒哈瓦那雪茄和一套指甲刀等修剪器具。

“我想你已经读过了今早的报纸，”国会议员边说边拿出一根哈瓦那雪茄，举到耳边，在手指间弄出嘎吱嘎吱的响声，“对这个马尔臣我们了解多少？”

洛伦索审视着普布里奥衰弱的侧影。尽管这些年来他看上去精力充沛，但是长久以来的压力留下了痕迹。

“没多少。他和塞萨尔·阿尔卡拉共事了多年，但是他没有在拉莫内达的案子中为他作证。我不认为他曾到监狱探望过他。阿尔卡拉不把他当作朋友，更像是把他当成一个背叛者。当我到监狱见他时，他亲口跟我证实了那些。”洛伦索有意漏掉了一些事情，他没有告诉普布里奥他上次探视督察时注意到了督察态度上的一种非常令人担忧的改变，督察拒绝告诉洛伦索他和玛利亚在前几周说过的话，他要求更多可信的证据证明他女儿仍然活着。他说洛伦索每隔十五天带给他的玛尔塔签署的手写字条已经不再够。这是一些足够重要的事情，该跟普布里奥提及，但是他没有说，他看得出那个国会议员即将大发雷霆。

国会议员把雪茄拿到打火机的火焰处，点着，长长地吸了几口。他将烟含在口中几秒，然后用明显的愉悦之情释放出烟气。他不想向洛伦索传递出一种他很担心的感觉，然而他确实如此，非常担心。随着二十三日的临近，准备加速了，但与此同时一种陌生感和缺乏组织性在谋反者中盛行。他几乎不能让他们遵照既定脚本行事。阿尔马达是最难驾驭的，他要求出示来自皇室成员的书面授权，无论你如何看待，这种举动是荒谬的，普布里奥将其解释为阿尔马达企图擅自离队。其他人，像特赫罗，只是在口头上随便地承认了那些计划。非正式地，每个人都知道或者察觉到那个中校在谋划什么。科尔蒂纳完全是另一回事，这个情报部门的头目一点都不喜欢他的部下被人发现被斩断了手足死在港口的一个小巷中。就在那天早晨他打电话给普布里奥，严厉地跟他抱怨了莱卡森斯的死。让普布里奥松一口气的是，使科尔蒂纳悻然不快的并不是事实本身，而是因为此等消息他竟是从报纸上得知的。

然而让普布里奥夜不能寐的是塞萨尔·阿尔卡拉的事情。那个该死的督察已经跟了他数年，如果政变失败了他是唯一一个能够将他和政变关联到一块儿的人。如果政变成功的话那就没有关系了。那时他就能轻松地摆脱掉每一个挡他路的人。像对待讨厌的苍蝇一样把他们拍打到一边，像他在过去辉煌的日子做的那样，那时他和吉列尔莫在巴达霍斯全省为所欲为。但是经验教会他要谨慎，他不得不采取措施以防一切以失败告终。首先他得拿到那个督察隐藏在某处的档案资料。他并不知道里面有什么，也不知道它在哪里，甚至不知道它是否确实存在……但是仅仅是怀疑就足够让他保持警觉了。他确信绑架着玛尔塔足以让那个督察保持安静，直到监狱中有人为他摆脱掉那个麻烦。

也许，他告诉自己，他变得太过心慈手软了。岁月让他松懈下来并让他自以为是。他曾等待洛伦索去说服玛利亚从阿尔卡拉口中获取信息，但是那没有奏效。拉莫内达也没有信守诺言，塞萨尔仍然活着……还有玛尔塔的事情，一个太过危险的一时冲动，其已经冒着毁掉他的风险存留了太久。那一切都得结束。他得离得远一些，他得毁掉连接他和那些人的所有桥梁。他打算迅速并细致、彻底地执行，在还来得及之前。

“对于你的前妻你有什么跟我说的？你允诺她会获取塞萨尔·阿尔卡拉隐藏的那些信息，但是这还未发生。除此之外，我认为现在她正在调查伊莎贝尔·莫拉的死因。有律师协会的人告诉我她曾在卷宗周围窥探。时间最终证明拉莫内达是对的。我们得着手对玛利亚采取严厉措施，就像我们对莱卡森斯做的那样。”

洛伦索知道普布里奥是对的。玛利亚是个麻烦，她不会仅仅因为威胁而打住。他曾确信拉莫内达的出现会吓倒她，使她更加变通，迫使她依赖他。但是事情没有以那种方式演变。也许他应无奈地接受她的死，将她的死作为某件不可避免的、必须的事，像他对莱卡森斯做的那样，但是这样做他接受不了。为什么他坚持要保护她？她与他所认识的其他女人没有什么不同，她并不特别。一切都是他编造出来的一种假象。说什么她会爱上他，或者他会把她变成一个他可以玩弄的傀儡，那是自欺欺人，也是徒劳的。即使如此，他仍试图说服普布里奥。

“我不确定杀死莱卡森斯是个好主意，这使得警察处于警备状态。如果玛利亚现在死了，问题会加倍。她仍然是个知名律师，而马尔臣，调查莱卡森斯死亡的督察，已经把她和那起犯罪联系到一块儿了。”

普布里奥曾预料到了他会有的一系列反应：惊奇，理解，某种不安，却没有料到洛伦索反馈的竟会是那种令人作呕的、假惺惺的同情，该同情被那个“现在还不是合适时候”的借口所掩饰。

“真正令我烦扰的，洛伦索，是你试图操纵我，而且你认为我是愚蠢的……你应该摆脱掉她，你应该亲自出手。把她牵扯进来是你的主意，所以你是那个应该解决掉这个麻烦的人。”

洛伦索费劲地吞咽。杀掉玛利亚……他从未杀过任何人，他不能这么做。普布里奥眼睛一眨未眨。他用怀恨的眼神盯着雪茄烟的末端，摇了摇他的手，让烟灰落下。

“你确定你不想这么做吗？那么不用你去找她了。给我地址，我会处理一切的。你可以回到你家里那个安全的地方，没有人会打搅你的。但是我可以跟你保证拉莫内达会花时间陪她的。他着迷于那个女人。我会把你的行为当作一种背叛。如果你不能做这个，你对我还有什么用？”

恐惧在那些犹豫的人身上作用得更快。洛伦索甚至刚才还不明白他已经在普布里奥面前毁掉了他自己。此刻，他明白了——在厌倦的笑容之下，普布里奥透过牙齿呼出浓厚的雪茄烟气。他刚刚为了一个他不爱的、也不爱他的女人，愚蠢地、无意识地锁定了他自己的命运。

他转瞬想到了他妻子嘴唇开裂躺在床上的身影以及他儿子在床脚哭喊的身影。他打她的那只拳头还在灼烧，他为成为这样荒谬、怯懦的一个傻瓜而感到羞耻。他过去是个无名小辈，一个聪明的法学院学生，最终以打女人、为权势人物收拾残局而收场。他完蛋了；即使那场疯狂的军事政变成功，即使他枪杀了玛利亚，并从塞萨尔·阿尔卡拉的口中拷问出有关普布里奥的情报，那个国会议员也不会再信任他了。无论他做什么，他刚刚都已经宣判了他自己的死刑。他知道这点。

“那么，你打算做什么？”普布里奥问道，其语调犹如有人在问是否考虑那个周末去钓鱼。洛伦索用舌头舔了一圈自己干裂的嘴唇。他克制地摇了摇头，采取了一种自我意识到的卑躬屈膝的态度。

“你说得对。我引发的这个问题，我会解决它。我会处理玛利亚。”他挣扎着看上去令人信服。他想为他一时的犹豫得到宽恕。普布里奥似乎很满意。

“这些天我们都很紧张，洛伦索。但是我们团结在一起很重要……好，你处理它。当事情完成，通知我。”

洛伦索点点头匆忙地说了再见。普布里奥注视着他朝他的汽车走去。就在那一刻拉莫内达进入了办公室。他此前一直在隔壁房间听着。

“你并不真正相信他打算杀掉玛利亚。那个人是懦弱的。”

普布里奥站在窗边俯视街道，看着洛伦索的福特格拉纳达开走。他因没有控制住情形而异常愤怒。即使如此，他能做的唯一的事也只是等待事件的展开。

“小心谨慎地跟着他，但不要轻举妄动，直到我命令你去……至于阿尔卡拉……什么时候能了结？”

拉莫内达笑了，他对自己很满意。最后，他告诉自己，事情会按照他的方式了结。那是世界上最伟大的工作。他们付钱给他让他去做他最擅长的事情——杀人。

“从现在起两个晚上，当警卫换岗时。”

普布里奥点点头。一切都已有了决定。无论好坏，没有人可以阻止接下来几个小时发生的事件。还有玛尔塔·阿尔卡拉的事情……结束那个篇章并不容易。对他来说将会很痛苦，一个巨大的损失……但是别无他法。

将近两小时后，洛伦索的思绪在游荡，他问他自己：他的整个人生怎么会突然变得如此复杂。他头倚靠的墙壁是威尼斯风格的。闪亮的画作突出了他的身形，给他带来一种华丽半身像的气质。来自港口的光亮透过大窗户拉着的窗帘照射进来，反射到铺在餐桌上的整洁无污的白色桌布上。每一桌都装饰有小簇新鲜花束，盛在多面切割水晶材质的花瓶中。在其他情境下，这本该是一个浪漫约会的好地方。洛伦索想到这个与此刻现实相去甚远的想法，悲伤地笑了笑。他摇了摇头。他的笑容不久就被一种掩藏的嫌恶表情所抹除。在他面前，被一个不舒适的、几乎摆不下两杯咖啡和一个烟灰缸的小餐桌分隔开的玛利亚，正在以令人恼火的缓慢抽着烟，凝视着游艇停靠区帆船桅杆之后的晚霞。

她看上去是楚楚动人的。她穿着一条黑色的半裙，显露出她修长、线条优美的双腿。她双膝侧倾向一边，像一个社交名媛一样右脚高跟鞋轻轻地抬在左脚之上，这是一个太过造作、拘谨而不可能舒适的姿势。在搭配她半裙的短上衣之下探出一件白色丝质衬衫的衣领，其最上方的扣子是解开的。一个微微湿润的闪耀将洛伦索的注意力吸引到玛利亚的项链上，其正随她紧张、克制的呼吸摆动着。即使在那种情境下，洛伦索仍发觉她是迷人和性感的。这很奇怪，他自言自语道：你是如何最终习惯了美丽；然而拥有它是不可能的，佯装你可以拥有是纯粹的虚荣。他想靠近她，触摸她，但是他怀疑她会断然拒绝他。他迫使自己注视着她，等待着她至少将她的头倾斜一点用不屑的方式跟他讲话，但是她仍旧视而不见默不作声，让他感受到蔑视和质疑。

“你不打算说点儿什么吗？”

玛利亚闭了一会儿眼睛。她的脸庞相比痛苦显示出更多愤怒；透过她紧闭双眼的狭缝渗出了浓浓的恶意。

“你期望我说什么？”她用一种满载鄙夷的声音说道，“是说你很卑鄙吗？你已经知道了那些。”

洛伦索忽然间感到面红耳赤，这激怒了他。他不能忍受他和玛利亚在一起时那种永远软弱的感觉。他一度抛开了他特有的伪善天赋，敷衍了事地承认他为普布里奥做事。一点一点地他证实了阿尔卡拉曾告诉她的内容：他正在利用她从那个督察口中获取信息，然后把它交给那个国会议员。

“是的，我为普布里奥工作。我们都为他工作，无论我们是否想这样做。塞萨尔也是，你也是，尽管你不相信。我们都是任由他摆布的傀儡。”在他的态度里并没有骄傲或者羞耻，只有无奈，似乎一切都是不可避免的。

他试图自我辩解，但是他的理由并不非常具有说服力。这是一个罪人的反应。他感到被玛利亚不可上诉的沉默所审判；对他突然露出的真诚她一点都不为所动。洛伦索驰骋的领域，以及其中的阴谋、背叛、策略和谎言，对她来说都是完全陌生的。

她从未分享过他的世界。婚后，他在一整天工作后筋疲力尽地回到家，期望她能理解他需要的是安宁和精心照顾，而不是被拉入有关家庭琐事的荒唐争执中。他期待她能够宽容，能够崇拜他所做的，把他的世界转变成她自己的。然而玛利亚从一开始就清晰地表明她不愿意牺牲她的职业生涯或者个性，在这些方面她比洛伦索更加出色。正是挑战他的那些虚荣、那些傲慢让他总是大发脾气。他无法摧毁她以服从他的意志，甚至连毒打也不行。

时间一分一秒艰难度过。大海、花瓶中的花朵以及玛利亚烟气的味道相互拧结成一条令人窒息的绳索。其他就餐者使用银器餐具的声音逐渐增大，直到令人无法忍受。洛伦索宁愿她朝他叫嚷、辱骂，她可以做任何事情，除了那个让人感到迷惑的沉默。在玛利亚慢慢转过头时洛伦索似乎想要说什么。她注视着他，其方式犹如有人正盯着墙面上的蟑螂。

“为什么你要把我带到这些事情里？”

这是一个令人难堪的问题，但是某程度上是顺理成章的。说这一切都是巧合会很容易，但是巧合并不存在。

“为什么？”洛伦索大声重复道，好像他不明白那个问题或者是那个答案对他来说似乎太明显而懒得费神回复。他抬起头，目光越过他们所坐的露台。

下午的天空一时间充斥着红灰色。远处他看到停泊在巴塞罗那游艇停靠区的帆船。它们就像焦躁不安的马匹，颠簸着，互相绑在一起。他童年的记忆跳入脑海。他长大的地方离那里很近，在巴塞罗内塔，他总是偷偷地梦想着拥有那样一艘游艇，在它们停泊在那儿的数月他可以跪在上面清洗甲板，去赚取一些比塞塔。他一度相信他也应当成为一个富有的船主，在热情洋溢的女人们和永远照耀在他们身上的太阳的陪伴下，航行去伊维萨岛、戛纳或者科西嘉岛。那一切的关键，他第一次毫不迟疑地认识到，是金钱，权力，与大人物接触。那些，再无其他，一直是他生活的唯一目标。那个终极目标让所有的手段都正当化了。

但是突然间那一切都不再有任何意义了。人们在他周围相互残杀，相互背叛，相互说谎，但是到头来没有人成为胜者。没有人，甚至连国会议员普布里奥也不是。几小时前他在他的眼中看到了恐惧，还有对事情结果是否会变糟的不确定性……即使他的军事政变成功了，他能休息吗？不能。普布里奥已是个老人，没剩几年时光享受他的胜利了，他将浪费他的最后势力与那些甚至都不存在的敌人战斗。那就是那些决定不惜一切代价抓住像权力一样滑得抓不住的东西的人的生活。

“你期望让我得到什么，洛伦索？惩罚，复仇？什么？”

“你当时出现得正是时候。我对你只有愤恨。该是惩罚你的时候了，同时把你父亲让我在监狱度过的数月偿还给你父亲。我看到，某种程度上，你并不比我好多少，你那带着过激父爱的父亲也是。他想让你远离我，然而，他才是你应该让自己远离的人。”

“我父亲和这一切有什么关系？”

洛伦索看着她，脸上挂着一个神秘的微笑。玛利亚有史以来第一次不知道该怎样破译其后的寓意。

“我知道你在核查伊莎贝尔·莫拉死亡的卷宗，但是我猜你并没意识到那个当庭宣判缺失了一些重要的部分。”他把手提箱放到了他的膝盖上，抽出了几份文件。正在他需要找到一个迫使塞萨尔·阿尔卡拉开口的理由时，伊莎贝尔·莫拉的卷宗落到了他的手上，他把其当作来自复仇之神的一个礼物。本戈切亚这个姓出现在伊莎贝尔谋杀案这件事中，这让洛伦索突发奇想地把玛利亚和塞萨尔的命运联系到了一起，以一场危险的巧合游戏开始。他一直将当庭宣判的另一部分内容作为秘密保守，将其作为一个未来的保障，作为一张他计划在方便时使用的王牌，但是一切都走偏了。现在什么事都无关紧要了，他带着一个玩世不恭的笑容发现他自己也被利用在了那场闹剧中。

洛伦索跟玛利亚解释了他知道的有关伊莎贝尔·莫拉谋杀案件的一切。他用一种缺乏情感的残忍方式进行了解释。他紧扣事实真相，这是玛利亚喜欢的方式。

有关的一切都写出来了：加布里埃尔跟普布里奥索要的钞票；他作为一名情报特工的真实身份证明；他在俄国担任卧底特工的数年；他有关伊莎贝尔在一九四〇年到一九四一年间与那些企图刺杀她丈夫的其他共谋者会面的汇报，加布里埃尔也在内，并假装是他们的领袖；暗杀吉列尔莫·莫拉的计划和后来的挫败，以及后来的瓦解、逮捕和杀掉所有牵连者，包括伊莎贝尔本人，等等。那一份材料是加布里埃尔亲笔所写，在其中他讲述了他怎样遵照普布里奥的指令在巴达霍斯一个废弃的采石场处决伊莎贝尔。就在那份材料中，他提到一个士兵，其碰巧成为加布里埃尔和那个女人在采石场现身时的目击者。加布里埃尔建议把他的所作所为一笔勾销，否则他可能会和盘托出。

“那个士兵就是莱卡森斯，佩德罗·莱卡森斯。我在高级防务信息中心的上司，那个雇你从阿尔卡拉那里获取信息的人。我直到后来才知道正是莱卡森斯做伪证指出塞萨尔的父亲是杀人犯。把你卷进来的人不是我，尽管我天真地以为是我。这是莱卡森斯的主意。他相信你和塞萨尔共同享有的过去会让你们信任彼此。我做的唯一的事情是把消息传送给普布里奥，把你列入我们的利用人员名单，同时不引起你或者莱卡森斯的任何怀疑。但实际上是那个老浑蛋利用了我们所有的人……这就是全部的真相，玛利亚。”

他们两人都沉默了，沉浸在他们各自的矛盾和自我中。洛伦索大胆地去触碰玛利亚苍白的手臂。她移开，哆嗦着，好像突然间她感到非常冷。

“这是个谎言，你在撒谎……”她说道，目光幽远，摇着头，似乎她不能相信自己所听到的。

“一切都是被掩盖的真相的残余，一切都是听上去很真实的谎言，过去，尘封的记忆……然而，玛利亚，你也知道的，在你内心你是知道的。

我记得你那些年对你父亲奇怪行为的怀疑。他怎么能从来不谈论过去？为什么你从不敢问他你母亲自杀的原因？为什么他在柴堆后面保留了一个上锁的房间？当你接手阿尔卡拉的案子时，你还记得那些争论吗？记得他对你接手那个案子的反对吗？你从未真正想要问自己你的父亲是谁。那些疑云已经足够让你去寻求庇护。你选择离开家，成为一名律师，忘记圣洛伦索……现在，你除了面对别无选择。”

玛利亚将手指埋在发丝中。她感到困惑，震惊，粉身碎骨。

“我需要从这里出去，我不能呼吸了。”她说着站起身。

洛伦索没有试图去阻止她。第一次他感觉离玛利亚那么近，但同时又那么远，在她之上，像一个有特权的旁观者注视着一栋建筑，一栋看上去总是由牢固根基支撑着的建筑，坍塌了。他感受到死刑犯的那种宿命感，他们一旦接受了自己的命运，就充满了深深的镇定。

“你必须停止会见塞萨尔·阿尔卡拉，并且在二月二十三日之前永远消失。”他说道，并收集起他刚刚展示给玛利亚的那些文件。那不是忠告，那实际上是个命令。

玛利亚用紧张的手指扣上了外套。由于一阵突然的、剧烈的疼痛，她的嘴紧绷着。

“因为你决定了我应该离开？”

“不，因为普布里奥命令我杀掉你。”洛伦索回答道。他面无表情，至多，在额头上有一个怀疑的表情，他知道即使对玛利亚而言那听上去也太荒诞了。他不是块杀人的料，她知道这点。

玛利亚是否在演戏不可推断，但是她没有显露出一丝恐惧。如果洛伦索试图在做的是去吓倒她，那他并未达到目的，而是适得其反。他的话引发的只是她的愤怒。

“杀了我？毒打手无寸铁的女人是一回事，试图杀害一个想去自我防卫的人完全是另一回事。当我那天决定站起来反抗你，把剪刀放到你的睾丸处时，我记得你畏惧的表情。你显现出了你的真实面目，一个懦夫，就像所有你这类的人一样。当你知道你强壮时你打击、操纵、威胁。你的力量来自于被你踩扁在脚后跟下的那个女人的软弱。但是如果那个女人龇牙咧嘴，你就会抱头鼠窜。杀了我，你说的？上帝知道我是此时此刻应该开枪打死你的人，浑蛋。所以你可以省省你的忠告。我非常清楚我要做什么……相信我，你和你的朋友一点都不会喜欢的。”

洛伦索费劲地吞咽。他愈发感到自惭形秽和荒谬可笑。与此同时，他挣扎着超越那个感觉，并做出坚决有力的回答。

“普布里奥想让我杀掉你。如果我不做，他会派拉莫内达做。尽管他会首先让他杀掉我。我想你应该远走高飞，去找你的女友，忘掉这一切。也许你还有一线生机。”

但是玛利亚已经不再听他说话了，她离开了餐厅，摔门而去。她的步态是稳健有力和沉着自信的。但是如果仔细看，就会注意到她肩膀在轻微颤抖，以及她双腿的疲软。

第二十四章

巴塞罗那的哥特区，黎明破晓

玛利亚穿过空寂无人的圣费利佩内里广场，将教堂甩在她的右侧，进入了一条狭窄的通向一片老式犹太区的街道。她的高跟鞋嗒嗒作响地踩在由于潮湿而变黄的墓室上。它们是不稳定的脚步，就像小孩儿学走路一样。她的脸沉入她的外套领子中，她是那个风景中躲避着光亮的另外一个影子。她路过一个醉汉身旁，他可怜的身躯正烂醉如泥地倚靠着墙壁。醉汉迷离着双眼看到一个幽灵带着摇摆不定的脚步从身旁走过。玛利亚举起杜松子酒一饮而尽。她还没有喝得足够醉而倒在那个陌生人旁边，尽管自她从餐厅离开洛伦索后就一直在不停地喝酒。

她已经多年都没有喝醉过，上一次喝醉还是大学时代，那时喝醉是她康达尔公寓朋友圈的例行公事。在那段日子，喝酒给了玛利亚几乎不能隐藏的战果。但是现在，她甚至感觉不到恶心。她想要擦除掉一切，忘掉一切，但是她是什么人，她知道的事情，仍然在那里，其对杜松子酒具有免疫力，在她的脑海中挥之不去。她想让那个声音停止诉说，停止在她脑海中四处践踏掀起一团尘土。一切都是幻影似的：她母亲冻结的坟墓那片土地的记忆；坚硬的地面和黑色的泥土。比利牛斯山脉一座小镇公墓中的那个坟墓不应该是她母亲的，而应该是他父亲的。她以前并不明白原因。那个铁匠是个怪人，他不是家庭的一分子。他成天只是为莫拉家制造剑、小刀和武士刀，而他无足轻重，什么都不是。现在终于知道了，他是一个谋杀犯。他没有权利每天在她母亲的坟墓上放置鲜花，没有权利享受她的陪伴。

玛利亚跌跌撞撞地来到一扇坑坑洼洼的被潮湿腐蚀的木门前。她从口袋中拿出一张纸核对街道号码，实际上并不需要核对。她非常清楚那个地方，但是长久以来第一次她感到没有把握，她没有勇气抓住金属门环，而是用一只肩膀推开半开着的半扇门。她抬头张望。在上方她只能看见一部分天空，以及挂在阳台围栏上的数十个塑料花坛。她抑制不住地打了个颤。那个地方仍完美地保留着原来的灰暗沉闷和疏于维护状。她的绝佳处所——康达尔公寓。

最终没有敲门她就推开了，并穿过铺着瓷砖的小露台。一切还是她学生时代的模样：角落中的破碎瓷砖，插着干花的大陶罐，石井。那时带男孩儿到房间是违反规章的，她总是带着洛伦索从后面偷偷溜进去，瞒过那个永远保持警惕的女房东。她靠近石井，仔细观察着它。她总是担心其高度和宽度。她看不到井底。它就像一个黑洞，如磁铁一般吸引着她。她努力设法将自己拉离那口盲井。从井口传出呻吟和呼喊，好像它是井自身的接待室。

她沿贴着瓷片的台阶一步一步走上二层，走向一个房间。房间的门是敞开的。从里面传出煮咖啡的香气及电唱机的旋律。她立即听出了它，并暗自微笑。她走进去。眼前是一个背对她的女性身姿：她的双手撑在放着电唱机的桌子上，相比聆听她更像是在凝视音乐。

“是《致爱丽丝》，如果我记得没错的话。”

靠在电唱机桌子上的女人花了好几秒钟才反应过来。甚至还没转过身，她就点了点头。

“一个有天赋的小女孩儿抱怨演奏贝多芬的乐谱有多么困难，于是贝多芬为那个小女孩儿谱写了它。很容易想象爱丽丝与大师并肩钢琴前度过的漫无止境的时间；二十根手指共同弹奏一曲为一个女孩儿创作谱写的简单、动听的旋律。”那个女人慢慢转过身，她在转身时似乎正从容不迫地思考着当见到玛利亚的面庞时她该做什么或者该说什么。

她们两人站在那里，面对着彼此，与此同时，贝多芬反复、催眠的旋律轻轻环抱着她们。

“你好，玛利亚。我以为我再也不会见到你了。尽管我本该想到你会知道我藏在哪里。”

玛利亚点点头。她感受到一股冲动，想要迈步向前拥抱玛丽娜。但是她没有这么做。

“我并没打算来，但是不知何故我的脚步把我带到了这里。”

玛丽娜用无条件的、负重的爱凝视着玛利亚歪倒着举在脖子旁边的半空的酒瓶，她喝醉了。但是在她酒醉的状态之外，玛丽娜注意到她十足的绝望。自她们决定分手不过数周，但是她已经难以认出这个与她共度了过去五年时光的人了。她在那些了无修饰的、苍白的皮肤褶皱中不遗余力地搜寻着她，但是找不到她。玛利亚，她的玛利亚，不复存在了。看上去唯一存活下来的是那堆疯狂的肉体，一座神志不清的纪念碑，其正在用隐士的瞳孔审视着她。有片刻她感到畏惧。

“我看你一直尽享其乐。”

玛利亚的笑容崩塌了。此刻她的下唇悬着，并斜瞟了玛丽娜一眼。

“你可以这么说，可以说今天真是个有趣的日子。”

玛丽娜仔细掂量着她的话。

“为什么你不放下酒瓶，并在你倒下之前坐到沙发上？” 她一边说一边接近玛利亚。

玛利亚推开玛丽娜，带着不能自制的暴怒转向别处。

“你知道我父亲是个谋杀女人的杀人犯吗？你能相信吗？多么虚伪的家伙，他从来不想让我嫁给洛伦索，因为他说他能从他的眼中看到邪恶！他说得对；除此之外，他还在洛伦索身上看到了他自己的影子，他看到的是他自己。”

“为什么这样说你父亲，我不明白……”

玛利亚踉踉跄跄地走到电唱机边，移动唱针，当它刮擦唱片时就像指甲在黑板上摩擦一样发出尖锐刺耳的声音。

“你极为明白，玛丽娜。自从他发现我打算为塞萨尔·阿尔卡拉辩护，我们谈论了多少次我父亲的奇怪行为？你还记得你曾怎样问我吗，为什么我的母亲自杀？而我告诉你我不知道，我不想知道。我向你说了谎。我知道，我知道是因为我父亲对她做的一些事情。一些我从来不想去发现的恐怖的事情。现在我知道了。他藏在柴堆后面的那个该死的衣箱，如此多的沉默和神秘……” 玛利亚寻找一个地方去抓扶住，寻找一个避难所或一个地方去逃离，但是她什么都没找到。她在空中一动不动地悬了片刻，似乎在飘浮。然后她感到整个世界天旋地转，一切都变模糊了。她几乎没有感觉到玛丽娜的双手，其在她的头就要撞到桌角之前拯救了她。

“你上床睡一觉会好一些。”

玛利亚看到了房间开裂的天花板，以及前方显著位置玛丽娜的面庞，其有些模糊但是很熟悉且呵护备至。她听到了玛丽娜的声音，似乎她正在一个泳池的水下。

“我忘记了……我忘记了我母亲的脸庞。我以为她是懦弱的，一个夺取她自己生命的懦夫……”

“我们早上再讨论那个。现在你需要从地板上站起来。”

玛利亚任由自己被拽到床上。突然她感受到一种深深的悲伤，有东西粉碎了她的内心，一只玻璃杯破碎了其尖头刺入了她的内心。她以过去习惯的方式拥抱着玛丽娜，带着一份满载着悲痛的爱。

“他们要杀掉我，他们要为我父亲四十年前做的事情杀掉我。”

玛丽娜将一只冰冷的手放到玛利亚的额头，试图让她镇静下来。

“没有人要杀你。这是我们的藏身之处，记得吗？你领我来看的。没有其他人知道这个地方。你很安全。现在睡一会儿觉。我会在这儿陪你的。”

玛利亚身体冻僵地醒来。清晨冰冷地颤抖着，天空万里无云，零星的光亮几乎不能穿透进房间。在她身旁睡着玛丽娜，挤在墙边。那张床对她们两人来说太狭窄了，玛丽娜尽可能地蜷缩以便不打搅她。玛利亚温柔地看着她。她从来没想过来找她，在这种情形下来是不公平的。但是即便如此，她还是很高兴自己来了。她是唯一一个她可以信任的人。唯一一个从来不问她任何事情，从来不期盼任何事情的人，除了爱。她爱她吗？她小心翼翼地将她紧蹙眉头上的凌乱头发拨到一边。她一定正在做一个噩梦，因为她咬紧牙齿在喃喃自语。是的，在那一刻她强烈地爱着她。她靠近她轻轻吻了她。玛丽娜慢慢睁开双眼，眨了好几下，并惊奇地看着她。然后她记起了前一晚的事。

“呀，你还在这里。”

“我可以离开，如果你想让我走的话。我本不该以这种凄惨的状态出现在这里，但是我需要和你待在一起。”

“昨晚你说了些恐怖的事情。你异常愤怒。”

“它们都是真的，所有我告诉你的事情。”

像一场混沌的洪流裹挟着与之接触的一切奔涌而下，玛利亚详细地解释了她在过去几个小时发现的一切。她告诉玛丽娜她对被普布里奥谋杀的恐惧，告诉她她对于塞萨尔·阿尔卡拉的遗憾，以及她父亲一直隐藏的恐怖真相。她滔滔不绝地说但是仍然无法全部都宣泄出来，直到最终她爆发出了一阵短促的啜泣，其完全改变了她的面庞。

“我的一生都想做诚实的人。我以为如果我用原则武装自己，如果我努力，并整治好自己的行为，我能设法过上一个美好的生活。但是形成我存在基础的一切都是错误的。这就像发现你本人就是个谎言。我失败了，我甚至不知道我是谁，或者我想成为谁。我感到茫然，充满困惑和痛苦。而我毫无答案。”

玛丽娜让她哭泣和宣泄，没有打断。倚靠在床头上，她只是接收着所有那些痛苦的话语和那些眼泪，其同样也伤害了她。她点了一根烟，递给玛利亚，玛利亚拒绝了。她的头正无比疼痛。

“你还没有去看神经科医生，是吗？”

玛利亚用床单擦干她的脸。她感到某些程度的宽慰。她让她裸露的双臂朝前搭落，双腿在凌乱的床单之中交叉着，在玛丽娜的面前。她说这是因为杜松子酒。她怎么能直接喝下半瓶酒？宿醉用一片阿司匹林和一杯浓烈的咖啡就能缓解过去。但是她非常清楚她右耳后的扎痛，知道头痛和眩晕是更加严重的事情。几周前她最终决定去了医院，并做了一系列检查。她还没有拿到结果，那个不确定性，她不能否定，其让她紧张不安。尽管如此，她不想小题大做。她还有事情要做，而且她需要玛丽娜的帮助。

“有一个警官叫马尔臣，他是塞萨尔的同事。我想他能帮我。”

“你曾说过你不信任警察。”

“这个人不同。我想他亏欠阿尔卡拉的。他来见我时给了我那种感觉。无论如何，没有任何其他人能帮我了。我要你去见他，告诉他我愿意跟他说我知道的有关莱卡森斯死亡和他对那个国会议员调查的一切，告诉他如果有必要我会在法官面前出庭作证。”

“在这期间你打算做什么？”

玛利亚攥紧了拳头。

“做一些我本该很久以前就做的事。”

她将钥匙伸进柴堆后的门锁里，门吱嘎作响，只有被遗忘的记忆才能够像那样吱嘎作响。

她打开灯。过去的不解之谜浮现在她面前。陈列是过于有序的，其标志着一种非人类的冷酷。储藏在架子上的是数百份带有姓名、事实和日期的档案。在硬纸箱中储存着照片和个人物品，但是它们是谁的个人物品？所有那些困在档案和数据中的人又是谁呢？那里面闻起来发霉，好像是用樟脑球防腐的。那个气味钻进玛利亚的喉咙，挤压她的胃部，持续压缩出一阵阵的恶心。她仔细检查了所有那些东西，似乎害怕揭开它们的面纱却又被迫去做。那个房间充斥着沙沙作响的角落，地形神秘，有紧闭的盒子、覆盖着床单的家具和落满尘土的书籍。在那里，那个虚伪的英雄即她父亲保存着他的盔甲，他的勋章，他年轻时的梦想，就像生命的圣水。那里有他的方顶帽，他的高筒靴，他过去常常在老式留声机上听的战争歌曲的唱片；她甚至在一个帆布供给囊袋中发现了一个空弹壳。玛利亚想象着那颗子弹的命运。为什么他一直保存着那个弹壳？他用它夺去了谁的生命？一个军团士兵，一个北非人，一个德国炮兵上校，一个意大利师团的士兵?

一段黑暗的、困惑的记忆蹦入她的脑海，一个来自过去的形象。在那个记忆片段中，她看到了她的父亲，其正在和其他男人交谈。玛利亚一定还是个非常年幼的女孩儿，否则那段记忆不会那么残破，因为她几乎不能看见围绕在他父亲周围的那些男人们的面庞，或者听到他们的声音，但是她记得他们的军装。她父亲对那些士兵而言一定是某个重要人物，因为他们狂热地追随着他，带着对老兵的敬意听着他所说的内容，老兵们分享的经验只有他们能够理解。那天晚上，当他的战友离开后，玛利亚发现他在哭泣。她没有聚焦于他的眼泪，而是聚焦在了那些在他脚边滚动着的空瓶子和一个他储藏着一些纪念品的丹麦曲奇罐上。“为什么你在哭泣？”她问他。她的父亲悲伤地微笑。那个笑容无言地包含了一种超越极限的痛苦，好像他正在拥抱一棵树液苦涩的树。“因为哭泣无法继续装在我的内心了。”他说道，擦拭掉他的眼泪，并把那个圆柱形的蓝色铁盒放在了他的膝盖上。

玛利亚震惊的目光落在那个小衣箱上面，它就像一个老式手提箱，有皮质的条带，箱角覆盖着金色的钉子。里面是有内衬的。夹棉衬里的淡紫色纤维已经失去了它的光泽，但是仍然妩媚动人。她奋力地搜寻着她记忆中的那个曲奇罐。它一定在某处。她发现它埋在一层厚厚的尘土下面。她粗暴地打开它，确信在里面她仍能发现她父亲那防腐的泪水。没有什么特别的：两支书写的羽毛笔，一个纸张都粘在一起的笔记本，还有一张泛黄的、用胶带粘在一起的小照片。

她首先看向照片。那是一个初次参加圣餐仪式的年少男孩儿的肖像照。他穿着一身水手服，年龄一定是在十岁或者十二岁左右。他的脸庞很小，看上去有些内向。但是他的双眼是令人不安的，其对他的脸庞来说太大了，对他的年龄来说太热切和执拗了。在他的手上握着某个类似拐棍的东西，他的全身重量都支撑在那上面，就像一个小暴君。玛利亚敏锐地审视着那个物体。男孩儿握着的是某种剑，上面带有东方的装饰物。在男孩儿身后的是一个年轻男人，穿着德国机械化师团的军装。他的手坚定地落在年少男孩儿的右肩上。他的表情是恍惚的，仿佛那个年轻的士兵还未真正从前线归来。

玛利亚颤抖着好像一阵气流从她脑海中刮过。

“这简直太疯狂。”她说道，顺着墙壁消沉地滑落下。

然后她捡起笔记本，快速翻阅。那个紧密的字迹是伊莎贝尔的。这是她其中一本日记。她阅读起来。

纸页充溢着甜蜜的话语，以及书写它们时泛滥墨迹的感情。爱、欲望的话语本应该填满任何接收到它们的人的心。但是它们不是写给别人，正是写给加布里埃尔的。玛利亚悲伤地想象着那个女人的那些不眠之夜，她不顾一切地尝试让她的爱人明白她对他爱的深沉；幸福地、秘密地埋头于一盏油灯的光束和那本日记的书写，似乎她正在她挚爱的人的皮肤上纹下每一个字。玛利亚想知道伊莎贝尔是否曾将这些情感告诉加布里埃尔，或者她的父亲是否在杀害她之后匆忙离开时顺手牵走了这个笔记本。有片刻时间她抱定那个想法，她的父亲也许直到她死后才知道她对他的真实感觉。如果他之前就知道，她推断，他就不会杀害她了。没有一个人能够如此背叛。但是之后她停止继续欺骗自己了。伊莎贝尔不可能从未向他显示她在那些粘在一起的纸页中表达出的爱。即使她曾试图隐藏，由于孩子的缘故或者出于对她丈夫的恐惧，那些热情也会从那样的伪装缝隙中渗出。一定有过一阵秘密注视，一阵脸红，一阵含笑，一阵甜蜜的沉默；当他们互相擦身而过，手指用最站不住脚的借口搜寻着对方，他们的身体一定颤抖了。

“那么你已经知道……”

玛利亚惊恐地回过身，手上拿着伊莎贝尔的日记。在门口站着她的父亲。她未曾听到他靠近。

他看起来并不吃惊，也不恼怒。正相反，加布里埃尔靠在门边框上，目光埋进那个房间的物品中，他看上去是解脱的，最终卸下了他扛了太多年的重担。

“是真的……洛伦索告诉我的有关你的一切都是真的。你，你是个谋杀犯，一个骗子，一个背叛者……那么多年的谎言。为什么？”她愤愤地倾吐出那些话，用它们击中他。她迈步向前，抓住他父亲的脸庞，迫使他看着她，去面对她。然后，加布里埃尔结结巴巴地说出一些难懂的话，像一个动物在呻吟，像一个灵魂在撕裂，像一个堤坝在崩塌。他太过激动的舌头在牙齿和上腭之间搜寻着空间，以便口齿清晰地发出一个有逻辑的声音，但那是徒劳的。他突然放声大哭，避开了他女儿的双眼。

玛利亚松开他的面庞，她很想去抚摸她父亲稀疏的头发，但是她克制住了任何情感动作。她拿起伊莎贝尔的笔记本，将它放在加布里埃尔的膝盖上，后者把他紧张的双手挪到了一边。

“你怎么能这么对那个女人？”

加布里埃尔咬紧牙关，他脖子上的血管紧绷。突然他停止了哭泣和呜咽，他深呼吸让胸骨中填满空气，然后以一个非常缓慢的节奏将其释放出来，“我得到了惩罚。我爱你的母亲……她发现了伊莎贝尔的日记，这就是她自杀的原因。她恨我，她恨着我死去。”

玛利亚吃惊地看着她的父亲。很奇怪加布里埃尔只对那个死感到懊悔，而没有对他一生中直接或间接造成的许多其他死亡感到懊悔。

“你认为那就是足够的惩罚了吗？那我呢？我不爱你吗？你试图用你的沉默维持着我的感情，你所做的唯一的事是使我逐渐远离你。这有什么区别吗？”

“你会恨我的。你不能理解那个年代是什么样的，那时发生的事情，我们是什么样的。爱，忠诚，情感，它们都不存在。我们在战争中，一场我们不能失去的战争。而我是个士兵。我利用其他人，其他人利用我。在那时我相信我做的是必须的。你的母亲不会理解的。但是那一切现在看来都是历史了。过去不会让那些活在现在的人产生兴趣的。那就是为什么我埋葬了那段生活。我不想让你去评判我。”

评判，利用他人，这难道不是她这一生也在做的事情吗？在控诉他们或者为他们辩护之前她评判了多少人？最终，也许洛伦索是对的。她，这个无懈可击的律师，让她自己从她的道德高地定夺罪过，而不携带原因，不担心后果。一个冰冷的、专业的、科学的职业。那就是她的法律实践的最终演变。利用其他人是她擅长的另一件事。只需问问玛丽娜。她对做她的垃圾桶、盛下她所有的垃圾有怎样的感受？当玛利亚需要性、安全感或者只是发泄时待在那里，像她前晚做的那样吗？难道她没利用过她和洛伦索的关系去证实她的受害者地位吗？甚至她的父亲，那个站在她面前垂死的男人，难道她没利用她对他的憎恨作为借口去回避她作为女儿的责任吗？她恨他什么呢？恨的是他曾经做过的吗，那些罪行，那个双重人生，或者仅仅是感受到背叛这个事实本身？她并不比他好多少。并不。她知道塞萨尔·阿尔卡拉因为想找到他女儿而犯了罪，她知道拉莫内达是个无情的变态，但是那些对她都无关紧要。她把那个督察送入囹圄，因为那能给她名声、威信，是她职业生涯的助推器。她静默了她的良心，像罗马人做的那样告诉自己：法律是残酷的，但这就是法律。伪君子。

她藐视地看着她父亲。因为藐视是当她在他身上看到她自己的样子时，她的感受。

“你就没打算告诉我一切，甚至知道了塞萨尔·阿尔卡拉是那个用生命偿还你罪行的男人的儿子，你也没有说出真相。”

“我试图让你放弃那个案子。我尝试了每一个可能的方法，但是你不听我的。我想即使我那时告诉了你真相，即使我告诉了你有关马尔塞洛·阿尔卡拉和伊莎贝尔和普布里奥的事，有关莱卡森斯的事，有关他们所有人的事，即使那样你也不会停止的。选择你去控诉塞萨尔的那些人早就判定好了你的野心。你不明白吗？那不是你的选择。费尔南多·莫拉和莱卡森斯推着你去接下那个案子，他们把拉莫内达的妻子送到你的办公室。他们知道你会接下的，他们知道那么做他们就会毁掉我。我承认这是一种奇怪的理解公正的方式。但是它讲得通：父辈的错误在子孙身上继续延续。就像罪孽。我们，玛利亚，你和我，毁灭了那个家庭的生活：我毁灭了马尔塞洛，你结束了塞萨尔——通过阻止他寻找他的女儿。但是我们仍能改变一些事情，我们可以做一些事情去终结这个循环。你得帮那个男人找到玛尔塔。你必须这么做。”

玛利亚早在去她父亲家之前很久就已经做了她的决定。尽管如此，加布里埃尔的乐善好施态度还是深深地激怒了她。

“你正在要求我去帮你赎一个四十年之久的罪。”

加布里埃尔强烈地否定了它。他正在要求的是让他的女儿去帮助她自己，不让她自己被拖入那个他已掉落的井中。

“费尔南多是伊莎贝尔的长子，他比任何人都更有理由恨我。我杀害了他的母亲，且从某种意义上来说，因为我，他们杀害了莱卡森斯，他最好的朋友。这是他复仇的方式。他迫使我告诉你真相，尽管你已经自己弄清楚了真相。在这么长时间之后杀掉我不再有任何意义。他知道我得了癌症，而且很快就会死掉。他满意地知道你会恨我是个恶魔。不过除了我，如果费尔南多还恨任何人的话那就是普布里奥。他是那个握着我们所有人的线绳的人，是这场闹剧的指挥者，直到现在他一直是不可触碰的。但是塞萨尔的出现改变了一切。那个督察握有能够毁掉那个国会议员的信息，而费尔南多想要它。作为交换，他愿意告诉阿尔卡拉他的女儿在哪里。这就是你应该提供给塞萨尔的交易，而且你应该尽快去做。"

"费尔南多怎么能知道玛尔塔在哪里？"

"我不知道。但是我相信他。我知道他会信守诺言。"

玛利亚沉默了。她在那个令人窒息的、发霉的房间中缓慢地踱了几步。

"我应该信任你吗？"

"我在其中已经不再重要了。我累了。非常疲惫。"

当玛利亚离开，加布里埃尔比以往更加孤独了。他在他的旧衣箱中寻找着什么，然后走进房间。他走进浴室，坐在镜子前面。他的目光变得紧张起来，他的面庞有几分恶意地朝他微笑。看着他自己他不再感到排斥。看他的脸就像问候一个老朋友，令人讨厌的，变丑陋的，但熟悉的。他双眼之下的皮肤有所凹陷。他的双眼了无生气，只有一对巨大的黑暗瞳孔从沮丧之中残存了下来。

他在他下陷的脸颊上慢慢地滑动着一个剃须刀，切断了那圈稀疏生长的络腮胡。当他结束后，他开始穿衣。在这么久之后穿上西服扎上领带对他来说是绝对的折磨。衬衫的棉布像铠甲一样重压在他皮肤上，他咬紧牙关勉强把自己塞进那条打褶的裤子；系鞋带时他感受到鞋子夹脚。他的身体反抗着那些突然的束缚。

当穿好衣服，他疲倦地看着自己。透过窗户他依稀可以看见太阳光线，阳光灿烂的一天。有片刻时间，加布里埃尔想象自己正在人群中漫步，就像只是另一名退休者，想象自己沿街漫步，他还不是一个看起来像一只恶魔的怪物，而只是一个像其他凡人一样的怪物，与他的女儿和妻子手牵手走着。

毫不迟延，他将盖着鲁格手枪的布从衣箱上移开。他记得他是怎样在俄国从费尔南多身上拿走它的。战争在那把手枪狭窄的枪管和油腻的套筒上震动着。死者的尖叫，后脖颈上子弹的阵阵闪光，鲜血的气味，如此多陌生人手指上啪嗒啪嗒滴落着鲜血。他将手枪插进他的嘴里，枪口朝上，然后闭上了双眼。接着，他扣动了扳机。

第二十五章

莫德洛监狱（巴塞罗那），一九八一年二月十日

“现在几点了？我的表停了。”

塞萨尔·阿尔卡拉不理解他同牢室友对时间的执念。的确，那里的每一只表都停了，即使手腕上的表盘指针继续在绕表盘滑动。

“八点了。”

罗梅罗穿着内裤跳下他的床铺。就像每天早晨一样，他做的第一件事就是点一根香烟，透过铁栏杆看向窗外。

“你应该穿好衣服，阿尔卡拉。”

塞萨尔·阿尔卡拉仍躺在床上。他翻身面对墙壁，触摸着变黄的水泥墙表面，好像他的手想去确认墙面的平滑度。他几乎没有睡觉。

“为什么？那样我可以像只困兽一样在这个牢房中踱步？”

罗梅罗在其中一根铁栏杆上捻灭了他的香烟。他勉强笑笑。他看向阿尔卡拉，并耸了耸肩膀。他身体前倾，抬起了他床铺上的床垫。从床垫下面伸出来了一把大砍刀明晃晃的把手。他用右手抓着大砍刀，双腿分开，稳稳地站在牢房的中间。

“你最好站起来。我不想从后面对你做不得不做的这件事。”

“你想要做什么？”塞萨尔警觉地问道。

罗梅罗阴险地笑笑，挥舞着那把大砍刀。

“割断你的喉咙。他们付给了我许多钱做这件事。”

塞萨尔·阿尔卡拉慢慢坐起来，未将目光从大砍刀上挪开。

“你不能这么做。这不是你，罗梅罗。”

“噢？不能？为什么你会这样想呢？”

“我们是朋友。”督察用一种会使一个孩子都脸红的天真说道。他无法想出任何其他理由。就他们两人在。罗梅罗正挥舞着大砍刀。而他本人是徒手的。

“如果我记得没错的话，尤利乌斯·恺撒对布鲁图斯说过类似的话，在他被后者从背后捅刀时。”

“你不能那样。你不能像其他人那样。”

罗梅罗放松了握着大砍刀的手，尽管他并没有放松警惕。显然他不喜欢那个局面。他喜欢阿尔卡拉。但是那个督察对他是什么样的人或他过去曾是什么样的人根本没有任何该死的线索。

“让我告诉你一些有关我的事，阿尔卡拉。许多年以前，这个城市有个想法，要为穷困的边远街区建立一个巴士图书馆。那个车轮上的图书馆存书量很可怜，灯光很昏暗。有一个男孩儿去到那里，因为那个地方可以躲雨，而且里面或多或少暖和一些。除此之外，男孩儿爱上了管理巴士图书馆的年轻女人。那是不可避免的。在十二岁的年纪，他知道的性仅限于在皇家广场一个廉价妓院的浴室里和他的朋友们进行的自慰竞赛。他们藏在阳台上，自慰着观看妓女们脱掉她们的长浴袍将一身厚厚的白花花的肉骑在她们的客户身上。性是他们手指间的那些精液液滴，那些像一道闪电一样粗暴、突然的射精，那些担心被发现的恐惧、羞耻和愉悦的混合感。

“但是那个图书管理员是个真正的女人，不是一个遥远的幻象。她走近他，如此之近以至于男孩儿可以感受到她的乳房顶着他的肩膀，闻到她的香水味儿，并轻拂过她的头发。除了微笑和偶尔友善的爱抚，他不能从她那里得到任何更多的东西，但是作为交换他学会了阅读。多亏了她，他发现了文字、思想、写作的力量。男孩儿发现了使他的生存智慧臻于完善的激励动因。她教他为了兴旺发达去开发利用他的街头生存智慧。

“一天，男孩儿的朋友们，受到了他告诉他们的有关那个图书管理员的精彩事情的吸引，来到了巴士车。她正在收起一些书。男孩儿以为她会高兴，他为她带来了更多的读者。但是他们不想知道任何有关堂吉诃德、奥德赛或者亚特兰蒂斯的事情。他们像饿狼一样围绕着她，他们抓着她的双腿和双臂把她压倒，他们褪掉了她的裤子并轮奸了她，与此同时强迫男孩儿注视着他们的所作所为，按住他以便他不能做任何事去阻止他们。

“男孩儿从未忘记那个图书管理员的脸庞，当他们羞辱她时她那哀求的目光，还有他自己的无能。当他们结束后，他们烧掉了巴士连同里面那个女人。他们是他的朋友。他把他们带到那里的。这是他的错。

“男孩儿长大了，一个接一个，许多年，他搜寻着做了那些事的人，并除掉了他们。但是即使灭掉了他们中的最后一人也没能让他良心上无愧。”

塞萨尔·阿尔卡拉设法在床上坐起。他绷紧肌肉，准备为他的生命而战，并朝牢房的过道投去了匆匆的一瞥。他有种恐怖的确定性，那就是即使他尖叫，也没人会来救他。

“为什么你现在跟我讲那个故事？”

罗梅罗注视着那把大砍刀的厚刀片。

“为什么？我不知道。也许因为这是我的方式，告诉你，你不应该信任任何人，你不应该从任何人身上期盼任何好事，那些自称是你朋友的人身上可期盼的更少。或许我只是需要一吐为快……你认为我是个嗜血的浑蛋吗？好吧，每个人都是那么想的。我一直在卖力建立那个形象。尽管我本该长大后娶那个女孩儿，读完巴士车上所有的书，变成一个终身文学教授。我们不能总是选择我们想要的。”

塞萨尔·阿尔卡拉目不转睛地盯着那把大砍刀。他得反应，起身，战斗。他不能让一切以这样一种荒谬的方式结束：被一个只穿着肉色内裤的家伙刺死。不管怎样，他的整个生命都是在战斗中度过的。他的工作是残暴的，他最后总是进到一些下水道，在那里不得不挣扎着去呼吸。他在监狱中的生存没有多少不同。也许这里的暴力不那么委婉或者受规章管制。这里一切都更加原生态，更加本真，更加严酷。他已经从多个袭击和暗杀企图中存活下来，竭尽所能地自我防卫，永远保持着紧张，警觉并乐于成为粗暴中最粗暴的，他们所有人中最决然的。但是突然他发现自己无法对罗梅罗做出反应。他迫使他的肌肉紧张起来，但是这是一种反常的努力，他的身体压根儿不想去防卫自己。他厌烦了，疲倦了，精疲力竭了。

“我不相信你为金钱而杀掉我，”他说道，“你有花不完的钱，从这里出去后你剩下的生命时光根本不够去享受一切了……那么，为什么呢？”

罗梅罗扬了扬眉毛，他的表情介于逗乐和困惑之间。那个督察有点儿胆量。他是对的。突然他的表情变得顽皮起来，几乎是害臊的，就像一个男孩儿撒谎被当场抓住。他将那把大砍刀放在了床上，离塞萨尔犹豫不决的双手很近。

“的确。他们不明白在这里面金钱是无用的，尤其是如果你不能享用它的话。在刑满之前我将腐烂在这里。但是如果我不杀你，我会失掉我已经挣得的好大一部分威望。那样的话无用的将是我的生命。你现在已经知道我们所在的泡影是如何运作的。外表在这里像在任何其他地方一样重要，也许更加重要。”

塞萨尔·阿尔卡拉呼吸得稍微轻松了一些。透过眼角的余光他看到大砍刀就在他能够到的范围内。但是他无意抢夺过大砍刀并用它来对抗罗梅罗。过去的他不会犹豫再三，他会一跃而上，刺穿他。但是那个男人已经不复存在了。监狱吞没了他。另外，他明白，罗梅罗并不想那么做。但是他需要一条出路，需要一个有价值的主动提议去证明他的顾虑是有道理的。

“你并不需要杀掉我。另外，你并不想这么做。你本可以在我睡觉时、在淋浴时、在任何时间割断我的喉咙，而你没有。”

“但是其他人不会犹豫再三。总有一天，有人会设法这么做的，而我不会总是在你身边保护你，我的朋友。所以你最好想想办法。你不能假装普布里奥那个狗娘养的会一直满意于你的沉默或者把你一直锁在这里……你必须得逃出去。”

塞萨尔·阿尔卡拉本应该大笑的，这个解决办法看上去是如此显而易见，且如此不可实现。

“不是那么不可能。”罗梅罗说道，解读着塞萨尔的想法。他拾起大砍刀，不过这次的态度不那么威胁。“你信任那个来探视你的律师吗？”

他信任她吗？他不信任任何人或任何事。但是至少玛利亚那几周是和他在一起的，她给了他希望。他对她有种感觉，一种类似于信任的感觉。是的，他尊敬她。

“无论如何，”罗梅罗说道，把大砍刀拿到阿尔卡拉跟前，挨近他赤裸的胸口，“你将不得不信任她，并祈祷。这是我想出的唯一解决方案：现在你最好抓住你的枕头，盖住你的嘴。接下来会很疼痛。”

玛利亚看向她的手表。这是她在不到二十分钟内第三次查看时间。时间拒绝移动得更快，尽管她竭尽全力地向前推动。

她用一支勺子搅动着现在已经放凉了的咖啡，她的目光迷失在她可以透过窗户看到的街上的某处。她一分钟一分钟地逐一回顾着过去几个小时她所做的，露出一丝失魂落魄的微笑。她几乎不能相信神经科医生刚刚告诉她的内容。她慢慢咀嚼着那个词：肿瘤。这是一个丑陋的词，在她的审美眼光来看是令人不快的。神经科医生给她展示了 X 光片和扫描图像，但是她一时很难把她脑叶上的那些斑块儿、那些看着无害的云雾状裂片和这样一个厚重的、确定的词联系在一起。

“我们得立即做手术。我不明白你之前怎么能从来没看过医生，你一定已经意识到一些不对劲儿的地方了。”玛利亚跟医生道歉，好像她不可饶恕地疏忽大意了，尽管事实上是她的脑袋，不是那个医生的，正在分崩离析。她以为是疲倦和压力。近来她一直承受着很大的压力……如果她早知道……精神科医生用一种严肃的神态在她的档案夹上写下一些内容。然后他毅然地撕下一张记录，递给她。

“我们得为你进手术室做准备。我们需要验血结果以及一个全面的诊疗历史。你将不得不在手术前吃一些药片。”

瞬息之间，玛利亚有种感觉，她制造了那段记忆，那场噩梦。但是那里，她面前的桌子上有那张该死的纸。她的生命正在那位医生的双手中渐渐消亡，其带着禁欲的残忍来回踱步，仿佛她不在那里。她感觉她在一个气泡中，一切不过是一场奇怪、以死亡为主题的游戏。两天前她还是一个健康的女人。现在她几乎是个无望的人。但是那个事实丝毫没有穿透她的理解力，它仍然在表面，漂浮着。

那个打算给她做手术的神经科医生建议她安排好所有的个人和法律事务。

“最好提前做准备。”医生一边说一边向她伸出一只手。他只不过陈述了一个无可反驳的事实。他并不关心病人的反应，只关心他们的准备。玛利亚怀疑地看着那些即将给她做手术的修长的、冰冷的手指。那些手指就像蜘蛛腿一样会进入她的私人空间，进到她的思想、她的记忆、她的智力中。它们会破坏她的神经联结，它们会把她变成一个植物人或杀死她……为什么她不认为它们也可以拯救她呢？

她再次望向外面的街道。她再次查看手表。她又点了一杯咖啡，非常烫非常浓烈。那些日常的一切突然间看上去非常重要，比如洒满咖啡馆的夏日阳光，比如老虎机的声音，比如每当有人开门时悄然进入的来往车辆的噪音。那一刻，有一种每天日常例事的甜美感，以及知道如此简单的事情也许再也不会发生的悲楚感。

她很恐惧，但是即使在那样的时刻她也没有充分察觉到她身上发生了什么。尽管她内心的一切都是扭曲的，她内核的一些东西仍然保持原样，静默的。她拒绝做出合理解释的一个深层真相是：她即将死去。她已经看到了她父亲疾病恶化的过程。最好的情形是，她最终也会像一株植物一样在窗边做着光合作用。也许玛丽娜会想去给她更换沾着粪便的尿片，擦拭掉她的口水，并给她做热汤，戴上围嘴喂她。然而也许玛利亚不愿意接受那些。

她还没有告诉任何人发生在她身上的事情。但是，被一种与她的无奈有很大关系的奇怪的宁静安详和敏锐眼光所逼迫，她清晰地看到了她接下来的步骤会是什么。前一天离开诊所之后她所做的第一件事就是找到一个电话亭，她拨通了莫德洛监狱的电话。但是她没有要求和塞萨尔·阿尔卡拉说话。她要求和他的同牢室友说话。

她对罗梅罗有种混杂的情感。他似乎无法去伤害一只苍蝇。他是有礼貌的，他的举止是克制的，他的嗓音是友好的。你听他说话的时间越长，他的声音越友好，让人催眠。但是他的目光，热切的，呆滞的，因此是真诚的，比任何其他东西都更加令人生畏。那个男人似乎能让世界停止，让它向相反的方向旋转，如果那是他想做的事情的话。然而塞萨尔·阿尔卡拉信任他。他提到他的同牢室友时就好像他在谈论一个好朋友，某个值得顾及的人。罗梅罗给她一种感觉：他期盼着她的探视，他已经等待了很长时间。

这是一段奇怪的对话，在两个死人之间，他们因某种原因看上去仍然活着。那就是罗梅罗在她身上看到的吗？她的恐惧，她对于自己即将死去事实的确定无疑？没有生命，没有希望？也许。但是他们快速达成了共识。他们俩都未从对方身上期待任何事情，之前在玛利亚去探访室见塞萨尔的时候，他们几乎未曾短暂地见过对方。但是他们都听说了大量有关对方的事情。在某种意义上，他们是塞萨尔·阿尔卡拉行走其上的一根细绳的两端，努力保持着塞萨尔的平稳。去帮助塞萨尔的渴望，就是他们的共同联系，尽管对玛利亚来说很难理解是什么推着罗梅罗想要涉足他们见面时她建议的事情中去。然而，听她说完之后，罗梅罗几乎没有犹豫。他甚至似乎被玛利亚跟他详细描述的营救塞萨尔出去的轻率计划所逗笑。回想起罗梅罗的表情，玛利亚忍不住相信，他几乎感受到了解脱，好像他正从自己的背上卸下了一个重担。

“如果你愿意帮助塞萨尔，你应该设想到那会给你带来严重后果。”

“严重后果。”罗梅罗重复道，好像他不喜欢那个措辞，“你的意思是他们会在我冗长的犯罪记录单上再多加上几年吗？别担心那个。当你湿透时，你就不会介意更多雨水了。另外，我喜欢这个地方。我想我在外面会感觉像个异类。”

一个奇怪的家伙，罗梅罗。玛利亚无数次地查看手表。如果他完成了交易中他那部分职责，塞萨尔应该已经在监狱的围墙外了。她很快就能知道确切结果了，一旦督察安东尼奥·马尔臣如约现身咖啡馆门口。

当马尔臣出现的时候，她几乎还没有构思出那个想法。

督察的一只手放在门把手上，停了一秒钟。他想，玛利亚看起来是紧张的。她几乎没有时间化妆，显然她是匆忙之中穿衣打扮的。他注意到她衬衫最上方的扣子扣错了扣眼。她的目光有一种发狂的热切，她的双手握在一起放在桌面上。她周围的其他顾客正在吃早餐，并翻阅着晨报。他想知道那是否是某个将要坦白一桩罪行的人的态度。当她叫他去安排会面时，他就有了那种印象。马尔臣快速地扫视了一周。当然，那不是一个慎重的会面场所，也许不是最好的选择。他们可能正在跟踪她，他们也可能正在跟踪他。自从他着手调查莱卡森斯的死亡，他和他上级身上的压力变得不堪承受。国会议员普布里奥和高级防务信息中心的头目正在打出他们的王牌，让他停止调查那个案子。

玛利亚从餐桌处站起来，诚挚地伸出一只手。马尔臣握住它。她的手是冰冷的，手臂不易察觉地颤抖着。

“难道你不想要我们在某个更加小心谨慎的地方谈话吗？”

玛利亚摇了摇头。这里就很好，被人们环绕着，她不会因她的绝望而失去理智。

马尔臣同意并带着一种轻微担忧的神态坐了下来。

“我认为你有一些重要的事情要告诉我。很好，我来了，尽管我应该警告你，你告诉我的任何事都会记录在案。”

“我是位律师，督察。我知道这如何运作。我没有到警察局去见你，因为我即将告诉你的内容是没有证明价值的。这将不会是一个口供，你明白吗？”

马尔臣轻轻地扬了扬一侧的眉毛。

“那么你即将要说的是什么呢？”

突然，玛利亚感到局促不安。在洛伦索跟她坦白一切之后，出于一种抑制不住的冲动，一种迫切的需要，玛利亚给这个督察打了电话，但现在，她把他叫到了面前，她却不知道说什么或者如何反应。这激怒了她。和他交流她本不该有理由存在困难。他是个警察，他看上去正直，而且他并没有给人以他在隐藏任何事情的印象，只不过是一些不时打断全部真相的简单小谎。

“我认为他们打算杀我，督察。”

“你以为的，还是你确知的？”马尔臣把头朝她的方向前倾了一些，但是并没有变得非常惊慌。

这是个荒谬的、奇怪的问题。就像在神经科医生的办公室一样，玛利亚再次感到自己被审判，好像她就是那个有罪的人。

“我确知的，但是你看上去似乎不为所动。我刚才说的不是我乱穿马路弄断了一条腿。我刚刚说的是他们打算谋杀我。我看到你一点都不在乎。”这不公平，她马上就要让自己因贪婪的自怜而失去自制力，但是她悬崖勒马，并道了歉。

“你看上去对某些有生命危险的人并不是非常担忧。似乎那并不影响你，似乎你正在办公室谈论着一些发生在某个相识者身上的事。但是即便如此，告诉我：谁想要杀你？为什么？”

“部分与莱卡森斯有关，你在他衣兜里发现的那张字条上有我和国会议员普布里奥名字。当然，我从你的脸上看到你仍然认为我与莱卡森斯的死有关，你把我当成一个嫌疑人。警察都是这样，他们脑袋里先有个大致想法，然后引导他们的大脑去证明那个想法，无论其有多么荒谬，无论他们的判断有多么错误。”

马尔臣眼睛一眨未眨。他等着她告诉他她想要说的。

“但是你错了，督察。我的前夫，洛伦索，为高级防务信息中心效力。莱卡森斯是他的上司。他们让我去和阿尔卡拉会面，因为他有国会议员普布里奥有罪的机密信息。不过阿尔卡拉不愿意跟任何人谈论那个事情，由于他的女儿玛尔塔仍被绑架着。我的任务是说服那个督察，告诉他高级防务信息中心会帮助他找到女儿，以此换取他的信息。”

马尔臣听着，面部肌肉纹丝不动。但是他手指尖正在变红。给一个像塞萨尔一样希望渺茫的人一个虚假的希望是不公平的。首先，没有人能证明普布里奥是玛尔塔绑架案的幕后真凶。其次，没有人知道她在将近五年之后是否仍然活着，或者确知她在哪儿。那个女孩儿的面孔是数百个排列在警察局墙壁上的失踪面孔中的一个。只有面孔和日期，那些在晴朗日子神秘消失没有留下一丝踪迹的人，那些再也没有消息的人。这样的人太多了，而负责搜寻线索的警察又太少了。

对于玛尔塔的案子，多年来马尔臣几乎投入了他全部的精力。他挖掘出的最多线索是在城市郊区某处一栋房子的一些照片。他搜查了圣库加特和瓦欧维德里埃拉之间所有类似的房子，并没有找到任何结果。他从小道消息中获得一些线索，跟踪在这里或那里出现的人名，有一点是可信的，即它们几乎总是和莫拉家或者国会议员普布里奥联系到一起。但是它们太模糊了，太反复无常了。即便如此，他仍没有停止搜寻，他没有终止他的努力，也许是被负罪感所引领，因为在他前搭档审判期他没有用足够的热诚支持阿尔卡拉。但是每当他相信他靠得越来越近，每当他以为他发现了一个微小的可靠的线索时，他的上级就会迫使他渐渐冷却，他们调换他的任务，给他另外的案子，或者用最站不住脚的借口对他进行纪律处分。

如今那个律师带着一个侦探故事出现在眼前，一个也许太过重大的犯罪故事，即使对他而言。

“死亡威胁与莱卡森斯的案子有关吗？”

“部分有关。我确定莱卡森斯已经发现了指控普布里奥的一种方式，也许不需要塞萨尔不愿给他的那些资料和证据。我知道拉莫内达就是杀害他的人。与现在冲我来的是同一个人。”

“你怎么能够如此确定？”

“因为洛伦索，我的前夫，告诉了我一切。他为那个国会议员工作。他们正在准备非常重要的事情，一场军事政变。而普布里奥想除掉分散他精力的一切障碍。”

马尔臣发出一声轻微的嘘声。某种感觉告诉他，这将会变得复杂起来，非常复杂。

“他会坦白这一切吗？”

“洛伦索？我对此表示怀疑。我甚至不知道为什么他会告诉我这些。”

“你呢，你愿意去为你知道的作证吗？”

玛利亚暂停下来思考了一下。她一直在等待这个问题，在等待督察的时候她一直在练习她的答案。

“是的，但是有一个条件。”

马尔臣强硬起来。

“在商店里你可以只抓取你付得起的东西，但这并不是一个商店。我可以迫使你去向一个律师供述，可以指控你是一起谋杀案的共犯，或指控你掩盖反政府的叛国活动。”

“你可以那么做，但是那对你没有任何好处。我会推翻你说的。我已经做了我的功课，马尔臣督察。我知道你的话最近在警察部门没有那么重的分量了，尤其是自你开展莱卡森斯谋杀案的调查以来。我想许多人会愿意看到你轰然倒下，自焚掉一切。我正在给你提供一个可能性去找到你的出路，解决这个案子。但是必须依照我的规则，满足我的条件。”

马尔臣的脸色沉了下来。他理解玛利亚的愤怒，理解她伪装成愤怒的恐惧，以及她渴望用话语击败他的热望，因为那是她最容易做到的。她可以轻松地站起来，打破桌上插满干花的花瓶，或玻璃杯，抑或开始辱骂或朝就餐者啐痰。

“你想要什么？”

玛利亚感到非常疲惫。事实上，她想要做的唯一一件事就是站起来，跑到她已落脚的酒店，将自己锁在关着灯的房间里，把头埋进枕头中酣睡一觉。但是最艰难的部分仍然在她眼前。

“我想让你对玛丽娜施加保护，以防拉莫内达接近她，另外我也需要保护。”

“这并不复杂。”马尔臣承认道。

“还有。我知道你是唯一一个或多或少重视玛尔塔·阿尔卡拉失踪的人。我想让你与我分享那些情报。”

马尔臣咬紧双唇，然后松开了，看着他双手的手掌。

“那不可能。这是机密信息，即使我决定这么做，你认为你将能够比我更进一步吗？玛尔塔在哪里并没有可靠的线索。谁知道呢，最可能的情况是她已经死去多年，被埋在某个空地。”

玛利亚仔细掂量着他的话。

“那不是真的。有人说他知道她被关在哪里。”

这次马尔臣失去了他一贯的镇静，眯起他的双眼看着玛利亚，脸上有明显的焦虑。

“你在说些什么？”

“费尔南多·莫拉……我看这个名字对你并不陌生……告诉我有关他

的事，关于那个家族的事。”

有一个多小时时间，马尔臣在餐桌上一五一十地阐述了他知道的有关莫拉家族的一切。他并没有漏掉那个事实，有证据指出安德雷斯·莫拉从那场大火中幸存了下来，现年五十多岁。

“我总是怀疑那场火是个完美的借口，为普布里奥致使他教子失踪开脱。安德雷斯是个麻烦，但是普布里奥不能轻易甩掉他。吉列尔莫已经宣布他为那个家族的遗嘱执行人，条件是他要保证安德雷斯的安全。普布里奥需要安德雷斯活着以便去利用那些将他带到他当前位置的莫拉财产。”

“但是费尔南多是长子，他本该继承莫拉财产的。”

“费尔南多·莫拉被他父亲取消了继承权。另外，他以为他在二战结束时死在了列宁格勒前线上。”

“那么看来他没死。但是我不明白为什么他说他知道在哪儿能找到玛尔塔。他和这一切有什么关系？”

马尔臣点上了连续抽的第二根烟，他让它在已塞满的烟灰缸中烧完。

“我想你明白你此时此地一举一动的重要性。”

“那没有回答我的问题，督察。”

马尔臣重重地叹了口气。他把目光移向出口处。在那儿的任何人都可能是普布里奥或者高级防务信息中心的密探，他们中的任何人都可能正在小心谨慎地记录那个会面，如果情况是那样的话，他的职业生涯就结束了。但是难道它还没有结束吗？难道不正是时候去给自己浸在屎中的这么多年做个了结，带着无愧的良知回家吗？

“安德雷斯·莫拉是个真正的变态。他被指控了多起谋杀，但警察到了案发地却一无所获。证据总是奇怪地消失，再就是目击者撤销了他们的供述，或是案子被搁置。但是真相是那个痴迷于武士的浑蛋在一九五〇年到一九五五年之间杀害了至少六个女人。她们全部都有一些共同点。她们看起来像他的母亲，她们都被一把军刀斩首，那些尸体的头颅从未被找到。后来，据说其中一个尸体的头颅在被确认为他所在的精神病院的大火中找到。但是我已经告诉过你我一直怀疑他还活着，并且被普布里奥藏在科尔赛罗拉公园或者附近区域的某个房子里。谣传是莫拉旧宅，一个有蓝色陶瓷瓦屋顶的房子。我找了一些法律权威去检查那个房子，但是他们被拒绝进入。当我决定亲自去那里的时候，我受到普布里奥暴徒的接待。我怀疑那个杂种还在那里，关在围墙之中像个僵尸一样活着。"

"但是我不明白这与玛尔塔有什么关系。"

"看看玛尔塔·阿尔卡拉的照片，再与伊莎贝尔·莫拉年轻时的照片对比一下。相似之处是惊人的。安德雷斯与他的母亲很亲近。而玛尔塔的祖父马尔塞洛·阿尔卡拉是谋杀伊莎贝尔的凶犯。我想普布里奥知道怎样利用安德雷斯的仇恨作为一个工具去让塞萨尔的嘴紧闭。当然这都是猜测，并没有证据。但是费尔南多的出现给了这个猜测更多的可信性。也许他发现了他的弟弟，也许他知道他正与玛尔塔一起住在那个房子里。也许这让莫拉长子难以招架，无法再承受，他决定终结它。"

玛利亚听着，她的头沉在双肩之间。一切都太恐怖了，太痛苦了。

"如果你说的是真的，那么安德雷斯就犯了一个可怕的错误。那个女孩儿是无辜的，就像她父亲一样，还有他祖父一样。他们正一代又一代地折磨着他们，为了一个他们没犯过的罪行。杀害伊莎贝尔·莫拉的真正凶手是我的父亲，加布里埃尔。我父亲年轻的时候为普布里奥工作。他这些年来一直保守着这个秘密。"

安东尼奥·马尔臣吃惊地看着玛利亚，他花了几分钟时间才反应过来。

"塞萨尔知道吗？他知道你父亲杀害了伊莎贝尔吗？"

“我不认为他知道。他知道他父亲是无辜的，他被莱卡森斯的虚假证言所定罪。我认为就这些。”

马尔臣飞快地思索着。

“你在任何情形下都不能告诉他。如果你说了，阿尔卡拉会失掉对你的所有信任，并且会拒不开口的。听着，你得让塞萨尔告诉你他把不利于普布里奥的资料隐藏在哪里，不惜一切代价。把那个证据交给我。有了它及你对洛伦索和普布里奥是莱卡森斯谋杀者的指控口供，我就能说服法官让我进入到莫拉家了。”

玛利亚突然感到一阵不信任。如果那个督察不是他看上去的样子呢？如果他也陷入了普布里奥的魔爪呢？

就在那时一个侍者走近。马尔臣有一个来电。

督察很惊奇。他留了这个餐厅的地址以防有任何紧迫的事情发生，但是他没想到会有任何人来电。他走到吧台，拿起电话。他讲了几秒钟。玛利亚看到他有些紧张地向听筒里询问着某些事。督察几乎不能克制他的暴力冲动，当挂断电话时他把听筒摔了下去。

“忘掉我跟你说的吧。你将不能跟阿尔卡拉谈话了。今天早晨他们在他的牢房捅了他。”

玛利亚感到不寒而栗。她想到罗梅罗。他们的交易……

“他们捅了他？”

“背部和手臂的一些刺伤。他现在脱离了危险，但是他们把他转移到了医院。看上去他的身体状况仍然不能和任何人说话。我已命令他们派警卫监视他。”

玛利亚的表情放松了一些。一些刺伤……也许罗梅罗做得太过了，但是他把塞萨尔弄出来了。剩下的就要靠她了。

“你看起来不是非常吃惊，玛利亚。对于这个你知道什么吗？”

“我一直在这里等你，督察。我今天没计划探视阿尔卡拉，我怎么能知道？”

马尔臣知道她在撒谎。但是很难指出她正死守着的是何种谎言。

“我会尽我所能弄清费尔南多·莫拉的情况，但是我怀疑他不会被轻易找到的。也许我应该询问你父亲，这样他就能告诉我们他在哪儿和他见的面，我在哪儿能找到你父亲。”

“两天前我去看了他，在圣洛伦索的家。我想他仍在那里。你打算去逮捕他吗？”

“为了一个已经超过诉讼时效的四十年前的谋杀案吗？那不是一个我期待你问的问题，玛利亚。”

“我的意思是你打算因他庇护普布里奥而逮捕他吗？我想我父亲可以告诉你有关那个国会议员的许多事情。”

马尔臣感受到玛利亚对她父亲的憎恨分量。他耸了耸肩，说了再见，同时允诺他会关照派人对玛丽娜和玛利亚本人进行秘密盯梢保护。

玛利亚并没有马上离开，但没过多久也离开了。她需要去呼吸。城市闻上去有沥青的味道，还有洁净空气的味道，洁净的空气有时像希望一般让冬季焕发神采。在她眼前，世界以一种惯常的、不变的、日复一日的方式被描画。从现在起的一千年后，她想，事情不会与它们现在有很大不同。截然不同着装的其他人，将以同样的方式跑着穿过车流，他们会在红灯时停下来说话，或者他们会带着同样担忧或高兴的表情漫步。同样永恒不变的当前；作为生与死之间的部分默契，一些人进来，另外一些人出去。归根结底，她对自己说，她并不像她过去常常以为的那样特别，她只是那个奇怪的、有时令人大怒的宇宙中的一颗微粒而已。

第二十六章

圣洛伦索，一九八一年二月十一日

找到那栋房子并不难。在茂盛的树丛之上探出一些闪光的房瓦。马尔臣将车停在了路上。从那里他可以看到房子的窗户和紧锁的门。

“我不能忍受冬季，它带来一些糟糕的记忆。”他说道，用口中的哈气温暖着他的双手。

他的脸庞冻得发紫，他开车戴的小眼镜上蒙上了一层水蒸气。他冷得直打哆嗦。在副驾驶座位上有一张晨报，上面沾有一小点儿咖啡污渍和一些早餐的面包屑。当他决定离开车子的时候，督察快速地浏览了一下报纸。

尽管情况如此，他长久以来第一次感到相对乐观。莱卡森斯一案已经搅起了许多事情，就像当他把这个消息泄露给媒体的时候他所希望的那样。这个案子具备所需要的一切病态、神秘的要素去吸引足够多的记者，让这个事件在聚光灯下持续数日。一名间谍，一场暴力死亡，神秘落入其中的国会议员普布里奥的名字，被描绘为一个危险谋杀犯的拉莫内达的全国搜查令……这给了他一些时间和关注。当关注度持续时，即使是预审法官或者他的上司也不敢把他从这个案子调走。

这次他有一张王牌：玛利亚的口供。如果那个律师不在最后一分钟食言，普布里奥也没能设法摆脱掉她，他就能逮捕他们所有人。第一种可能性不让他担心，他不认为玛利亚是那种被吓倒的人。他甚至有种感觉，她想去帮助他，也许是去免除她自己在莱卡森斯一案中的责任或者嫌疑，或许是出于对她前夫的复仇欲望。不，她会坦白的，只要让她继续活着。他那些可信赖的部下会有效保护她的。

然而有一些事情让马尔臣担忧。没有塞萨尔的证言，没有他隐藏的不利于普布里奥的证据，那一切都站不住脚。他必须得获取无可辩驳的证据，能让那个国会议员落马的证据，且没有任何他的有权势的朋友敢为他说情或者为他掩盖。没有玛尔塔，无论是死是活，塞萨尔是不会开口的。

还有费尔南多·莫拉在哪里出现看上去至关重要。他得找到他，说服他带自己去安德雷斯藏身的房子。而联系上他的方式是通过那个住在山中房子里的老男人。

他以一种糟透了的情绪从车里出来，试图说服自己：来圣洛伦索数小时的路程和他此刻正感受到的寒冷都将会是值得的。

他穿过大门进入前花园，抓起门环。他不知道加布里埃尔会是何种类型的人。他对他的唯一概念是通过玛利亚的双眼获得的。她对她父亲的蔑视是显而易见的。他怎么能为那些责备她呢？也许进行一场对话将会很有趣，尽管相对而言马尔臣对于伊莎贝尔·莫拉的谋杀者没什么兴趣。

没有人来开门，门是从里面锁上的。他在周围没有看到任何人。他绕房漫步，小心翼翼地确保自己避开花园的灌溉渠。这栋房子似乎是无人居住的。

他是如此专注地注视着窗户，以至于没有看到一辆车在靠近，直到其停在他旁边。车门开了，露出了一个女人的双腿。

“你是谁？”当她看到马尔臣时怀疑地询问道。督察证明了自己的身份。她的态度稍微缓和了一些，且被逐渐增长的好奇心引领着，她说，她是加布里埃尔的护士。

“更确切地说，直到一个月前我还是。加布里埃尔欠我最后几周的报酬。几天前他答应把报酬送到我家，但是他没有来，所以我才决定顺道过来拿回他欠我的。你在这里做什么呢，警官？”

马尔臣有一种奇怪的预感。那些直觉是荒谬的，没有任何理性的根据，但到头来几乎总是正确的。

“你有房子的钥匙吗？”

护士说有。她有些紧张地翻找她的手提包。

“它们在这儿。”

马尔臣让她打开门，但是不让她进入房子。

从房子里面传出的气味证实了他的怀疑。他进到笼罩在阴影下的客厅，停在通向二楼的楼梯前面。他四下张望着，慢慢地摘下羊毛手套，解开外套扣子。万籁俱寂。他竖起双耳。从楼上的某处传来一阵轻声呻吟，就像是一只新生小猫的呻吟。他循着断断续续的、几乎察觉不到的声音走到了半开的浴室门口。他首先看到的是一只鞋，然后是一条腿，其裤子上沾着干涸的血液。

他不得不用一只肩膀大力推门，以便能够进入。加布里埃尔的身体瘫倒在地；头歪向一边，在一大摊凝结的血液之中。墙壁、镜子和浴帘都溅有红宝石色的血水。马尔臣向那个冰冷的身体俯过身去。他的面容被毁掉了一半儿，在他右手边上有一把手枪。加布里埃尔开枪自尽了。然而他仍在呼吸，他没有死，没有完全死去。他的肺用一种非常微弱的口哨声释放出空气。他的双眼盯在墙壁上，但是当督察跟他说话时它们闪烁着。他失掉了大量的鲜血，枪击蹂躏了他的头部，但是他活了下来。督察曾见过类似的案子。自杀者在最后一秒的最后一瞬后悔了他们的决定，设法细微改变了子弹的路径。

“你做了什么？”他一边量他的脉搏一边喃喃低语道。

加布里埃尔没有回答。他无法回答。他几乎不能保持清醒。他的大脑就像一个即将要熄灭的灯泡，有非常短暂的闪光，然后是黑暗时间。他以那种方式度过了两个日夜。意识到自己还活着但是无法移动，无法清晰说出一个词或者吐出那些他正淹没于其中的血液。他依稀听到马尔臣的声音，进而是护士的尖叫声；他依稀感受到他身上的手，管子，他们抬起他放置于其上的担架。救护车的警报声。移动的感觉。他感觉自己就像处在一个橱窗中，就像是隐形的，就像正触摸着他自身沉睡的四肢。

在医院他认不出他的女儿。他看见她哭泣，却根本不理解那个扭曲了她漂亮脸蛋儿的表情是什么，或者为什么来自她双眼的湿润正掉落在他身上，而她没有注意到。

他对于自己发现妻子死亡的那一天有一种模糊的记忆。他问那具冰冷的尸体，为什么她选择上吊自杀，而不是惩罚他。那是一种悲痛欲绝的、苦恼的、巨大的疑问。现在他明白了。没有回应。这就像问上帝，为什么事情会以它们发生的方式发生，他向来恣意标记人类命运的意图是什么。

第二十七章

医院，巴塞罗那，一九八一年二月十一日

医生查看了床边的心电图，惊奇地摇了摇头。

“这是难以置信的，子弹并没有杀死他。子弹摧毁了他半个脑袋，他还患有削弱了他防御能力的癌症，但他仍然活着。显然，你父亲是个斗士。他会康复的，至少能部分康复。”

玛利亚观察着她的父亲，他头部绑着绷带，服镇静剂后进入了睡眠，鼻子里的插管帮助他呼吸。她几乎带着恐惧审视着那个备受折磨的男人，她琢磨着，他遭遇了多少他的仇恨一定就有多深就有多赤裸。一个无果的、徒劳的憎恨，让他死不了也休息不了。

房间里太热，围困在四面白墙之中，她感到眩晕。她决定下楼到自助餐厅喝杯咖啡。在大厅她看到马尔臣督察正在和好几个身着警服的警察谈话。他系着一条领带，领带结松开，他的头发乱糟糟的。他看上去很疲惫。玛利亚觉得有必要感谢他发现了他父亲仍然活着，但是她毫无热情地道了谢。督察讽刺地做了回答。

“这不是我的意图，我不认为你父亲在重获意识后会因此而感谢我。我有种感觉我干涉了私事。自杀一向是私事。”

“你听起来不像一个警察，督察。”

“你听起来不像一个遭受痛苦的女儿。不过那不关我的事。”

玛利亚观察着电梯旁身着警服的警察们的举动。如此警戒，对她而言似乎警力过剩，她如实说道。但是马尔臣纠正了她。

“那些警察不是来这里保卫你父亲的，他们是来这里监视塞萨尔·阿尔卡拉的。他们即将带他上楼。”督察故意稍作沉默，然后补充道，“很奇怪，人们的命运有时是怎样相交和纠缠起来的。两个从来没有见过的男人，被同样的死亡联结在一起，四十年后在同一家医院找到了彼此。一墙之隔。如果我喜欢悲剧，我会说这不现实。但是他们就在这里……而你在他们之间。”他怀疑地注视着律师，而她看起来并不担忧。

“我没有什么好隐瞒的。”

“我知道你在密谋某事，不过我不知道它是什么。你已经知道了阿尔卡拉在监狱被袭，以及他们将要转移他。作为一名律师，你非常拙劣地隐藏着你自己的情绪。你再次对我说了谎，而我不知道你要达到什么目的。但是我想警告你：如果你以为你将通过促成他的逃跑帮助塞萨尔的话，那就请忘掉这个想法。这样做只能是对他的伤害，并使调查更加复杂。帮助塞萨尔的唯一途径是法律手段。说服他开口，说服他说出他把有关普布里奥的那些该死的档案隐藏在了哪里。”

“为什么你不自己问他？你们曾经是搭档，你试着去说服他。”

“阿尔卡拉督察和我没有什么可谈的。予以警告，玛利亚。”虽然马尔臣的声音没有显露出任何情绪，但他的双眼反射出了一名警探讯问一名嫌犯的严厉。

玛利亚走进自助餐厅，那个时段里面挤满了医务人员和入院病患的家属。其喧嚣更像是一个典型的市场，而不是一个挤满康复期病人的地方。她不得不拿着塑料托盘在自助队列中等待。她给自己盛了一小块芝麻三明治和一杯非常浓的咖啡。当她在口袋中搜寻硬币付款时，有人捷足先登了。

“让我来付吧。你看上去疲惫不堪，在一个家属的病床边待了漫长的一晚，我猜。”

这是一个年长的男人，彬彬有礼，和颜悦色。但是玛利亚没有心情攀谈，更没有心情和一个年龄大概是她两倍的陌生人调情。她用一种勉强的微笑谢过他，离开了队列。即使她没有回头，她也感受到了那个陌生人凝视她后脖颈的目光。她走到一个远离入口的餐桌坐下。

她玩弄着面包屑，几乎没碰三明治。咖啡较合胃口。她本想出去吸根烟。在自助餐厅外面她看见一个室内庭院，里面有嶙峋的棕榈树和养护不善的草皮。光线透过一扇天窗从外面射进去，雨水落在天窗上发出噼啪响声。她专注于那个毫无意义的温室。其看上去是纯粹的装饰，因为门是被铁链锁着的，没有人可以进去。她只能凝视它，可爱却无用的东西。

然后，没有任何理性的联系，疾病的现实再次出现在她眼前。过去几个小时的事件几乎让她忘记了它。现在，她刚刚获得一点点平静，那个现实又再次出现了。玛利亚用指尖触碰着太阳穴，好像她能触碰到正在她大脑中生长的肿瘤。

她并没有意识到刚才为她的三明治付款的男人已经来到了她的桌边，他的一只手上端着餐盘。

“你介意我坐在你旁边吗？”这是一个反问。未等答复他就坐下了，并小心翼翼地移除了一小罐桃子果酱的盖子。“这儿的食物令人作呕，不是吗？”

“我不是有意无礼，但是我更愿意一个人待着。”玛利亚不舒服地说道。

那个男人和气地点点头，但是他继续用一把塑料餐刀的顶端在一片吐司上抹着果酱。

“我明白。当我们感到死亡在临近时，我们需要抽身。我们不可避免地会去思考我们做过了什么并停止继续做。我们在他人的死亡中看到了我们自己不可避免的结局。但真相是，这是一个完全无用的演练。你不能使充满情感和情绪的整个生命都理智化，即使在我们恐惧死亡时也不能。我的建议是，玛利亚，不要被拖入忧郁或者怀旧之中，那只能给你带来折磨，浪费你的时间。”

玛利亚的一只手做了一个完全无意识的唐突动作，打翻了富美家桌面上那杯热气腾腾的咖啡。

“你是谁，你怎么知道我的名字？”

那个男人开始小心翼翼地用一张纸巾去擦拭洒出来的咖啡。

“我的名字是费尔南多。我相信你父亲跟你说过有关我的事。我应该说我对所发生的事情感到抱歉，但是老实说，情况并非如此。我想你能明白为什么。”

玛利亚感觉到瞬间爆发的一阵愤怒和罪咎。那个老男人没有权利以他充满讽刺的凛然姿态出现在那里，没有权利用他话里的双重含义反责她。

“我很抱歉发生在你母亲身上的事情，但是发生什么并不是我的错。”

“错？没有人那么说。最终，你也会像我母亲、马尔塞洛或者可怜的莱卡森斯一样成为一个受害者。然而，有时我们感到有必要去修复其他人造成的破坏，并且从我们不公平地扛在自己双肩上的重担中解脱出来。我有种感觉你是那些人中的一员，玛利亚。”

“你不了解我，你对我一无所知。”

费尔南多带着一种无辜微笑着，在一个有深深皱纹和白色头发的男人身上那种无辜是令人排斥的。他拿出一个既载有文字又贴有照片的小本子，随意打开。他将它转向玛利亚，并自命不凡地靠在自己的椅背上。本子里有一些律师的个人照片，一些她甚至都不记得什么时候有过的照片：她的第一次学校郊游，她第一次领受圣餐，高中时和她父亲在圣洛伦索桥上垂钓，还有她大学毕业那天的照片，以及一张她婚礼当天的照片。它们中的每一张都被注释着拍摄日期和地点。本子里记录更加详细的是她接过的案子清单，她赢得和输掉的判决，她的委托人的姓名，她所代理的诉讼案件的庭审法官。关于塞萨尔·阿尔卡拉诉讼案的一些报纸剪报和个人注释更是格外详尽。

“我知道关于你的所有事情。有数年时间我什么都不做，全身心倾注到去了解你上。”费尔南多说道，加深了那个本子在玛利亚身上产生的窘困感觉。

玛利亚带着逐渐增长的恐惧翻动纸页。怎样的一种病态心理能够花费这么多心血扑在收集这样的信息上，除了一个变态？她砰然合上了本子。

“这不算什么，只是照片和日期而已。你暗中监视我的事实并不意味着你了解我。”

费尔南多拿起那个本子，在桌下收好。他抬起双眼。此时这是一个充满悲楚的凝视。

“我知道这种感觉，想要夜晚到来以便可以睡觉，但夜晚来临时却无法睡着，因为你的脑海中充斥着噩梦；为找回深度睡眠去吃安眠药也仍然不能康复。我知道这种感觉，被他人虐待、羞辱和毒打，却懦弱地不敢反抗。我知道这种感觉，想要找到一个事业证明我们可怜的生命是有价值的。一个公正的事业，一些事情让我们去遗忘；将我们的努力与不眠之夜专注于那个事业去压制我们内心的恶魔。但是那些恶魔就像嗜血的、贪婪的神灵一样不满足于我们供给它们的祭品。它们一次又一次地回来折磨我们，一旦我们放松内心记起我们真正是谁：一个在苏联集中营被虐待了数年的犯人；一个被她丈夫反复毒打的女人。我们需要坚持相信虚弱、病态的部分只是我们身上某些微小的东西：最好成为一个充满仇恨的刻毒的儿子，决定从零起步再次富有起来去报复他的母亲；最好成为一个有威信的律师，公正不阿，能够把一个腐败的警察送进监狱。但是那一切都没有拯救我们，不是吗？我们无法逃避我们原本的样子。每次我们照镜子，每次我们感受到个人或者职业上的失败，那个潮汐就再次涨起提醒着我们，我们的虚弱，我们的懦弱，以及我们的自我牺牲。我们被赤裸裸地留了下来，没有任何理由。那就是为什么我们需要拯救某人或定罪某人。某个我们爱的对象或恨的对象。某个让我们忘却的人。

“我逐渐意识到这些年来我仍然活着的唯一理由是，要去目睹毁坏我生活的、杀害我母亲的、迫使我弟弟精神失常的那些人一个接一个地倒下。普布里奥和你父亲加布里埃尔数十年来一直是我的困扰。但是事实是看到我父亲死去，我并没有感到高兴，或是悲伤。我只是意识到他是某个不再与我有关的东西。我知道加布里埃尔得了癌症，而我所感受到的唯一感觉是恐惧。你能理解那种感觉吗？像现在一样的恐惧：如果他死了，留给我的将是什么事业？我从来不热望听到他道歉，或者用我的双手杀掉他。对普布里奥也是一样。现在我知道即使当我看到那个浑蛋倒下，我感受到的也不过是轻微的缓解。

“但你，玛利亚，是不同的。你与标记我一生的一切都无关，然而，在你身上你父亲的错误和罪孽在延续。这就像一场悖谬的不择手段权谋而成的游戏，在游戏里，生命以同样的方式周而复始，不让我们逃离那个转轮。我知道你是个好女人，尽管也许甚至你本人都不知道，也许在故事的这个关键点我坐在你面前的理由很怯懦。但是即使你不信任我，你依然是留给我的最后机会让我给我人生中这最后四十年赋予一些意义。一切都消失了，包括我。他们认为我已经死了，这并不奇怪。我确实死了。四十年来我一直在游荡人生，并没有赋予其生命。我想去休息了。”

他一直讲了多久？他浪费了多少无用的话语试图去解释莫名其妙的事情？他带着对峙玛利亚并告诉她真相的清晰意图走进医院。但是真相并没有从他嘴中说出，他拒绝了。真相太恐怖了，太痛苦了。他唯一实现的是草草表述出丝丝扭曲的感触、怨恨和干涸的情感。但是他没有说出他真正想要说的内容。

他将手指交叉着放在餐桌上，眼睛盯着几滴干涸的咖啡，思索了几秒。他在他的日程本纸页上记下某些东西。他撕下那页纸，将它留在玛利亚旁边。

“明天晚上我会在这个地址。如果督察阿尔卡拉想见到他女儿，想见到活着的女儿，说服他把控告普布里奥的文件给你。如果你不来或者你没有带来那些文件，我将消失掉。我可以向你保证你将再也见不到我，并且他们将永远找不到那个女孩儿。”

玛利亚不知道自己盯着手中的那张纸在自助餐厅的餐桌旁一直坐了多久，突然她听到了一些盘子掉落到地上的声音。叮叮当当的撞击声让她跳了起来。费尔南多已经不在那里了，但是那里仍然有几分他身上十九世纪古龙水的味道，她手上的那页纸仍然在那里。他的话仍然在那里。

她乘电梯上到三层。两个守卫在塞萨尔·阿尔卡拉病房门口的警察看到她紧绷着下巴迈着坚定的步伐走近，他们从椅子上站了起来。玛利亚用她的凝视目光精准地估量着他们。他们很年轻，看上去不是很有经验。她可以看出他们对于分派给自己的任务是厌倦和恼怒的。

“我需要见那个犯人。”

“那不可能，女士。”

“我是他的律师。我的名字是玛利亚·本戈切亚。如果你现在不让我进去，我将不得不索要你们的警员编号，举报你们阻止我见我的委托人。”

当他们核查玛利亚的证件时，警察变得有点儿害怕。她的态度和她的决心让他们从门口迈步离开，尽管他们中的一个人说他们应该跟某人核查。

“走吧。督察马尔臣认识我。他知道这个情况，他对我见阿尔卡拉没有异议。”她不打磕巴地说着谎。

督察马尔臣的名字在那两个警察身上产生了一种镇定的作用。他们互相瞅瞅，其中一个让她进去了，但门必须半掩着。

“你们以为我打算去做什么，帮助他逃跑吗？”玛利亚眼睛一眨未眨地回应道。那正是她即将要做的事情。

塞萨尔·阿尔卡拉背部倚着几个垫子半卧在床上。尽管他右臂和胃部绑着绷带，但他看上去并不是太糟糕。也许他的眼袋平缓了一些，面容憔悴了一些，面色苍白了一些，但是玛利亚没有时间为他感到难过，她抑制住自己的情绪走到他身边。

“你感觉怎么样？”

塞萨尔·阿尔卡拉点点头。他的嘴唇是干裂的。玛利亚递给他一杯水，与此同时贴到他耳边低语。

“我们并没有多少时间。我猜是罗梅罗把你弄成现在这样的。”

塞萨尔·阿尔卡拉抬起了那只缠有绷带的胳膊。

“他非常认真地担负着他的任务。如此逼真以至于我相信了他。”

当前时刻的思绪短路给玛利亚带来了过去的影像。她想象她父亲在教堂的台阶上射杀吉列尔莫·莫拉的场景。那看起来一定非常真实，以便每个人都能相信。她父亲毫不犹豫地开枪击穿了吉列尔莫其中一侧的肺。

“必须得让他们看上去真实，这样他们才能把你从那里转移出来，而不只是带你去医务室。你认为你能走路吗？”

塞萨尔·阿尔卡拉将目光移向到门口。其中一个警察正在讲电话。他指出他们没有多少时间了。

“可能两三天内我不会拆线。”

玛利亚摇了摇头。她将一个枕头放到他头下，并假装去检查挂在高处的生理盐水溶液瓶。

“我们没有时间了，必须是今天。”她匆忙地解释在过去一些天发生了什么，她与洛伦索的最后一次会面，以及马尔臣的提议。

听到那个名字，阿尔卡拉倾身向前撑在一只胳膊肘上。

“我不想和他有任何关系。他背叛了我一次，出卖了我一次。他会再做一次的。他想要的唯一东西是不利于普布里奥的证据。如果他为普布里奥工作我不会感到惊奇。”

“他不是唯一一个。我刚才正在自助餐厅与费尔南多·莫拉交谈。你知道他是谁吗？”

塞萨尔·阿尔卡拉慢慢靠回枕头，他的双眼没有离开玛利亚。

“他是伊莎贝尔·莫拉的长子……我以为他死了。”

“事实上他没有死。他宣称知道你女儿在哪里。”

塞萨尔的双眼睁大，他嘴唇上的裂口开裂得如此之大以至于它们开始有点儿流血。

“那不可能。莫拉家和我女儿有什么关系？”

玛利亚没有时间跟他解释了。她需要信息，她现在就需要。她知道门口的警察过不了多久就会弄明白她刚才说马尔臣准许她见阿尔卡拉是在撒谎。

“这太复杂了，现在没有时间解释。但是我需要你把不利于普布里奥的证据交给我。那是他的条件。”

“那是让我和我女儿继续活着的唯一保障。我不信任任何人。”

“尽管如此你将不得不信任我，”玛利亚愤怒地说道，“看看你，这让你活着了吗？活了多久？”

塞萨尔犹豫了，但是玛利亚狂热的目光没有减弱。他看着门口的警察。其中一个正一边和另一个争论一边敞开病房的门。

“好吧。让我离开这里吧。”

没有时间做任何其他事了。警察进到房间，命令玛利亚跟他们走。

塞萨尔·阿尔卡拉往后面的枕头上一靠。然后他注意到在枕套下面有些东西。他等门关上了之后抽出了那个物体。他忍不住钦佩地笑笑。如果有人能把他从那里救出去，一定是那个奇怪的、难以捉摸的女人。

那层的夜班通常是宁静的。护士安坐在休息室，喝着咖啡，安静地聊着她们在那些充斥着绷带、针管、担架和牢骚病人的大厅之外的生活。监视着那个病房门的警察是困倦和烦闷的，他们羡慕护士们可以一边读旧报纸消磨时间一边大笑。每过一会儿就会有一个警察去打开门，点亮阿尔卡拉床铺上方的荧光灯，检查他是否在睡觉，然后他们朝着用挂锁锁住的窗户扫视一眼，就又回到走廊。

在凌晨两点钟，塞萨尔走到其中一扇窗户旁边。上层的窗户过去通常是被封上或是装上铁栏杆的。采取这些措施是为避免临终或抑郁的病人跳楼，但是几年前这里发生过一场小火灾，迫使他们把封上的窗玻璃和铁栏杆改成了一个更加灵活的装置。阿尔卡拉的病房俯视着一条小街，且医院大楼那一面上正好有一个火灾逃生梯，所以，那部分的窗户是被挂锁锁住的。钥匙只有每层的护士长有。

塞萨尔把手伸进他病号服的口袋中。现在他也有一把钥匙。他没有兴趣知道玛利亚是怎样设法弄到它的。

他尽可能快地穿好衣服。但是他的动作是缓慢的。他胃部刚缝合的伤口很疼。他走到窗边，拧动了钥匙。挂锁很容易地打开了，让他松了一口气。窗户是一个滑动的窗玻璃。他打开它，感觉到夜晚的冷空气。狭窄的街道空荡荡的，被医院正面的探照灯照亮。窗户在阿尔卡拉上腹部的高度上。他爬到窗台上，感受到他身上的一些缝线在撕裂，他不得不咬紧牙关忍住尖叫。他够到了火灾逃生梯生锈的栏杆，并再次俯瞰街道。

在他和地面之间只有九米左右。这太容易了，他想。马尔臣也许已经注意到那个逃跑路线，他也许已经在小巷中安置了一些巡逻警察。阿尔卡拉蜷曲在火灾逃生梯的阴影区域等待着，但是没有车辆或警察出现。也许没有人想到他能够拿到钥匙，或者他们甚至就没费工夫检查过那里有一个逃生梯……就在那时他心存一个荒谬的想法：也许是马尔臣让他们把他精准地放在了那个房间，因为他知道那个通向秘密小巷的火灾逃生梯的存在，知道他可以通过那个小巷溜走，而不引起注意。

这不重要。事实是他能够逃跑，他知道那意味着什么。他想起罗梅罗，此时正独自在一间惩罚牢房关禁闭。他想象如果他们一旦把玛利亚和他的逃跑联系到一块儿，玛利亚身上会发生什么：这将意味着牢狱和她职业生涯的终结。对他本人而言如果他们抓到了他，那么就是一切宽恕希望的终结。但是他的一只脚已经落在了潮湿的柏油路上，他不打算回头了。

他胃部的伤口已经完全张开，一片血污在督察的衬衫上扩散开来。但是阿尔卡拉一点儿也没有在意那个疼痛。他没有时间可浪费。蹲伏在医院墙边他探索着他的四周。在右边他依稀能辨认出一条大道上逐渐增多的灯光。在左边，小巷模糊地通向了昏暗的通道和黑暗的角落。他朝左边走去。

他不能回到他的公寓。他知道当发现他逃跑了那里会是马尔臣寻找他的第一个地方。他也不能藏在玛利亚的房子里。那些保护她免受拉莫内达侵害的警察会即刻发现他。玛利亚将不得不想出一些方法甩掉他们，以便她能到达他们协商一致的见面地点。另外，还有一些更加重要的事情他必须在当晚处理。

小教堂此时是关闭的。它是一栋传统的建筑，没有明显的建筑特色。这是位于郊区的一座街区教区，其可能会被误认为是一座仓库，像位于自由港的如此多其他仓库一样；自由港是靠近港口装载码头的区域。尽管它外观平淡无奇，塞萨尔·阿尔卡拉看到它时却有所触动，他感受到了一种他几乎已经忘却的感觉。那个感觉与宗教无关。阿尔卡拉从来都不是一个经常去教堂的人，即便他曾自诩为一个有信仰的人；他的经历最终决定性地让他远离了任何靠近神灵的东西。

回忆起他逝去的生命，他的感情油然而生。将近三十年前，在这个教区，他拥有了作为侦探的第一次经验。一些冷漠无情的杂种偷了募捐箱，当神父当场抓到他们时，他们残暴地毒打了他。阿尔卡拉负责那个案子，他想方设法去逮捕肇事者。然而教区神父不想去施加指控，他甚至说他不知道站在那儿的那些人是谁。神父说谎并不是什么新鲜事，他从来没把这些人当作比任何其他人更好或者更坏的人。但是他说谎去保护那些几乎把他踢死的人，这一做法在阿尔卡拉的心中再次根植了他对人类的愤世嫉俗的态度。他们建立起一份友谊，那是局限于某两者之间的一种友谊：前者不生活在真实世界，而是住在天堂和希望的王国；后者不能把他的双脚从社会的污秽和现实的地狱中抬出。

后来他就在这个教堂结了婚，数年后还是同一个教区神父，为玛尔塔进行了施洗。完成那些基督教文化的仪式与塞萨尔的怀疑态度并不冲突。最终，他告诉自己，我们是超越信念的某些东西的组成部分，他让自己被习俗引领。现在，时代不同了，女孩儿们不再感到需要穿着白衣出嫁，一些家长反叛教堂拒绝给他们的孩子施洗。不过那时，事情并不是如此简单。那时每个人都那么做，意识不到社会压力的存在。他做了，并没有质疑所做的事情否正确。

他摁响了门铃。上层窗户的灯光点亮，一个熟悉的侧影出现在窗帘后面。几秒后教堂的大门从里面打开。在门口出现了一个老人，白发稀疏凌乱，表情疲惫。他穿着一件厚羊毛长袍。他的双眼像他浓密的眉毛和那些从他鼻子和耳朵中伸出的鼻毛耳毛一样灰白。但是它们充满活力地注视着塞萨尔，带着一种关爱、惊喜和悲痛的混合情感。

“你好，戴米埃尔神父。我知道现在很晚了。”

教区神父把门完全打开，让他进来。

“晚？是的，对一些事情来说太晚了。”他以一种斥责的语调说道，但是他似乎对自己刚说过的话感到懊悔，他很快把一只手放到塞萨尔的手臂上，补充道，“但是对一个深爱的儿子、兄弟的归来来说，总是不晚的。”

进到里面能看到一些还愿蜡烛的摇曳亮光。氛围是宁静的。阿尔卡拉的双眼慢慢才适应了教堂里面的黑暗。当它们适应了，物体的轮廓逐渐聚焦清晰起来，中央区域直直的分界线侧翼是两排木质长椅。在后方，一个达利创作的耶稣像的木质复制品用两条几乎看不见的绳索悬挂在空中，制造出某种感觉，其形象悬浮在简朴的抛光石质圣坛上。

“你受伤了吗？你在流血。”神父问阿尔卡拉道。在那个环境下，那个问题听上去是奇怪的，其寓意被教堂谦逊的灵性所放大。每个人都在流血，每个人都是受伤的。一些伤口愈合了，另外一些永远不会愈合。

阿尔卡拉用夹克衫盖住伤口。

“并不严重。”他转向教区神父道。然后他静默着用双眼向他询问。那个老人点点头。

“在这里等着。我马上就回来。”

塞萨尔坐在右边的最后一排长椅上，其旁边是一个金属壁橱，里面摆放着待出售的蜡烛和一些慈善机构宣传册，比如明爱和世界医师组织。在座位旁边有一些小开本的包着塑料封皮的弥撒书。他拾起一本，随便打开到一页。

“那些蒙难和宽恕的人是有福的，等待他们的是天国。”他读道。有一分钟时间，他盯着那些印刷在廉价纸张上的话语。苦难，宽恕。当你剥去激情的时候一切都很简单。也许，当耶稣说出那些收录在福音书中的话时他寓意着它们。他合上了弥撒书，注视着耶稣的形象，这形象像一个奇怪的存在体，和一切都无关，除了他自己的十字架。

“对你来说宽恕容易吗？你只是去接受其他人施加给你的痛苦吗？无疑你并没有失去一个妻子和一个女儿。你注定是个受害者，你寻找着痛苦，你找到了它……但是我呢？我不想在十字架上接受膜拜，我只想和我挚爱的人生活在平静之中。”

他听到神父的脚步声逐渐靠近，他为他刚刚说过的话感到羞愧。这就像到了一个朋友的家却对他的家人不敬。但是神父并没有听到他说的，或者只是选择装作没有听到。

“给你吧。我希望里面的东西是值得的，因为我感觉到这是你一切麻烦的幕后原因。”

塞萨尔·阿尔卡拉接过神父在圣器收藏室保存了五年的小帆布袋。他确定神父在保管期间没有打开过它，也没有跟任何人说过它的存在。就是因为确信这点，阿尔卡拉才在自己因拉莫内达一案被逮捕前把它交给了他。戴米埃尔神父从来没有问过他里面是什么。现在也没有问。坐在他身边的这个老男人注视着圣坛。他能听到四面墙之中他的呼吸。他闭上他的双眼待了一会儿。也许他正在祈祷，或许他正在沉思他即将要说的话。阿尔卡拉尊重他的静默，并没有动，尽管玛利亚很快就会到来。

“我本想去监狱探视你的。”神父最终说道，展望着，似乎他并不是在跟督察说话，而是在跟那个扭曲得像根原木一样的耶稣说话；透过蜡烛几乎无法看到耶稣的轮廓。

“最好是这样，神父。我不想任何人把你和我联系到一块儿，那会把你置于危险之中的。另外，你已经在这里经受了足够多苦难了，你不需要进到监狱去寻找更多的了。”

教区神父将一只手放到塞萨尔的手上。这是一只骨节突出的、粗糙的、真诚的手。一个父亲的手；这个父亲正在送别他深爱的儿子远赴一条他无法陪伴的前途未卜的路。

“生命对我们并不公平。我们为那些无法慰藉的事寻找慰藉，无法解释的事寻找解释，无法辩解的事寻找辩解。疯狂没有理由；被生活毒害的内心也没有逻辑。我曾问自己为什么好人是那些遭受失去挚爱、背叛、离弃和羞辱之苦最多的人。我曾问过我们的主……但是这个老神父还没有找到任何答案。我希望你找到你的女儿，上帝想要你原谅你妻子将你孤身一人留下承担负罪感而对你造成的伤害；我甚至为你祈祷，让你找到勇气，使你忘记那些伤害你那么深的人。但是我在你的眼中看不到宽恕，只有失望和茫茫的疲倦……拿着这个袋子，做你不得不做的事情，然后试着再次开始。也许你这次会有更多运气。忘掉复仇，塞萨尔。不是因为复仇是个罪孽，而是因为在复仇中你不能找到慰藉或是一个答案。照顾好那个伤口，它看起来不太好。如果警察问我，我会告诉他们我没有见过你。”

当塞萨尔·阿尔卡拉走出教堂，他看到玛利亚的车停在一个角落，车灯关着。在确定没有人跟踪他后，他手里拿着那个帆布袋穿过了街道。在上车之前，他转向教堂。教堂上层的灯光熄灭了，门再次关闭了。但是督察知道里面有个人一直在为他祈祷。

第二十八章

圣库加特（巴塞罗那郊区），二月十二日清晨

他喜欢城市边缘区域中上阶层的住宅区。它们是朴素的、干净的、有序的、宁静的。成排落光树叶的树木和新艺术风格的房子，房子高高的栅栏覆盖着藤蔓，这样的环境给他的心灵带来一种稳定感，帮助他清晰思考。住在那些宅第里的住户似乎拥有一切，这个事实就像它们在世界上的地位一样显而易见。那些人看上去不在寻找任何东西，也不担心将来或是他们生命的意义。有关他们的一切看上去都是安稳的，远离动荡的，生活之外没有什么事使他们烦心。拉莫内达非常了解中产阶级，他知道那一切只是一个表象。但是他并不介意，在那一刻他需要那种寂静和那种庙宇般的安宁。

他停在一栋房子前面；太阳照射着房子的赭石色石头。这是一栋至少有一百年历史的建筑，它的周围围绕着锻铁栅栏。他不慌不忙地观察着栅栏顶部的铁丝工艺。他推动那扇半掩的大门。就在那时别墅的门卫迎面走来，他是个傲慢的奴仆，像一只训练有素的大型犬一般心甘情愿地侍奉着他伟大的主人，他骄傲地穿着镶有金色扣子的制服。

“请问有何贵干？”

拉莫内达早就习惯了那种藐视的眼神。门卫意识到了作为一名岗哨的

地位，自命不凡地笑着。他吸着烟，柔和地从鼻子中释放出烟气。他的鼻子是单薄而直挺的，边缘有小红血管——树木形状的微小的爆开的毛细血管。他的双眼有一种模糊的颜色，介于蓝色和绿色之间，很英俊。灰白色的制服衬衫穿在他身上很好看；夹克拓宽了他的背部。拉莫内达臆想着把他的脸猛烈撞击在岩石上时自己所能感受到的愉悦。

“我来见国会议员。”

门卫小心地走近，他留意地观察着他并说他不记得之前在那里见过他。他从来不会忘记一张脸或者一个他主人安排的任务，他的主人曾明令禁止他准许陌生人进入。

“但我不是个陌生人。普布里奥阁下正在期盼我的到来。”

门卫双眼直盯着他，通常在这种情况下，来客不会介意透露他的名字，然后他会打电话到主人的宅邸通报他的来访。同时，来客将在那儿等着，在街上。

十分钟后，普布里奥露面了，带着显而易见的不安。他跟门卫说了几秒钟的话然后走到街上，他抓住拉莫内达的胳膊肘，但并没有看他的脸。

“你在这儿做什么！”他呼喊道，迫使他走动。

“你说过如果有某些重要的事发生，我应该让你知道。”拉莫内达回复道，抬头朝房子的窗户处看去。门卫正在注视他们。

“我们走走吧。”普布里奥回答道，他们离开那栋别墅后他稍微放松了一些。即便如此，在他们沿人行道散步时他仍多次回头，似乎害怕他们正在被跟踪。一个街道清扫员懒洋洋地用一个耙子推走了枯叶。即使他的存在，显而易见是毫无威胁的，也让普布里奥受到惊吓。

“你在搞什么鬼，蠢货？”普布里奥停在人行道的中间冲着拉莫内达破口大骂，“我不想任何人看到你潜伏在我房子周围或者把你跟我联系在一起。”

拉莫内达并没有装出一副顺从的样子。没有时间留给微妙细节了。

“我不喜欢你像对待一只臭狗一样对待我，无论你支付给我的报酬有多么丰厚，或者你的权势有多么强大。所以注意点儿你的言行，如果你想听我要说的内容：塞萨尔·阿尔卡拉昨晚从医院逃跑了。我雇人在监狱除掉他，但是看上去没有成功。他们把他转移到医院，他夜里逃跑了。”

国会议员的脸色变得苍白起来，他用手背擦拭掉额头上的汗水，倚靠在一棵巨大的香蕉树树干上。

“那怎么可能？”

拉莫内达与他对视了几秒。

“那个女律师帮助了他。我告诉过你那个女人不能信任。最好杀掉她，就像我们对莱卡森斯做的那样。还有一些事情，洛伦索与她碰面了，我几乎确信他告诉了她你们的计划。那个笨蛋即将崩溃，他将背叛你。”

普布里奥飞快地思考着。他已经下令洛伦索处理掉那个多管闲事的律师，但是显然他没有遵照他的指令。他背叛了他，在那种时刻下，背叛是最糟糕的罪行。没有时间慎重行事了。他必须先发制人，在塞萨尔·阿尔卡拉决定带着不利于他的证据去找某个法官或记者之前动手。他是支撑那起军事政变的脚手架支柱。每个人都在犹豫，许多人想折返，但他继续向前的钢铁意志让他们仍然团结在一起。如果他倒下了，一切都将失败。

他从皮夹子里搜寻出一张纸，并抽出钢笔，飞快地记下些什么。

“我们已经浪费了太多时间，是时候斩草除根了。去这个地址，在提比达波山附近俯瞰，你将发现这栋房子。你不能错过它。它看起来是废弃的，但实际上不是。你在那儿一直等到夜晚降临；房子由我的部下看守着，不过我将让他们悄悄离开以便不引起怀疑。在房子里你将发现两个人：一个是阿尔卡拉的女儿，另一个是安德雷斯·莫拉。杀掉他们两个，烧掉他们的尸体，这样就无法辨认了。”

拉莫内达一言未发，但是他瞳孔中的微笑替他说话了。他几乎没有眨眼。没有人说过会结束，像他那样的人总是有需求的。而他会严格遵从指示，无论谁将受到伤害。

“所以，那是真的。那个脆弱的生命仍然活着，并抓了那个女孩儿。我总在怀疑这点。他一定已经尽情享受阿尔卡拉的女儿了……我知道我本应该索要更多的钱做那个工作。但是什么时候开口都不会太晚。我的同谋行为出价刚刚上涨了，国会议员。我想我是你仍可以信任的唯一一个人。”

普布里奥的拳头猛然撞进拉莫内达的嘴里，后者踉踉跄跄但并没有跌倒。普布里奥抓住他的头发，拉着他跪倒在地，然后再次用令人吃惊的敏捷击打着他。闪电般迅速，他抽出一个锋利的刀片，压放在拉莫内达的喉结处。

“看好了，你个狗娘养的，别被外表愚弄了。我老了，但是我一辈子的时间都花在了对付比你危险得多的痞子上面。我不是一个手无寸铁的小女人，也不是一个你可以吓倒的囚犯。如果你试图再次从我这里敲诈钱财，我会像对待一只猪一样掏空你的内脏。”他咆哮着，向拉莫内达的脸上啐了一口。

普布里奥稍稍放松了压在拉莫内达脖子上的刀片压力，刀片已经使拉莫内达的脖子发红。他知道，暂时而言，那个失败者说的是对的。他是唯一一个他可以信任的人。他站起来，擦拭掉沾在他袖口的血迹。他不再是一个年轻人了，他感受到一阵忽闪而至的愤怒正在从他肺部抢夺空气。

“我会支付给你我们协议好的数额，但是我希望那两具尸体烧成焦炭。而且我得提醒你，玛利亚和塞萨尔仍然还活着。”

拉莫内达揉搓着脖子，他触摸着裂开的嘴唇并大笑。那个看似无害的老男人刚刚给了他好一顿痛打，他不会忘记的。他抓住普布里奥给他的纸，没有看就收起来了。在他脑海中一个想法隐约形成，他发觉那个想法越成熟越绝妙。

“洛伦索怎么办？”

普布里奥注视着拉莫内达，似乎他不明白那个问题。然后他做了一个随便的手势，好像突然想起了一个不重要的细节。

“杀了他。”

他从玛利亚克里斯蒂娜站出了地铁。当他走到街上时，一阵令人不适的狂风迎面扑来，随风裹挟着毛毛细雨。他想要点一根烟，但是没能点着。他厌恶地把烟扔到地上。

街道异常沉闷。在一个小斜坡的两侧是带有大理石栏杆的建筑物阶梯以及挨着建筑物清漆大门的小花坛。远处他看见佩德拉尔贝斯皇宫的围墙和花园。

拉莫内达的表情变得酸腐阴郁起来。他从未梦想过住在这样一个街区。他的理想型街区是卡梅尔、拉特里尼塔特或拉米纳。但是当前的环境让他用一种不同的视角看待事情。为什么他不能买那样一栋一百八十平方米的顶层豪华公寓，拥有自己的奴仆站在门口装扮得像个小丑，像国会议员家的一样？多亏了普布里奥，现在他可以住在城市中上阶层的一栋公寓里，阳台上带有大理石栏杆和愚蠢的干花。也许那种奢侈是彻头彻尾荒谬的，是纯粹的炫耀。但是那不是让他感兴趣的唯一部分；不是街道的秩序、行人的紧张，也不是富庶和懒洋洋的气氛，像一头饱食的狮子打盹儿时其周遭的空气那样。真正吸引拉莫内达的是从街区接缝处缓慢渗出的权力感，确定他们享受的是不同的法律，以及“司法”对待他们比对待其他凡夫俗子更加松懈。除了他们自己，没有人能伤害他们或者干涉他们的生活。他们是不可触碰的。

他停在一幢建筑处，其建筑风格是严肃乏味的。一幢七十年代的摩天大楼，与珀尔希洛里斯的开发政策没有任何关系，与差劲炫耀有关系，炫耀一个泰然自若、显而易见的经济力量。他检查着外面的信箱：私人律师事务所，妇科医生，精神科医生，中上层公务员。拉莫内达暗自微笑。洛伦索是个有抱负的家伙，但是他仍然没有到达权力阶层以使他搬到一个像普布里奥所住街区那样的住宅开发区。即使在那里，在优胜者之间，仍有贫民区。

他抬头看向洛伦索公寓的窗户。一个看上去妩媚动人的女人，正看向窗外。

“楼下有个陌生人，他正在往上看。”

洛伦索把呆滞的目光从他的杜松子酒上移开，朝着窗户抬起他的头。靠在墙壁上，他的妻子用手指把日式隔断帘拉到一边，朝街上看去。她的脖子上和肩膀上有瘀伤，透过她的睡袍可以看见。她感受到一阵不寒而栗，感受到一种混杂的感觉，多种矛盾感觉如恐惧和负罪混杂在一起。

“他长什么样？”他问道，没敢起身离开沙发，一直盯着电视架上装满子弹的手枪。

他的妻子描述了她看到的那个男人。毫无疑问那就是拉莫内达。洛伦索撕扯着他的头发。一切都来得太快了，他告诉自己，试着使正在压倒他的焦虑镇静下来。他已经知道普布里奥一旦发现玛利亚仍然活着，迟早会派人来的。幸运的是他已经把他的儿子送到了安全的地方，当事情发生时他不想他在那里。内部通话系统嗡嗡作响。一个冰冷的、简洁的声调通报着那个不速之客。

那个女人转过身。在她的凝视目光中没有悲楚也没有忧虑，只是无尽的厌倦，如此厌烦以至于其感觉已经变成了一种持久的困窘状态。她的右眼是肿胀的，她抽着烟，嘴唇微微颤抖。她知道洛伦索厌恶香烟，在其他情形下那种反叛的举止将意味着更多的折磨拷打。但是现在什么对他都不再重要了。

“你想让我开门吗？”

洛伦索观察着那些浅蓝色的烟圈，它们部分覆盖了他妻子的面庞。她那放弃的姿态无言地指责着他，面对此情此景他感到喉咙处一阵深深的刺激。她在房间里吸烟的反叛行为让他愤怒得窒息。但是最让他烦扰的是她知道他是软弱的，她现在正在挑战他。

嗡鸣再次袭来，这次更加持久。只是现在是楼上的门铃。一些白痴邻居或许是那个衰老的门卫让他进到了大楼里。

洛伦索发出一声几乎听不见的呻吟，好像他内心深处的一些东西破碎了。现在已经无路可逃。当还有时间时他本可以从保险柜拿出他的积蓄和假护照，然后逃跑。但是他没有那么做，他确信一个最后的姿态可以挽回他在玛利亚、他妻子和他儿子眼中的形象，甚至是在他自己眼中的形象。一种坦然英勇的姿态。安然等候死亡。但是现在这一刻来临了，他却有一种冲动，想跑到床下躲起来，想拥抱着他妻子布满瘀伤的双腿让她去保护他。他可以试着和那个施虐成性的禽兽拉莫内达理论，向普布里奥请求宽恕，乞求普布里奥再给他一次机会，但是那一切都不会对他有任何帮助。

“我应该开门吗？”他的妻子再次问道，轻蔑地看着他，她的蔑视被一个改善她憔悴面容的富有同情心的微笑所缓和。

“我来开。”洛伦索以一种出人意料的自信声音说道。他镇定地起身，他的脚步不由自主地引领他走到门厅。他惊奇地注意到自己的双腿并没在颤抖。在开门之前，他转向他的妻子并指向电视柜。“抓住那把枪，藏到浴室里去。已经装满子弹了。你需要去做的唯一一件事是等待他坐下。当我给你信号时，就向他开枪射击。很容易，记住我们所练习的。你要做的只是扣动扳机。”

他的妻子在切割水晶材质的烟灰缸中碾灭了她的香烟。她抓住洛伦索的武器，看着它，像在看一个对她和她的生命陌生的物体，好像那个冰冷的金属体总结出了一种存在方式的所有谎言，这种存在方式与她曾经设想的是截然不同的。她曾在一座采石场射击过易拉罐和木块，洛伦索曾说她非常擅长射击，而她曾对那项技能感到一种愚蠢的骄傲。现在她将要枪击一个人。但是在内心深处她知道这与枪击一个无生命的物体没有任何不同。她走到浴室，坐下等着，门虚掩着足以看到客厅发生的事情。

洛伦索重重地叹了一口气。他突然感到一种奇怪的镇定，几乎绝对的确定，一切结果都会变好。他的妻子将能够承担起她在那个计划中的责任。他打开门，尽管知道他将在那里发现谁，他还是抑制不住地带着一张追悔莫及的面孔后退了一步。

拉莫内达向前逼近，占据了洛伦索让给他的那些空间，就像象棋中的兵卒径直奔向它们的对手。他勘察着房间的极限，他的目光驻足在烟灰缸中冒着烟气的烟蒂上。他知道洛伦索不吸烟。

“还有谁在家？”他问道，并没有费心思去隐藏他的意图。在这场游戏中他们都是成人，他不用非得假装闲聊，把时间浪费在伪装上。

洛伦索坚定地站在客厅中间。他抑制自己的本能反应，避免将目光瞟向浴室；浴室正好在拉莫内达的后方。

“我的妻子一分钟前还在这里，你们也许在电梯里擦肩而过。我让她离开的，我不想让她看到这个。”

看到这个，多么奇怪的一种提及他自己死亡的方式，拉莫内达想道，并确信洛伦索所说的是真的：他没有颤抖，他令人惊异地镇定。

“玛利亚帮助塞萨尔从医院逃跑了。”拉莫内达说道。

洛伦索并没有试图表现出吃惊或者假装他不知道。他就在几小时前刚刚获悉塞萨尔跑掉的消息。他更希望玛利亚采纳他的建议而逃掉。但是在内心深处他敬佩玛利亚，敬佩她愚蠢地锲而不舍地坚持拯救督察和他的女儿。

拉莫内达将一只手拂过客厅的抛光大理石桌面，羡慕着家具的品质、对称挂在墙壁上的画作的精湛技艺、薰衣草空气清新剂的气味、表面一尘不染像一片静谧海洋的瓷质地砖。不久他也能栖息在这样的地方。他不由自主地想询问洛伦索他是怎样做到的，这么富有，是什么让一个人有身份、有品位的。但是取而代之的是他向他询问玛利亚与督察阿尔卡拉藏在哪里。他毫不惊奇洛伦索说他不知道。这可能是实情，但没有关系，那不是他来这里的原因。

他从腰带处拔出他的半自动手枪。那是一把漂亮的武器，九毫米口径。沃尔瑟手枪握在他手上如同量身打造一般。当他挥舞它时他感觉良好，完满。他为不得不弄脏那些美好的亚麻窗帘和一尘不染的地板而感到遗憾。在如此完美的秩序中它将是一个肮脏的形象。

就在那时一声枪响。两个男人吃惊地看着彼此。洛伦索趔趔趄趄地歪向右侧，倒在桌子上，缓慢流出的血迹开始在大理石桌面上扩散。拉莫内达触摸着他的脸庞。洛伦索的血液溅落在他的脸上，可他并没有对他开枪。他转过身，发现了一个女人正挥舞着一把武器，但并没有瞄向他。她注视着洛伦索的尸体，似乎处于一种呆若木鸡的状态。她松开手，枪掉落到地上，茫然地看向拉莫内达。

拉莫内达感到困惑，然后他注意到那个女人身上的瘀伤，她肿胀的眼睛。他明白了曾经发生过什么。她并没有错过她的目标。那个女人杀死了她的丈夫。

他没有为此责备她。她有权复仇，有权休息。他慢慢靠近她，抚摸着那个女人毫无防备的脸庞。他瞄准她的头，崩开了她的脑袋。

第二十九章

巴塞罗那郊外，同一天夜里

这是那样一种奇怪、非凡的夜晚。仰望星穹，不可避免地感觉到神经质，渺小，感到自己是如此广阔的超越理解极限的天地中的一部分。面对无穷无尽的光点，我们顺理成章地用渺小探索者蚂蚁般的极限仰天长问，我们人类占领的是什么地方？我们是怎样与如此美丽、几乎壮烈美丽的东西融为一体的？

坐在汽车后座，费尔南多尝试用一分钟时间忘掉他知道的以及他是谁，他举头望向苍茫夜空之中闪闪烁烁的微小火光。那里的生命，在离我们最近的星系——人马座上，他们甚至不知道时间是什么，他们不知道我们微小的迷惘，不知道我们的争端，也不知道我们的仇恨与激情。也许有人现在正像他注视星空一样望向地球。在这两个凝望之间有着广袤的寂静。有片刻时间，他想象那就是死亡，是思想、苦难和享受的终结，忘却善与恶，永远游荡于漂浮在他头上的那些难以捉摸的光亮熔岩之中。也许在那片浩瀚的星海和那些尚未探索的宇宙天体之中存在着他们称作上帝的那个人。他怎样向其解释他这一生的航行？他会像一个被宠坏的孩子一样抱怨他的运气吗？他会告诉其他对自己父亲、对战争、对战犯集中营的仇恨吗？他会徒劳地哀叹虚度的一生吗？他想象着那个伟大生命的面庞正有些怀疑地听他诉说，毫无疑问带着淡淡的嘲讽。他也能想象出他的反应。在所有可能的存在方式中，他选择了一种。所以罪过，如果可以称之为罪过，由他自己承担。

他随后朝那栋蓝色屋瓦的房子望去，穿过无花果树可以看到它。他记得那栋装扮成春天色调的房子，那些冠盖着蕨类植物的爱奥尼亚柱式的栏杆，那些希腊雕塑，那些带有喧闹喷泉的花园。多年来他暗中监视安德雷斯沿着满是落叶的别墅小径散步。他本应该和他弟弟快乐地住在那里。他们本应该毫无疑问地选择另一种生活。然而他们没有。两人都没有。现在，那栋房子就像一座竖立在自己的废墟和灭亡之上的纪念碑。过去家族的荣耀或是居住其中的时光一点不剩。到处都在爆裂，它似乎正在等待最后一击，等待一阵短促的风去瓦解、埋葬瓦砾之下那个受诅咒家族的最后残迹。

他并没看到房子里任何地方有任何移动，或任何光亮，但是费尔南多知道安德雷斯在那里，在那个宅邸里的某处，像一个没有王国的国王幽灵一样四处游荡。他知道那个女孩儿跟他在一起。他已经知道了很久。他没有做任何事情去阻止他。他怎么能背叛他的弟弟，在引发了那场让他虽生犹死的火灾之后，在把他留给他的命运之后？但那不正是他这次打算去做的吗？在他的旁边是那把古老的武士刀，在安德雷斯还是个小男孩儿时加布里埃尔为他锻造的。他下了车，带着它朝大门入口走去。他并不害怕普布里奥的手下发现他，他已经看到他们半小时前偷偷摸摸地离开了。他知道那意味着什么：那个国会议员遗弃了他弟弟，将任其受命运摆布。但是他不会。这次会不同。

他小心翼翼地抚摸着武士刀的单刃刀片。他以一种传统方式双手将刀片举到上方，用一个旋转动作将它插入刀鞘。这是一件华丽的、优雅的武器，意图去切断而不是去击打。他知道其构造的每一个细节：刀片的韧度、长度，以及过渡区域减轻和分散冲撞拉伸的刃纹。在刀片插进刀柄的部位，他可以看见加布里埃尔的落款：一条咬着自己尾巴的小龙，与把手一侧上的装饰性金属块造型一样。慢慢地，一阵窸窸窣窣蛇行般的声音，他把刀片插入到木兰木和竹子混合材质的刀鞘之中。

在隐藏的那些年，他查阅并研究了他弟弟的兴趣爱好。他需要理解为什么安德雷斯对武士的世界那么痴迷，其程度显然是荒谬的。他并没有意识到，他也陷入了近乎礼拜式的仪式、东方书籍和严苛生存法则那个迷人的网中，他最终熟记了日本武士道的道德和行为准则。《武士之路》中七条原则的第一条要求荣誉和公平，这没有错。但像他后来在莱卡森斯死去时明白的那样，那不是来自他人的公平，而是他自己的公平。世界用其善恶观、用其宽恕和悔恨困惑着他，扭曲着其真实本质。然而没有阴影部分。只有对与错。

他不再害怕行动，也不打算再像只缩头乌龟一样隐藏。那不是生存。生命是他感受到的流经他血管的东西，其价值在于接受他的冲动并跟随它们。他的母亲死了。他最好的朋友死了。他的生命就是一个巨大的创伤，与安德雷斯饱受折磨的身体和他病态怪物般的心灵一样。他只能通过以痛苦报复痛苦的方式来治愈那个创伤。一个冒犯可以被忽略，蒙在鼓里或者被原谅，但是永远不会被遗忘。而费尔南多有个好记性。最终，他明白了真正的复仇是什么，他明白了怎样他才能决定性地关闭四十年前开启的那个循环。

一辆小汽车沿小路缓缓前进，车的前灯关闭着，它停在了费尔南多的车旁。

玛利亚拔出车钥匙，引擎安静了下来。一时间鸦雀无声。

“是他吗？”她旁边的塞萨尔·阿尔卡拉问道，他正盯着站在房子大门前的那个侧影，他无法看到隐藏在阴影之下的脸庞。

“是的，是费尔南多。但是在和他会面之前你应该知道一些重要的事情。”她需要跟督察谈谈。她早就需要了，自从她在教区教堂接上他、阿尔卡拉把不利于普布里奥的证据递给她时就需要了。

“什么事这么重要？”

“我感觉需要你原谅我……我知道现在很难理解，但是我需要知道你原谅我了。”

塞萨尔·阿尔卡拉严肃地听着。

“我知道你的感受。”

玛利亚摇着她的头。

“你不知道，塞萨尔。”她无奈地说道。局外人永远不能理解。玛利亚曾经试图将自己置于加布里埃尔的境地去理解为什么他出卖了伊莎贝尔，但是她无法理解。她试图为她本人对督察所做的事情找理由辩解，她假装那么做，接受那些合乎情理的或有说服力的解释。但是那只是一种理论上的理解，从来不是一种充分的理解。

但是塞萨尔·阿尔卡拉理解她，即使她不相信。假如他能够忘掉过去，那也不能是现在，他女儿就在他一臂之遥的地方的现在。过去会永远在那里，他已经见过、经历过并遭受过的那些不堪言说的事情，其永远会在那里隐藏在噩梦之中。但过去发生的一切不会再发生了。

“有一些永远都不能愈合的伤疤，玛利亚。但是我们还得以我们本来的样子继续前行。你不用非得寻求宽恕，那是无用的。你只需要继续前行，如此而已。”

一阵令人局促不安的静默。玛利亚凝视着那栋房子和费尔南多，眼中带着一个疑问。

“这一切可能会以失败告终。”她说道。

“会一切顺利的。”阿尔卡拉带着一种截然不同的坚定打消她的疑虑。

玛利亚深深地呼了一口气。她看上去几乎是如释重负的，好像一个可怕的不确定性已经从她身上移开。

“那么好吧。我们走吧。”

他们从车里走出来。塞萨尔发出一声痛苦的呻吟，并把手拿到胃部。玛利亚帮他包扎了裂开的伤口，但是它仍在流血。迟早他得去医院。但是那将意味着他们再次监禁了他，他不愿意让其发生。

他们慢慢地朝房子走去。费尔南多转向他们，等待着，审视着他们的面庞。当三个人面面相觑，他们怀疑地观察着彼此。一方面，费尔南多拿着武士刀。另一方面，玛利亚拿着装有证据的袋子，那些证据能给普布里奥过去十年间犯下的多起罪行定罪。

费尔南多特别注意了塞萨尔·阿尔卡拉。

“你不认识我吗？”

塞萨尔毫不犹豫地点点头。他几乎不记得当还是小孩子的时候曾经见过莫拉家的长子几次。他的父亲基本上是安德雷斯的家庭教师，而费尔南多比他弟弟年长近十岁。当塞萨尔陪着父亲到吉列尔莫家上课时，费尔南多几乎不曾待在阿尔门德拉莱霍的别墅。然而此时此刻，从他判若两人的、衰老的脸上塞萨尔仍能看出一丝傲慢和自满，这种表情出自于那些总是习惯于发号施令、被毫无怨言地遵从的人。幸运的是，时代改变了。塞萨尔不再是靠教育主人儿子挣得微薄薪水的乡村教师那被吓坏的儿子，而对费尔南多来说这些年来事情发展得似乎不是太好。

“对于我女儿你知道些什么？”他用一种威胁的、不耐烦的语调询问道。

费尔南多盯着那把插在刀鞘里的武士刀，然后向玛利亚问话。

“你还没有告诉他？”

玛利亚知道他所指的是什么。也许她一直抱有一个希望，那个老男人已经决定不计前嫌翻到新的篇章。但是她明白那是太大的奢望。相信费尔南多在这么多年的等待之后会放弃复仇的愉悦，这个想法是愚蠢的。

“我还没有告诉他任何事情。”

费尔南多点点头，判断着当前的处境。玛利亚身上的某些东西让他感到负罪和肮脏，似乎她身上反射出了他那卑鄙扭曲的一面。塞萨尔现在知不知道正是她的父亲杀掉了伊莎贝尔，那能有什么关系呢？重要的是他已经知道马尔塞洛是无辜的。那是由莱卡森斯造成的。

“我需要知道的是什么？”塞萨尔问道。但是玛利亚和费尔南多都没有回复他。那个老男人和那个女人看着彼此，那种表情好似占有了一个他们心照不宣地决定将永远不予揭露的真相。

“那是你这些年来收集的不利于普布里奥的证明文件吗？它对于正在积极杀掉我们所有人的普布里奥来说一定非常重要。”

“是的，”玛利亚说道，把袋子递给他，“我已经复查了这些文件。它们是磁带录音，宣誓的声明，普布里奥所牵涉的多起案件的材料证据，包括至少四起谋杀案、一起欺诈案件、几起腐败案件，还有他牵涉多起军事政变的确凿证据，包括一九七八年的军事政变以及目前正在谋划的一起军事政变，如果没有人做任何事去阻止的话，这起军事政变很快就会发生。”

费尔南多很满意。但让玛利亚和塞萨尔吃惊的是，他并没有接那个袋子，取而代之的是他让玛利亚将袋子掷落到地上。

"听着，玛利亚：我想要你明天早上把这个带给马尔臣督察。我知道你不信任他，但是我已经调查过他了。告诉他把它交给第一军事法庭的贡萨洛·安德雷斯法官。他是我的一个朋友，也是佩德罗·莱卡森斯的一个朋友。他了解这一切的最新情况，他是唯一一个愿意立即展开调查的人。如果需要，他甚至会向最高法庭申请调查函去逮捕那个国会议员。"然后他转向塞萨尔·阿尔卡拉。他的脸庞是严肃和令人费解的，几乎是石化的，像某个贵族的脸，那个贵族即将给一个倒掉他便壶的奴隶一些指示。然而费尔南多的嘴唇颤抖了一秒，充溢着感情，他的瞳孔闪烁着。那个家庭遭受了多少不必要的痛苦，他想。幸运的是，夜晚的阴影遮掩了他的情感，只显露出一个干巴巴的不容犹豫的指令。

"你，督察，在律师和我进到房子里时将等在这里。"

塞萨尔愤怒地抗议，但是费尔南多耐心地等待他停止责怪他。随后，他毫不心烦地重复了同样的指令。

"在任何条件下你都不能进到那栋房子。等在这里，如果你想再次见到你女儿的话。这没有商量的余地。"

塞萨尔·阿尔卡拉愤怒地攥起拳头。那个老男人知道他的女儿在哪儿，他说他知道。玛尔塔在那个幽灵般的房子里吗？当他的女儿在可触及的范围时，那个老男人期望他无动于衷地等着他和玛利亚把她带到他身边吗？但是玛利亚触碰了他的手臂，把他拉到一边，让他明白。费尔南多是那个手握王牌控制局势的人，而他们要知道整起事件的结果，最好遵照他的指令。玛利亚和塞萨尔协商一致，如果玛利亚和费尔南多过二十分钟还没有回来，塞萨尔就可以进去找他们。

费尔南多接受了，尽管在他内心深处知道那是不必要的。他不打算让那个绝望的父亲目睹他女儿在安德雷斯魔掌之下的场景。上帝才知道那个女孩儿如果还活着的话会处于什么状态，而他不打算让那个警察报复他弟弟。

老男人和玛利亚推着大门，直到生锈的大门开启。当他们消失进院子的阴影中时，塞萨尔·阿尔卡拉紧紧地闭上了双眼。

一根点燃的蜡烛残端在一张矮桌的一角上摇摆，在桌子前面安德雷斯·莫拉跪在地上，双手放松地置于大腿之上，双眼紧闭，后背完全挺立着。烛光像波浪一样来来回回摇曳，追踪着他身体的干瘪棱角。房间的其余部分是黑暗的，与世界、噪音和生命隔绝开来。

他听到合页的声音。他走到窗边，透过覆盖窗户的厚木板他能看见院子。在无花果树小路的旁边有两辆车灯关闭的车。有个人像困兽一样四处踱步，突然间停住，正好看向他所在的那扇窗户，好像那个人知道有人在暗中监视他。

"警卫！"他大喊道，跑向房子的黑暗门厅。按说普布里奥的手下应该在那里保护他，时刻准备对付任何靠近窥探的擅闯者。但是在房子里的任何地方一个人都没有。他跑着穿过各个房间呼喊着他们，上至三层，下至地下室。他们已经遗弃了他。他听到锅炉房有噪音。有人正在掀掉困住他的厚木板。他听到了声音，不止一个。他甚至认为他可以辨认出一个女人的声音。那个男人的声音是似曾相识的。

他跑去他的卧室。他搜索着那些保存着他最宝贵财物的盒子，直到找到他在寻找的东西。他满意地微笑着，把那个物体藏在他的和服里，站起来，从右到左环顾，显得愈加兴奋。他一直在等候的那天终于到来了。他不用再隐藏。如果他的敌人发现了他，那么这就是带着荣耀面对他们的时刻了。

但有一件事还没有做。他走到隔壁的房间，推开门，稳稳地站在门槛处。看见他，玛尔塔像个影子一样躲进了一个角落。

“站起来。”安德雷斯命令道。

玛尔塔抬起她的双眼，瞳孔中悬着一个疑问。安德雷斯内心的某些东西触动了一下，他将目光转移到被遮挡住的窗户上。夜晚是冰冷和清澈的。风咆哮着从木板间的狭缝中悄然穿入。

“你打算杀掉我吗？”女孩儿结结巴巴地说道。

安德雷斯没有回答。他抓住她的肩膀猛烈地将她提起来。女孩儿的身体很轻。她是污秽的，血迹斑斑的，散发出一股难闻的气味儿。他打开了把她束缚在墙上的铁环，锁链重重地掉落到地上。玛尔塔是如此虚弱和惊恐，以至于她踉踉跄跄，而他不得不去扶着她以防她失去平衡倒下。他剥去她身上由睡袍变成的褴褛衣衫。

“这究竟是怎么回事？”女孩儿问道。

安德雷斯对她怒目而视。也许玛尔塔知道他是个怪物。但她并不明白一个没有敬意的人就像一栋破败不堪的房子，其必须得被拆除重建。他没有理由残忍，他不需要平白无故显露他的力量。他这些年来一直让她活着，他养活她，希望得到她这一方的友好姿态，得到一个让他对她少些严厉、多些怜悯的信号，但是玛尔塔没有对她祖父的罪行显露出任何悔恨。事实上，她已经亵渎了他对他母亲的记忆，在他让她进入他的圣所那天她呕吐了。他并没有期望她尊重他的力量或凶狠，但对于他对待她的方式他期望得到尊重。然而玛尔塔羞辱了他。除了他，没有人是那个有决定权的法官去强制执行督察女儿罪有应得的判决。一个人所做的决定以及其执行那些决定的决心反映了其本性。当他决定做某事时，那件事好像就已经完成了。那个晚上什么都阻止不了玛尔塔·阿尔卡拉的脑袋滚落到他脚边。

他拔出刚才去卧室找到的物件。那是一把仪式用刀，带有一个象牙雕刻的把手和一个几乎有二十厘米长的双刃弧形刀片。他拉着那个赤裸女孩儿的手腕，把她拽向门厅。他想让他的敌人眼睁睁地观看这个仪式。

“跪下。”他命令道。

玛尔塔照做，拧绞着她的手指直到指甲使她流血。安德雷斯镇定地等待着。时间不再是个必需品。欲望也不是。当他注视着她沾满污垢的大腿、阴毛、触到刀片而颤抖的乳头时，他不再经历肉体的撕咬。他曾一度感觉到的欲望已经消失了。他只有一种极端的冰冷，一种星空之下一片冰冻荒原的平静。

玛尔塔没有抵抗他。不再抵抗了。她因恐惧而麻痹。她决定继续面朝下躺着，双眼紧闭，指甲抠进地面，等待着夺去她生命的锐利一击。她感觉到安德雷斯的一只手抓着她的头皮，提起她的脑袋，显露出她的脖子。

“不要做。”有人在他们后面说道。一个低沉的、严肃的声音，玛尔塔一度相信声音来自房子自身的亡人之口。但是那不是一个死人说话的声音，那是一个活人进入了房间，后面跟着一个女人，那个女人对她看到的一切感到无比惊恐。

安德雷斯纹丝未动。他眨着眼，松开了抓着玛尔塔脑袋的手；玛尔塔倒在地上，慢慢爬到新来者的边上。

“不要做。”那个男人重复道，没有把他的双眼从安德雷斯身上移开，但是招呼着玛尔塔。

在一时间的困惑之后，安德雷斯回过神来。他向前挥舞着刀尖，就像挥舞着一根恐吓的手指。

“你是谁，一个幽灵？”

“我是费尔南多……你的哥哥。”在他走上前的时候，他慢慢向玛尔塔俯身，同时未把目光从安德雷斯身上移开。“现在只有你我两个人。”他一边说一边抓住玛尔塔的肩膀将她提起来，用自己的身体庇护着她。

“别碰她！”安德雷斯大喊道，“她是我的。”

费尔南多没有动，他把玛尔塔向后推到玛利亚的怀里，玛利亚仍然站在门口。

“把她从这里带走。”他跟律师说道，他的双眼目不转睛地盯着他弟弟，后者神经紧绷得像弓上的弦，即将用他的刀发出致命一击。

“我会杀了你们全部！”安德雷斯惶恐不安地大喊道。

“那不会治愈你的创伤。看着我，是我。真的是我。我来找你了。”费尔南多以一种安抚的语调说道，慢慢朝安德雷斯逼近。“放下刀。你并不打算伤害我。是我，你哥哥。跟我走，我们远离这里。我们到某个地方开始全新的生活。”

安德雷斯垂落下他的凝视目光，而不是他的刀，后者仍犹豫不决地在空中颤抖。他很困惑，他不知道该做什么，上千个声音，全部是矛盾的，一齐向他呐喊；它们抻着他，好像他的四肢被绑在向不同方向奔跑的马匹身上，正在将他五马分尸。

玛利亚利用他迟疑不决的时机抓住玛尔塔，要把她带出房间。玛利亚因玛尔塔的极度瘦弱和其眼中的痛苦表情而动容，玛尔塔的眼睛陷入了像井一样深深的圆圈之中。

“让我们离开这里。”她低语道。但是玛尔塔没有动，她就像一座粘在地板上的石雕，盯着安德雷斯。

费尔南多朝她们转过头。

“马上带她离开这里，玛利亚。”

“不！”安德雷斯突然大喊道。他的双手，无比渴望地，紧握住刀把。

他带着一声绝望的尖叫猛扑向前。但是甚至还没呼吸一下，一切就悬在了浮夸、可爱的淡紫色之中。在场的人听到了刀片划破空气的声音，像铡刀一样，接着是刀片撞击在脖颈上的沉闷声音。

一切都太迅速了，以至于在场的人不能一下子领会那一瞬所发生的事情。慢慢地，鲜血开始从裂开的伤口中喷出，伤口被第二次撞击加宽了。安德雷斯的目光暗了下去，他的身体轰然倒向一边。

有片刻时间鸦雀无声，没有尖叫、哭喊，也没有呻吟。费尔南多沉浸在他自己的思绪中，注视着他弟弟的身体在地板上抽搐。他的双手变得虚弱无力，松开了刚刚割开他弟弟喉咙的武士刀，跪倒在他弟弟面前。玛利亚紧贴着墙壁，用她的双臂保护着玛尔塔，无法移动或者把她的视线从安德雷斯的身体上移开。

费尔南多的双肩开始在啜泣中颤抖，啜泣如同波浪一般袭来，击打着他，尔后带着低吟声离去，当再次袭来时更加致命，如此周而复始，直到突然释放出一声猛烈的、绝望的、动物般的尖叫。

他那被看上去像血液一样的眼泪所吞噬的双眼，慢慢地转向并停留在了那两个女人身上。

“走。让我们两人单独待着。”

玛利亚把女孩儿拽了出去。把她从安德雷斯催眠般的凝视中强行拉走是困难的，安德雷斯远远地从另一个世界盯着她，翻着白眼，就像一个她永远无法摆脱的石膏恶魔。看到自己解除了锁链和监禁，她像一只有一天找到了牢笼打开之门的小鸟一样犹豫着。玛利亚用自己的外套盖住了她，迫使她下楼梯。从楼下她们看到费尔南多关上了门，把他自己和他弟弟的尸体锁在了里面。

费尔南多把他弟弟的尸体拖到他卧室的床上。他用一个床单盖住了他。然后他隆重地脱掉自己的衣服，把它们留在了椅子上。在古代日本，自杀者的朋友割断自杀者的头颅终结掉他的极大痛苦，这被认为是一种怜悯的行为。最后的体恤动作只针对那些生命理应免遭痛苦的人。没有人帮助费尔南多快速地死去。他也不应享受这样的待遇。他的人生，就像他家人的人生一样，一直没有得到教化。回忆着他做过的那些卑劣的事情，流血致死是他罪有应得的。只有通过一场缓慢的仪式般的死亡他才能为自己的过错赎罪。

那个剖开腹部的日本仪式只保留给那些高级贵族，那些感觉他们的生命只能被他们自己的手终结的人。他们以一种残忍、痛苦但自愿的方式结束自己的生命，那是他们显示荣耀和英勇的方式，那是武士至高无上的悲伤。那个男人用一场漂亮的死亡使他的生命高贵。他跪下，从刀鞘拔出他弟弟的装饰性匕首，用骤然、果断的一击将它插入到自己的左腹部。他慢慢朝右侧移动着刀片，他并没有要拔出刀片，而是又稍稍向上方切开一个口子。然后他拔出刀，掏出自己的内脏。

他歪向一侧，落倒在他弟弟的身体旁。他拉着他弟弟已经冰冷了的一只手，回忆起自己生命中曾经有过的温暖，回忆起当抱着他弟弟玩耍时他感受到的感激和安心。记忆是零落的，美好混杂着不快，尖叫和大笑，哭泣，喜悦，一个个瞬间，一片静止。

“妈的，好一场血洗。”有人踢开门说道。

费尔南多试图抬起头，但是一只意大利皮靴踩在了他的脖子上。

“所有这些内脏都是你的吗？他们说我们有将近六米长的肠子。我看你是想要亲自检验。”

费尔南多无法说话。每一口呼吸都会有一口血痰涌入他的喉咙。那个陌生人跪下来，直视他的面庞。

“你认得我吗？我是拉莫内达。最终你做到了。你像你弟弟的一个幻想一样掏出你自己的内脏。但是别搞错了：那并没有让你成为他们中的一员。我看你已经杀死了安德雷斯。唔，那节省了我一半的工作。现在，告诉我那个女孩儿和律师女士在哪儿。”

费尔南多半闭上双眼。他伸出一只手去够那把血淋淋的武士刀。陌生人从他的手中猛然拉开它。

“你想要做什么，当个英雄吗？”

费尔南多面红耳赤，带有一个痛苦的表情。

“这是什么，某种仪式吗？我明白了：如果我砍下你的头，你将去到疯子的天堂，就像你的那些武士一样。如果我不这么做，你将只是一个扯出自己内脏的白痴。”

费尔南多设法用一只胳膊肘支撑起身体。

“拜托。我不知道她们在哪儿。”

“那么我帮不了你了。就顺其自然吧。现在我将坐下，像那些野生动物解说员一样，你知道的，他们拍摄一只毫无抵御能力的瞪羚遭遇一头即将捕获它的狮子的场景。他们可以把它吓跑，警告它。但是那样他们会改变事物的平衡。最好的情形是我离开。也许你会获得幸运，在火焰烧到你之前死掉。总之，事情应该以这种方式结束，看上去公平。”

费尔南多注视着拉莫内达双手中的汽油罐，看着拉莫内达将汽油倾倒在了摊开在床上的安德雷斯的身体上。费尔南多并不在乎。就让他们身体的灰烬散落在这栋房子的废墟之中吧，让从窗户吹进的风将它们散落在冬日的夜晚，让他们的记忆像他们的身体一样被擦除掉。让他们安息吧。

拉莫内达点燃了一根烟，然后他把一张报纸点着，将火焰扔到空中；

他逃离了，消失在了烟雾之中。

房间慢慢地转变成一个贪婪的火球，费尔南多待在一个角落，虚弱地捧着他的内脏。无助的他凝视着正在靠近他弟弟身体的火焰，火焰亲吻着他弟弟开裂的嘴唇和其空荡荡的双眼，直到把他弟弟变成一个火把，黑得像一块腐烂的肉。火焰舔舐起他；它们已经知道了那个曾经设法逃离它们的身体的味道，这次它们让他别无选择。他无能地注视着那同一团火焰吞没着他；他在西伯利亚那些漫长的日子里曾那么渴望一团篝火的温暖。大火就像一群灰狗，从四面八方攻击着他，吞噬了他生命的最后余烬。

第三十章

巴塞罗那，一九八一年二月十八日—二十日

“她是如此美丽。”玛丽娜说道，抚摸着正在睡梦中的玛尔塔的额头。

玛利亚认同。躺在床上盖着白床单，阿尔卡拉的女儿看起来像一个美得出奇的天使。珍珠般的皮肤上陈列着她精致的鼻子和微微开启的嘴唇，里面露出两个门牙。在瘀伤以及她深深的黑眼圈之下逐渐显露出一张十七岁女孩儿的脸庞。但是当她在睡梦中呻吟，当她因黑暗的噩梦而激动不已时，那一丁点儿纯真就消失在了一个长长的灰色阴影之后。

护士进来检查她的静脉滴注。当她走出去，她欢快地和正在监视那个房门的警察闲聊。警官们问了玛利亚许多问题；第一拨记者马上就要到来，他们抓到了些许耸人听闻的新闻去填充他们的头版。正是那个早晨消防员发现了在提比达波山那栋房子废墟里莫拉兄弟的尸体。无力应对即将袭击她的雪崩，玛利亚向玛丽娜寻求帮助，玛丽娜没有一句怨言地来到医院。

玛利亚紧张地查看墙上的时钟。

“仍然没有消息吗？”

“随时都有可能。”

“法官将下达一个对那个国会议员的逮捕令，你等着瞧吧。”玛丽娜拉着她的手安慰地说道。

玛利亚疲惫地笑笑。她不确定。她并没有感到高兴。她发现了太多事情，又在探寻中失去了许多。

“塞萨尔怎么样，我们有什么消息吗？”

玛利亚确定没有人偷听她说话。

“他很安全。我一直及时告知他他女儿的最新情况，不过眼下他最好继续躲藏着。我确信如果他们用他贡献的证据最终指控了普布里奥，地方检察官会给他一个宽大处理。也许政府会给他一个特赦。但是一切仍然悬而未决。”

玛丽娜去抚摸她的手臂。但是玛利亚移开了，勉强设法伪装出她需要独处。

为什么她没有任何感觉？没有窒息的哭泣，没有幸福或满意的感觉。只是疲惫。她不能自已地想到费尔南多拿着那把血淋淋的刀的形象，以及他茫然不解的、精神癫狂的表情。她甚至无法触碰玛尔塔，和她说话，或者直视她的双眼。她对发生在玛尔塔身上的一切感到内疚。她感觉是她和她父亲造成了那个家庭的痛苦，一个持续了三代的苦难，四十年的悲伤。

玛利亚和玛丽娜那天晚上在位于巴塞罗那海滨的一家餐厅吃的晚餐。透过餐厅的巨大落地窗可以看到海滩被中国灯笼点亮。海浪温顺地向海岸翻滚而来，浪花上的泡沫在徐徐的海风中颠簸起伏。

“为什么你用那种方式注视着我？你一整天都是这样。”玛利亚问道。成为让人怜悯的对象让她感到不舒服。

“不是怜悯。”玛丽娜解读着她的想法回复道，“仅仅是我想念你，另外发生这一切而我却没在你身边，这让我痛心。”

玛利亚将一杯红葡萄酒举到眼前，神情忧伤。

“我其实什么都没做。我只是被几个人利用了。我在任何节点没有任何选择权。”

“并不是这样。你本可以让事情听其自然，不干预的。但是你没有那么做，你把督察的女儿救了回来。”

“我之前从他身边把她夺走的，这样才算公平。我想知道那个女孩儿会想什么？有朝一日她从恐惧中醒来，问她的父亲为什么她得去经历那一切，塞萨尔会告诉她什么？告诉她一个疯子绑架并折磨她，是因为他相信她的祖父马尔塞洛是谋杀他母亲的凶犯，他正在寻求复仇。然后再告诉她那个疯子错了，那个有罪的男人是其他人，是一个衰老得不中用的男人，另外那个男人有一个盲目傲慢的律师女儿。还会告诉她他不能马上营救她，是因为那个律师把他关进了监狱使他无法继续去救她。”

玛丽娜抚摸着她的头发。

“你这样责备自己是不公平的。你在扭曲那些事情。你对你父亲的行为或者那个女人的死亡并不负有责任；你与她儿子的疯癫没有任何关系。塞萨尔犯了罪，你做了你不得不做的事情……就像现在一样。一切都结束了……你应该跟我回家，休息一些天。我们可以在海滩散步，读书，听音乐，做我们过去常做的事情，就你和我。”

玛利亚感到一阵剧痛。她感到孤独，她知道她是孤独的，她是惊恐的。她还没有告诉玛丽娜有关她疾病的任何事情。没有人可以让她面对那个事实，她的生命已经因为她的父亲而完全分崩离析，一个肿瘤也许会让她永远离不开医院的病床，或者把她直接送到墓地。她不想向任何人诉说那种感觉。她躲避其中，把她自己与世界隔离开，她感到已不再是那个世界的一部分了。人们对自身的命运不再有更多信念时就停止抗争了，他们放弃了塑造自己生活的尝试，他们干脆变成了被动的旁观者。

玛丽娜意识到了玛利亚已不再属于她，如果她曾经确实属于过的话。并不只是她憔悴的外表。是其他一些东西。她移开她双手的方式，她友好、安详却遥远的说话语调。当因一个冷笑话发笑时她的镇定，不允许快乐溢出。玛丽娜尽其所能试图穿透那个黑暗，带给她一点点光亮，但是她无法做到。

她们的目光相互亲吻，她们的手指在餐巾之下隐秘地爱抚着。她们镇定地进餐，就像曾经分享过许多的朋友一样。但话语间侵入了令人不安的表情和静默，预示出一种她们两人都假装其不存在的距离感。

她们分别时就是那个苍茫距离感确认的时候。在进入汽车之前，她们遣散了马尔臣安排给她们的保镖。玛丽娜挪动她的嘴唇去寻找玛利亚意图对她脸颊的亲吻。玛利亚给了这个吻，但是更像是一个对友好行为的回报，而不是一个爱的冲动。她们悲伤地凝望彼此。在海滨的街灯下，玛利亚转过身走开了，身上裹着长长的棕色外套保护着她。玛丽娜待在车里，注视着她双腿的曲线，她奶油色高跟鞋的优雅步调，以及跟在她身后的香烟烟气。她对自己说，玛利亚是来自另一个时代的女人，带有一种黑白电影的优雅。玛丽娜一时间凝思出神。

她的步调也在被另外一双眼睛所赞美。那双眼睛并没有因为失去她而热泪盈眶。它们眯缝着就像一只正在草木之间尾随猎物的猫科动物的眼睛，那只猫科动物等待着合适的时机，校准着它的力气，嗅探着空气。

拉莫内达长长地吸了一口他的金色香烟。他用一个敏捷的轻掸动作把烟蒂送入水中，然后整了整他的夹克。这是一件新夹克，特地购买的。另外一件在提比达波山那栋房子的大火中烧毁了。他的头发也微微被火燎了，双手上都有烧伤，他自己在伤口上绑了一些蹩脚的绷带。

他让玛利亚在滨海大道上从他身旁路过，就在她看向他时，他转身朝向了大海。他享受这个游戏，就像一只猫在嘎吱嘎吱大快朵颐一只老鼠之前与那只老鼠进行的游戏。他知道她将走回酒店。那些保镖落在后面。他们不喜欢保护那个女人，而她也不喜欢感受到限制。这让事情容易了一些。那个夜晚不是特别冷，她想悠闲地散步。他也不着急。他开始远距离跟着她，每过一会儿停一下，转换人行道甚至是街道以防止增加怀疑。他已学会使工作炉火纯青，有条不紊。另外，她应该得到一些尊重。她是他要去捕获的一个重要的、主要的猎物。

他并没有一个设定的计划，他将只是跟着她直到他们到达合适的地点和时机。如果路上没有合适的条件，他会在酒店袭击她，尽管他倾向于一个更加谨慎的地方。比如，那栋他依稀能辨认出的在邮政总局旁边的在建建筑。

玛利亚感到寒冷，就像她路过在海滩上吸烟并看向海滩的家伙时感受到的。她竖起外套领子包裹着她的脖子，系上了最上面的扣子。她并不急于返回酒店。事实上，她不想回去得太早。她问自己为什么刚才对玛丽娜如此冰冷。她本可以回家的，那天晚上她不得不着手做的工作只是一个借口。其实她就是不想和她一起上车，因为她不想依附任何事物。她是如此害怕爱上什么事物，害怕期盼或者渴望任何事物，以至于她希望不拥有任何事物。她想知道为什么她是那样的，为什么她总是害怕快乐，害怕接受给予她的东西。这是一个在这个关键时刻毫无意义的问题。建设性或者弗洛伊德式的答案对她是没有用的。

她不能责备她的父亲，或者洛伦索。他们不是毁掉她生活的人。这是她的错，是她自己的本性无法享受事物、感情或者一个挚爱的陪伴。她的本性并没有使她成为一个冷静的女人；正相反，她现在带着一种极大的沸腾情绪感受到恐惧，她也许不能活过那场手术，感受到内疚与满足的旋流，终于使得塞萨尔和他的女儿团聚。但是那一切都无法完全填满她。她感觉自己就像某个静止的东西，围绕着她各种事情在发生，但那静止的东西一点都没有碰触到她。

对这种晚间散步，她感到愉快。以后她将不再会有这种愉快了。她享受着寂静的独处与和谐，享受着夜晚与她情绪之间的结合。她不需要使自己确信一切都会变好，也不需要在玛丽娜或任何其他人面前显露出沮丧或者恐惧。她只需要散步，逃脱马尔臣的侦探，沿着街道回酒店，吸一根烟，并聆听她高跟鞋的声音。

她停在一盏街灯处。拉耶塔纳路看上去异乎寻常的美丽。车道上没有车辆和不停轮换的红、黄、绿路灯，车道的寂静与高楼大厦的灯光形成对比。只有坐落着邮政大厦的那片楼群是黑暗的。那里正好是她要前往的地方。

拉莫内达满意地看到玛利亚正朝他走来，预料到了即将发生什么，他变得如此兴奋以至于勃起。他拔出左轮手枪，扣上扳机。从他隐藏的地点——厚木板和砖堆之间，很容易射击。以他距目标的距离，他不可能失手。但那不是他所期盼的。他耐心地等待着，紧握左轮手枪的枪柄。他紧贴在墙上，一直等到玛利亚和他擦肩而过，如此之近以至于他能闻到她身上的香水味儿。然后他走出去和她会面。

玛利亚震惊地停住了。

“你好，律师女士……我们又见面了。你还记得我吗？我是拉莫内达。你最喜爱的委托人。”趁她还没反应过来，他用左轮手枪袭击了她的额头，并使她落倒在地，她的额头上留下了一道深长的划口。他再次使劲撞击她的头部，直到她失去意识。在确信没有人看见他后，他拖着她隐蔽到了建筑工地。他把她绑了起来，并塞住了她的嘴。

他并不计划就这样杀掉她，他需要充分满足他的骄傲，以及他的身体。他不是一个强奸犯，不过这不是有关强奸她，而是有关拥有她。强奸犯，就像普通人一样，低估了性的力量，以及性的缺乏。插入和射精并不神秘。他不是一个在欲火中燃烧的卑鄙小人，他想要的是在他的受害者身上释放恐惧。让她明白她完全在他的手掌之中，以及他可以在对着她的脸庞开枪之前把他左轮手枪的枪筒插入到她身上的每一个孔中。而性的行为支配她直到最终将她扼杀的欲望是那个仪式的一部分。

他把她拖到一个门前过道，在那里停了一会儿。当警察过来寻找她与他擦肩而过时，诅咒着他们的愚笨无能。

当他感觉安全时，他剧烈地拍击她让她恢复意识。玛利亚渐渐回过神，她的双眼慢慢地聚焦在眼前这个男人的形象上，他正用左轮手枪的枪筒滑过她的下巴。她试图挣脱，但是拉莫内达挥拳猛击她的胃部。

“你太固执了，玛利亚。你挣扎，很好。这会更有趣，尽管这更不舒服。我猜你已经知道我们为什么在这儿。你未曾注意到我一直在向你发送的警告，你从莱卡森斯的死亡上什么都没有学到。现在同样的事情在等着你。你本应该顺其自然，你不了解普布里奥，他是那种想要某物时会不择手段的人。你已经见到他对你朋友——那个督察所做的了。顺便说一句，那个督察跟我还有一笔未偿的债务。至于洛伦索，我已经处理了他，尽管更准确地说是他的妻子替我处理的。那个金发女郎有种。我看到了她瘀伤的身体和面庞。她恨他我并不感到惊讶。而你呢，你从未勇敢反抗他，你逃跑了。那就是你一直在做的，逃跑……你现在要跑去哪里？”

显然，拉莫内达并不希望听到回答。他甚至还未把堵嘴物从玛利亚的口中拿开。他知道一旦他这么做她就会开始尖叫，然后乐趣将会结束。这无非是一场他在镜前练习过的演讲，他想听自己亲口说出，感受自己是他所在影片中的演员。他生而为此，他想，为了像那样的生存片刻。

他把他的膝盖费力地陷入玛利亚的骨盆，迫使她张开她的双腿。他用一只急切的手在她的裙摆下搜寻着她的连裤袜，撕开它们，然后粗暴地撕裂她的内裤。玛利亚使劲踏向地板，她通过堵嘴物传出闷塞的声音，拉莫内达的一只手捂住她的嘴不让她出声。

“我总以为你是那样一个冷淡的、趾高气扬的附庸风雅之徒。我将把你带回到现实，公主。”

突然，玛利亚停止了抗争。

一声响亮的引爆声。拉莫内达一动不动。他不可置信地僵住了，触摸着他的后背。又一声枪响。拉莫内达倒向地板，在一些厚木板上弹跳了几下。他死了。

一个影子在玛利亚前面拉长，玛利亚的双手被绑着，她缩回她的双膝，一直在退却。就在那个影子进入到街灯发出的晦暗光圈时，它停住了，从黑暗之中观察着她，似乎在犹豫。有冗长的一分钟时间什么都没发生。然后，那个影子显露出了它的真身。他俯身向玛利亚，拿掉了她的堵嘴物。

“你？”

塞萨尔用一种蔑视和悲哀的混合表情看向拉莫内达的身体，然后看向玛利亚。

“是的，是我。”阿尔卡拉那两天一直跟着玛利亚。他知道普布里奥及其走狗的思维方式，他知道迟早他们会想办法杀掉她。他所要做的就是等待。他触碰着拉莫内达的颈静脉。他没有了呼吸。死了他就是一个毫无抵御能力的生物体，就像其他人一样。他的双膝向内折叠，像一只破损的玩偶，这激发了怜悯之情。这不是他曾经想象的方式，塞萨尔在杀他时感受不到任何情绪，只是确定结束了五年前留下的那半截未完成的事情。

玛利亚把手腕放到嘴里以使自己的哭泣平静下来。为什么她在抽泣？她不知道。也许因为她最终毁灭了她所接触的一切。

塞萨尔并没有试图去安慰她。试图在话语中寻找慰藉是徒劳的。他甚至不期盼她显露出感激之情，尽管他救了她的性命。他并不是为她做的，而是为他自己和他的女儿。拉莫内达什么都不是，一条被一枪击倒的疯狗而已。但是普布里奥，那个真正的罪魁祸首，仍然可望而不可即。不抓到他，他绝不会罢休。

那些跟踪她的警察没过多久就出现了。他们一定听到了枪声。

“待在这里。我会处理这个。”他抓着拉莫内达的双脚将他拽向自己。他像扛麻袋一样把他搭在自己的肩膀上，消失在夜色之中。

两天后，拉莫内达的尸体在蒙特惠奇山山脚的一座公园中被一些城市警察发现。那是一个频繁案发地，海洛因成瘾者在那里提供性服务以交换少量钱财或毒品，盗窃和犯罪在那个地区很普遍。那个尸体出现时其裤子褪到膝盖处，脸庞被一块巨石毁坏了，发现这样的场景并没有人感到吃惊。

第三十一章

巴塞罗那，二月二十二日—二十三日

玛利亚在军事法庭的休息室等候，那里的装饰看上去不是十分军事化。墙壁的色调是令人惬意的，上面挂着一些陆上风景画和海景画；在一张小桌子上还有一瓶花。每过一会儿就会有人开门，问她一些事情。她简洁地回答，问问题的人离开。周而复始。

那天晚些时候，马尔臣从法官的办公室出来了。法官是积极回应的，但是没有授予任何特许。

“法官拒绝公开不利于普布里奥的诉讼。”他说道，他大大的眼睛聚焦在她身上。警察等待着玛利亚消化那个消息，观察着她麻痹的反应，揣摩着从她双眼中不由自主喷涌而出的那些眼泪的可信性。

玛利亚不能相信她所听到的。

“你得让塞萨尔自首。没有他的证词，法官不会接受那些证据。”

“我能证实，还有你收集的那些证据。让他去检查洛伦索文件箱的文件。”

马尔臣显然是悲伤的。

“我们去了，但是有人清空了他的公寓。我猜是拉莫内达。至于你作证，法官认为你不是一个可靠的目击证人。”

“那是什么意思呢？”

“你暂时不会被指控任何罪名。但是法官知道你的婚史。你受到虐待，你和洛伦索的关系并不好。另外，直接或者间接地，你牵涉到佩德罗·莱卡森斯和拉莫内达的死亡，以及杀死莫拉兄弟的那场大火，此外还被假定牵连塞萨尔·阿尔卡拉的逃跑。即使法官对你有像我现在这样的善意，对我而言去说服他那一切都是巧合也是非常困难的。

“我不打算放弃，玛利亚。我有种感觉有人正试图阻止那个法官，而且他正等着看在他做决定前什么东西显露出来。好像每个人都在等待一些事情发生，好像没有人想去阻止，以便一切最终能够爆发。但是我不会就此罢休的，直到那个国会议员在某处坐牢。”

玛利亚看了看她的手表。她的时间正在耗尽。就在那天晚上她得为她的手术办理入院手续。

“你能不能告诉我阿尔卡拉现在藏在哪里？”

玛利亚满腹怀疑地看着马尔臣。

“为什么你这么急切地想要抓住他？”

“我想要帮他。如果他变成了一个逃犯，我就帮不了他了。我们必须按照法律办事。你知道那是唯一的途径。”

玛利亚悲伤地笑了笑。

“不，督察。我再也不知道任何事情了。”

二月二十三日，周一下午六点三十分，一大群人开始聚集在巴塞罗那佩拉约大街《先锋报》大楼前面。几分钟后那里就有如此多的人以至于一名特约撰稿人不得不手里拿着一个扩音器走到街上，大喊出那些来自各个通讯社的消息。与此同时，拥挤的人群在那些用晶体管收音机收听新闻的人的周围乱转。

半小时前，当国会议员们正在对新的首相任命进行投票表决时，一群武装国民警卫约二百多人闯进了国会，他们命令国会议长从主席台上下来，他们手里拿着手枪占领了主席台。会议厅现场的人听到了阵阵机枪扫射声，他们担心会有一场屠杀。刚刚发生的是一场军事政变。

“看，这是你的大脑。”

医生向她展示X线断层摄影图像，并指向图像中右侧脑叶的一个区域，那里可以看见一个小斑点。

“问题是它已经增大了。它引发了你如今正在遭受的失认证：其察觉到物体却不与其常规功能相联系；因为同样的原因你说话也遇到困难。眩晕和视力丧失的部分原因是高血压，你可以在这个区域看出。”

玛利亚仔细地听着。一名护士正在用电动剃须刀给她剃头；她试图将精力集中在任何其他东西上而不是电动剃须刀的声音上。在看到她的缕缕发丝像秋叶瀑布一般落到地板上时，她假装不在乎。

“那意味着事情看上去不乐观吗？”

医生推了推架在他鼻梁上的眼镜架。

“一旦我们取出肿瘤并加以分析，就会知道更多。”

在她冲洗过后，他们将她抬上一个推往手术室的轮床。在电梯里，医务人员疯狂地评论着收音机里如同用滴管滴注一般定量供给的新闻事件。言谈中玛利亚可以听到，军人已经接管了位于马德里的西班牙电视台，坦克侵占了瓦伦西亚的街道。

她感受到深深的沮丧。在这么多死亡之后，在这么多阻拦之后，普布里奥仍在为所欲为。她想象着当她醒来时这个世界将会是什么样子。她将在电视新闻上看到哪些面孔？武力夺取政权的那个军政府的成员面孔吗？一个新的独裁者？这是怎么发生的？没有人做任何事去阻止，曾经试图去阻止的那些人失败了。那个难以置信的倒行逆施，即将在所有人眼前震惊上演。普布里奥即将取胜。也许他将被提名为一个部长，甚至是首相……

推送轮床的护理员停止了谈论并盯着她看。

“为什么你在哭泣？不要害怕。等着瞧吧，你会安然无恙的。”

玛利亚点点头。她并不是为自己哭泣。对于自己的遭遇她已经没有眼泪。她的抽泣是出于不理解，出于对一个世界的哑然绝望，这个世界的规则她永远不能理解。人类死亡，杀戮，背叛他们的理想，让整个民族陷入自相残杀的战争，她不理解这是为什么。为了权力，那是触动人类的唯一动机。权力，就像她的父亲有时会对她说的那样。但是权力是一些荒谬的，抽象的，一些微小的和无用的东西。就这样进入到手术室吧，你将立即被提醒人类的抱负是多么荒谬。

悬挂在一只机械臂上的一个巨大的球形灯透过数十只眼睛射出非常强烈的光线。它看起来像一只飞碟。在手术台右侧的一块绿布上摊放着手术器材，旁边是一个金属托盘。一切都是白色的：墙壁，灯光，地板，面孔，除了实习医生的制服和床单，它们是破旧的绿色。那里闻上去有股搽剂、消毒酒精以及浸透了消毒药水的纱布的气味。

他们把她像一捆包裹一样放置在手术台上，并用一些夹具固定住她的头，迫使她看向左边。他们往流入她手臂的静脉滴注中放了某些东西；她光秃秃的头骨感觉到冰冷，他们在用一些冰冻的冷霜喷它。医生们正在讲话，他们的口罩还没有戴上。他们指着她的头部似乎那是一个异物。他们彻底忽略了她。有人用一支毡头笔在她的头部标记着路线，他们将跟随此路线进入到其中。玛利亚很高兴她并不是在中世纪，那时人们用一把木匠的摇钻钻开头颅。

“麻醉要过一小会儿才会生效。你也许会感觉到一些轻微不适。这是正常的。”

为什么她的恐惧突然消失了呢？透过围着手术室的布帘她依稀辨认出一个外间。那儿的所有医务人员都背对着她，目不转睛地盯着悬挂在墙壁上的一台电视。这似乎是一个很好的隐喻，甚至连即将给她做手术的那个外科医生在护士给他戴上蓝色手套时也在紧张地询问国会情况进展如何。

她感到孤独，但并不悲伤。她一定程度上有些后悔曾告诉玛丽娜不想让她到医院来。她并不想让任何人看见她精疲力竭的、任由他人摆布的样子。说来古怪，在一切变得模糊之前她看到的最后一个人竟是督察马尔臣，他正等着送她入狱，如果她能从手术中活下来的话。那个警察从另一边冲她微笑。那是一个真诚的微笑。一个祝愿她黑暗中一路走好的微笑。

在几场手术之后，玛利亚・本戈切亚于一九八二年五月六日死于圣家堂医院。在最后的日子里她的极大痛苦既不诗意也不浪漫。她几乎没有神志清醒的时刻，她甚至连和玛丽娜几分钟的独处都无法享有。她本想跟她私下告别，吻她的双唇，感受她的手指穿过她的发丝。但是那个病房就像一个牢笼，充斥着插管和机器，充斥着医生、警察和记者。她的生命慢慢枯竭，直到发出最后的临终喉鸣，那个声音有些怪异又有些滑稽，那是一个巨大的嗳气，排出了她肺部的最后一点气，和它们一起排出的是她生命、思想、感觉、情感的最后微粒。

之后是葬礼准备的忙忙碌碌。玛利亚没有做任何准备，直到最后一刻她一定还坚信，癌症是不会打败她的。玛丽娜面无表情地执行着挑选花朵和棺材的例行程序。一切都是那么寻常，那么世俗，以至于其变得无法承受。葬礼本是一件与亲朋有关的事，死亡也一直是。但是当葬礼只有家人参加，而且家人只是她以及加布里埃尔剩下的躯壳时，一切都变得更轻了，更简单化了。出于尊重，督察安东尼奥·马尔臣也来到了墓地。玛利亚留下的记录对于消除她在莱卡森斯、拉莫内达、洛伦索和莫拉兄弟死亡案中的嫌疑是非常有帮助的。但是，那个督察确信玛利亚把仍然逍遥法外的塞萨尔·阿尔卡拉和他女儿的下落带进了她的坟墓。

没有宗教仪式。玛利亚不会允许的。墓地工人把她的棺木小心翼翼地放置到墓穴的凹洞中，放上墓石，封上砂浆，他们三个是仅有的见证人。在督察马尔臣的帮助下，玛丽娜又放上了一小束百合花环，没有横幅也没有字条。她一言未发，面无表情。她转过身向着她刚刚来的方向从容不迫地离去，没有回头，留下一路足迹。

尾　声

一九八二年被称为试验营的系列审判开始了。审判中绝大部分牵涉一九八一年二月二十三日军事政变的人都被判刑了。特赫罗，米兰斯，阿尔马达……他们是那场阴谋中最为熟知的名字。总共有不少于三十名军人被判处两年到三十年不等的监禁。

在所有那些被定罪的人中只有一个平民。

至于国会议员普布里奥，他从未被正式起诉过。他的名字从所有报道中消失了，从未有过任何针对他的审判。那一时期的报纸、法律判决、口头和书面媒体，将他的名字从那场阴谋中擦除了。他甚至没有出现在历史教科书也没有出现在后来创作的有关那起事件的浩繁文学作品中。所以，普布里奥，那个国会议员，似乎是一个虚构的人物，似乎他从未存在过。

然而，你所要做的只是漫步路过阿尔门德拉莱霍郊区在圣马科斯附近的一栋小别墅，去找到一个潦倒的老男人而已；他愤愤不平于自己的湮没无闻，他会告诉任何想听他讲述的人，在一九八一年二月二十三日，他几乎改变了西班牙的历史进程。他生活在恐惧之中，在锻铁大门和封闭的窗户之后，他等待着某人来访，迟早会来和他清算旧账。